Lindsey Kelk a déjà écrit trois best-sellers : *J'adore New York*, *J'adore Hollywood* et *J'adore Paris.* Quand elle n'écrit pas, ne lit pas, n'écoute pas de musique et ne regarde pas la télévision à outrance, elle adore porter des chaussures, en acheter et critiquer celles des autres. Même si elle est emballée par sa vie new-yorkaise, Lindsey est nostalgique de Londres, des friandises anglaises et des cocktails à base de gin qu'elle buvait avec ses amis. Pas forcément dans cet ordre.

Du même auteur, chez Milady :

Dix bonnes raisons d'être célibataire
J'adore New York

CE LIVRE EST ÉGALEMENT DISPONIBLE
AU FORMAT NUMÉRIQUE

www.milady.fr

Lindsey Kelk

J'adore New York

Traduit de l'anglais (Grande-Bretagne) par Caroline Nicolas

Milady Romance

Milady est un label des éditions Bragelonne

Initialement publié en langue anglaise par HarperCollins Publishers Ltd. sous le titre original de : *I Heart New York*

ISBN : 978-2-8112-1181-3

Bragelonne – Milady
60-62, rue d'Hauteville – 75010 Paris

E-mail : info@milady.fr
Site Internet : www.milady.fr

À ceux qui m'ont appris tout ce que j'avais besoin de savoir : mamie, grand-papa, Janice, Phillip et Bobby.

Et à ceux qui m'ont appris tout le reste :
James, Della, Catherine, Beth, Mark et Louise.

Remerciements

Mille mercis à tous ceux sans qui ce livre n'aurait jamais vu le jour, notamment Lynne Drew, Claire Bord et Victoria Hughes-Williams ; j'adore tout le deuxième étage. Merci à Katie Fulford pour ne pas avoir jeté directement mon manuscrit à la poubelle en prétendant l'avoir lu. Merci à Ayshea pour avoir passé le pied dans l'entrebâillement de cette porte vitrée, et m'avoir envoyée à New York pour la toute première fois. Merci à toute l'équipe de littérature jeunesse pour m'avoir supportée si longtemps et pour garder la bouche cousue à partir de maintenant. Merci à Beth et Janet de me supporter chaque fois que j'ai besoin de « faire des recherches ». Merci au dollar d'avoir été aussi faible ces dix-huit derniers mois. Enfin, merci à Mark Jacobs pour son défilé ininterrompu de joliesse. Je vous dois tout.

Chapitre premier

L'allée qui mène à l'autel paraît interminable.

Et mon diadème est tellement serré.

Est-ce possible de grossir de la tête ? Est-ce que j'ai un bourrelet sur le crâne ? Mes chaussures me font vraiment mal. Elles sont peut-être magnifiques et hors de prix, mais c'est comme si on m'avait frotté la plante des pieds avec une râpe à fromage avant de les plonger dans de l'antiseptique.

J'aperçus Mark qui se tenait au bout de l'allée, l'air détendu et heureux. *C'est sans doute parce qu'il n'a pas à la remonter en talons Christian Louboutin de dix centimètres et en robe sirène qui balaie le plancher, lui. Tu ne les vois même pas, ces maudites pompes, Angela,* me sermonnai-je sévèrement. *Tu n'en aperçois même pas la pointe.*

Et maintenant j'ai les mains moites. Est-ce que j'ai des auréoles ? J'essayai de jeter un coup d'œil discret à mes aisselles sans trop déranger mon bouquet.

— Angela ? Est-ce que ça va ? me demanda Louisa en fronçant les sourcils.

Elle était pour sa part l'incarnation de la perfection : calme comme tout, impeccablement maquillée et le pas assuré. *Et ses talons sont encore plus hauts que les miens.*

— Ouais ouais, répondis-je, plus éloquente que jamais.

Dieu merci, c'est son mariage, pas le mien… S'il te plaît, Dieu, pendant que j'y suis, est-ce que tu pourrais faire en sorte que Mark ne remarque pas quelle lamentable demoiselle d'honneur je fais, juste au cas où ça lui ferait passer l'envie de fixer la date de notre propre mariage. Mais, sérieux, si j'ai des auréoles, ça va se voir. Ma robe était d'une couleur café au lait spécialement choisie pour me donner l'air malade comme un chien.

D'un pas titubant, je suivis Louisa dans l'allée, avec un petit sourire à l'adresse de mes parents et, sur le visage, une expression mêlant joie de circonstance et sérieux devant la solennité de l'événement. *Du moins, j'espère que c'est ce qu'on y lit. Il y a de fortes chances que j'aie l'air de me demander si j'ai oublié d'enlever mes lisseurs. Merde ! j'ai quand même pas oublié d'enlever mes lisseurs ?*

J'ai toujours été effarée par la brièveté des cérémonies de mariage. Des mois de fiançailles, des heures de préparation, tout un week-end pour l'enterrement de vie de jeune fille, et le contrat de toute une vie fut conclu en moins de vingt minutes après quelques hymnes. Même la séance photos dura plus longtemps que le service lui-même.

— Je n'arrive pas à croire que je suis mariée ! s'exclama Louisa dans un souffle.

Nous en étions à la photo pas du tout ringarde de la mariée et de sa première demoiselle d'honneur, tout sourires devant une fontaine. Mon Dieu ! ces poses nous venaient naturellement ; après tout, nous nous entraînions depuis que nous étions assez grandes pour nous pavaner avec des taies d'oreiller sur la tête.

— Angela, tu y crois, toi ?

— Bien sûr, répondis-je en la serrant contre moi, indifférente aux instructions du photographe. Tim et toi êtes pratiquement mariés depuis l'âge de seize ans.

Je changeai de place avec elle et cessai un instant de parler pour sourire.

« Clic », flash.

— C'est juste que… c'est incroyable, tu sais ?

Elle repoussa une de ses boucles blondes et soyeuses derrière son épaule, et replaça d'un tapotement une mèche châtain clair dans mon chignon avant d'ajouter :

— C'est arrivé pour de bon.

« Clic », flash.

— Oui, eh bien, tiens-toi prête, répliquai-je dans un sourire éclatant de blancheur. La prochaine fois, c'est Mark et moi, et c'est toi qui seras en robe de demoiselle d'honneur.

— Vous avez arrêté une date ? demanda Louisa en arrangeant sa traîne derrière elle.

Est-ce que j'étais censée le faire à sa place ?

— Pas vraiment. Je veux dire, on en a beaucoup parlé lorsque vous avez annoncé le vôtre mais, depuis que Mark a été promu, on n'a pas eu une minute à nous. Tu sais ce que c'est…

Louisa fit signe au photographe de s'éloigner un moment.

— Mmm. Je veux dire, est-ce que tu es sûre que tu vas te marier ? Avec Mark, j'entends ?

« Clic », flash – une photo ratée.

Je dus mettre mes mains en visière pour bien voir Louisa. Le soleil d'août l'éclairait par-derrière, plongeant son visage dans l'ombre et illuminant son halo de fines boucles blondes.

— Bien sûr, répondis-je. On est fiancés, non ?

Elle soupira.

— Ouais, c'est juste que je me fais du souci pour toi, ma puce. Avec le mariage et tout, j'ai l'impression que ça fait des mois qu'on n'a pas vraiment parlé de Mark et toi.

— Il n'y a rien de nouveau à raconter. Tu le vois probablement plus souvent que moi. Au moins, vous avez votre tennis toutes les semaines.

— J'ai essayé de te convaincre de venir faire des doubles avec nous, marmonna-t-elle en tripotant de nouveau le bas de sa robe. Je veux seulement te voir aussi heureuse que je le suis en ce moment. Oh, c'est d'une condescendance ! Désolée. Tu sais ce que je veux dire, ma chérie : te voir heureuse.

— Je le suis, la rassurai-je en lui prenant la main et en me rapprochant pour l'étreindre par-dessus l'échafaudage de sa robe. Je suis très heureuse.

Juste après les discours mais un peu avant qu'on commence à danser, je réussis enfin à filer aux toilettes.

La réception avait lieu dans une grange reconvertie qui ne comptait que deux toilettes si étroites qu'il était impossible de s'y retourner, alors j'étais remontée en vitesse dans notre chambre. Je regardai mes affaires étalées un peu partout. Je transportais toute ma vie dans mon énorme sac à main tout usé : ordinateur portable, iPod, téléphone, un ou deux vieux bouquins cornés. Maquillage et vêtements étaient éparpillés dans toute la pièce, formant un contraste frappant avec la valise soigneusement organisée de Mark. Une place pour chaque chose et chaque chose à sa place, même dans un hôtel.

J'étais heureuse, me répétai-je en me laissant choir sur le lit et en tournant négligemment les pages d'un de mes livres à l'aide de mes orteils. J'avais un boulot sympa aux horaires flexibles, j'avais Louisa, la meilleure amie au monde, et j'avais perdu dix kilos pour ce mariage, ce qui me permettait d'être à l'aise dans cette robe de demoiselle d'honneur en taille 40. J'arrivais même à me convaincre – mais tout le monde n'était peut-être pas de cet avis – qu'un 38 me serait mieux allé. Je n'étais pas immonde avec mes longs cheveux châtain clair et mes yeux bleu-vert et, depuis que j'avais perdu ces kilos en trop, je m'étais découvert une paire de pommettes assez impressionnantes. Et j'avais Mark. Qui n'aurait pas aimé avoir pour petit ami un beau banquier plein d'avenir ? *C'est lui qui devrait s'estimer heureux*, essayai-je de me convaincre. OK, il avait encore tous ses cheveux, pas de maladie héréditaire, un salaire de banquier d'affaires, une voiture et un prêt immobilier, mais, moi, je me tapais des réunions Weight Watchers terriblement humiliantes depuis six mois (ce n'étaient pas les pesées qui vous cassaient la baraque – ça, ça allait – mais l'animatrice, qui était dresseuse de chiens pour arrondir ses fins de mois), je savais cuisiner et je nettoyais la salle de bains tous les dimanches sans qu'on me le demande. Alors, non, je n'étais pas une sainte, mais je n'étais pas une horrible petite amie non plus, et on était ensemble depuis toujours, depuis nos seize ans. Dix ans. Mais la question de Louisa me chiffonnait un peu. Est-ce que j'étais heureuse ? Je penchais peut-être plus du côté du contentement que de l'euphorie à sauter sur le canapé comme Tom Cruise, mais ça n'en était pas moins du bonheur, non ?

Je regardai ma bague de fiançailles. Solitaire classique. Pas énorme et tape-à-l'œil, mais pas non plus si petit qu'il y ait besoin d'une loupe pour le voir. Mark l'avait acheté avec son premier salaire et me l'avait offert lors d'un séjour à Séville, après une balade en carriole tirée par un poney, et avant une délicieuse partie de jambes en l'air dans notre chambre d'hôtel. Ça m'avait paru terriblement romantique à l'époque, mais désormais ça me paraissait terriblement loin. Est-ce qu'il n'aurait pas dû me tanner pour que je fixe une date ? Au moins un petit peu ?

— Ne sois pas bête, dis-je tout haut à mon reflet troublé.

Louisa se laissait probablement un peu emporter ; elle était mariée désormais, après tout. C'était juste que je ne m'attendais pas à voir ses névroses d'épousée béate se réveiller avant même qu'elle sorte de l'église. Tout allait très bien entre Mark et moi. Dix ans sans un problème, pourquoi m'inquiéter ? J'essayai de remettre mes magnifiques talons, mais mon pied gauche semblait avoir récupéré la moitié des dix kilos que j'avais récemment perdus. Après cinq minutes de recherches infructueuses dans la suite pour trouver mes ballerines de secours, je dus me résigner à l'idée que mon sac à chaussures était resté dans la voiture. Ce qui voulait dire que j'allais devoir affronter les oncles ivres et les enfants dopés à la pièce montée – et armés : j'avais vu des ballons – pour retourner au parking.

Chapitre 2

Sur la pointe de mes pieds nus, mes Louboutin à la main, je cherchai la voiture. Là-bas, dans un coin sombre, cachée sous de magnifiques saules pleureurs, était garée la Range Rover de Mark. Lorsqu'il l'avait achetée six mois plus tôt, Louisa y avait vu un signe certain qu'il était prêt à avoir des enfants. J'y avais vu pour ma part un signe certain qu'il ne me laisserait jamais la conduire toute seule. Pour l'instant, c'était à moi que les faits avaient donné raison. Farfouillant dans mon sac à main pour trouver le double des clés, je remarquai que la liseuse était allumée à l'arrière. Je souris intérieurement, sachant combien Mark serait heureux que j'aie sauvé sa batterie. J'appuyai sur le bouton pour éteindre l'alarme mais, au lieu du rassurant « bip-bip » attendu, je fus accueillie par une sirène bruyante et l'activation des clignotants. Et c'est à cet instant que je compris qu'il y avait quelqu'un dans la voiture.

Merde, on nous volait notre voiture et moi j'étais là en train de clopiner pieds nus sur le gravier, des chaussures à 400 livres sterling à la main, en robe longue. Et je venais juste de déclencher l'alarme. Bien joué. Le voleur allait me tuer, c'était certain. Si j'étais assassinée à sa réception, Louisa serait furieuse. Tous ses anniversaires de mariage en seraient gâchés. Est-ce qu'elle partirait quand même en voyage de noces ? Peut-être pouvais-je me servir de mes talons comme d'une arme. Enfin, peut-être pas, je ne voulais pas les salir. Mais les semelles étaient déjà rouges…

J'étais prête à faire demi-tour et à fuir les gros titres au galop lorsque je me souvins de mes chaussures. Il pouvait prendre la voiture de Mark mais, bordel, il n'allait pas me piquer mes ballerines de secours. Des Topshop vieilles de deux ans, peut-être, mais les chaussures les plus confortables que j'aie jamais possédées. Avant de me dégonfler, j'ouvris la portière arrière pour affronter le voleur. Et c'est là que, dans un moment de lucidité foudroyante, je me rendis compte que je n'avais pas devant moi un homme qui cherchait à voler la voiture ou mes chaussures, mais deux personnes en train de faire l'amour sur le siège arrière.

Et l'une d'elles était Mark.

— Angela, bégaya-t-il en tournant vers moi un visage rouge et luisant de sueur, le dessin de mes protège-ceinture de sécurité Hello Kitty, qu'il n'avait pas voulu me laisser mettre à l'avant, imprimé en creux sur sa joue gauche.

Il me fallut encore un moment pour remarquer la femme nue sous lui. Elle me regardait, pétrifiée, le mascara tout étalé et le menton rougi par la barbe d'un jour que Mark avait en permanence. Elle ne me disait rien du tout : blonde, mignonne, plutôt maigre d'après ce que je voyais de ses épaules osseuses, et joliment bronzée. Une robe en soie bleu paon jetée en boule sur la plage arrière donnait à penser qu'elle faisait partie des invités du mariage, et les superbes sandales Gina argentées enserrant la taille de mon petit ami me disaient que j'aurais vraiment dû la repérer plus tôt. J'aimais les chaussures bien faites.

—Je suis venue récupérer mes ballerines, dis-je d'un ton hébété, figée sur place.

Je reculai en trébuchant pour laisser Mark sortir à reculons de la voiture et mettre pied à terre devant moi, son boxer terminant de tomber sur ses chevilles tandis que sa peau moite se décollait du cuir.

—Angela.

Il se redressa, remonta son pantalon et renfila sa chemise en se tortillant. Je regardai derrière lui dans la voiture. La fille avait réussi à remettre sa robe et se frottait le dessous des yeux pour tenter d'en effacer le mascara. *Bonne chance,* pensai-je : *s'il est d'aussi bonne qualité que tes pompes, tu ne l'enlèveras pas en frottant*. N'empêche, ses chaussures étaient magnifiques. *Salope.*

—Angela, hasarda Mark, me tirant de ma rêverie. Je... Qu'est-ce que tu fais ici ?

Je le regardai avant d'agiter mes sandales dans sa direction en indiquant la voiture.

—Mes chaussures. Tu n'as pas monté mes chaussures.

Il promena un regard égaré sur moi, mes talons hauts, puis la voiture. Lentement, comme si j'étais un animal farouche qui risquait de détaler, il fit un pas vers la banquette arrière et glissa la main sous le siège passager pour attraper un petit sac à chaussures en tissu. Il me le tendit du bout des doigts, craignant de me toucher, de m'effleurer.

— Merci, dis-je en prenant le sac.

Mark se redressa, baigné par la lumière de la banquette arrière, rouge, en sueur, sans pantalon mais encore en chaussettes et chaussures avec, pour couronner le tout, une petite tache d'humidité grandissante sur le devant de son boxer.

— Je peux savoir ce que tu fous, putain ? demandai-je avec une éloquence remarquable.

— Angela.

Mark avança en traînant les pieds.

— Et celle-là, c'est qui ? ajoutai-je en indiquant la fille du bout de ma Louboutin gauche, que je tenais toujours à la main.

La fille, coincée à l'arrière de la voiture, détourna les yeux.

— Angela, bégaya Mark en reculant pour éviter la pointe acérée qui menaçait sa tempe.

— Non. Angela, c'est moi. Mais je vois ce qui pourrait t'induire en erreur.

Je sentis les larmes me monter aux yeux. Mon petit ami s'en tapait une autre à l'arrière de notre voiture, la voiture de nos futurs enfants, au mariage de nos meilleurs amis. Je n'allais pas me mettre à pleurer devant lui alors qu'il foutait en l'air dix ans de vie commune pour tirer un coup dans un parking.

— Angela, voici Katie. Je… euh… je…

Il se retourna de nouveau et leurs yeux se croisèrent brièvement, et je vous jure que je vis l'ombre d'un sourire niais passer sur son visage. Ce fut le moment le plus douloureux de toute l'affaire.

— Eh bien, on fait du tennis ensemble et… euh…

— C'est ça pour toi, faire du tennis ? Merde, est-ce que Louisa sait que tu « fais du tennis » avec Tim ?

J'avais envie de le frapper, de *la* frapper, et j'étais sur le point de tirer à pile ou face pour savoir qui allait s'en prendre une le premier lorsque je compris brusquement.

— Tu ne fais pas de tennis avec Tim.

— Non, répondit-il en secouant la tête.

— Et tu n'étais pas retenu au boulot ces derniers temps.

Tout commençait à devenir terriblement clair.

— Non, soupira-t-il en baissant les épaules avec résignation.

— Est-ce que Tim est au courant ?

— Oui.

Je ne relevai même pas les yeux.

— Et Louisa aussi ?

Je resserrai le poing sur mes chaussures et sentis vaguement une boucle me rentrer dans la paume.

— Je crois. Je veux dire, on fait quand même du tennis, parfois. Des doubles. Mais… mais je n'en suis pas certain.

Est-ce que j'étais heureuse ? Louisa avait voulu savoir si j'étais au courant.

— Vous faites des doubles tous les quatre ? dis-je d'une voix étranglée, en réprimant une envie de vomir.

Il me regarda, le souffle coupé.

— Angela, arrête…, dit-il en tendant la main vers mon poignet.

— N'essaie même pas ! fis-je, sentant la bile me monter dans la gorge et écartant mon bras. N'essaie même pas de me toucher.

Ma chaussure levée au-dessus de ma tête, je vis, l'espace d'une seconde, combien ce serait facile. Il était pétrifié, elle était coincée sur la banquette arrière et les Louboutin étaient de très bonne qualité : j'étais pratiquement certaine qu'elles pourraient enfoncer deux crânes sans casser.

Mais, au lieu de deux cadavres ensanglantés, tout ce que je pouvais voir, c'étaient Tim et Louisa en tenue de tennis, pliés de rire après un double avec Mark et Katie. Pendant que j'étais à la maison à pianoter sur mon portable et à me priver de nourriture, en attendant mon salaud de petit ami menteur et infidèle.

Mon arme du crime potentielle à la main, je fis volte-face pour retraverser le parking en sens inverse. Mark m'appelait encore d'une voix pitoyable lorsque je franchis la porte-fenêtre au pas de charge pour traverser la piste de danse, écartant sur mon chemin les minuscules demoiselles d'honneur qui se trémoussaient au son de la musique disco-pop. Louisa se tenait avec Tim au bord de la piste, un verre de champagne à la main, attendant que le DJ annonce leur première danse, lorsqu'elle m'aperçut.

— Angela, dit-elle alors que je m'arrêtais brutalement devant eux.

Immédiatement, je sus qu'elle savait.

— Pourquoi est-ce que tu ne m'as rien dit ? hurlai-je.

Toute réticence à gâcher son mariage s'était dissipée depuis longtemps. J'avais été complètement trahie par les personnes en qui j'avais le plus confiance.

— Angela, intervint Tim, je… Écoute, si on allait…

Il tendit la main pour la poser sur mon bras. Sans réfléchir à ce que je faisais, je me dégageai violemment et lui écrasai ma chaussure sur les jointures.

— Vous allez arrêter de prononcer mon nom comme si c'était un putain de tranquillisant, oui ?! dis-je, les dents serrées. Je viens de surprendre Mark en train de baiser votre copine du tennis à l'arrière de la caisse.

Si je n'avais pas l'attention de tout le monde avant de casser les doigts du marié, c'était désormais le cas.

— Oh, Angela, sanglota Louisa. J'ai essayé de te le dire. C'est juste que, j'ai cru que tu le savais déjà. Tu sais, quelque part… au fond de toi.

— Et à quel moment tu as pensé ça ? Lorsque je t'ai dit que j'étais parfaitement heureuse et toujours sûre de vouloir épouser Mark ? Lorsque je ne t'ai pas dit que je soupçonnais mon salaud de petit copain de me tromper ? ou lorsque tu as commencé à faire des *doubles* avec lui et cette salope ?

Louisa éclata en sanglots et fit volte-face pour s'enfuir de la pièce, mais sa sortie par la porte-fenêtre se trouva bloquée par Mark. Toujours en boxer taché, chaussettes et chemise à moitié boutonnée, il resta pétrifié sous le regard de trois cents invités, dont la plupart venaient seulement de comprendre de quoi il retournait. Pensant enfin à respirer, je pris un instant pour observer la scène. Tim me regardait en tenant sa main ensanglantée, pâle de terreur ; Louisa, debout au milieu de la piste de danse, sanglotait éperdument, entourée d'enfants également en pleurs ; et Mark, agrippé au chambranle comme si c'était tout ce qui l'empêchait de s'écrouler, me dévisageait d'un air effaré. Je me retournai vers les invités et vis ma mère sortir des rangs. Elle toisa tout le monde du regard, s'arrêta en pinçant les lèvres et se dirigea droit vers moi. Décrispant mes doigts blanchis, elle s'empara de mes Louboutin.

— Allez, viens, dit-elle calmement en posant l'autre main au creux de mes reins pour me guider à travers la pièce.

Je ne voyais rien hormis le sol devant mes pieds, et n'entendais aucun des murmures autour de moi. Tout ce dont j'avais conscience, c'était de la main de ma mère et du gravier toujours collé à mes pieds nus.

Il devait être environ 5 heures lorsque je me réveillai. La gigantesque chambre était plongée dans un tel silence que je pouvais entendre les baleines de ma robe de demoiselle d'honneur s'écraser contre mes côtes. En me retournant, je me rendis compte que ce n'était pas mon fiancé, mon Mark, qui dormait à mon côté dans le grand lit magnifique, mais ma mère. Sa parfaite tenue de mariage était soigneusement pliée sur le dos d'une chaise et j'hésitai un moment avant de baisser les yeux pour voir ce qu'elle portait à la place. Ça fait un drôle d'effet de voir votre mère vêtue d'un vieux tee-shirt Blondie et d'un caleçon emprunté à votre petit ami. Ex-petit ami. Me relevant lentement, je m'efforçai de ne pas me regarder dans le miroir avant de m'être enfermée dans la salle de bains. Le chignon que je n'avais pas défait était un véritable sac de nœuds, mon maquillage était tout étalé par le sommeil, les larmes et les plis de mon oreiller, et ma robe, là où elle n'était pas déjà déchirée ou maculée de boue, était tellement fripée qu'elle en était méconnaissable.

Enlevant tout ce que je portais, jusqu'à mes boucles d'oreilles, mon collier et ma bague de fiançailles, j'entrai dans la gigantesque cabine de douche et laissai simplement l'eau couler. Comment cela avait-il pu arriver ? La destruction du mariage de ma meilleure amie mise à part, comment avais-je fait pour ne pas remarquer que mon copain me trompait, et ce depuis si longtemps et si ouvertement que tous mes amis le savaient ? Ce n'était pas seulement un coup tiré à la va-vite, c'était manifestement sérieux. Qu'est-ce que j'allais faire ? Où est-ce que j'irais ? Tandis que les parois se couvraient de buée et que je savonnais, rinçais et recommençais, j'essayai de faire preuve d'esprit logique. Garder les idées claires en toutes circonstances. Maman disait toujours que c'était une de nos forces.

Il allait falloir que je passe chez moi récupérer mes affaires. Chez moi. Ce n'était même plus chez moi, me disais-je. Il allait probablement inviter l'autre fille à emménager dès demain. *Katie*, rectifia une petite voix pointue dans ma tête. *Pas l'autre fille, Katie.*

— Cette douche me fait un bien fou, dis-je tout haut pour me sortir cette voix de la tête tandis que l'eau brûlante m'arrosait depuis trois jets différents.

C'était comme si toute l'histoire n'était qu'un mauvais rêve. Si seulement je pouvais vivre à l'hôtel. Ne pas avoir à retourner dans cette baraque de merde et faire le tri dans mes affaires comme si c'était moi qui avais fait quelque chose de mal. Purée, le partage des CD… J'en étais malade d'avance. Quelques larmes rebelles commencèrent à ruisseler sur mes joues. Si seulement je pouvais rester dans cet hôtel éternellement et faire comme si rien de tout cela n'était arrivé.

Et pourquoi je ne resterais pas à l'hôtel ?

Pas celui-ci, évidemment ; j'avais comme l'impression que je n'allais pas y être particulièrement la bienvenue. Mais un autre. Un endroit merveilleusement impersonnel où le seul souci des employés serait de satisfaire mes moindres désirs, plutôt que de savoir si j'allais gâcher une autre grande occasion. J'avais un peu d'argent, nous en mettions de côté depuis des années pour mon mariage chimérique, et il me semblait assez normal de prendre à Mark sa part du magot pour ce qu'il m'avait fait. Je travaillais en free-lance, j'avais mon passeport, mes cartes bancaires, mon permis (je n'allais pas laisser un cambrioleur usurper mon identité pendant que j'étais de mariage presque toute la semaine !), assez de vêtements, mes chaussures préférées, que m'aurait-il fallu de plus ? J'avais suffisamment d'affaires pour ne pas avoir à rentrer pendant un moment. Même les

CD pouvaient aller se faire voir, j'avais mon iPod. Il n'y avait vraiment rien qui me retenait, et Dieu savait que j'étais la reine des excuses bidon pour éviter toute action même vaguement conflictuelle.

Je me forçai à sortir de la douche. L'espace d'une seconde, mon regard s'arrêta sur la trousse de toilette de Mark, à côté de ma bague de fiançailles. Un très bel objet en cuir que je lui avais offert au Noël précédent. Il allait forcément vouloir récupérer ça, songeai-je en remettant mes boucles d'oreilles et mon collier ; elle était pleine de tout le luxueux matériel de rasage que sa mère lui offrait à son anniversaire. Un moment, j'envisageai de la remplir de mousse à raser mais, alors que j'empoignais la bombe, je m'arrêtai net en repensant à la veille. Lui, penché sur cette conne, complètement dérouté et en sueur. Peut-être valait-il mieux carrément jeter cette trousse par la fenêtre. Puis je me rappelai le sourire qu'il lui avait adressé. Il lui avait souri, sous mon nez, dans ce boxer taché.

Alors je m'assis sur la cuvette et pissai dans sa trousse. C'était la chose la plus répugnante que j'aie jamais faite et j'en tirai une extrême fierté. Une fois qu'elle fut irrécupérable, j'y laissai tomber ma bague de fiançailles, la refermai et sortis de la salle de bains.

— Maman, chuchotai-je en m'asseyant au bord du lit. Maman, je m'en vais.

Elle ouvrit les yeux, l'air vaguement désorientée alors que tout ce qui s'était passé lui revenait en mémoire, puis elle me regarda comme si elle allait me faire interner dans la même institution où elle avait relégué ma grand-mère.

— Qu'est-ce que tu veux dire ? demanda-t-elle en se redressant, l'air encore plus perplexe à la vue de sa tenue de nuit. Tu n'as pas à t'en aller à cause de ce connard.

C'était la première fois que je l'entendais faire référence à Mark autrement que par « ce charmant garçon » et « ce cher Mark », et j'en fus plutôt émue.

— Je sais. Mais, avec le mariage et tout, je pense que je ferais mieux de partir tôt, ajoutai-je en désignant de la tête ma valise bouclée. Pour être honnête, je me suis dit que je pourrais me sauver quelques jours, histoire de me remettre de l'ordre dans les idées.

— Oh, non ! protesta-t-elle en me prenant la main. Tu vas revenir à la maison avec ton père et moi, il va passer nous chercher plus tard. Tu n'as rien fait de mal, tu sais. Enfin…

— Je sais, maman. Mais je crois que ça me ferait du bien de prendre de la distance. J'ai réservé un taxi pour aller à l'aéroport.

Elle me considéra d'un air étrange.

— Sérieusement ? Tu vas prendre l'avion ?

— Oui.

Je me levai et empoignai mon sac.

— Où est-ce que tu vas ? demanda-t-elle en regardant le réveil. Tu ne préférerais pas rentrer à la maison avec ton père et moi ?

Je l'embrassai sur la joue.

— Mmm… Je crois que je vais plutôt m'en tenir à ma première idée.

Elle secoua la tête.

— Mais qu'y a-t-il de mieux que la maison à un moment pareil ?

Chapitre 3

L'avion atterrit à JFK sans problème et, même si le représentant de la sécurité intérieure ne parut pas particulièrement intéressé par ma rupture (ni « affaires » ni « plaisir » ne semblaient des motifs adéquats pour justifier mon séjour), il me laissa quand même entrer sur le territoire. Un bon début. Lorsque je fus sortie au soleil, tout commença à prendre une dimension très réelle. Les taxis étaient jaunes, roulaient du mauvais côté de la route, et j'eus même droit à une litanie de jurons par mon chauffeur de taxi alors qu'il balançait mon sac dans son coffre. Bon sang, qu'il faisait chaud ! Un proverbe dit chez nous que les chevaux suent, les hommes transpirent et les femmes luisent, mais, à cet instant, j'étais un putain de cheval ruisselant de sueur.

— Où je vous emmène ? demanda le chauffeur.

— Euh… un hôtel ? hasardai-je en attachant ma ceinture tandis qu'il démarrait. Il me faut un hôtel.

— Tu te fous de ma gueule ? s'exclama-t-il en s'engageant d'une embardée sur la quatre-voies sans me laisser le temps de répondre. Quel hôtel ? Il y en a des millions, putain !

— Oh, d'accord, je… euh… je… je n'en connais aucun, finis-je par dire, les larmes aux yeux. Je viens juste d'arriver.

— Ben tu sais quoi, ma petite dame ? Je suis chauffeur de taxi, pas office de tourisme ! répliqua-t-il en hurlant. Je te lâche ici en plein Queens ou tu m'indiques le nom d'un hôtel ?

Pour toute réponse, j'éclatai en sanglots. Angela Clark, reine de la repartie.

— Putain de merde ! je te largue devant le premier hôtel qu'on rencontre, marmonna-t-il en mettant la radio à fond.

Vingt minutes de tribune libre plus tard, j'étais penchée à la fenêtre tel un chien affublé d'un bandana, et je venais *juste* de commencer à sécher mes larmes lorsque je l'aperçus.

La *skyline* de New York. Manhattan. L'Empire State Building. Le magnifique Chrysler Building. Le Woolworth Building avec sa grosse flèche semblable à un clocher. Et je tombai amoureuse. Le choc fut tel que je cessai de pleurer, de penser, de respirer. C'était comme si je m'étais pris un coup dans le ventre. Baissant la vitre au maximum, j'inspirai à fond pour m'imprégner des gratte-ciel, des panneaux d'affichage géants, des zones industrielles au bord du fleuve et de l'atmosphère moite et brumeuse. J'étais à New York. Pas chez moi à Londres, ni au mariage de Louisa, et à des milliers de kilomètres du salaud qui m'avait trompée. Et donc, faute de meilleure réaction, alors que le taxi s'engouffrait dans le tunnel du centre-ville, je me remis à pleurer.

Le premier hôtel qui se présenta sur notre route s'avéra être le dernier où le chauffeur avait déposé quelqu'un, et il était magnifique. *The Union* était situé juste à côté du Union Square Park ; le hall d'entrée était éclairé d'une lumière si tamisée qu'on aurait cru à une coupure de courant, et empli du parfum entêtant de bougies Diptyque qui sentaient bon le linge fraîchement étendu. Des sofas bien rembourrés et des fauteuils en cuir d'époque meublaient l'espace, et la réception était indiquée par des guirlandes lumineuses. En me retrouvant ainsi brusquement dans un cadre aussi parfait, j'eus soudain terriblement conscience de l'état de mes cheveux, de ma peau déshydratée et de mes vêtements froissés. Je n'étais vraiment pas à mon avantage, mais cet endroit n'aurait pas pu être plus à l'opposé d'un trois-pièces mitoyen dans le sud-ouest de Londres.

— Bienvenue au *Union*, me dit la femme incroyablement belle postée derrière le comptoir. Jennifer à votre service. Que puis-je pour vous ?

— Bonjour, répondis-je en remontant mon sac à main sur mon épaule et en poussant mon bagage à coups de pied vers la réception. Je me demandais si vous aviez une chambre de libre ?

Avec un sourire serein, elle commença à pianoter sur un clavier. Ses anglaises lustrées tressautaient dans son dos au rythme de ses doigts.

— Bien, nous avons un peu de monde mais… j'ai une suite junior à 800 dollars la nuit ?

Elle leva les yeux. Mon expression laissait apparemment entendre que ça dépassait un peu mon budget.

— Ou, sinon, j'ai une chambre simple à 350 dollars. Mais c'est pour une personne seulement.

— Oh ! d'accord. (Je farfouillai dans mon vieux sac à la recherche d'une carte bancaire, en évitant de calculer le prix de la chambre en vrai argent.) Je suis toute seule. Enfin, je viens de découvrir que mon petit ami me trompait, on a rompu, j'ai dû partir de chez moi et je me suis dit… quelle meilleure destination pour m'enfuir que New York ? Et…

M'interrompant, je relevai les yeux. Elle me souriait toujours, mais avec une saine terreur dans le regard.

— Je suis désolée, excusez-moi. Une chambre simple m'irait tout à fait.

— Et combien de temps comptez-vous rester chez nous ? demanda-t-elle en se remettant à taper.

Elle était probablement en train d'alerter tout le monde qu'une démente venait de débarquer. On distribuait sans doute à l'instant même ma photo à tout le personnel, avec l'annotation « Ne pas lier la conversation ».

— Pardon ?

Je n'avais pas prévu si longtemps à l'avance.

— Quand comptez-vous rentrer chez vous ? demanda-t-elle lentement.

— Je… je n'ai plus de chez-moi, répondis-je avec la même lenteur. Alors je ne sais pas.

J'étais au bord des larmes et ne voulais vraiment pas leur laisser libre cours à la réception de l'hôtel le plus huppé dans lequel j'étais entrée de ma vie. Mais, waouh ! c'était vrai, je n'avais pas de chez-moi.

— En fait, je voulais seulement savoir quand vous comptiez repartir, mais la chambre est libre toute la semaine à venir, alors disons que je vous réserve sept nuits, et après on verra ? suggéra-t-elle.

J'acquiesçai et lui tendis ma carte bancaire. En échange, Jennifer me donna une séduisante clé magnétique noire blasonnée d'un U argenté.

— Chambre 1 126 au onzième étage, à gauche en sortant de l'ascenseur. C'est au bout du couloir.

Je hochai la tête d'un air hébété et pris la clé, trébuchant sur mon sac en me retournant.

— Est-ce qu'il vous faut quoi que ce soit, mademoiselle Clark ? demanda Jennifer.

Me retournant vers elle, je secouai la tête en essayant de sourire :

— Un bilan psychiatrique ?

Je n'allais pas pouvoir faire des blagues pendant encore très longtemps avant de fondre en larmes.

— Appelez-moi si vous avez besoin de quoi que ce soit, l'entendis-je me lancer.

J'espérais qu'elle n'allait pas m'envoyer un psy ; on m'avait pourtant prévenue que les Américains ne comprenaient pas toujours le sarcasme.

Si c'était là une chambre simple, la maison de Mark était un manoir. Un énorme lit blanc trônait dans la pièce peinte avec goût en beige crème ; une majestueuse tête de lit en cuir brun complétait l'effet.

De l'autre côté du lit, une baie vitrée qui allait du sol au plafond offrait une vue magnifique du Union Square Park en contrebas. Un dressing était caché sur ma gauche, et à ma droite se trouvait la salle de bains. Laissant tomber mon sac de voyage, j'ouvris la porte. C'était magnifique. Carrelage blanc aux murs, ardoises noires au sol. Les toilettes et le lavabo étaient élégamment rangés contre le mur, laissant le reste de la pièce à une baignoire et une douche encastrées dans du verre. Deux pommeaux de douche chromés sortaient de deux murs opposés, et sur une tablette en verre étaient posés des articles de toilette miniatures mais parfaitement conçus. Une étagère chromée à côté du lavabo ployait sous le poids de serviettes duveteuses, et un épais peignoir en nid-d'abeilles était pendu au dos de la porte.

Regagnant la chambre à reculons, je tournai les yeux vers la fenêtre, mais m'arrêtai avant de l'atteindre. C'était exactement ce que j'avais recherché mais, tiraillée entre mon épuisement et ma faim de loup, je n'avais pas le courage de regarder dehors pour découvrir une ville inconnue. Je préférai retourner dans la salle de bains, en faisant un détour par le minibar bien fourni, pour me faire couler un bain dans lequel je vidai le flacon de bain moussant. Me déshabillant, je me glissai dans l'eau ; si seulement mon cerveau voulait bien cesser de tourner, juste une seconde ! Me servant du bord de la baignoire comme d'un comptoir de fortune, je mélangeai dans le verre à dents une vodka à 15 dollars et un Coca-Cola, et versai la moitié d'un paquet de M&M's dans ma bouche.

Moins de vingt-quatre heures plus tôt, j'étais dans une douche au Royaume-Uni, à songer à quel point j'avais besoin de prendre de la distance, et voilà. C'était fait.

Avec un soupir, je me laissai aller en arrière, la pointe de mes cheveux trempant dans l'eau. Petit à petit, mon soupir se transforma en geignement, et celui-ci en sanglot. J'avais bien le droit de pleurer, non ? Mon fiancé m'avait trompée, ma meilleure amie m'avait menti, j'avais été humiliée devant tous mes amis et ma famille. Il ne fallut qu'une bouchée, que je fis passer d'une grande gorgée de cocktail, pour faire un sort au paquet de M&M's. Qu'est-ce qui m'avait pris d'aller toute seule jusqu'à New York ? Ce n'était pas du courage, mais de la stupidité. Il n'y avait personne ici pour m'aider, me parler, ou regarder *Pretty Woman*, *Dirty Dancing* et *Diamants sur canapé* avec moi. Je ferais mieux de me sécher, d'appeler ma mère et de trouver un avion pour rentrer. Mon geste n'avait pas été impulsif et exaltant, mais immature et lâche. C'était juste une variante extrêmement complexe du coup de se réfugier dans sa chambre et de se bourrer la gueule. J'avais exprimé mes sentiments, et pour ainsi dire payé une brique pour un bain et un paquet de bonbons ; il était désormais temps d'affronter la réalité.

Me hissant hors de l'eau, j'enfilai le peignoir et traversai la chambre, laissant derrière moi de piteuses empreintes sur la moquette. Je farfouillai dans mon sac à la recherche de mon téléphone, en espérant à moitié qu'il soit assez vieux et pourri pour ne pas fonctionner en Amérique. Zut ! cinq pleines barres de réception. Je regardai l'écran. Trois messages. Mmm. Est-ce que je voulais vraiment faire ça avec une seule vodka dans le ventre ? Me forçant à me lever, je m'approchai de la fenêtre. Si j'étais sur le point de bêtement faire demi-tour et rentrer, je voulais au moins en avoir pour mon argent en admirant la vue. C'était vraiment très beau : le soleil brillait et il y avait plein de gens qui se promenaient dans le parc, couraient prendre le métro ou entraient et sortaient des boutiques, chargés de sacs.

Ne serait-ce pas extraordinaire si je rentrais à la maison et que tout reprenait comme s'il ne s'était rien passé ? Que je m'étais trompée, d'une façon ou d'une autre, et que ce n'était pas ce que je pensais. Ou que Mark avait compris quel idiot il avait été et qu'il faisait tout pour me reconquérir. Et, dans les années à venir, nous pourrions parler avec un sourire un rien contrit, et peut-être même un rire, de la fois où Mark avait perdu la tête et où je m'étais réfugiée à New York pendant quatorze heures.

« Angela, c'est maman, j'appelle juste pour te dire que j'ai obtenu de l'hôtel qu'ils me remboursent le prix de ma chambre puisque j'ai dormi avec toi, alors ça va être reversé sur ton compte. (Louée soit ma mère pour sa capacité à toujours penser aux détails pratiques.) J'ai parlé à Louisa et elle était très contrite : très "Oh, Annette, je ne sais pas quoi faire". Eh bien, cette jeune femme aurait dû faire preuve d'un peu plus de bon sens ; et j'ai aussi parlé à Marc. Moins je t'en dis sur le sujet, mieux ce sera, je crois. En tout cas, appelle-moi quand tu peux pour me dire par quel avion tu rentres. Papa viendra te chercher et j'ai préparé ta chambre. Appelle-moi dès que tu peux.

J'espère que tu passes un… (Pause légèrement gênée pendant que ma mère cherche le mot juste.) J'espère que tu vas bien. Je t'aime, ma chérie. »

« Angela, c'est Louisa. Rappelle-moi, s'il te plaît. On est dimanche matin et je sais que tu dois être très en colère et tout mais… euh… je suis désolée. Je ne savais pas quoi faire et… Bordel, je ne peux pas faire ça au téléphone ! Je suis vraiment une amie de merde. (*Bien dit*, ai-je pensé. Elle avait l'air désespérée, mais je n'en avais vraiment rien à secouer.) J'ai parlé à ta mère, ça a été affreux, elle n'avait pas été aussi en colère contre moi depuis la fois où je t'ai ramenée bourrée de la soirée chez Tim lorsqu'on était en première… Oh, et Tim a la main cassée, mais il sera rétabli dans quelques semaines. Ce n'est pas très grave. Euh… tu me rappelles ? »

Je décidai que je pouvais la laisser mijoter dans son jus encore un peu.

« Salut, c'est moi. (Appuyant la main sur la vitre, je regardai les gens en contrebas.) Il fallait que je t'appelle, que je dise quelque chose. (Même du onzième étage, je voyais des gens sortir du *Starbucks*, de véritables seaux de café à la main. Un café aurait été parfait à cet instant. Un café ou de la sambuca.) Je suis désolé de ce qui s'est passé, c'était incroyablement stupide de ma part, et cruel, et… euh… tout simplement horrible. (Il y avait tellement de boutiques autour de la place. Je me sentirais certainement mieux si je pouvais aller faire du shopping.) J'aurais dû te dire ce qui se passait. (Même avec la climatisation à fond dans la pièce, je pouvais deviner combien le soleil tapait fort sur les

New-Yorkais en minishort et tee-shirt.) Entre Katie et moi, eh bien, j'aurais dû te le dire, c'est assez sérieux. (Il y avait tellement de gens qui s'affairaient.) Je crois qu'il faut qu'on discute du prêt, entre autres choses. Je veux dire, tu ne peux pas simplement disparaître comme ça, Angela. (Et je voyais des écureuils s'agiter dans les arbres.) Ta mère m'a dit que tu étais à New York. Je ne sais pas, est-ce que tu peux me rappeler ? Je sais que j'ai déconné, mais il faut que tu me rappelles, tu ne peux pas juste te cacher. Je ne rentre pas à la maison, je vais dormir chez… Bref, je ne rentrerai pas à la maison tant qu'on n'aura pas parlé. (Je repérai une bouche de métro parmi les arbres. Le métro !) Il faut qu'on parle de ce qui va se passer. Je t'aime toujours, Angela, mais… plus de la même façon, c'est tout. Bref, appelle-moi. »

Appuyant le front contre la vitre, je raccrochai. Pour ce qui était de le voir ramper pour me reconquérir, c'était râpé. C'était peut-être un gros choc pour moi, mais pas pour lui ; de son côté, il était plutôt soulagé. Merde ! qu'est-ce que j'allais bien pouvoir faire maintenant ? Je ne pouvais pas habiter chez ma mère pour le restant de mes jours, et je ne pouvais plus compter sur mes amis. Je ne pouvais même pas m'absorber dans mon travail : je bossais en free-lance, et je n'avais pas grand-chose à faire en ce moment. Avec une grande inspiration, je m'écartai de la fenêtre mais gardai le bout des doigts appuyé contre la vitre tandis que je composais le numéro de Mark.

— Allô ?

Sa voix.

— C'est moi, répondis-je en appuyant les doigts plus fort sur le verre, contre la silhouette des gratte-ciel. Ma mère va venir chercher mes affaires, elle fera les cartons elle-même. (Suivant du doigt les contours des buildings de l'autre côté de la place, je me forçai à continuer de respirer.) Je ne reviendrai pas à la maison, alors fais ce que tu veux ; mais je ne reviendrai pas.

— Tu es chez ta mère ? demanda-t-il d'un ton hésitant.

— Je ne peux pas te parler. (Je baissais les yeux vers le parc en maintenant une respiration lente et profonde.) Je ne suis pas chez ma mère, mais à New York ; et, je ne sais pas quand je rentrerai, alors vas-y, fais ce que tu veux avec qui tu veux, et ne me rappelle plus jamais. Jamais.

Je raccrochai et m'appuyai de tout mon poids contre la fenêtre. Bon, j'avais choisi New York, il fallait désormais qu'elle me soutienne dans ma décision. Et, pour fêter ça, je courus dans la salle de bains vomir ma vodka Coca, puis mes M&M's. Sympa.

— Euh… mademoiselle Clark ?

La porte s'ouvrit, me laissant juste le temps de resserrer mon peignoir et de quitter ma confortable position fœtale autour de la cuvette des toilettes pour me redresser. La fille de la réception entra en poussant un chariot à desserte devant elle.

— C'est Jennifer, la concierge. Est-ce que je peux entrer ?

Je vérifiai dans le miroir que je pouvais décemment me montrer et traversai la chambre en vacillant pour aller lui ouvrir.

— Oui ! bien sûr.

— Je n'étais pas sûre que vous auriez tout ce qu'il vous faut.

Elle me présenta le chariot d'un geste théâtral. Piles de cookies géants, boîtes de céréales, bouilloire pleine d'eau brûlante, lait chaud, lait froid, pancakes, pain grillé et une grosse boîte de produits de beauté s'y entassaient.

— Vous nous avez fait part de votre récente rupture, or personne ne devrait être seul après un truc pareil. Ceci est notre service post-rupture « Les hommes sont tous des salauds », offert par la maison.

Avec un grand sourire, elle attrapa un cookie et le cassa en deux.

— Oh, merci… Et appelez-moi Angela, je vous en prie, dis-je, douloureusement consciente de la pure Anglaise en moi.

Je pris la moitié de cookie qu'elle me tendait et restai debout, l'air gauche, encore sous le choc de ce que j'avais sous les yeux.

— C'est merveilleux, merci ; je mourais de faim.

— Eh bien, la devise de cet hôtel, c'est « paré à toute éventualité », et c'est aussi la mienne, répondit-elle en s'asseyant d'un bond sur le lit. Mais dites-moi si vous voulez que je m'en aille, parce que j'outrepasse complètement mes fonctions de concierge. C'est juste que je me suis dit, si c'était moi qui étais arrivée à New York après une rupture avec un minuscule sac de voyage et sans réservation d'hôtel, de quoi j'aurais besoin ? Alors je suis allée taper dans la réserve ; j'ai trouvé un pyjama (elle sortit du fond du chariot un ensemble en coton blanc à boutons), des chaussons, des chaussettes, des produits démaquillants, des kits de couture – je ne sais pas, tout le monde semble avoir besoin de kits de couture – et tout ce que je me suis dit que j'aurais voulu manger si je venais de rompre. Et du thé parce que vous êtes anglaise.

Je ne savais pas si je devais rire ou pleurer, mais je lui étais reconnaissante de continuer à parler tant que je n'étais pas parvenue à une décision.

— Merci encore ; je suppose qu'effectivement il me faut un pyjama. Je n'y avais pas vraiment pensé. Je n'avais pensé à rien, en fait.

Elle prépara du chocolat chaud pour nous deux et rompit un autre cookie en deux.

— C'est la première chose dont j'ai besoin lorsque je romps avec quelqu'un ; je reste au lit pendant environ une semaine, puis je mange jusqu'à ce que je l'aie oublié. D'où toute cette nourriture. Je suppose que ça a dû être une rupture douloureuse si ça vous a poussée à traverser l'Atlantique, hein ?

Prenant le pyjama, je commençai machinalement à me diriger vers la salle de bains, mais j'avais dans l'idée que cela n'allait pas déranger cette fille que je l'enfile devant elle. Elle avait déjà allumé la télévision et hochait la tête devant un clip. J'enfilai le bas par-dessous mon peignoir, puis laissai vivement glisser celui-ci pour passer le haut. La sensation était exquise ; j'avais l'impression d'être enveloppée par les draps les plus frais et les plus doux dans lesquels j'aie jamais dormi.

— Trop douloureuse pour en parler à une inconnue ? reprit-elle. C'est bon, je suis la psy de service dans cet hôtel.

Elle tapota l'édredon et je me laissai tomber à côté d'elle ; comme le pyjama, le lit était extrêmement luxueux et accueillant.

— Eh bien, je n'en ai encore parlé à personne, soupirai-je en sirotant mon chocolat. Je viens d'apprendre que mon petit ami me trompe, alors j'ai décidé de prendre des vacances pour me mettre les idées au clair.

— Sérieux ? Quel salaud ! Comment est-ce que vous l'avez découvert ?

Jennifer enchaîna sur les cookies avec un bol de céréales multicolores.

— Je l'ai surpris en train de s'en taper une autre à l'arrière de sa voiture au mariage de nos meilleurs amis. Tout notre entourage était au courant. J'étais la seule imbécile qui n'avait rien remarqué.

Je m'interrompis pour accepter les céréales qu'elle me tendait. Autant de sucre dans un seul bol. Impressionnant.

— On avait toujours dit qu'on se séparerait si l'un trompait l'autre, alors… je crois que je suis célibataire.

— Aïe, dit-elle en croisant les jambes sous elle et en déplaçant quelques oreillers. Ça craint. Mais vous avez de bons amis à New York ? Au fait, on peut se tutoyer ?

— D'accord. Et non, pas d'amis. (J'ai mastiqué de petits morceaux de marshmallow en regardant le lait verdir. Écœurant et appétissant tout à la fois.) J'ai juste choisi la première destination disponible à l'aéroport de Heathrow qui satisfasse mes critères : anglophone, pleine de magasins et le plus loin possible de ce con de Mark.

— Tu as bien choisi. New York est un peu la Mecque des gens qui ont connu des ruptures sordides. Crois-moi, je suis présidente, secrétaire et trésorière du club local des cœurs brisés. Mais peu de gens quittent le pays du jour au lendemain comme ça, ma puce ; tu as vraiment du courage.

— Pas vraiment, avouai-je. C'est plutôt que je ne pouvais pas rentrer chez moi, et que l'idée de parler à mes amis et de découvrir qu'ils étaient tous au courant depuis des mois m'était insupportable. Et puis, lorsqu'on réussit à casser la main du marié et à faire pleurer la mariée avant la première danse alors qu'on est la demoiselle d'honneur, on songe à quitter le pays.

— Waouh ! s'exclama-t-elle en me dévisageant. Tu es ma nouvelle idole.

Elle avait l'air tellement sincère que j'ai fondu en larmes. Sérieusement, je ne suis pas du genre à pleurer pour un rien, mais ces dernières vingt-quatre heures avaient été dures.

— Mon Dieu, c'est déprimant, marmonnai-je entre mes larmes. J'ai près de vingt-sept ans, je suis cocue, je n'ai plus de maison, mes amis sont tous des cons et je suis seule dans cette ville avec un malheureux petit sac de voyage, une paire de chaussures qui peuvent aussi servir d'arme à 400 livres sterling, et la moitié d'une barre de Toblerone. Ce n'est pas ce que j'appelle une idole.

— Moi je pense que si. Tu as affronté une situation bouleversante la tête haute, tu as tenu tête aux gens qui avaient une influence négative sur ta vie alors même qu'ils représentaient les fondements de ton système social, et tu es venue dans la meilleure ville au monde pour te redécouvrir. Et tu n'es plus seule, tu m'as, moi, que tu le veuilles ou non, ajouta-t-elle avec un grand sourire, en ramenant tant bien que mal sa masse de boucles brunes en arrière pour les attacher en queue-de-cheval. Jenny Lopez, meilleure psychiatre gratuite de New York. Profite de moi au maximum avant que je te coûte un million de dollars de l'heure. Et ne te moque pas de mon nom. Et ces chaussures, je peux les voir ?

— Je ne me moquerai pas, promis-je, en me demandant comment faire pour boire le lait qui restait dans mon bol sans qu'elle le voie. (La preuve que les additifs alimentaires créent une dépendance.) Merci, pour tout ça et pour m'avoir écoutée et pour… euh… parler. Et oui, bien sûr, elles sont à côté du lit.

— Oh, ne me remercie pas de parler, dit-elle avec un rire en se levant d'un bond pour ramasser une de mes chaussures. Eh ben, des Louboutin de Hyde Park, sympa ! Bon, il faut que je retourne à la réception, et j'imagine que tu as besoin de dormir ; le décalage horaire doit commencer à se faire sentir.

J'acquiesçai ; elle était d'une étrange perspicacité. Lorsque j'essayai de me lever pour l'escorter jusqu'à la porte, j'eus l'impression d'avoir du plomb dans les jambes.

— Ne te lève pas, dit-elle en ouvrant la porte. Goinfre-toi, regarde une daube à la télé et prépare-toi pour demain.

— Qu'est-ce qui se passe demain ? demandai-je en enchaînant sur les pancakes.

J'étais affamée, et tout avait l'air si bon…

Jenny m'adressa un grand sourire depuis le seuil.

— Plein de choses. C'est mon jour de congé ; c'est aussi le jour où je te sors pour que tu ne passes pas une seconde de plus que nécessaire toute seule à regarder les chaînes câblées, et c'est le premier jour de ton aventure new-yorkaise. Sois levée et à la réception à 9 h 30 tapantes.

Et, sur ces mots, elle s'en fut.

Je m'assis sur le lit, légèrement abasourdie. Face au lit se trouvait un grand miroir, d'un mètre quatre-vingts de haut, appuyé contre le mur. J'avais peine à croire que c'était moi qui me renvoyais mon regard. Moi, à New York. Moi, célibataire. Moi, dotée d'une amie (même si c'était la pitié qui l'animait) qui m'emmenait visiter la ville dans douze heures. Le décalage horaire commençait à décupler les effets de la vodka que j'avais bue, et tout le contenu du chariot à se brouiller devant mes yeux. Reculant et repoussant les couvertures autour de moi à coups de pied, je m'affalai dans le lit de plumes. Heureusement, la télécommande avait émergé au-dessus de l'édredon et se retrouva dans ma main. Je zappai jusqu'à tomber sur quelque chose que je connaissais. Ahh ! *Friends*. Parfait. J'essayai de me détendre malgré la folie de ces dernières vingt-quatre heures qui accaparait mes pensées. Au-dehors, le soleil était en train de se coucher, projetant de longues ombres en travers de ma chambre.

Tu ne te sens pas seule ? Tu devrais rentrer affronter la situation, chuchotait la chambre plongée dans l'obscurité. J'avais toujours détesté la façon dont les choses paraissaient juste un tantinet plus tragiques, un tantinet plus insensées, lorsque venait la nuit. Dans un geste de défi, je tendis la main vers le chariot pour y chercher un cookie à tâtons ; un ultime effort physique qui m'acheva. Je succombai à un sommeil sans rêves avant même d'avoir eu le temps de le porter à ma bouche.

Chapitre 4

Le lendemain matin, je me réveillai aussi soudainement que je m'étais endormie. Étant plus ou moins tombée comme une masse, je n'avais pas fermé les rideaux et le brûlant soleil d'août entrait à flots par ma fenêtre, exigeant que je me lève immédiatement. Je tenais dans une main un cookie à moitié fondu, et dans l'autre la télécommande. Il y avait encore *Friends* à la télé. J'étais à peu près sûre que c'était un épisode différent… D'après le réveil sur ma table de chevet, il était 8 heures ; on était lundi, et j'entamais ma première journée new-yorkaise. Je me levai d'une roulade en essayant de ne pas me regarder dans le miroir, et jetai un coup d'œil par la fenêtre. Union Square était déjà plein de monde. Ça grouillait autour de la station de métro, et un marché tentaculaire, sorti de nulle part, avait envahi la place. J'étais sur le point de sauter dans la douche lorsqu'on frappa à ma porte, ce qui me sortit de ma transe « Waouh, je suis vraiment à New York et évitons de penser à la raison qui m'y a amenée ».

— Service d'étage, dit une voix calme et polie.

Sans réfléchir, j'ouvris à l'un des hommes les plus beaux qu'il m'ait été donné de rencontrer. Au moins un mètre quatre-vingt-cinq, d'épais cheveux noirs qui lui tombaient jusqu'au cou, séparés par une raie au milieu, de grands yeux de biche d'un brun profond et une peau douce comme celle d'un bébé, au ton olivâtre rehaussé par le blanc éclatant de sa chemise sans col.

— Mademoiselle Clark ?

Je réussis, je crois, à émettre un son, mais ce n'était pas vraiment un acquiescement, aussi j'enchaînai avec un hochement de tête. Mon visage, je le savais, était tout froissé par les plis de l'oreiller, j'avais encore des traces de cookie aux pépites de chocolat fondues sur la main droite et j'aurais vraiment aimé porter mon soutien-gorge en cet instant. Lequel se trouvait à au moins trois mètres de là où il aurait dû être : par terre au pied du lit.

— Jenny m'a demandé de veiller à vous apporter tout ce dont elle aurait envie au petit déjeuner, c'est-à-dire à peu près tout ce qu'il y a sur notre menu. Joe, à votre service. (Il poussa dans la pièce un chariot fumant qu'il échangea rapidement contre celui, complètement saccagé, que Jenny avait laissé la veille au soir.) Elle m'a aussi demandé de vous donner ce mot. Bon appétit.

Avec un sourire à se damner, il sortit sans se presser de la chambre. Comment pouvait-il n'être qu'un garçon d'étage ? me demandai-je en soulevant les couvercles pour humer tous les plats sur le chariot. Omelette : pas fan. Œufs et bacon : peut-être un peu tôt. Pancakes : pas d'heure pour les pancakes. Et, sur la tablette inférieure, un large choix de céréales, viennoiseries, chocolat chaud, lait et mon thé « parce que j'étais anglaise ». Je débordais de gratitude.

Après une douche, un petit déjeuner et un autre épisode de *Friends*, j'ouvris le mot de Jenny.

« Salut,

J'espère que tu as trouvé quelque chose à ton goût ; comme je te l'ai dit, je suis une grosse mangeuse.

Je serai à la réception à 9 h 30 tapantes, ne me fais pas faux bond ou je te coupe le service d'étage. Aujourd'hui, c'est le premier jour de ton programme de guérison avec le docteur Jenny. J'espère que tu es prête !

Bises, Jenny.

P.-S. : J'espère que Joe aussi était à ton goût, je parie que ton ex ne ressemblait pas à ça lorsqu'il t'apportait des pancakes au lit… »

Le son de mon éclat de rire me parut bizarre. Je me rendis compte que je ne m'étais pas entendue rire depuis deux bonnes journées. C'était mieux que de pleurer. Mais hilarité et garçons d'étage canon mis à part, il était temps de voir les choses en face. Et, chose plus terrifiante encore, il était temps de me regarder dans le miroir.

L'éclairage du *Union* était conçu pour être aussi flatteur que possible, mais même une lumière tamisée, des miroirs bienveillants et douze heures de sommeil ne suffisaient pas à réparer les dégâts qu'une rupture infligeait à votre peau. Je fouillai dans mon sac à la recherche de ma trousse à maquillage, que je vidai sur la paillasse de la salle de bains. Je n'avais pas grand-chose à disposition. Je mis rapidement un peu de mascara et de gloss. Le changement ne me parut pas radical. Et l'état de mes cheveux était toujours aussi navrant. Je les avais laissés pousser pendant une éternité pour pouvoir faire le chignon dont Louisa rêvait pour sa demoiselle d'honneur. Ils pendaient mollement, de façon pitoyable. Je réussis quand même à me faire une queue-de-cheval, en espérant qu'elle tiendrait. Le choix que m'offrait ma garde-robe était encore plus limité. Jean et tee-shirt, ou robe de demoiselle d'honneur. Et j'espérais vraiment que Jenny allait m'emmener quelque part où je pourrais m'acheter en vitesse quelques sous-vêtements, car ça me faisait sérieusement défaut. Lorsque j'avais décidé de me lancer dans ma grande aventure, j'avais estimé avoir tout ce dont je pouvais avoir besoin. Dans les faits, j'avais deux tee-shirts, trois culottes et un soutien-gorge. Et mes Louboutin. (Soupir.) Splendides. J'attrapai mon sac ; je ne pouvais rien y faire pour l'instant. Il était temps d'aller retrouver Jenny à la réception.

On ne pouvait pas la rater. Il faisait aussi sombre et frais dans le hall d'entrée que la veille au soir, mais Jenny rayonnait dans un coin, appuyée contre la réception en petite robe d'été sexy couleur citron, avec aux pieds de délicates tongs dorées. Je me faisais l'effet d'être sa grand-mère. Et, la veille, je n'avais pas remarqué à quel point ses jambes étaient longues. Peut-être n'était-ce pas la meilleure personne avec qui sympathiser en pleine rupture... Mais, avant que j'aie pu foncer vers la porte, elle me vit et me fit signe d'approcher.

— Tu vois ! dit-elle à la fille à la réception. (Une autre déesse resplendissante, celle-ci vêtue du chemisier sans col et du pantalon noirs composant l'uniforme des concierges.) Elle existe ! notre idole !

— Waouh ! souffla sa copine en me dévisageant.

J'avais l'impression d'être une pièce d'exposition dans un musée consacré aux années 1990 en Grande-Bretagne. Une queue-de-cheval ? J'avais cru pouvoir m'en tirer impunément avec des cheveux mouillés attachés en queue-de-cheval ?

— Vous êtes, genre... une véritable source d'inspiration, continua-t-elle. Vous assurez grave ! Moi, c'est Vanessa.

Je souris avec gêne. J'assurais grave ?

— Bonjour, les saluai-je en essayant de ne pas me demander si j'avais un bourrelet. Je n'étais pas sûre de ce qu'on allait faire alors je ne savais pas trop quoi mettre.

D'après le miroir derrière Vanessa, j'avais effectivement un bourrelet.

— Tu es très bien comme ça, me rassura Jenny, balayant d'un geste mes inquiétudes et me prenant par le bras.

Je saluai Vanessa de la main mais, au lieu de gagner la sortie, Jenny me guida vers l'ascenseur.

— Aujourd'hui, c'est la phase numéro un de ta transformation.

— Ma transformation ?

Je me glissai dans l'ascenseur à la suite de Jenny, qui appuya sur un bouton marqué « Extase – Beauté et remise en forme ». J'avais donc si mauvaise mine ?

— Bien sûr. Règle numéro un après une rupture importante : il faut te laisser bichonner de la tête aux pieds. Bienvenue chez Extase.

Les portes s'ouvrirent sur un espace vaste et clair, tout l'opposé de la réception de l'hôtel. Il était baigné de lumière et une odeur d'agrumes et de vanille embaumait l'air. Des dizaines d'esthéticiennes au visage serein allaient et venaient en tunique bleue, riant et plaisantant, chargées de flacons de shampoing taille salon, d'huiles de massage et de piles de serviettes. Des haut-parleurs diffusaient de la soul et du R & B, discrètement mais assez fort pour qu'on puisse fredonner avec. Une des filles nous repéra et nous fit signe d'approcher. Elle était toute petite, avec des cheveux noir de jais ramenés en un chignon sévère qui soulignait des pommettes ridiculement anguleuses et des lèvres magnifiques qu'Angelina Jolie aurait eu besoin de Botox pour égaler.

— Salut ! dit-elle en faisant la bise à Jenny avant de reculer pour me regarder. C'est elle, bien sûr, n'est-ce pas ?

Jenny acquiesça.

— Angela Clark, je te présente Gina Fox, la plus belle de nos esthéticiennes. Elle va te relooker de la tête aux pieds. Ça te va ?

Sans me laisser le temps de répondre, Gina me prit par la main et me fit traverser le salon, passant devant la réception pour gagner le fond où se trouvait un grand vestiaire.

Elle m'indiqua d'un geste un des peignoirs bleu pâle, et je supposai que j'étais censée me déshabiller.

— Jenny nous a raconté ta rupture, ma chérie ; tu es épatante. Mais, lorsque tu romps avec quelqu'un, tu dois faire des changements. Faire table rase du passé, comme on dit. T'inquiète, je ne vais pas te raser les cheveux, mais je vais quand même te les couper un peu.

Jenny s'était attaquée à une assiette de brownies posée sur le comptoir à côté de la porte.

— Je pensais à un joli petit carré, quelque chose de classique, marmonna-t-elle, la bouche pleine de noix de pécan.

Gina me fit tourner sur moi-même, examinant mes cheveux sous tous les angles.

— Jolies pommettes, un carré rendrait effectivement pas mal. Quelques mèches, peut-être...

— Oh, je ne crois pas que je sois le genre à avoir des mèches, bredouillai-je, commençant à paniquer.

Le mot « mèches » faisait très jean blanc et débardeur à paillettes pour moi : pas mon genre.

Gina me jeta un vif coup d'œil avant de se tourner vers Jenny.

— Est-ce qu'elle va me donner du fil à retordre ? demanda-t-elle.

Jenny secoua vivement la tête.

— Hé, ho ! vas-y doucement avec elle, Gina. Elle en a bavé.

Sur ces bonnes paroles, elle engouffra un autre brownie.

Je m'assis devant le bac à shampoing et laissai Gina prendre une photo « avant » avec un appareil portant le nom du salon. Tandis qu'elle me savonnait la tête, je me félicitai mentalement de m'être déjà lavé les cheveux le matin ; ils étaient vraiment dégoûtants.

— Alors, ma chérie, commença Gina. Parle-nous de toi.

Sous l'action des merveilleuses têtes de massage intégrées dont était équipé le dossier de mon fauteuil, je me sentais ramollir jusqu'à la soumission.

— Eh bien… je suis écrivain, enfin façon de parler ; j'écris des livres inspirés de films et de séries télé pour enfants.

— Sérieux ? Ça a l'air sympa, fit Gina en commençant à faire pénétrer le shampoing. *(Aïe ! Un tout petit peu trop énergique.)* Tu as fait quelque chose qu'on est susceptibles de connaître ?

— Peut-être, marmonnai-je en abandonnant toute résistance tandis que Gina commençait à me malaxer le cuir chevelu. J'ai travaillé plus ou moins sur tous les films pour enfants qui sont sortis ces cinq dernières années : gros ogres verts, araignées radioactives, tortues qui parlent.

— Sympa ! répéta-t-elle avec un hochement de tête en me pétrissant vigoureusement le crâne.

Ohhhhhh !

— Au début, oui, mais vous savez, au bout d'un moment, c'est juste un boulot comme un autre.

— Alors qu'est-ce que tu veux faire ? intervint Jenny, assise dans le fauteuil voisin. Si tu pouvais faire ce que tu veux, qu'est-ce que ce serait ?

— Je ne sais pas, ronronnai-je en m'abandonnant au merveilleux après-shampoing relaxant. J'imagine que je serais un vrai écrivain ; vous savez, que j'écrirais mes propres trucs. C'est juste que je n'ai jamais eu le temps jusqu'à présent.

— Eh bien, maintenant, tu l'as, dit Jenny.

Apparemment, elle s'était de nouveau attaquée aux brownies. Tout ce que je savais de cette femme pour l'instant, c'est qu'elle était le tyran le plus gentil qui puisse exister et qu'elle mangeait plus que n'importe qui de ma connaissance, malgré le fait qu'elle avait la taille à peu près de la même circonférence que ma cuisse gauche.

— Tu n'as rien à rendre prochainement, si ?

— Non, reconnus-je. Je n'ai rien en ce moment.

— Alors reste, et écris, me suggéra-t-elle tandis que Gina m'enveloppait la tête dans une serviette et me guidait vers le coin coiffage. Tu es à New York ; c'est le meilleur endroit au monde pour être écrivain. Il y a des tonnes de bouquins qui ont été inspirés par Manhattan.

Gina eut un rire moqueur.

— Cite-m'en un, Jenny Lopez, et je te donne cent dollars, direct.

— Ouais, bon, techniquement, je ne suis pas une « grande lectrice », répliqua Jenny en formant des guillemets en l'air avec ses doigts. Mais il faut que j'en absorbe le plus possible dans mon domaine d'expertise. Je lis beaucoup de guides de développement personnel.

— Si tu entends par là que tu en achètes beaucoup et que tu les laisses traîner partout dans notre appartement, alors, oui, j'imagine que c'est vrai, rétorqua Gina.

— Vous habitez ensemble ? demandai-je, dans une tentative pour désamorcer le regard dont Jenny fusillait sa copine.

Elles devaient bien se marrer dans cette maison.

— Seulement jusqu'à mercredi, où Gina m'abandonne, répondit Jenny avec un sanglot feint. Je n'arrive pas à croire que tu me lâches juste pour être gérante d'un salon.

Gina commença à me peigner les cheveux puis à me faire une raie, d'abord au milieu, puis à gauche, à droite, avant de revenir au milieu.

— Mais oui, bien sûr, juste un salon. Pas la première antenne internationale d'Extase à Paris. Tu survivras, Jenny, rétorqua-t-elle en me regardant dans le miroir. (Lorsqu'elle se détendait, elle avait l'air d'une fille capable de se marrer ; pas simplement d'une terroriste de la beauté impeccablement coiffée.) Alors, Angie, qu'est-ce que tu aimes, sinon ? Musique, théâtre, guides de développement personnel ?

— Ouais, ouais, l'interrompit Jenny. Moi, je trouve ça intéressant que tu aies répondu à la question « Parle-nous de toi » par une description de ton boulot. Tu passerais pas trop de temps à bosser et pas assez à te préoccuper des autres aspects de ta vie, par hasard ?

— Non, tu crois, docteur Freud ? s'exclama Gina, m'épargnant l'embarras de devoir trouver une réponse. Je te jure, parfois, tu dis vraiment que des conneries. Mais sérieusement, à part écrire, Angela, qu'est-ce que tu aimes ? La musique ? La mode ? Les expositions canines ?

— Oui, la musique, j'aime ça, répondis-je, heureuse de me retrouver en terrain sûr. J'adore les concerts, les festivals, tout ça. Et j'ai toujours eu un faible pour les rockeurs indé. Vous savez, cravate étroite, veste en cuir, Converse, toute la panoplie.

Jenny et Gina hochaient la tête en souriant.

— Oh oui ! on est passées par là nous aussi, fit Jenny, les yeux brillants. Il te suffit d'aller dans le sud de Manhattan et de hurler le nom de quelque groupe inconnu. Une mignonne petite Anglaise comme toi ? Ils arriveront au galop.

Gina éclata de rire.

— Oui, tu peux carrément exploiter ton accent. Mais, moi, je suis trop vieille pour tout ça maintenant. Je préfère traîner du côté de Wall Street le vendredi soir. Il me faut quelqu'un qui puisse me ramener dans un appartement sur Park Avenue en passant par chez *Tiffany*, pas dans un loft à Brooklyn en passant par le dispensaire. Oh, je regrette mes vingt ans...

— Eh bien, j'aurai vingt-sept ans en octobre, dis-je tandis qu'elle commençait à me couper les cheveux avec ses petits ciseaux. Est-ce que ça ne me rend pas trop vieille pour les petits gars du rock indé ?

— Mais non, tu as encore quelques belles années devant toi. Mais tu ne préférerais pas quelqu'un qui puisse prendre soin de toi ? Un mec grand et fort ? Avec des tablettes de chocolat bien dessinées, une American Express noire, et bien sapé ? Qui te gâterait ?

— Je ne sais pas ; j'imagine que ce ne serait pas désagréable. Mon… ex travaillait dans une banque mais il n'était pas exactement ce qu'on appelle musclé. Et il était carrément radin, dis-je lentement. Je n'ai jamais vraiment pensé à ce genre de détail en regardant un garçon. Je ne pensais pas être suffisamment adulte, je suppose. Tragique, non ?

— Bon, d'abord il va falloir que tu arrêtes de les appeler « garçons », Angie, intervint Jenny. Ce qu'il te faut, c'est un homme. Voire deux ou trois.

— Peut-être que ce ne serait pas si terrible. Quelqu'un qui pèse plus lourd que moi, pour changer… Et puis merde ! je suis trop vieille pour toutes ces histoires de rencards. Je n'arrive pas à m'imaginer dans la situation. Mon Dieu ! je vais devoir m'y mettre à vingt-six ans.

Je n'arrivais pas à y croire vraiment.

Jenny secoua la tête.

— J'aimerais bien n'aller que sur mes vingt-sept ans. J'aurai trente ans en juillet prochain. (Elle laissa sa tête tomber sur l'accoudoir de mon fauteuil.) Tu imagines ? Je ne peux pas fêter mes trente ans sans avoir réalisé la moindre de mes ambitions dans la vie.

— Mais tes ambitions dans la vie sont de rencontrer Oprah, de dégotter un boulot auprès d'Oprah, de devenir amie avec tous les amis d'Oprah et de petit à petit supplanter Oprah dans tous les cœurs, fit Gina. (J'avais plein de cheveux sur les épaules, et il y en avait encore bien plus par terre.) Pour l'instant, tu as lu ses livres, acheté ses magazines, regardé son émission et soûlé tous tes amis en parlant constamment d'elle.

— Oui, mais toutes ces choses sont des étapes importantes pour devenir le prochain cœur de la nation. Et, évidemment, milliardaire, rétorqua Jenny d'un air déterminé. Mais toi, ma chérie, quelles sont tes ambitions dans la vie ?

Je réfléchis longuement.

— Je ne crois pas en avoir. Peut-être réussir à faire publier un livre original, ou avoir ma rubrique dans un magazine, quelque chose comme ça. Je ne sais pas ; c'est pas facile, tout ça.

— Mais tu peux carrément y arriver, fit Jenny en sortant un bloc et un stylo de son sac. Il faut juste que tu t'organises. On va faire une liste. Trop bien, j'adore ça !

— Tu as créé un monstre, me dit Gina en tirant des mèches jusqu'à mon menton pour en vérifier la longueur. Ne donne jamais un projet à cette fille. (Elle donna un coup de ciseaux sur le bloc de Jenny.) Maintenant, on ne parle plus. C'est le moment de donner un coup de sèche-cheveux à cette petite merveille.

Vingt minutes plus tard, j'avais un magnifique carré très chic qui m'arrivait au menton, avec une frange effilée qui me tombait en travers de la pommette droite. Ça faisait adulte mais mignon, élégant mais sans en faire trop. Je doutais que ça rende jamais aussi bien à l'avenir.

— Maintenant, dit Gina en prenant une noisette de produit à l'aspect cireux dans un pot, on a le choix, selon ce que tu décides de faire de ta vie. Ce que tu vois là, c'est la princesse de Park Avenue. Tu pourrais entrer dans n'importe quelle boîte d'édition dès maintenant et exiger un contrat ; super chic.

Jenny acquiesçait avec enthousiasme.

— Mais là…

Gina étala la cire dans la paume de ses mains et s'attaqua à mes cheveux, les repoussant vers l'avant de ma tête et y passant méticuleusement les doigts. Lorsqu'elle les retira en arrière, le carré lisse avait laissé place à un savant chaos dégradé et déstructuré. Un résultat que j'avais essayé d'obtenir par le passé, mais mes efforts n'avaient abouti qu'à donner l'impression que je m'étais couchée les cheveux mouillés.

— Là, poursuivit Gina, tu es prête à aller faire la bringue dans le Lower East Side avec le reste des jeunes branchouilles. Tu aimes ?

— Merci, murmurai-je, débordante de bonheur. Je ne savais même pas que mes cheveux pouvaient être aussi bien coiffés.

Je ne pouvais pas m'empêcher d'y toucher, mais seulement du bout des doigts, de peur qu'un contact trop appuyé fasse tout disparaître… pffuit, comme ça.

— À partir de maintenant, je ne veux pas te voir avec un seul cheveu de travers, fit Gina en me regardant avec une telle insistance que j'en fus intimidée.

L'espace d'un instant, je remerciai les gérants d'Extase Paris.

— OK, Angie, ma chérie, prends ton sac. J'emmène cette jolie coiffure faire une virée en ville.

Jenny s'enfonça une dernière moitié de brownie dans le gosier et me tira de mon fauteuil.

— Où est-ce qu'on va ? demandai-je, laissant Gina aplatir un peu mes cheveux au peigne, les ramenant quelque part entre le carré lustré et le chaos déstructuré. Parce que je ne suis pas vraiment habillée pour…

Jenny me prit par la main et me jeta le genre de regard qu'on adresse à une vieille parente qui se croit encore en 1947.

— Mon chou, c'est exactement pour ça qu'on va où on va.

Chapitre 5

Bloomingdale's.

J'en avais entendu parler, j'avais vu les sacs en papier brun marqués « *little* » ou « *medium* » ou « *big brown bag* », mais je n'avais jamais vraiment envisagé l'éventualité de m'y rendre un jour. Dans le taxi, Jenny m'avait briefée sur ce que nous cherchions. Elle avait commencé à planifier ma nouvelle vie pendant que Gina me séchait les cheveux, et la première chose à faire était de m'équiper comme il fallait pour un séjour à New York. Par le plus heureux des hasards, cela coïncidait avec sa règle numéro deux pour surmonter une grosse rupture : s'acheter un nouveau *tout*.

J'avais déjà de l'expérience en matière de shopping. J'avais affronté le *Topshop* d'Oxford Circus un vendredi soir, eu les bras plongés jusqu'aux coudes dans les bacs de soldes de *Selfridges*, déniché des trésors à Portobello Market, mais, là, je passais dans une autre catégorie. Après avoir rapidement évalué le maquillage que je portais (trop léger), écouté une courte description de ma trousse de beauté (pur écœurement), et obtenu confirmation de ma part que l'argent n'était pas un problème tant que nous restions dans le domaine du raisonnable, Jenny décida que nous commencerions au rez-de-chaussée, par le rayon cosmétiques. Elle fonça droit sur le comptoir MAC avec toute la détermination d'un nageur traversant la Manche. Quelques secondes plus tard, je me retrouvai assise dans le fauteuil d'un autre visagiste, Razor, qui me débarbouilla du maquillage de base que j'avais appliqué en vitesse le matin même.

Razor était l'homme à iroquoise le plus charmant qu'il m'ait été donné de rencontrer. Son maquillage était épatant et, franchement, à côté de lui, ce que je savais faire avec un eye-liner ne dépassait pas le stade des pattes de mouche.

— Bon, il nous faut d'abord un fond de teint pour neutraliser les rougeurs – tu es très pâle, mon chou – puis on va travailler avec un blush : peut-être abricot en journée et quelque chose de plus rose pour le soir ? Puis je te montrerai comment te maquiller les yeux. Comme tu es plutôt novice, on va laisser les lèvres pour un autre jour et juste te trouver un ou deux gloss neutres. Peut-être un rouge classique si tu es d'humeur audacieuse, dit-il au milieu d'un ballet d'éponges, de pinceaux, de tubes et de pots.

— On peut faire les lèvres aujourd'hui, protestai-je humblement, désolée de décevoir Razor par ma pâleur. Je sais que je ne porte pas beaucoup de maquillage aujourd'hui, mais en fait j'adore ça, j'en mets très souvent.

Il échangea un regard dubitatif avec Jenny.

— Tiens ce pinceau à eye-liner pour moi, ma puce, dit-il en me tendant l'objet comme si c'était un sceptre d'or.

Je le pris et l'examinai avec étonnement.

— C'est pour l'eye-liner, ça ? Je ne me sers que de crayons, dis-je d'un ton songeur en penchant la tête parce que j'avais trop peur de bouger le pinceau.

Je m'inquiétais pour rien, car Razor me le retira des mains avant même que j'aie pu essayer de l'appliquer sur mon visage.

— Oui, je crois qu'on va juste commencer avec le b.a.-ba., fit-il gentiment en me tapotant l'épaule.

C'était censé me réconforter, je crois, mais sa remarque n'eut pas l'effet escompté. Cependant, moins de trente minutes plus tard, j'avais un visage assorti à ma nouvelle coupe. Un teint lumineux, de grands yeux charbonneux et les lèvres, comme promis, d'une couleur neutre facile à retoucher. Jenny jouait avec une ombre à paupières vert fluo pour s'occuper lorsque Razor annonça, avec un « ta-daaa ! » théâtral, qu'il avait fini. À le voir, on aurait cru que son chiot de race venait de remporter le premier prix d'une exposition canine.

— Waouh ! s'exclama Jenny, sans vraiment sourire mais en détaillant ma transformation avec le plus grand sérieux. Razor, c'est génial, ce que tu as fait. Et, Angie, tu es magnifique !

Et même si ça n'allait sans doute pas durer, à cet instant, j'étais d'accord avec elle. Je n'arrivais pas à me rappeler la dernière fois que j'avais acheté du maquillage.

— Je prends tout, dis-je précipitamment avant d'avoir le temps d'y réfléchir.

Razor était en train de m'expliquer soigneusement chaque flacon, chaque pinceau, chaque palette, et de rajouter des brochures pour que je puisse au moins essayer de reproduire ce résultat chez moi, mais j'étais trop excitée et lui collai ma carte bancaire dans la main. Quelques instants plus tard, j'avais deux cent cinquante dollars de moins et un *medium brown bag* plein de produits MAC en plus. Et ça faisait un bien fou.

Tout en me guidant tranquillement à travers le hall, Jenny s'arrêta à plusieurs comptoirs pour prendre des produits « essentiels » dont je ne pouvais pas me passer. En un rien de temps, nous avions toutes deux des sacs bien remplis et assez de matériel pour maquiller tous les clients du *Union*.

— Il me faut du parfum, dis-je en passant devant le stand Chanel. Je porte le même depuis dix ans. Mar… Mon ex m'en achetait à chaque Noël, et je ne veux plus jamais en sentir l'odeur.

Jenny me serra contre elle, passant ses bras chargés de sacs autour de mon cou.

— On va te trouver ça tout de suite, dit-elle en m'orientant vers le stand Chanel. Angela Clark, d'ici ce soir, j'aurai fait de toi une vraie New-Yorkaise. Il te faut du N° 5, puis ce sera l'heure de déjeuner.

Lorsque j'eus fini d'avaler un sandwich club au poulet et un Coca light, et Jenny d'engloutir un hamburger, des frites et un énième brownie au chocolat, je savais qu'elle était new-yorkaise de souche et qu'elle avait emménagé à Manhattan après la fac pour tenter de réaliser son rêve de devenir la prochaine Oprah. Après un été passé en Californie, elle était revenue à New York et avait pris un boulot de serveuse dans le restaurant d'un grand hôtel de tourisme pour « étudier son sujet » (je crois qu'elle entendait par là les gens) mais s'était sans le vouloir révélée si douée qu'elle s'était rapidement vu proposer de travailler à la réception. Lorsque le *Union* avait ouvert au printemps précédent, elle avait postulé pour un poste de concierge afin de développer ses contacts. Ce petit hôtel de charme attirait apparemment de nombreuses célébrités, généralement blondes, bronzées et émaciées ou hommasses, superbes et homosexuelles. Elle se considérait désormais comme la psychologue amateur au réseau social le plus développé de New York, une position qui lui avait ouvert les portes des meilleures boîtes et des meilleurs restaurants et permis d'obtenir le numéro de portable personnel de plusieurs starlettes de Hollywood, et surtout celui de leur agent.

— Alors, comment se fait-il que tu ne sois pas encore partout à la télé ? demandai-je en prenant une cuillerée de son brownie, qui était délicieux.

— On ne m'a pas encore donné ma chance, répondit-elle en haussant les épaules. L'agent moyen n'a pas le pouvoir de trouver son émission de causerie télévisée à une inconnue comme moi. Il faut être Tyra Banks pour obtenir quelque chose aussi facilement.

Elle était si jolie, adorable et déterminée, que je trouvais fou qu'elle ne soit pas déjà en couverture de tous les magazines du pays.

— Tu finiras par y arriver, dis-je avec un sourire en poussant vers elle la dernière bouchée de brownie. Je n'avais encore jamais rencontré quelqu'un comme toi, franchement. Tu m'as aidée à reprendre pied de façon extraordinaire. Si j'étais restée chez moi, je serais encore recroquevillée sur le canapé dans le même pyjama depuis trois jours, à manger de la glace en pleurant devant des séries télé.

— Eh bien, il va te falloir plus d'une journée, d'une nouvelle coupe et d'un stock de maquillage, mais on finira par y arriver, répondit-elle avec un grand sourire en finissant le dessert. Mon Dieu, tu n'as même pas encore vu Soho. J'ai de grands projets pour toi, mon chou. Est-ce que tu crois que tu vas pouvoir laisser cette Ricaine envahissante te faire découvrir Angela Clark version deux ?

— Je n'ai rien de mieux à faire, répliquai-je en riant.

C'était tellement bizarre d'être ainsi prise en main par une personne que j'avais rencontrée vingt-quatre heures plus tôt ; et pourtant, pour une raison ou pour une autre, c'était parfaitement logique. J'avais déjà l'impression de connaître Jenny depuis toujours, et là à New York avec elle, Londres et Mark me paraissaient très loin, géographiquement comme dans le temps.

Après le déjeuner, Jenny s'attela avec moi à la tâche vitale de créer ma nouvelle garde-robe. Une rapide tournée du quatrième étage et trois brassées de vêtements plus tard, je me vis ordonner d'entrer dans une cabine d'essayage pendant que Jenny et deux assistantes apparaissaient par intermittence avec des portants pleins à craquer. Bientôt, je me retrouvai équipée d'un magnifique jean slim 7 for All Mankind dans lequel même mes courtes jambes paraissaient sexy (d'après Jenny) et d'une paire évasée J Brand que je pouvais mettre avec des Converse et un vieux tee-shirt pour un look décontracté, ou avec mes Louboutin pour faire plus habillé (d'après Jenny). L'une des assistantes fort obligeantes et sans aucun doute payées à la commission déclara que, même si j'avais effectivement les jambes un chouïa trop courtes, elles étaient bien galbées et, pour cette raison, méritaient d'être exhibées. Je découvris avec excitation qu'en Amérique je faisais une taille 36 ; raison suffisante pour rester au moins quelques semaines. L'assistante me présenta tout un portant de robes à ras les fesses avant que nous nous mettions d'accord sur le fait que je ne serais jamais capable de faire plus de dix mètres dans la rue sans tirer dessus. Une fois cela établi, elle rajouta une dizaine de centimètres à la longueur initiale, et je me laissai convaincre d'acheter une adorable robe French Connection en jersey bleu, une magnifique robe à smocks imprimée Marc by Marc Jacobs et plusieurs superbes fringues griffées Ella Moss et Splendid : des robes tee-shirts si douces qu'on se serait crue dans un nuage ! Je ne savais pas que ça existait. *H&M*, ce fut fini pour moi dès cet instant. Après plusieurs tee-shirts C&C California et quelques shorts et jupes faciles à porter, on passa aux tenues de soirée.

— Alors maintenant, pour les rencards… je pensais à quelque chose de sexy mais décontracté ? Classique, quand même. Et facile à porter. Tu ne peux pas être sexy si tu n'es pas à ton aise.

D'un autre geste rapide du poignet, Jenny envoya les assistantes explorer tout l'étage à la hâte. Je restai en pantalon, à épier au coin de la porte à lamelles de bois en attendant la prochaine fournée de vêtements. Lesquels arrivèrent en moins de deux. Vera Wang Lavender. Tory Burch. Nanette Lepore. Diane von Furstenberg. 3.1. Phillip Lim. Paul & Joe Sister. Encore du Marc Jacobs. J'étais aux anges !

— Qu'est-ce que tu as sur le dos, là ? me demanda Jenny à travers la porte en haussant la voix.

— Rien..., répondis-je en ôtant une superbe robe dos nu Marc by Marc Jacobs en soie imprimée. Des sous-vêtements ?

— J'ai le terrible pressentiment que je devrais jeter un coup d'œil à ça aussi.

L'horreur de Jenny passa au niveau orange lorsqu'elle vit mon caleçon de garçon à petits cœurs de chez *Marks & Spencer* et mon soutien-gorge qui n'était pas assorti. Puis elle devint d'une étrange teinte rose lorsque je lui avouai ne pas connaître exactement ma taille de soutien-gorge.

— Ce n'est tout simplement pas acceptable, fit-elle en secouant la tête et en attrapant plusieurs modèles de style et de taille différents. Tu veux avoir les seins qui te tombent aux genoux à quarante ans, ou quoi ?

Je me vis renvoyée dans mon nouvel habitat naturel, la cabine d'essayage, armée de soutiens-gorge corbeille, dos nu, sans bretelles, sans armatures, plongeant, englobant et pigeonnant.

Avant que ma banque ait le temps de se rendre compte de ce qui se passait, j'étais montée à l'étage au-dessus m'acheter tongs, ballerines et talons pour aller avec toutes mes tenues. Malgré l'insistance de Jenny à tenter de me convaincre que la sandale de gladiateur était la chaussure de la saison, je ne pouvais m'empêcher de penser qu'elles étaient plus le genre de ma grand-tante Agatha que le mien, et elle finit par renoncer. Mais les ballerines, les tongs et les deux paires de compensées repartirent avec nous.

Suivant Jenny, je retraversai le magasin en sens inverse, chargée de sacs – gros, moyens et petits. J'avais dépensé plus d'un mois de salaire en seulement quatre heures mais les nombres minuscules indiqués sur les étiquettes (un *34* sur l'une d'elles !) me rendaient trop heureuse pour que j'éprouve le moindre remords par rapport à tous ces achats (même si, en les convertissant, ça correspondait simplement à un 38). Dans l'ascenseur qui nous ramenait au rez-de-chaussée, tandis que Jenny farfouillait dans son sac, j'adoptai la posture officielle dans ce type de situation : on agrippe ses achats, on évite le regard des autres usagers, on garde les yeux fixés droit devant soi. Mais, au lieu de mon reflet, dans le miroir qui recouvrait les portes, je vis une personne complètement différente. Pas différente comme au mariage de Louisa (c'était juste moi avec davantage de maquillage et une coiffure recherchée), mais plutôt une version haut de gamme de moi. Je tournai légèrement la tête dans un bruissement de cheveux. Le maquillage de Razor m'avait fait de grands yeux de Bambi et des lèvres roses comme si je venais de les mordre, et l'excitation d'avoir dépensé en vêtements et en maquillage plus que je ne payais par mois pour rembourser mon prêt immobilier avait donné à mes joues un éclat qu'aucun fard n'aurait pu reproduire. Mais je savais que j'avais dans mon sac plusieurs teintes différentes pour essayer malgré tout quand je serais rentrée à l'hôtel.

— Dépêche, on va en baver pour trouver un taxi à cette heure-ci, marmonna Jenny alors que les portes s'ouvraient, emportant mon nouveau reflet si joli avec elles. Tu étais en train de t'admirer ?

— Euh… oui ?

— Bien ! s'exclama-t-elle en m'attrapant par le bras pour me traîner hors de mon Nouvel Endroit Préféré au Monde.

Et alors, si j'étais officiellement fauchée ? C'était précisément pour ça qu'était prévue ma carte bancaire de secours. Et fauchée, peut-être, mais avec élégance. De toute façon, j'étais trop occupée à m'abreuver du spectacle de Lexington Avenue pour vraiment y songer. Il y avait trop de monde, trop de soleil, trop de bruit partout, mais je trouvais ça extraordinaire. À ma droite, le damier des rues new-yorkaises m'offrait une vue vertigineusement dégagée du sud de Manhattan, avec ses rues comme des canaux encadrés de gratte-ciel qui s'élançaient vers les nuages. À ma gauche, un soleil de plomb et des dizaines de taxis klaxonnant et faisant crisser leurs pneus contribuaient à créer la brume de chaleur aveuglante qui s'élevait du sol, faisant onduler l'air. C'était magnifique.

— Combien de temps tu penses pouvoir marcher avant de tomber dans les pommes ? me demanda

Jenny en me donnant un petit coup de coude pour me tirer de ma contemplation.

— Un quart d'heure, peut-être ?

Je ne savais pas trop si c'était une vraie question ou un défi. Je n'avais vraiment pas envie de marcher.

— Alors on devrait en faire autant qu'on peut à pied. (Elle m'indiqua le passage clouté d'un signe de tête et s'élança au milieu des voitures.) Allez, viens, Angie !

Lui emboîtant le pas, je traversai la rue, continuai tout droit, arrivai sur Park Avenue que je traversai aussi et restai sur ma lancée, traversant Madison Avenue. Avec les précieux sacs que je traînais derrière moi, mes quinze minutes de marche étaient en train de s'écouler très rapidement.

— Je voulais juste atteindre la Vᵉ Avenue, hurla Jenny en tendant le bras alors que nous traversions pour la dernière fois. Maintenant, on prend un taxi.

Cette traversée de Manhattan s'avéra, si c'était humainement possible, encore plus passionnante que mon arrivée dans la ville. Le taxi descendit la Vᵉ Avenue à toute allure sur cinq pâtés de maisons avant de s'arrêter brutalement à un feu rouge, et mes sacs et ma tête, ainsi que mon estomac, s'écrasèrent plus d'une fois contre la cloison qui nous séparait du chauffeur. Chaque fois que nous nous arrêtions, je découvrais un autre monument. La cathédrale Saint-Patrick se dressait parmi les magasins, jurant complètement avec ses alentours, comme une cabane de scout à côté d'une boutique *Harvey Nichols* ; mais, dans cette ville, ça semblait parfaitement logique.

En voyant les lions rugissants postés devant l'immense bibliothèque municipale, je ne pus m'empêcher de songer que, si toutes les bibliothèques avaient des lions géants à l'entrée, les gens liraient peut-être plus. Ou au moins viendraient se faire prendre en photo sur le dos des bestioles.

— Dis, tu as vu l'Empire State Building ? fit Jenny en indiquant à travers ma fenêtre un bâtiment discret à côté de nous.

Je ne vis rien hormis une énorme file d'attente, même lorsque je pressai la tête tout contre la vitre, ne reculant qu'à la découverte des vilaines taches graisseuses qu'y avait laissées un précédent passager.

— Oh, merde, je voulais vraiment le voir ! fis-je en écartant légèrement le dos de la banquette et en essayant d'éviter de penser à toutes les autres taches qu'il pouvait y avoir autour de moi.

— Je pense pouvoir affirmer sans trop me tromper qu'il sera encore là demain, répliqua Jenny tandis que je me penchais pour regarder, par la fenêtre arrière, l'édifice s'élancer toujours plus haut dans le ciel à mesure que nous nous éloignions.

Jusqu'à ce que nous nous arrêtions brusquement de nouveau et que je me cogne le menton contre la banquette.

— On arrive bientôt au Flatiron, continua-t-elle. C'est bien plus épatant.

Elle avait raison, le Flatiron Building était extraordinaire, tout triangulaire et pointu ; mais tout ce que nous voyions sur notre chemin était épatant, de toute façon. Splendide, organisé, typiquement new-yorkais et épatant. Tellement différent de Londres et, si ce chauffeur ne commençait pas à prendre les tournants de façon un peu moins cavalière, ce serait aussi le dernier endroit au monde que j'aurais vu. Quinze minutes plus tard, nous arrivions à l'extrémité de l'île, et le taxi se gara devant le South Ferry Terminal.

— On va prendre le ferry ? demandai-je.

Jenny avait maintenu pendant le trajet un silence énigmatique qui ne lui ressemblait pas, et j'avais été trop occupée à admirer la ville et à compter les *Starbucks* pour m'en soucier.

— Tu n'es vraiment pas prête pour Staten Island ! s'exclama-t-elle dans un éclat de rire.

Elle fila un billet de vingt au chauffeur et bondit hors de la voiture en prenant plusieurs de mes sacs avec elle. Attrapant le reste, je m'extirpai à mon tour du véhicule et la suivis d'un pas traînant.

— Mais tu es carrément prête pour ça, ajouta-t-elle.

Elle longea le trottoir puis entra dans un parc plein d'animation ; j'étais tellement occupée à admirer les diverses sculptures et files de gens en train de bavarder, rire ou manger des glaces que j'étais déjà presque arrivée à la clôture lorsque je la vis. Et là, je m'arrêtai net. Il était là. Le monument le plus symbolique de New York, de l'Amérique, fièrement dressé, montant la garde de l'autre côté du port. La statue de la Liberté.

Jenny se retourna pour me chercher du regard, la main en visière.

— Plutôt impressionnante, non ?

J'acquiesçai, sans voix, et m'approchai lentement. L'imitant, je lâchai mes sacs et m'accoudai à la grille.

C'était magnifique ; mon petit moment de cinéma rien qu'à moi.

— Pendant que tu faisais tes essayages, je me demandais où nous devrions aller après, dit doucement Jenny. Et je me suis dit : « Quoi de mieux que l'endroit où des milliers de gens ont vu New York pour la première fois ? » Cucul, peut-être, mais qui mieux que Dame Liberté pourrait t'accueillir officiellement dans la ville ?

— C'est tellement bizarre, dis-je sans détourner les yeux de la statue. Je l'ai vue des milliers de fois à la télé, et tout ça, mais la voir pour de vrai, ici, maintenant… Waouh !

— Oui, opina Jenny. Je me rappelle la première fois que je l'ai vue : c'est la toute première chose que j'ai faite après mon arrivée ici. On ne venait jamais jusqu'ici lorsqu'on était enfants ; ma mère déteste. Mais Dame Liberté est là pour veiller sur tout le monde. New York est une ville composée de millions d'êtres différents, Angie, et ils sont tous venus ici à la recherche de quelque chose, exactement comme toi.

— Je t'en prie, tu me fais trop d'honneur. Je ne cherchais rien, répliquai-je en tournant les yeux vers ce qui devait être Ellis Island. Je ne faisais que fuir.

— Non, c'est toi qui ne t'en fais pas assez, répliqua-t-elle en se tournant vers moi. Alors OK, peut-être que tout le monde ne traverse pas l'océan pour s'éloigner de son ex, mais tu avais beaucoup à absorber. Et ce n'est pas du bla-bla de psy que je te fais là, je parle d'expérience. Lorsque mon ex m'a quittée, je me suis effondrée, littéralement : ef-fon-drée. Et je n'avais aucune excuse pour être aussi pitoyable : c'était entièrement ma faute, et j'avais les meilleures amies qui puissent exister pour s'occuper de moi. Si, de ton côté, tu avais le sentiment que le soutien de tes proches n'était pas à la hauteur, alors te soustraire à la situation était la meilleure chose à faire. Et New York est un super endroit pour faire ça. C'est la ville des nouveaux départs. Les gens vont à Los Angeles pour « se trouver », mais ils viennent à New York pour renaître.

— Tu as sans doute raison, dis-je, réfléchissant à tout ce qui s'était passé. (Était-il normal que je n'ai pas pensé à Mark une seule fois depuis le stand Chanel ?) Mais ça paraît tellement étrange et irréel. J'ai l'impression que je devrais… ressentir les choses plus vivement.

— Bon ben, tu es encore en état de choc, fit Jenny en se retournant vers la baie. Il y a pire endroit que *Bloomingdale's* pour être en état de choc. Mais tu as connu un énorme traumatisme personnel. La rupture amoureuse, c'est ce qu'il y a de plus douloureux après la perte d'un être cher.

— C'est un peu l'effet que ça me fait, c'est vrai, reconnus-je.

Je ne voulais vraiment pas m'étendre sur le sujet dans un endroit aussi fréquenté. J'étais anglaise, après tout : nous n'avons pas pour habitude de pleurer en public.

— Par moments, poursuivis-je, je me dis : « C'est terminé, je refuse d'y penser un instant de plus », et, la minute d'après, je n'arrive pas à croire que ça s'est vraiment passé. Mais je pense que j'ai fait le bon choix en venant ici.

Avant que Jenny ait pu approuver mon raisonnement ou le descendre en flammes, une sonnerie bruyante nous interrompit. Mon téléphone. Je le sortis de mon sac, prête à rappeler à ma mère combien les appels à l'international étaient chers sur un portable, lorsque je vis de qui il s'agissait.

Mark.

Je regardai l'écran qui clignotait pendant une fraction de seconde, me demandant pour quelle raison il pouvait bien appeler après notre dernière conversation. Avait-il changé d'avis ? Regrettait-il atrocement ? La main de Tim était-elle tellement abîmée qu'on s'apprêtait à la lui amputer ?

Dring Dring. Réponds-moi. Réponds-moi.

Sans plus réfléchir, je jetai mon téléphone aussi loin que possible par-dessus la grille, dans l'eau. Et ça me fit un bien fou.

— Désolée, dis-je en inspirant profondément.

Avais-je vraiment fait cela ?

— Cette ville est un bon endroit pour guérir d'un traumatisme, ma chérie, fit Jenny. On en a bavé nous aussi, et on en est sortis vivants.

Elle tira un paquet de mouchoirs de son sac et me le passa par mesure de précaution, ignorant superbement le missile téléphonique que je venais de lancer.

— C'est clair, dis-je rapidement en acceptant les mouchoirs. Lorsqu'on pense aux épreuves que les gens ont traversées ici, à ce à quoi ils ont survécu, je suppose que ça fait relativiser…

— Ce n'est pas ce que je voulais dire, ma puce, dit Jenny. J'entendais seulement par là que tu es venue au bon endroit pour surmonter quelque chose de difficile, de douloureux, qui te déchire de l'intérieur. Ce quelque chose, quel qu'il soit, est différent pour chaque personne. Pour moi, c'est la réouverture du *Century 21* cinq mois après le 11-Septembre qui a été la révélation. J'ai su que j'aurais assez de courage pour traverser n'importe quelle épreuve s'ils pouvaient ainsi rouvrir leurs portes et me vendre des chaussures de marque à - 70 %, déclara-t-elle en me prenant la main. Mais bon, je travaille ce soir, alors il faut que j'y aille. Et tu dois être complètement crevée. Ça te dit de retourner à l'hôtel ?

Je jetai un dernier regard à la statue. Sapristi. J'étais à New York.

Et j'étais épuisée.

— Oui, merci.

Je ramassai tous mes sacs, aidée de Jenny qui héla un autre taxi. Mmm. Une nouvelle amie, une nouvelle garde-robe et une nouvelle ville. Comparée à samedi, la journée n'avait pas été trop mauvaise.

Chapitre 6

Après avoir fait une sieste, pris une douche et m'y être reprise à plusieurs fois pour composer le code de l'international depuis le téléphone de ma chambre, je fis enfin ce que j'avais à faire.

— Annette Clark à l'appareil.

— Maman, c'est moi.

— Oh, Angela, Dieu soit loué ! J'essaie de te joindre depuis le début de la journée ! s'exclama-t-elle d'un ton haletant exagérément dramatique.

Ça allait être facile et vite fait, alors.

— Oui, mon téléphone ne marche pas ici.

Nous trouvions généralement plus simple de nous reposer sur de pieux mensonges que de dire la vérité ; cela nous permettait des rapports mère-fille bien plus sains. De plus, je n'étais pas prête à voir ma santé mentale remise en question. Une fois de plus.

— Je voulais juste te dire que je vais bien, que j'ai un endroit où dormir et que je te rappellerai lorsque je saurai ce que je fais.

— Un endroit où dormir ? répéta-t-elle.

— Oui, chez une amie. (J'avais hâte de raccrocher avant que la conversation porte sur un sujet que je refusais d'affronter.) Dis, est-ce que tu pourrais me rendre un service, et aller récupérer mes affaires à la maison ? Il est prévenu…

— Attends un peu, Angela, m'interrompit ma mère. (Je la voyais parfaitement, le combiné coincé entre l'épaule et l'oreille, en train de se frotter les joues avec ses paumes, comme elle le faisait toujours lorsqu'elle était déconcertée.) Qu'est-ce que tu entends par « une amie » ? Tu ne connais personne en Amérique. S'il te plaît, reviens à la maison. Papa a préparé ta chambre et tout le monde est terriblement désolé, tu sais, mais personne ne t'en veut pour ce qui s'est passé au mariage.

— « Personne ne m'en veut » ?! répétai-je, d'une voix un tout petit peu plus stridente que nécessaire. « Personne ne m'en veut »… Bien sûr ! Bref, donc, oui, je me suis fait une amie. Non, je ne savais pas que je pouvais me faire une amie en un jour, mais d'un autre côté, jusqu'à samedi, je ne savais pas non plus que mes amis de toujours pouvaient me mentir aussi bien, alors il est peut-être temps de voir ce que ça donne avec d'autres gens.

— Angela, ne commence pas, ce n'est pas ce que je voulais dire, soupira-t-elle. Je veux juste être sûre que tu vas bien. Les autres peuvent aller se faire voir.

— Oui, ça va.

Du coin de l'œil, j'aperçus dans le miroir ma nouvelle coupe et mon maquillage qui, bien qu'ayant légèrement coulé, restait magnifique. Merde, j'étais plutôt pas mal.

— Ça va très bien, ajoutai-je. Écoute, j'habite à l'… chez mon amie Jenny et elle est super sympa. Je vais rester ici un moment, je crois, mais je te téléphonerai si j'ai besoin de quoi que ce soit, et tu peux me rappeler à ce numéro pendant encore quelques jours : tu le trouveras dans le journal d'appels. Je t'aime.

— Moi aussi, ma chérie, dit-elle d'un ton légèrement radouci. On va aller chercher tes affaires chez toi avec ton père, ne t'inquiète pas. Contente-toi de rentrer rapidement.

Cinq minutes après qu'elle eut raccroché, je me rendis compte que j'avais les doigts si crispés sur le combiné que les articulations en étaient blanchies. La simple évocation de Mark, du mariage, de toute ma vie là-bas m'avait mise d'humeur massacrante. Mauvaise idée alors que je m'apprêtais à passer la nuit toute seule. Je m'approchai de la fenêtre pour chercher un endroit où me cacher, observer les gens et, surtout, écouter les conversations des autres. Un énorme jalon de normalité accrocha mon regard.

Une enseigne *Starbucks*.

Parfait. Et il y avait même une banque HSBC à côté.

Louées soient les multinationales !

Je vidai deux des *big brown bags* sur le lit et me trouvai un short minuscule et des tee-shirts colorés. Ôtant mon jean collant de sueur et mon vieux tee-shirt grisaillant, j'enfilai mes nouveaux vêtements et passai mes tongs neuves. Mon sac à main faisait trop habillé, trop structuré, et somme toute trop « acheté chez *Next* » pour être porté avec cette tenue, aussi glissai-je la clé de ma chambre et ma carte bancaire dans ma poche arrière, en espérant que ça suffirait. Arborer un gros sac noir en similicuir avec des tongs et un minishort me semblait quand même un peu ridicule.

Jenny n'était pas à la réception lorsque je passai devant, aussi réussis-je à m'échapper sans être interrogée. Il avait beau être plus de 19 heures, il faisait toujours aussi chaud et lourd à l'extérieur. Je me rendis d'abord à la banque ; j'eus un peu de mal à comprendre au début que je devais retirer ma carte après l'avoir insérée pour que le clavier marche. Juste au moment où j'allais retirer de l'argent, le lien « comptes rattachés » attira mon regard. Notre compte commun. J'appuyai sur le bouton, juste pour voir. Il était très, très bien approvisionné. Selon un arrangement de longue date entre Mark et moi, il était entendu que je mettais chaque mois une certaine somme dessus pour couvrir la moitié du remboursement de notre emprunt immobilier et des factures, et que lui les payait toutes. À en juger par ce que je voyais, Mark réglait bien plus que la moitié de nos factures depuis un moment déjà, et ne m'en avait jamais parlé. Un bref instant, mon cœur se serra de tendresse : peut-être n'était-il pas entièrement mauvais ; il veillait sur moi, finalement.

Et puis un diable apparut sur mon épaule, pour me rappeler son pitoyable visage en sueur. Avant de prendre conscience de ce que je faisais, je transférai la moitié de l'argent sur mon compte personnel. Cette somme n'allait pas vraiment lui manquer, il gagnait une fortune ; et, en toute justice, cette moitié m'appartenait.

Et, surtout, ça couvrait mes folles dépenses de la matinée. Problème, solution.

La respiration haletante, je retirai quelques centaines de dollars, ne sachant pas ce que j'allais faire dans les prochains jours, et me précipitai chez *Starbucks* avec mes biens mal acquis.

— Qu'est-ce que je vous sers ? demanda le vendeur, mignon.

En temps normal, j'aurais rougi, toute troublée : c'était tout à fait le genre de type sur lequel je craquais. Grand, maigre, les cheveux bruns un peu longs, l'air de savoir manier une Stratocaster. Tout le contraire de Mark, à vrai dire. Mais j'étais trop dérouté par la carte des cafés pour vraiment prendre conscience de son sex-appeal débraillé.

Je n'étais pas vraiment en train d'exsuder assurance et beauté, comme me l'avait recommandé Jenny.

— Euh… je veux juste un… euh… un grand café ?

— Un café normal ? Un Venti Americano ?

— C'est fort possible. Et un muffin… aux myrtilles.

— Cinq dollars trente-cinq, m'annonça-t-il en repoussant sa frange de ses yeux d'un mouvement sec de la tête.

Le problème du café réglé, j'avais tout loisir de juger à quel point il était beau. Et il l'était vraiment.

— Je vous apporte ça tout de suite, ajouta-t-il.

Je filai m'asseoir à une table près de la fenêtre et tentai de me détendre. Regarder ce compte en banque s'était avéré pire que parler à ma mère. J'avais littéralement l'impression de lui avoir piqué de l'argent directement dans son portefeuille. J'appuyai la tête sur mes bras croisés et inspirai profondément. Et merde ! il n'avait qu'à voir ça comme sa taxe pour les salauds.

— Un Venti Americano et un muffin aux myrtilles, annonça le gars de *Starbucks* en déposant boisson et gâteau sur la table devant moi d'un geste théâtral.

— Merci, dis-je, soudain aussi affamée que Jenny, en regardant l'énorme muffin truffé de baies.

— Alors, vous êtes en vacances ?

Je n'avais pas vraiment l'habitude d'engager la conversation avec des inconnus, surtout lorsqu'ils étaient beaux gosses. Travailler à domicile limitait mon accès au monde extérieur, et les employés de mon *Costa Coffee* local n'étaient pas enclins à bavarder. Je ne crois pas qu'ils appréciaient beaucoup le fait que je me serve de leur lieu de travail comme d'un bureau de fortune.

— En quelque sorte, oui. Je suis ici pour un petit moment. Avec une amie.

Je ne voulais vraiment pas commencer à rentrer dans les détails de ma présence à New York avec un beau garçon de café.

— Cool, fit-il en hochant la tête. Vous venez d'Angleterre, n'est-ce pas ? J'aimerais tellement aller à Londres… La scène musicale là-bas est vraiment géniale en ce moment.

— Oui, c'est clair, opinai-je en sirotant mon seau de café, regrettant de ne pas avoir demandé un déca et cherchant quelque chose de cool à dire. C'est vraiment… génial.

— Ouais, carrément. Si vous êtes encore dans le coin le mois prochain, vous devriez venir écouter mon groupe. On joue au *Cake Shop* dans quelques semaines.

Il tira une serviette en papier de sous mon assiette et sortit un stylo de sa poche avant d'ajouter :

— Appelez-moi et je vous mettrai sur la liste des invités. Je m'appelle Johnny.

Je pris la serviette en me teintant d'un rouge pivoine qui ne devait rien au coup de soleil que je m'étais pris à Battery Park.

— Merci, dis-je en la fourrant dans ma poche et en fixant les yeux sur mon café.

— Et si vous ne faites rien ce week-end, appelez-moi, si ça vous dit. On pourrait aller voir un spectacle, un truc comme ça, ajouta-t-il en repoussant sa frange de l'autre côté. Ou, vous savez, si vous voulez juste un café, je suis ici, la plupart du temps.

J'avalai une grande gorgée de café et rompis le bord de mon muffin tandis que Johnny regagnait son comptoir d'un pas tranquille. Est-ce que je venais de recevoir les avances d'un beau gosse ? J'avais supposé (ou espéré) que, depuis que j'étais fiancée, quelque chose en moi indiquait que j'étais « casée », et décourageait les mecs raisonnables. Il y avait bien eu un vieux porc de temps en temps qui tentait sa chance à la fin de la nuit, ou un ami un peu louche dont le meilleur pote avait déjà chopé, mais je ne me rappelais sincèrement pas la dernière fois qu'un vrai beau gosse digne de ce nom avait fait semblant de tenter sa chance avec moi.

Mais tu n'es plus fiancée, tu es célibataire, me chuchota le démon de plus en plus agaçant perché sur mon épaule, qui n'avait apparemment pas fait assez de dégâts à la banque. Je terminai rapidement mon café et grignotai l'autre bord de mon muffin, tout appétit perdu. Johnny s'occupait d'un autre client lorsque je sortis. Il m'adressa un rapide salut de la main, auquel je répondis d'un hochement de tête et d'un sourire timide.

À l'extérieur, le fond de l'air commençait enfin à se rafraîchir. Je traversai la rue pour entrer dans Union Square Park et m'assis sur le premier banc que je rencontrai. Pendant une fraction de seconde, je ne sentis plus ma carte bancaire dans ma poche. Je farfouillai dans la poche étrangement profonde de mon short incroyablement court jusqu'à ce que je mette la main sur ma carte, ma clé de chambre et la liasse de billets que je venais de retirer au distributeur. La bouche de métro continuait de cracher des flots de gens à l'air stressés, fatigués et indisposés par la chaleur, tandis qu'une population plus jeune et plus branchée s'y engouffrait. J'étais en train de me demander où ils allaient tous comme ça lorsqu'un homme d'âge moyen, courtaud et en costume, s'assit à côté de moi à l'autre bout du banc.

— Bonjour, dit-il.

— Bonjour, répondis-je en crispant les doigts sur ma liasse de billets.

Il n'avait pas l'air d'un voleur, mais je n'étais sûre de rien ; je me trouvais dans une ville inconnue, après tout.

— Euh… je ne fais pas ce genre de chose, d'habitude, mais c'est combien pour une pipe ? demanda-t-il à voix basse en s'adressant à mes genoux.

— Pardon ?

De la sueur perlait sur sa lèvre supérieure, mais ce n'était manifestement pas dû à la chaleur.

— Une… euh… une pipe. J'ai une centaine de dollars. J'ai eu une journée de merde, ajouta-t-il en guise d'explication.

— Je… je ne suis pas une prostituée, bredouillai-je, paralysée de stupéfaction.

Il se releva d'un bond et recula gauchement, sans cependant détourner les yeux de mes jambes.

— Oh ! je suis désolé, j'ai seulement pensé… à cause de l'argent et… et… Je suis désolé.

Avant que j'aie pu me lever, il était sorti du parc et s'enfuyait dans la rue. Je le regardai partir avec effarement. Avais-je l'air d'une prostituée ? Rapidement, je remis tout dans mes poches et retraversai la rue en courant pour regagner l'abri du hall faiblement éclairé de l'hôtel.

— Eh ! me lança Jenny depuis la réception. Où tu étais ? Je t'ai appelée pour savoir ce que tu voulais pour ton dîner.

Je m'arrêtai brutalement au milieu du hall plein de monde et me tournai vers elle.

— Ce short repart direct au magasin.

Il fallut à Jenny l'application d'urgence d'une tasse de thé et d'un paquet entier de cookies Chips Ahoy !, par terre derrière la réception, pour obtenir de moi une phrase cohérente. Naturellement, elle trouva le moyen de voir le bon côté des choses dans le fait d'être prise pour une pute qui taille des pipes dans les parcs publics.

— Cent dollars, c'est bien au-dessus de la moyenne, j'en suis sûre, dit-elle en rajoutant de l'eau chaude dans mon thé.

J'avais déjà dû exiger un mug, même si cela allait à l'encontre de l'adorable stéréotype anglais ; je ne voulais pas me lancer sur le thème « On ne rajoute pas d'eau chaude, on refait du thé » alors que je vivais le pire moment du style Julia Roberts dans *Pretty Woman* qui puisse exister.

— Et le plus important, continua Jenny, c'est que Johnny du *Starbucks* t'a carrément draguée ! Tu as touché le jackpot dès ton premier essai, ma chérie !

— Tu le connais ? demandai-je avec un reniflement en buvant d'un trait le breuvage insipide et dépourvu de lait auquel elle donnait le nom de thé. Il est plutôt mignon.

— Si je le connais ? répéta Jenny en émettant un sifflement. La moitié des filles qui bossent dans cet hôtel aimeraient le *connaître* personnellement. C'est à lui qu'on doit toutes notre dépendance à la caféine. Demande à Van la prochaine fois qu'elle est à la réception. Si elle a besoin de ses quatre macchiatos par jour, c'est à cause de ce mec.

— Je n'en reviens pas... Je crois que je ne m'en suis pas très bien sortie. Je ne suis même pas sûre d'avoir encore son numéro.

— Il t'a donné son numéro ?! s'exclama-t-elle d'une voix stridente, m'aspergeant d'eau brûlante alors qu'elle me resservait encore inutilement. Purée, Angie ! à quoi je te sers ? C'est ton deuxième jour dans la ville, et tu lèves déjà des mecs de première classe ! Personne d'autre ici n'a eu son numéro, je crois.

Et il faut bien l'avouer, à ces mots, je me sentais effectivement un peu mieux.

— C'est sans doute parce que je suis anglaise, ou quelque chose comme ça ; il ne pense pas que je l'appellerai. Et je ne le ferai pas, de toute façon ; si ?

Jenny me regarda une seconde et s'assit.

— Pourquoi pas ?

— Parce que je n'ai appelé personne depuis... toujours. J'émerge de la rupture du siècle, je n'ai pas besoin de me mettre à sortir avec des mecs tout de suite.

— Tu sais quoi ? Un ou deux rencards pourraient être ce qui te ferait le plus de bien. Tu es pour ainsi dire en vacances, là, non ? Alors il te faut une amourette de vacances.

— Je ne sais pas... Ce n'est pas super compliqué, cet art de la drague ? (Je tirai mon tee-shirt par-dessus mes genoux.) Pour ne rien te cacher... je n'ai jamais été avec une autre personne que Mark. Je ne sais pas si je saurais gérer un vrai rencard, avec resto et tout.

— Sérieux ? s'étonna Jenny. Et arrête ça, tu vas le déformer, ajouta-t-elle en tirant mon tee-shirt de mes genoux, comme ma mère. Si c'est vrai, ma chérie, il faut vraiment qu'on t'en dégotte un ou deux. Tu as besoin de savoir à quel point ça peut être sympa ! Un ou deux rencards sans pression avec des gentlemen bien élevés. Juste pour t'amuser un peu. Rien de sérieux.

— Tu es sûre ?

Pour ma part, je ne l'étais vraiment pas.

— Absolument, répondit-elle en se relevant doucement et en me tendant la main pour m'aider à faire de même. Maintenant, monte, appelle-moi quand tu sais ce que tu veux pour dîner, et lis ça en mangeant.

Elle me tendit un carnet avec mon nom écrit dessus en grosses lettres, décoré d'étoiles autocollantes à paillettes et d'une énorme carte postale « I ♥ NY ».

— Qu'est-ce que c'est que ça ? demandai-je.

N'avais-je pas passé l'âge des étoiles autocollantes ?

— C'est pour que tu écrives dedans, m'expliqua Jenny, en ouvrant le carnet à la première page. Tu m'as dit tout à l'heure que tu ne savais pas vraiment quelles étaient tes ambitions, alors je veux que tu t'en trouves. Et pense bien à inclure « me faire sauter ». Allez, maintenant, dans ta chambre, dîner, ambitions et dodo.

Me chassant d'un geste, elle se tourna avec un sourire éblouissant vers un client qui attendait patiemment devant la réception.

— Que puis-je pour vous, monsieur Roberts ? l'entendis-je roucouler tandis que je me glissais dans l'ascenseur, le nez déjà plongé dans mon carnet.

Nom : Facile, Angela Clark.

Âge : Vingt-six ans et demi. Là, j'eus une légère grimace.

Ambition : Devenir un auteur publié.

À côté, j'ajoutai : Être heureuse.

Et après ça : Me faire sauter.

Chapitre 7

Le lendemain matin, je me réveillai avec le sentiment que je devais aborder ma nouvelle vie de front. Tant pis si je n'avais jusqu'alors jamais rien fait d'impulsif. J'étais désormais une New-Yorkaise d'adoption, et une nouvelle New-Yorkaise ne pouvait se passer d'un nouveau sac à main. J'avais enfilé une tenue toute simple, associant un short court, un chemisier blanc très bien coupé et de jolies petites ballerines jaune citron. Mon maquillage et ma coiffure n'étaient peut-être pas à la hauteur de ce que Razor et Gina auraient espéré de moi, mais j'étais quand même plus belle que je ne l'avais été depuis… eh bien, depuis la dernière fois que j'avais pris la peine de me regarder dans un miroir.

Jenny avait insisté pour que je me déplace uniquement en métro jusqu'à ce que je connaisse le réseau aussi bien que celui de Londres. Je n'avais pas eu le cœur de lui dire qu'après y avoir habité pendant près de sept ans il n'y avait guère que le trajet de Waterloo au *Topshop* d'Oxford Circus que je savais faire sans regarder le plan des lignes. Je descendis les marches de la station avec précaution, cherchai un distributeur MetroCard et y insérai mon argent.

Pour l'instant, c'était exactement comme à Londres. Vingt-quatre dollars pour un passe hebdomadaire ? La ressemblance s'arrêtait là. Je savais bien que TFL m'avait arnaquée pendant toutes ces années…

D'après mes notes, j'étais censée prendre la ligne 6 jusqu'à Spring Street : facile. Mais, lorsque je regardais le plan, j'étais sûre que j'y serais arrivée plus vite en marchant. Aussitôt, je m'embrouillai. Pourquoi les lignes n'avaient-elles pas de noms, tout simplement ? Et qu'est-ce que ça voulait dire, toutes ces couleurs, ces lettres et ces nombres ? Et comment j'étais censée savoir quel train s'arrêtait où ? Dans ses notes, Jenny m'interdisait expressément de demander mon chemin à qui que ce soit ou de sortir un guide. La veille, en pleine virée chez *Bloomingdale's*, elle avait attrapé mon *Rough Guide* dans mon sac et l'avait jeté à la poubelle d'un geste cérémonieux.

Il faisait une chaleur étouffante dans le métro par cette torride journée d'août, mais les quais étaient beaucoup plus larges que ceux du réseau ferré londonien. Lorsque le train arriva, il s'avéra très spacieux par rapport aux rames étroites de la petite ligne District. Au début, je n'arrivais pas à savoir pourquoi le wagon me semblait si familier, et puis ça me revint : *Ghost*. « C'est *mon* train ! » Avec Louisa, je devais bien avoir regardé ce film un millier de fois lorsque j'étais ado. *Mais Louisa n'est pas là*, me rappelai-je. *Elle est sûrement en plein double mixte avec son mari, ton ex et sa maîtresse.* Savoir qu'elle était sûrement en voyage de noces à Grenade ne fit rien pour chasser de ma tête l'affreux tableau que mon imagination y avait introduit. Mais, avant que je puisse sortir du wagon et regagner furtivement l'hôtel, les portes se refermèrent et le train redémarra. Je tombai assise sur la dure banquette métallique et m'appliquai à éviter le regard des autres passagers tout en essayant de les observer à la dérobée.

Ç'aurait été un tel cliché new-yorkais de qualifier le métro de melting-pot ; mais c'était vraiment ça. Des hommes d'affaires en costume se tenaient aux poignées, des touristes revenant d'une virée shopping dans la Ve Avenue se cramponnaient avec nervosité à leurs sacs de chez *Saks* et *Tiffany*, tandis qu'une bande d'Hispano-Américaines dont la coiffure défiait vraiment les lois de la gravité se crêpaient mutuellement les cheveux à côté de moi. Entre tous ces groupes, des personnes âgées voyageaient les yeux fermés. Avant même que j'aie eu le temps de dire « ouf », j'étais arrivée à destination. Je sortis précipitamment et montai l'escalier, en essayant de ne pas regarder autour de moi avec un air trop désorienté. Lorsque j'arrivai dans Spring Street, le soleil aveuglant me prit par surprise et je reculai en trébuchant, bousculant une fille d'allure si assurée que je me dis qu'elle devait être quelqu'un de célèbre. Ou au moins coucher avec quelqu'un de célèbre.

— Pardon, dis-je en lui adressant mon sourire « Quelle abrutie je fais » le plus convaincant.

Elle me dévisagea d'un air froid et continua son chemin. La regardant s'éloigner, toute en grâce, souplesse et nonchalance, comme si la rue lui appartenait, je me demandai combien il aurait fallu lui proposer pour une pipe. Si on était prêt à payer cent dollars pour moi, elle devait bien valoir dans les dix mille.

Jenny m'avait dit que j'allais adorer Soho, et elle avait eu raison. C'était tellement différent du damier net et régulier et des rues du centre-ville. J'adorais la possibilité de voir les rues s'étirer à perte de vue aux quatre coins de Manhattan, mais là, c'était comme d'arriver sur un plateau de cinéma. J'avais beau n'avoir jamais mis les pieds ici, j'avais une très forte impression de déjà-vu. Soit j'avais trouvé mon chez-moi spirituel, soit j'avais trop regardé la télé. En flânant, je descendis la rue vers ce que j'espérais être Broadway, en regardant les vitrines, les gens et de temps en temps mon déplorable vieux sac à main. Avant d'avoir pu décider ce que j'allais en faire, je tombai sur Broadway. Et un autre *Bloomingdale's*. Hourra !

Je me frayai un chemin entre les stands de cosmétiques, tentant d'admirer à la dérobée le merveilleux maquillage étalé sur les présentoirs sans attirer l'attention des vendeurs, véritables vautours. Passant en trombe devant le comptoir Bliss, je sautai sur l'Escalator pour m'envoler hors de danger pour ma carte bancaire. Temporairement, du moins. Chose commode, je tombai immédiatement sur les sacs à la sortie de l'escalier roulant ; mais le nombre de modèles dont regorgeait ce petit espace avait de quoi vous confondre. Longeant comptoirs et étagères, j'évitai le regard des vendeuses aussi longtemps que possible avant de braver une petite brune qui avait à peu près trois cheveux qui n'étaient pas en place. Une vraie souillon, comparée au reste de Soho.

— Bonjour. Je peux vous aider ?

— Je cherche un sac, répondis-je avec un hochement de tête en essayant de ne pas passer pour quelqu'un qui ne faisait vraiment pas cela souvent, mais ne voulant pas, en même temps, me faire délester de toutes mes économies de mariage pour un sac à main. Quelque chose à utiliser au quotidien, plus précisément, où mettre mon ordinateur, mon portefeuille, mon téléphone, ce genre de choses.

Elle se mit à traverser le rayon en tous sens, sortant différents sacs de tailles variées, mais tous, j'en étais sûre, extraordinairement chers.

— OK. Vous allez probablement vouloir du cuir si c'est pour tous les jours. C'est la matière la plus résistante qu'on ait, et ça vieillit bien. Et vous voulez de la place pour votre ordinateur…

Elle s'interrompit, mordillant sa lèvre charnue et parcourant du regard les étagères, avant de sortir d'autres sacs de tiroirs cachés derrière son comptoir, puis elle me demanda :

— Vous avez des créateurs préférés ?

— Marc Jacobs ? dis-je d'un ton hésitant, songeant à mon excursion de la veille à l'étage de la haute couture.

Ce devait être la réponse qu'elle attendait car elle sourit et ajouta à la collection de cuirs de luxe étalés devant elle le sac le plus magnifique qu'il m'ait été donné de voir. Je tendis la main pour en caresser la surface, douce comme du beurre ; le brun riche du cuir faisait penser à du chocolat au lait, et les discrets ornements dorés scintillaient comme pour attirer mon attention.

Achète-moi, chuchotait-il d'un ton tentant. *Je suis fait pour toi.*

J'entendais vaguement la vendeuse parler de modernisation d'un modèle classique de sacoche, de cuir italien et de fixations en cuivre, mais j'étais déjà en train de faire une estimation de tout ce que je pouvais y fourrer sans que cela m'empêche de passer mon bras dans la bretelle.

— Combien ? demandai-je en le soulevant délicatement.

Il était d'une beauté à couper le souffle. Était-il normal que j'éprouve plus de passion pour ce sac qu'il n'y en avait eu entre Mark et moi au lit ces trois dernières années ?

— Huit cent quatre-vingt-quinze dollars, me répondit-elle, flairant la commission. (Elle pouvait sentir une vente comme un cheval sent la peur, supposai-je.) Plus les taxes.

Mon piètre taux de change interne mettait cela à plus ou moins cinq cents livres sterling. Je n'en avais jamais dépensé plus de 30 pour un sac. Mais j'en avais besoin. Je repensai au jour où Louisa m'avait emmenée chez *Harvey Nichols* pour me trouver des chaussures de demoiselle d'honneur, et pesai le pour et le contre. Si elle pouvait mettre 400 livres dans des chaussures pour moi, pour une seule journée (même si cela était né d'un sentiment de culpabilité, je m'en rendais compte à présent), rien ne m'empêchait investir 500 livres dans un sac que j'utiliserais le reste de mes jours. Je m'en servirais tout le temps. Pour toutes les occasions. Tous les jours sans exception.

— Il vous faut autre chose ? s'enquit la vendeuse.

Je lui adressai un sourire fébrile.

— Une pochette.

Mille dollars en moins sur mon compte et deux merveilleux sacs en plus à la main, je ressortis de *Bloomingdale's* dans la chaleur suffocante du soleil estival. Je songeai qu'à 500 livres sterling le sac, je devais rentabiliser cette beauté en l'utilisant immédiatement et, roulant ma merveille en similicuir de chez *Next* en une boule aussi petite que possible, je la laissai tomber dans mon *big brown bag*. Comparée au centre-ville la veille, Broadway était relativement calme. Quelques touristes flânaient en bermuda et épaules rouges, prenant cliché sur cliché avec leur appareil numérique, tandis que les belles et branchées sans emploi visible entraient et sortaient des magasins en se pavanant, arpentant Mercer, Spring et Prince Streets en tous sens, leurs bras maigres lestés d'énormes sacs en papier rigide. Il me fallut moins d'une minute à regarder ces filles pour me rendre compte que j'étais affamée. Heureusement, j'étais à New York et il y avait un *Starbucks* à tous les coins de rue. *Un muffin en vitesse*, me promis-je en retrouvant avec gratitude l'air climatisé de la multinationale, *puis je retourne à l'hôtel.*

Mes bonnes résolutions furent de courte durée, cependant. Si j'avais eu largement de quoi observer devant *Bloomingdale's*, faire la queue pendant dix minutes au *Starbucks* équivalait à regarder un documentaire de la National Geographic Society. Je n'avais jamais vu un tel mélange de populations. Anorexiques, encore, commandant des injections de caféine allégées, hommes d'affaires tenant des réunions autour de scones aux myrtilles, musicos mignons discutant avec passion du dernier groupe de guitaristes en date (sans même commander de café – des rebelles). Mais les clients les plus nombreux étaient les hommes et femmes qui, sans prêter aucune attention aux gens autour d'eux, pianotaient à toute vitesse sur leur ordinateur portable, ne s'arrêtant que par intermittence pour vérifier leur connexion wi-fi, soupirer bruyamment et boire une gorgée de leur boisson format XXL.

— On peut jamais s'asseoir ici, putain ! murmura l'homme derrière moi. Saletés de blogueurs.

Bien que je ne sache pas de quoi il parlait, je me retournai pour lui sourire poliment, supposant qu'il s'adressait à moi. Il me dévisagea comme si j'étais une malade mentale.

— Blogueurs ? répétai-je d'un ton interrogateur, me sentant soudain très anglaise alors que son regard devenait menaçant.

— Quoi ? fit-il sèchement.

Apparemment, ce n'était pas à moi qu'il avait parlé.

— Pardon, marmonnai-je en me détournant, cherchant un endroit où me terrer. Vous avez parlé de blogueurs, et j'ai cru que vous vouliez dire…

Et je laissai le reste de ma phrase se perdre dans le vide en m'absorbant dans l'observation de la vitrine des pâtisseries.

— Oh, grommela-t-il, d'un ton qui n'était pas tout à fait amical. Je parlais tout seul. On ne peut jamais s'asseoir dans les *Starbucks* à cause de tous ces connards de blogueurs qui se lancent dans des diatribes en ligne pour geindre sur leur vie de merde. Tout le monde s'en fout, les gars ! Allez donc vous trouver de vrais amis à qui parler !

Il invectivait désormais directement la brigade des blogueurs, et je regrettais vivement d'avoir lancé la conversation.

— À qui le tour ?

Sauvée par le garçon de café.

Je commandai mon muffin et un Americano à emporter, puis m'empressai de héler un taxi. J'avais déjà pris le métro une fois aujourd'hui, et ma sacoche Marc Jacobs n'était pas vraiment d'humeur à s'encanailler.

— Le *Union*, Union Square, dis-je en m'installant confortablement sur la banquette tandis que nous sortions de Broadway. Dans un effort pour éviter de repérer davantage de boutiques où faire du shopping jusqu'à faire imploser mon compte bancaire, je m'absorbai dans la lecture du nom des rues. Houston Street Est, puis Bowery Street en sens inverse, ou alors c'était la IVe Avenue ? J'étais désorientée, mais heureuse.

— Z'êtes en vacances ? me hurla le chauffeur à travers le grillage.

— Oui, répondis-je sur le même ton en admirant gaiement les monuments. Je suis en vacances.

— Une fille comme vous, toute seule ? s'étonna-t-il. C'est rare que je prenne des filles toutes seules. J'ai surtout des meutes de trois ou quatre qui se croient dans *Sex and the City*. Je ne vous dis pas le nombre de fois que j'ai dû aller à la *Magnolia Bakery*.

Oh ! cupcakes !

— Je n'ai pas encore eu l'occasion d'y aller.

— Ouais, j'ai du mal à comprendre, conclut-il en riant. Elles sont là, assises dans mon taxi, à se plaindre qu'elles ne rentrent pas dans une robe à la con qu'elles ne peuvent pas se payer, et après elles vont manger des *cupcakes*. Je comprends vraiment pas.

Le trajet fut tellement court que j'eus à peine le temps de trouver mon portefeuille dans mon sac flambant neuf lorsque le taxi s'arrêta devant l'hôtel. Et je n'en eus que pour 6 dollars ! J'étais vraiment dans la meilleure ville qui soit, et cela compensait sans conteste mes derniers achats compulsifs.

Ce que j'aimais le plus dans ma chambre d'hôtel, c'était que, quel que soit le désordre dans lequel je la laissais, le nombre de serviettes que j'avais utilisées et de miniproduits de toilette Extase que j'avais vidés dans la douche, elle avait toujours parfaitement retrouvé son état d'origine lorsque je revenais. Je déposai doucement mon sac Marc Jacobs sur la console et sortis mon ordinateur du bureau. Disposant un assortiment de boissons gazeuses et de petites choses à grignoter sur la minuscule table que j'avais tirée jusqu'au milieu de la pièce, j'attrapai un oreiller sur mon lit et juchai mon ordinateur sur mon genou. L'hôtel m'avait fourni un adaptateur de courant pour prises britanniques sans même que j'aie eu à le demander. Quel service ! Je ne me rappelais pas la dernière fois que Mark avait eu l'intuition ne serait-ce que de m'apporter une tasse de thé. Je repérai également un mot de Jenny, me rappelant que la fête de départ de Gina avait lieu le soir même, et que j'étais priée de la retrouver à la réception à 21 heures.

Un quart d'heure après que je me fus installée dans mon fauteuil pour ne pas taper un mot, mon ordinateur s'était éteint et je m'étais endormie. Je m'étais remise à rêver ma vie new-yorkaise au lieu de vivre mon rêve new-yorkais. Ces six derniers mois, à peu près, pendant que Mark faisait des heures sup au travail et au club de tennis (et dans le lit de Katie, comme je devais le découvrir plus tard), j'avais songé à m'inscrire dans un club de gym, à me mettre au yoga, voire à donner des cours de création littéraire, mais je n'avais rien fait pour réaliser le moindre de ces projets. Peut-être que, si j'essayais, je pourrais vraiment voir les points positifs de ce qui s'était passé. Je m'étais déjà fait une amie en la personne de Jenny, même si je ne la connaissais finalement pas très bien. Outre ma nouvelle coupe et ma nouvelle garde-robe, j'étais désormais en possession du sac le plus beau que j'aie jamais vu en presque vingt-sept ans d'existence. Qui avait besoin de ce que j'avais laissé derrière moi ?

Avec toutes ces pensées qui me trottaient dans la tête, je commençai à taper. À défaut d'intrigue ou de trame, j'entrepris de mettre par écrit tout ce qui m'était arrivé depuis une semaine. Ça me semblait un bon point de départ de tout consigner ainsi, de peur d'en oublier une seule seconde. Je déballai tout : la cérémonie de mariage, le dîner, les discours, la prise en flagrant délit de Mark dans la voiture, le broiement de la main de Tim et ma fuite à New York. Lorsque je relevai la tête, il était presque 20 heures ; j'avais tapé pendant plus de trois heures et, dans à peine plus d'une, je devais retrouver Jenny, Gina et Vanessa.

Chapitre 8

À 21 heures tapantes, galvanisée par une vodka trouvée dans le minibar et avalée en hâte, je sortis de l'ascenseur et traversai le hall d'entrée.

— Purée, Angela Clark ! s'exclama Jenny en me voyant entrer furtivement dans le bar.

Je n'avais jamais, de ma vie, fait partie de ces filles qui peuvent se regarder dans le miroir et se dire : « Oui, je suis belle ». Même au mariage de Louisa, quatre-vingt-dix minutes à la merci d'une coiffeuse et d'une maquilleuse ne m'avaient pas donné la beauté – juste l'apparence d'une demoiselle d'honneur. Mais les choses étaient en train de changer. Si je n'étais pas au moins correcte ce soir, je savais que je ne le serais jamais. Il m'avait fallu vingt minutes et trois essais pour me faire un regard charbonneux en suivant les conseils de Razor, mais j'y étais à peu près arrivée (et il m'avait promis que l'effet ne ferait que s'améliorer à mesure que le maquillage coulait). Mes cheveux étaient élégamment ébouriffés et j'avais choisi une simple robe noire à décolleté en pointe que j'avais achetée l'après-midi même, que je portais avec mes Louboutin, ma pochette toute neuve et les jambes nues. Je n'avais jamais été aussi bien dans ma peau, et en même temps aussi nerveuse, de toute ma vie.

— Salut, dis-je avec un petit geste de la main.

— Rappelle-moi déjà pourquoi je te donne des conseils de shopping ? (Jenny me fit la bise et me présenta aux autres filles.) Tu connais déjà Gina et Vanessa, et voici Erin. (Elles me saluèrent toutes trois de la main et je commandai une vodka canneberge, en espérant qu'elle arriverait vite.) Je leur ai tout raconté sur toi, mais je ne leur ai pas dit que tu étais une véritable bombe glamour ! continua Jenny en me regardant sous tous les angles. Je suis fière de toi, mon chou !

— Je ne savais pas trop comment j'étais censée m'habiller alors j'ai opté pour du noir. Et je n'avais pas vraiment l'embarras du choix en matière de chaussures pour sortir.

Je levai un pied pour le soumettre à leur inspection, suscitant murmures et hochements de tête approbateurs.

— Tu as bien choisi, ma puce, fit Gina en sirotant son cocktail. C'est parfait pour l'occasion.

Au moins, je ne m'étais pas trompée sur le degré d'élégance. Gina était ridiculement sexy avec ses talons vertigineux et sa robe moulante en soie violet profond qui lui arrivait aux genoux. Jenny faisait carrément de l'ombre à son homonyme dans une robe crème dont le décolleté plongeait bien en dessous de la naissance de ses seins. Et les deux autres filles avaient vraiment pris à cœur la nouvelle, que j'avais lue dans les magazines de mode, que le court était la nouvelle tendance. Individuellement, elles étaient toutes super sexy, mais, en meute, elles semblaient sorties d'un fantasme. À la place d'un homme, j'aurais été terrifiée.

Chose fort peu étrange, pour cinq femmes légèrement et court vêtues, il nous fut aisé de trouver des taxis et, quelques minutes plus tard, nous en sortions devant le *Soho Grand*. De l'extérieur, celui-ci n'avait rien de bien grandiose, mais sa façade quelconque cachait un intérieur impressionnant. Comme le *Union*, il était faiblement éclairé, mais décoré de lustres et de magnifiques parements en fer forgé. Le Grand Bar était bordé de tabourets chromés occupés par des personnes tout aussi belles, qui ne déparaient pas le décor. Jenny avait réservé une partie du salon, qui était déjà bondée de personnes que j'avais aperçues à l'hôtel, et d'autres que je ne connaissais pas. Tout le monde se répandait en étreintes, embrassades et compliments, mais je n'avais pas assez bu pour être à l'aise.

— Tu es magnifique, c'était pas des paroles en l'air, me chuchota Jenny à l'oreille tandis qu'on nous introduisait dans notre petite parcelle d'opulence personnelle. Et tout va bien se passer. Parle avec les gens, c'est tout ; tu es pratiquement une célébrité locale et, merde, tu es canon !

Sur ces mots, elle me serra l'épaule d'une main rassurante et s'éclipsa.

On avait beau me répéter que j'étais magnifique, le cadre avait beau être fabuleux, je me sentais encore comme un chien dans un jeu de quilles. L'effet des deux premiers cocktails commençait à se dissiper et, tout d'un coup, je ne fus plus qu'Angela Clark dans une pièce remplie d'inconnus, en robe vraiment très courte. Ne sachant que faire, je m'approchai du comptoir. Si j'avais un verre à tenir, au moins saurais-je comment m'occuper les mains. Bien qu'il ne soit même pas 22 heures, l'endroit grouillait de clients de l'hôtel et de personnes venues boire un coup après le travail, mais je réussis à me glisser sur un tabouret qu'un homme suant dans son costume venait de libérer, et jetai un coup d'œil à la carte des cocktails. De là où je me trouvais, Gina et ses amis ressemblaient à n'importe quels membres du gratin réunis pour un *after*. Personne chez moi ne m'aurait crue, je pense, si je leur avais dit que ces splendides coquettes impeccablement coiffées dans le coin VIP étaient des employées d'hôtel et des coiffeuses. Elles ressemblaient pour moi à des stars de cinéma, et mon propre relooking ne changeait rien au problème : il y avait seulement trois jours encore, j'étais une Angela Clark anonyme. Peut-être n'étais-je pas encore tout à fait prête à devenir une Angela Clark importante.

— Vous attendez quelqu'un ? fit une voix à côté de moi.

Si cet homme-là s'apprêtait à m'offrir de l'argent en échange de faveurs sexuelles, j'allais devoir étudier la question. *Demande-moi mon tarif pour une pipe*, priai-je. Il était grand, les épaules larges, et extrêmement beau. Je l'imaginai aussitôt répondre au nom de Chip ou Brad et conduire des motos très viriles et rapides le week-end.

— En fait, je suis ici avec des amis, répondis-je en indiquant du doigt le groupe, qui était de plus en plus bruyant. Je faisais juste une pause. Pour me commander un verre.

— Moi aussi, dit-il d'un ton suave. (Il avait les yeux bleu clair et, même dans la lumière tamisée et sensuelle, je les vis étinceler alors qu'il indiquait de la tête un groupe de mecs assis autour d'une des tables basses faisant face au comptoir.) J'avais besoin d'échapper au vacarme quelques minutes. Vous ne détestez pas ça lorsque vous allez prendre un verre après le boulot et que vous ne faites que parler boulot ?

J'éclatai de rire, sans trop savoir pourquoi. Ça n'avait rien de si drôle.

— Je ne crois pas être jamais allée prendre un verre après le boulot, répondis-je, remerciant tous les dieux auxquels je pouvais penser lorsque le tabouret voisin du mien se libéra et qu'il s'assit. Je suis en free-lance, alors je travaille la plupart du temps à domicile.

— Qu'est-ce que ce sera ? nous interrompit le barman.

Je regardai le menu, prise de court. Pas un Sex on the Beach ou une Margarita en vue.

— On va prendre deux Perfect Ten, commanda le beau gosse à côté de moi. Pardon, vous aimez ça ?

— C'est la première fois que je viens ici, il va bien falloir que je tente. (Il me fallut un moment pour prendre conscience du fait qu'il m'avait payé un verre.) Enfin je veux dire, merci.

J'essayai désespérément de ne pas rougir et me trouvai complètement à court de munitions conversationnelles. Il passa la main dans sa chevelure châtain clair, qui ondula juste assez pour faire fondre mon cœur, tout en restant assez courte pour ressortir indemne d'un match de squash. Simple conjecture.

— Alors, vous êtes en free-lance, mais dans quelle branche ? me demanda-t-il tandis que le barman nous tendait deux énormes cocktails jaune citron.

— Oh ! j'écris, fis-je en prenant une gorgée.

Quel que soit l'alcool qu'il y avait là-dedans, il était bien caché sous une bonne dose de jus d'ananas. C'était la boisson idéale pour l'été.

— Des livres pour enfants, ajoutai-je.

Il ne me semblait pas nécessaire d'entrer davantage dans les détails pour le moment. Et, surtout, j'avais déjà du mal à organiser mes pensées en une phrase cohérente tellement il était canon !

— C'est super, ça ! fit-il en ôtant la paille de son cocktail pour boire directement dans son verre. (Plus viril.) Ça doit être épanouissant de faire quelque chose d'aussi créatif.

— Oh ! ouais, acquiesçai-je, me rendant compte trop tard que j'étais en train d'expédier mon cocktail, et ne souhaitant pas commencer à expliquer pourquoi écrire les aventures de jouets qui font des voyages enchanteurs lorsqu'ils agitent leur clochette magique n'assouvissait pas ma créativité. Et vous, qu'est-ce que vous faites ?

— Je travaille à Wall Street dit-il, presque comme s'il avouait quelque chose de honteux. Ce n'est pas très créatif, hein ?

Même assis et en costume, je devinais combien il avait le torse musclé. Si peu habituée que je sois à parler avec un beau gosse dans un beau bar, je sentais ma confiance en moi revenir timidement, comme celle du petit train jamais découragé de l'histoire. Si ce petit train roulait à la vodka.

— Mais ça doit demander du travail, non ? dis-je en essayant de reposer mon verre vide sur le comptoir à son insu. (Raté.) Je n'imagine même pas l'énorme responsabilité que ça doit représenter.

— Eh bien, oui, reconnut-il en faisant signe au barman de remplir de nouveau mon verre. (Je tendis la main vers mon sac et il m'arrêta d'un geste). Effectivement, ça demande du travail mais, heureusement, c'est bien payé, alors je peux me permettre d'offrir des verres à des auteures de livres pour enfants.

— Vous faites ça souvent ? demandai-je, m'essayant à flirter.

J'étais rouillée mais, par tous les dieux, j'allais faire mon possible.

— Seulement avec vous et J.K. Rowling, si je la rencontre un jour, répondit-il d'un ton rieur.

Sortant son portefeuille, il glissa au barman ce qui m'avait tout l'air d'être un billet de cent dollars, ce qui m'impressionna et me terrifia tout à la fois.

— Maintenant, si je puis me permettre, est-ce que deux verres me donnent le droit de connaître votre prénom ? fit-il en me passant un verre de nouveau plein.

— Angela, répondis-je de bon gré en sirotant lentement. Angela Clark. Et est-ce que le fait de les avoir acceptés me donne le droit de connaître le vôtre ?

— Tyler Moore, fit-il en rangeant son portefeuille et en sortant quelque chose d'autre à la place. (Un petit porte-cartes de visite argenté.) Dites, on peut se tutoyer ? (J'acquiesçai.) Alors, Angela est-ce que tu es ici en vacances, ou bien avons-nous la chance de te compter parmi nos écrivains ?

— Vous avez la chance de m'avoir pour un certain temps.

J'essayai de détourner les yeux de son torse. En sortant et rangeant son portefeuille, il avait révélé une fine chemise blanche qui, elle-même, laissait deviner des abdos durs et bien dessinés.

— Je compte rester ici pour l'instant, poursuivis-je. Je ne sais pas encore jusqu'à quand.

— Assez longtemps j'espère pour que je puisse t'emmener dîner, dit-il en ouvrant son étui à cartes de visite pour m'en tendre une. (Je la pris et la glissai aussitôt dans mon sac, ne voulant pas la perdre.) Où est-ce que tu loges ?

— Au *Union*. (Je vis les hommes assis sur la banquette commencer à se lever et à jeter des billets sur la table.) À Union Square ?

— J'adore cet hôtel. Et il y a un très bon restaurant chinois de l'autre côté de la place, ça fait une éternité que je n'y suis pas allé.

Il rangea son porte-cartes, prenant à la place un BlackBerry. Combien de poches avait-il dans cette veste ? On aurait dit le sac de Mary Poppins.

— Et voilà, maintenant tu m'as donné faim, poursuivit-il. Que dirais-tu de dîner ensemble jeudi ? Est-ce que je pourrais avoir ton numéro ?

— Oh ! je n'ai pas encore de téléphone, dis-je en grimaçant tandis qu'il descendait de son tabouret.

Mais jeudi, oui, avec plaisir, sincèrement. Ça te dérange si c'est moi qui t'appelle ?

— Tu as mes numéros, et je serai ravi d'avoir de tes nouvelles.

Il me tendit une main que je serrai avec bonheur. Il avait la peau douce, la poigne ferme et les ongles manucurés, peut-être, mais je ne me plaignais pas. Pour moi, il était un don karmique de l'univers.

— À bientôt, Angela Clark.

Et, avec ça, je tombai amoureuse.

Tout en sirotant ma boisson, je le regardai disparaître dans l'escalier en fer forgé avec ses amis. Oh ! il était aussi parfait de dos que de face.

— Un autre Perfect Ten, s'il vous plaît ? demandai-je au barman qui passait devant moi.

Il hocha la tête et un nouveau cocktail apparut comme par magie.

Je laissai un billet de vingt sur le comptoir et sautai à bas de mon tabouret. Il s'avéra que je n'étais pas très stable sur mes talons, et je regagnai le coin réservé à Gina d'un pas vacillant.

— Eh, ma puce ! lança Jenny depuis une banquette basse près de la fenêtre en me faisant signe de la rejoindre. Je m'inquiétais pour toi jusqu'à ce que je te voie parler à ce type grand, beau et riche près du comptoir. Johnny hier, un banquier canon ce soir… Sérieusement : pourquoi est-ce que tu as besoin de mon aide, déjà ?

Je me laissai choir sur la banquette et poussai un soupir.

— Mais l'un comme l'autre, c'est à toi que je les dois, dis-je en passant un bras autour de ses épaules. C'est la coupe, le maquillage, tout ça… Pas moi. Purée, je n'arrivais même pas à convaincre mon propre copain de coucher avec moi, alors ne parlons pas de séduire des inconnus.

— Sérieux ? s'exclama-t-elle en sirotant ce qui ressemblait à un Cosmopolitan. *(Hmm. Je m'en prendrais bien un après.)* Mais quelles pouvaient bien être ses raisons pour ne pas avoir envie de te culbuter et de te posséder sauvagement ?

— Il en possédait sauvagement une autre, répondis-je avec un éclat de rire sonore. Et il ne m'a jamais vue comme ça. Je ne portais que des sweat-shirts et des jeans baggy. On ne couchait ensemble qu'une fois par mois seulement, en moyenne. Et c'était nul depuis… Tu sais quoi ? Je n'arrive même pas à me rappeler la dernière fois que j'ai pris mon pied !

— C'est triste, soupira Jenny. (Je laissai tomber ma tête sur son épaule et acquiesçai.) Il n'avait absolument aucune excuse pour te tromper mais, si la situation s'était dégradée à ce point-là, tu aurais dû te casser il y a longtemps.

— Et tu sais le plus triste ? chuchotai-je bruyamment avec des gestes théâtraux. Je n'ai jamais couché avec un autre homme, lui confiai-je en hochant la tête avant de vider mon verre, déjà prête à m'en chercher un autre. Ouais, peut-être que je devrais coucher avec Tyler, le mec du comptoir. Il m'a invitée au resto jeudi.

— Et tu vas y aller, n'est-ce pas ? demanda-t-elle en prenant mon verre vide. Tu devrais, carrément.

— Je lui ai dit que je le tiendrai au courant.

J'avais un peu de mal à articuler, remarquai-je. Les deux cocktails que je m'étais envoyés au *Union* devaient vraiment avoir commencé à faire leur effet.

— Il était vraiment très très beau.

— Ouais, eh ben ne lui facilite pas trop la tâche non plus, dit-elle en me tapotant la main.

La pièce commençait à tanguer autour de moi ; il faisait si chaud... J'avais vraiment envie d'un autre verre.

— Mais tu devrais carrément sortir avec lui jeudi et, si ça se passe bien, moi je dis : passe à l'action. Il faut vraiment que tu te remettes en selle, Angie.

— Ouais, faut que je remonte sur le cheval, soupirai-je en cherchant un employé du bar. (Combien de temps fallait-il à une serveuse pour venir jusqu'à nous ?) Et toi, super canon comme tu l'es, tu as un cheval à monter en ce moment ?

Jenny éclata de rire.

— Combien de verres tu as bus là-bas ? J'ai monté bien trop de chevaux, embrassé bien trop de crapauds. Lorsque j'ai fêté mes vingt-neuf ans, j'ai décidé que je n'allais pas continuer à sortir avec des mecs nuls juste pour ne pas être toute seule, alors je me réserve pour un mec bien.

— C'est super, dis-je en lui étreignant la main avec force. C'est vraiment super. Tu sais quoi ? Je crois que je vais vomir.

La pièce avait commencé à tourner un peu plus vite, et j'avais un peu plus chaud encore. Jenny m'aida à me relever et réussit sans que je sache trop comment à m'emmener jusque dans la petite cour sur le côté de l'hôtel.

— Combien de verres tu as bus ? me demanda Jenny en me rapportant du bar un grand verre d'eau.

Je n'avais jamais rien bu de plus délicieux.

— Seulement deux à l'hôtel et trois de ces trucs à l'ananas ici, répondis-je en inspirant profondément. Mais je n'ai rien mangé depuis le petit déjeuner.

— Tu vas vraiment te faire ta place ici si tu continues comme ça. Bois ce verre d'eau et, sur le chemin, on fera un détour par le *Planet Rose* pour manger un morceau.

— Le *Planet Ros*e ?

Je tentai de me relever, de nouveau en proie plus à l'ivresse qu'à la nausée. J'étais encore loin de pouvoir me remettre debout.

— Un karaoké, répondit Jenny en se retournant vers l'entrée du jardin, où Gina et le reste de la bande commençaient à déplacer leurs réjouissances sur le trottoir. Ça va aller ? Tu veux que je te ramène à l'hôtel ?

— Ah non ! fis-je en me relevant d'un coup de reins. (Bon sang, que ces talons étaient hauts !) Je ne suis peut-être pas capable de tenir l'alcool, ni mon homme, d'ailleurs… mais s'il y a bien une chose que je sais tenir, c'est la note. Montre-moi le chemin et file-moi un micro.

Je chancelais un peu, mais au moins j'étais debout.

— OK…, acquiesça Jenny d'un ton incertain en me regardant avec inquiétude. Tu es sûre que ça va aller ?

— Mais ouais ! rétorquai-je d'une voix inarticulée. Allez, on va chanter. Sérieux, j'ai SingStar sur ma PlayStation, ça va aller.

— Je voulais plutôt savoir si tu n'allais pas vomir, répliqua Jenny tandis que je rejoignais les autres filles d'un pas décidé. Mais, apparemment, ça va.

Notre petit groupe marcha jusqu'à ce que je me sois un peu dégrisée et que nous nous retrouvions dans une partie complètement différente de la ville. Les magasins et les hôtels de Soho laissèrent place à une succession de bars obscurs et bruyants, ponctués de petites boutiques originales.

— Bienvenue dans l'East Village, dit Jenny en indiquant d'un geste les alentours.

Les gravures de mode qui m'accompagnaient détonnaient un peu à côté des jeunes branchouilles et des gothiques qui se répandaient sur le trottoir aux abords des bars pour fumer, mais elles n'avaient pas l'air d'en être gênées le moins du monde. Quelques rues plus loin, je m'entassai dans un bar à la déco un peu vulgaire, tout en murs rouges et banquettes imitation peau de zèbre, où la stéréo crachait *Black Velvet* à plein volume, avec plus de trente amis, collègues et admirateurs de Gina, et autres beaux mecs et jolies filles rencontrés en chemin. Et apparemment, de tout le groupe, j'étais la seule bourrée. Ce n'est qu'en arrivant, poussée par la cohue à l'autre bout de l'étroite pièce, que je me rendis compte que ce n'était pas la chaîne qui passait *Black Velvet.* C'était quelqu'un qui le chantait. Quelqu'un de sacrément bon. C'était d'un autre niveau que SingStar.

Je vais juste y aller doucement, me dis-je en me glissant sur une banquette et en essayant de regarder la liste des chansons disponibles d'un air désinvolte. *Je ne vais pas boire, je vais juste rester assise calmement. Ces gens sont potentiellement mes amis. Je ne veux pas qu'ils me prennent pour une pauvre alcoolo qui s'est fait larguer et est venue à New York picoler jusqu'à ce que mort s'ensuive.*

— Hé, l'Anglaise. (Gina se tenait devant moi, une énorme Margarita blafarde à la main.) Tiens, c'est pour toi. Je nous ai inscrites pour une chanson des Spice Girls. Pour que tu te sentes chez toi.

— Oh ! Merci.

Un seul verre de plus, ça ne pouvait pas faire de mal, si ?

Chapitre 9

Le lendemain matin – à moins que ce soit le début d'après-midi – arriva trop vite, étant donné que je ne me souvenais de rien après mon interprétation enthousiaste de *Wannabe*. Jetant un coup d'œil autour de moi dans la pièce (ce qui aurait été beaucoup plus facile si celle-ci avait bien voulu cesser de tourner), je vis ma robe, mes chaussures et mon sac étalés par terre ; au moins, donc, il ne semblait pas y avoir eu trop de dommages collatéraux. Lorsque j'essayai de me retourner dans mon lit, les draps se transformèrent en camisole de force et, faiblesse de chaton due à l'alcool ou non, il fallait que je m'en débarrasse. Je les repoussai à grands coups de pied jusqu'à ce que je me retrouve allongée, en sous-vêtements, en travers du matelas nu.

Et c'est là que j'entendis la douche.

Il n'y avait aucun indice de la présence d'une autre personne dans la pièce. Je me précipitai au pied du lit, luttant contre l'envie soudaine de vomir, et enfilai le premier vêtement que je trouvai, mon chemisier blanc de la veille ; mais la douche s'arrêta à ce moment-là. Je me figeai sur place, accroupie, le chemisier ouvert, agrippée au bord des couvertures. Le verrou de la salle de bains s'ouvrit dans un bruit sourd. Sans pitié, le miroir en pied me montrait exactement ce que la personne sortant de la douche allait découvrir dans quelques secondes, et ce n'était pas beau à voir. Mon carré élégamment ébouriffé était devenu un paquet de nœuds, et Razor avait menti ; il existait clairement une limite au-delà de laquelle étaler mon khôl cessait d'embellir le résultat. Et l'idée d'une femme en soutien-gorge et culotte noirs avec un chemisier blanc par-dessus semblait peut-être *sexy*, mais croyez-moi, à cet instant précis, ce n'était pas le cas. J'essayai désespérément de me rappeler ce qui s'était passé la veille : qui cela pouvait-il être ? Ce n'était pas le banquier, il n'était même pas là au karaoké. Ce pouvait être l'ami de Gina, Ray, dont l'interprétation de *You're the One that I Want* en duo avec moi avait été le clou du spectacle ; mais non, il était gay, sans équivoque. Et le petit porteur qui nous avait complètement épatés avec *Don't Stop Me Now* ? Non, gay lui aussi. Merde, ça ne pouvait pas être Joe. Pas Joe, le garçon d'étage beau comme un dieu. Oh non ! Pitié, pas ça… Trop tard : la porte de la salle de bains s'ouvrit.

— Bonjour, petit loir, dit une voix d'un ton gai et chantant. Bon, j'ai passé un super moment et je pense que tu es une fille géniale, mais c'est pas tout, ça, faut que j'y aille.

Dieu soit loué, c'était Jenny !

Elle s'arrêta devant moi, tout sourires, serviette duveteuse et cheveux mouillés, et se mit à rire à gorge déployée.

— Tu ne savais pas qui c'était, n'est-ce pas ? réussit-elle à me demander entre deux éclats de rire. Merde, Angie, j'ai jamais vu quelqu'un qui tienne l'alcool aussi mal que toi. Et c'est pas pour me moquer, mais tu as été plus en beauté que ce matin. Tu devrais peut-être envisager de travailler sur ça avant d'aller monter ton cheval.

Je me levai et restai le regard perdu dans le vague un moment, attendant que tout me revienne. Non. La seule chose dont je me souvenais, c'était… des sushis. J'avais mangé des sushis. Et là, ça me revenait *littéralement*. Écartant Jenny, je me précipitai vers les toilettes. Heureusement, cette fois elle ne se contenta pas de rire, et se révéla non seulement une super coach de vie, mais également une excellente « teneuse de cheveux en arrière » et « fournisseuse de verres d'eau ». Une fois qu'elle m'eut enlevé mes vêtements et aidée à entrer dans la douche, je commençai à me sentir revenir lentement à la vie. C'était un cours intensif en amitié, pas de doute.

— Ça va mieux ?

Jenny avait remis sa robe de la veille et attaché ses cheveux en queue-de-cheval. Au moins avait-elle un ton compatissant, même si elle donnait l'impression d'être sur le point de se plier de rire à tout instant.

— Tu sauras désormais qu'il ne faut pas mélanger les alcools. Ces Perfect Ten que tu buvais au *Grand* s'accordent mal aux Margarita !

— Je croyais qu'ils étaient sans alcool, dis-je en enduisant mon visage de crème hydratante et en me glissant dans un peignoir en nid-d'abeilles. (Ce fut comme si des dizaines de petits nuages s'étaient collés à mon corps pour me porter jusqu'à mon lit.) J'ai dû me tromper.

— Ça, on peut le dire. Écoute, il faut que je rentre à l'appartement dire au revoir à Gina, mais rejoins-moi à la réception à 19 heures. Ça te va ?

J'acquiesçai.

— Tu voudras bien lui dire que je suis désolée de ne pas pouvoir être là, et aussi pour hier soir ?

— Tu n'as pas besoin de t'excuser, répondit Jenny en enfilant ses talons comme si c'étaient des chaussons. (Un talent qu'il fallait que je développe moi-même.) Sérieux, on a passé une super soirée. Et j'étais contente d'avoir une excuse pour m'en aller lorsque tu es tombée ivre morte. Il était temps que j'aille me coucher.

— J'ai picolé jusqu'à m'évanouir ?

Je n'en revenais pas. Même lors de l'opération annuelle *open bar* à la fac, même après cinq pichets de sangria en vacances, même après huit shots de sambuca à l'enterrement de vie de jeune fille de Louisa, l'alcool ne m'avait jamais provoqué de malaise. Vomir, oui ; perdre des chaussures, OK ; mais jamais connaissance.

— C'est pas grave, Angie, insista Jenny en disparaissant dans le couloir. Considère ça comme un baptême du feu. On ressort ce soir, si tu veux venir. Juste pour dîner ? Oh ! et Erin a dit qu'elle déjeunerait avec toi si tu te sentais en état. C'est la mieux placée pour te donner des conseils de drague avant ton rencard.

Après le départ de Jenny, je vomis encore deux ou trois fois, puis m'armai de courage pour sortir de l'hôtel. Une fois de plus, c'était une belle journée à Union Square Park. Le soleil brillait aussi fort que le dimanche précédent. En trois petits jours, le lustre de la nouveauté et de la différence s'était atténué, laissant place à quelque chose d'encore plus exaltant pour moi : l'impression de connaître l'endroit. D'y être chez moi. J'avais déjà franchi cette porte, j'étais déjà rentrée dans cette station de métro. J'avais fui ce banc à toutes jambes. Je ramassai mon sac Marc Jacobs (toujours aussi beau) et mis rapidement du gloss Lipglass de chez MAC, une touche de mascara et une tonne de blush. Bien qu'en proie à l'une des pires gueules de bois de mon existence, j'étais quand même mille fois plus belle qu'avant de me maquiller. Jenny Lopez était un cadeau du ciel.

Le *Manatus* était un charmant petit restaurant niché en haut de Bleecker Street dans Greenwich Village, entre une pharmacie ouverte vingt-quatre heures sur vingt-quatre et une boutique de lingerie haute couture. J'adorais New York. J'avais pris un taxi devant l'hôtel, défiant l'ordre exprès que m'avait donné Jenny de prendre le métro, mais je préférais ne pas courir le risque de vomir dans le wagon, aussi décidai-je de faire le trajet en voiture, la tête à la fenêtre. Heureusement, je reconnus Erin à travers la baie vitrée. Menue, avec de longs cheveux blonds noués en queue-de-cheval, et très jolie. Pas étonnant qu'elle soit le gourou de Jenny en matière de rencards ; je n'arrivais pas à croire qu'elle n'était pas déjà casée.

— Salut ! fit-elle en se levant pour m'embrasser sur la joue alors que je me frayais un chemin entre les tables et les landaus. J'avais peur que tu ne me reconnaisses pas.

— On n'oublie pas si facilement quelqu'un avec qui on a chanté *Baby One More Time* en duo, dis-je en m'asseyant rapidement pour boire une longue gorgée d'eau glacée. Ça commence à me revenir maintenant. Tragiquement, dans les moindres détails.

Je secouai la tête d'un air honteux.

— C'était marrant, fit Erin en faisant signe à un serveur de nous apporter un menu. Et on a été soulagés de voir que tu es humaine. Depuis dimanche, tout ce que j'entends sortir de la bouche de Jenny, c'est à quel point tu es une fille incroyable, et je ne voudrais pas passer pour une salope, mais lorsque tu es entrée dans le bar, avec ton allure de top-modèle, j'ai trouvé un peu difficile d'avoir pitié de toi. Je veux dire, les nanas canon dans ton genre ont-elles vraiment besoin de conseils pour se trouver un homme ?

Je ne savais pas trop si je devais la remercier de son compliment ou m'excuser.

— Euh… ben oui… Et je crois que c'est d'aide en général dont j'ai besoin. Personne ne me prend pour une top-modèle, tu sais…

— Pourtant, avec ces cheveux, cette robe, et, surtout, ces chaussures ! (Heureusement, elle avait les yeux brillants, et je sus que j'avais devant moi une autre personne sincère.) Mais lorsque tu bois, tu ne fais pas semblant, hein ? Bon, qu'est-ce que tu prends ?

Le serveur attendait patiemment à côté de nous.

— Du pain grillé, dis-je sans même avoir regardé la carte.

J'avais dans l'idée qu'Erin ne perdait pas beaucoup de temps avec des choses aussi futiles qu'un menu.

— Et moi je prendrai le muesli avec une coupe de fruits frais, dit-elle en rendant les menus au serveur. Bref, Jenny me dit que ce beau gosse à qui tu parlais au comptoir du *Grand* t'a proposé un rencard. Est-ce que tu l'as rappelé ?

— Merde ! non, fis-je en cherchant à la hâte mon portefeuille. (La carte y était toujours, intacte, sans vomi.) Je n'étais pas en état jusqu'à présent.

D'un geste, Erin indiqua qu'on lui resserve du café.

— OK, appelle-le maintenant. Sérieux, fais-le.

Elle me passa son téléphone mais je gardai les yeux rivés sur le numéro.

— Qu'est-ce que je dis ?

— « Salut, c'est Angela Clark, on s'est rencontrés au *Grand* hier soir, répondit-elle d'un ton enjoué. On se retrouve toujours pour dîner ensemble demain ? » Ça te paraît bien ?

— Mieux que ce que j'avais en tête, marmonnai-je en composant le numéro avant de pouvoir changer d'avis.

— Tyler Moore, dit-il, décrochant à la première sonnerie.

— Salut… euh… c'est Angela… euh… Angela Clark.

Je butais sur mon propre nom. Super sexy.

— Bonjour, Angela Clark. (Je n'arrivais pas à déterminer s'il me reconnaissait ou non.) Je me demandais justement si tu allais me rappeler.

Il se souvenait bien de moi !

— Bien sûr, fis-je, tentant de reproduire l'approche enjouée d'Erin.

Elle fit un moulinet avec ses mains. Assez tourné autour du pot.

— Je me demandais si ça te disait toujours qu'on dîne ensemble ? continuai-je.

— Oui, demain, bien sûr. (Quelque chose dans sa voix me laissait penser qu'il était en train de se pencher en avant et de faire jouer ces si beaux muscles. Oh là là !) Que dis-tu du *Mercer Kitchen* à 20 heures ?

— Ça me paraît très bien. (J'avais réussi ! J'avais décroché un rencard !) Je te retrouve là-bas ?

— Parfait, ça me laissera le temps de rentrer me changer. À demain, 20 heures, au bar, Angela Clark.

Et sur ces mots, il raccrocha.

— Alors, tu y vas ? me demanda Erin en trépignant des pieds sous la table.

Je hochai la tête et me mordillai la lèvre.

— On se retrouve au *Mercer Kitchen* à 20 heures. C'est bien ?

— Très bien, répondit-elle d'un ton approbateur alors que notre commande arrivait. Le *Mercer Kitchen* est super pour un premier rancard. Lumière tamisée, bonne bouffe, gens sympas et beaucoup de possibilités pour aller prendre un verre après. C'est un bon choix.

Je grignotai un morceau de pain grillé nature. Peut-être ce rencard n'allait-il pas être aussi terrifiant que je l'avais cru.

— C'est quoi, le code vestimentaire ? Chicos ? demandai-je, vaguement inquiète.

Je n'avais pas les moyens de retourner faire du shopping.

— Mmm… beaucoup de mecs en costard qui sortent du boulot et de filles branchées, mais rien de trop recherché, répondit-elle avec un haussement d'épaules. Tu seras très bien dans une jolie robe ou un jean et un tee-shirt sympa. Il aura probablement gardé son costard.

— Il m'a dit qu'il allait passer chez lui se changer, dis-je en grignotant précautionneusement mon pain grillé.

Je ne vais pas le vomir. Je ne vais pas le vomir.

— Sérieux ? J'espère qu'il ne va pas se pointer habillé comme un de ces mecs qu'on voit en couverture des romans Harlequin, lança Erin dans un éclat de rire. (En décelant l'angoisse dans mon regard, elle s'arrêta avec un toussotement.) Mais il ne va pas faire ça, j'en suis sûre. Bon, maintenant, les règles de base de la drague à la new-yorkaise ?

— Carrément, acquiesçai-je. Les règles de base de la drague en général. Je ne sais pas ce que Jenny t'a raconté…

— À peu près tout. Et ce qu'elle ne savait pas, tu nous l'as dit hier soir. J'ai dans l'idée que j'en sais plus que ton ex sur ta vie sexuelle.

Je blêmis et posai mon pain pour reprendre mon thé. La serveuse y avait rajouté de l'eau chaude, le rendant fadasse, mais je le bus quand même.

— Désolée.

— Pas besoin, il faut que j'aie tous les éléments avant de prendre en charge une élève, répliqua Erin. (Elle tendit la main pour attraper le miel, et je remarquai que ses mains étaient parées de bagues : de fiançailles, de fidélité… à tous les doigts, sauf l'annulaire.) Et crois-moi lorsque je te dis que je sais *tout.* Tu nous as vraiment fourni des descriptions très imagées.

— C'est pas vrai !

Je me massai le front, tentant de me souvenir exactement de ce que je lui avais raconté. Peut-être ne me rappelais-je pas tout.

— Bon, vas-y.

Pendant l'heure qui suivit et à grand renfort de café pour elle et de thé ultra-fade pour moi, Erin, mon Docteur Love mâtiné de capitaine des *pom-pom girls* personnel, me briefa sur les choses à faire et à éviter dans un rencard à New York. Un guide du débutant sur les règles d'or. Laisse-le payer s'il propose, mais n'oublie pas d'apporter ta carte bleue au cas où il ne le ferait pas. Pose-lui des questions sur lui, mais pas sur ses ex. Tu peux le faire parler de son boulot, mais n'insiste pas sur l'aspect financier, tu ne veux pas passer pour une croqueuse de diamants. S'il te pose des questions sur ta vie sentimentale, donne-lui les faits mais pas les détails. Si le rendez-vous se passe bien, tu peux en accepter un deuxième immédiatement mais, vu que celui-ci avait lieu un jeudi, je ne devais en aucun cas en accepter un autre pour le vendredi ou le samedi soir. Le samedi en journée, éventuellement. Le dimanche, c'était bien. Toutes ces règles me semblaient un peu excessives.

— C'est juste que ce n'est pas dans ton intérêt de révéler quoi que ce soit qui puisse le dégoûter. Et je dis bien « quoi que ce soit », insista-t-elle avec un sérieux incroyable, en commençant à énumérer sur ses doigts chargés de diamants. Ne le fais pas trop rire ; les mecs aiment bien les filles marrantes, mais ils ne veulent pas épouser une comique, si ? C'est le mec qui est censé être drôle. Ne mange pas trop ; s'il commande pour toi, tant mieux. Ne bois pas trop ; dans le meilleur des cas, il te verra comme une poivrote facile à mettre dans son pieu ; au pire, ça le fera carrément fuir.

— Tu veux dire que c'est pire de me prendre un râteau directement que de le voir coucher avec moi et ne jamais me rappeler ?

— Oh, ma chérie, on est à New York ! répondit Erin en secouant la tête. Si tu réussis à l'attirer jusque dans ton lit, tu as fait la moitié du travail ; avec un peu de chance, tu sais te débrouiller *un minimum* au pieu, et après il y a une possibilité qu'il te propose de remettre ça. C'est dur mais, si tu es vraiment un bon coup, tu peux le faire revenir sur une première impression. Parfois.

— OK..., dis-je, les joues empourprées. Je ne suis pas sûre d'être si douée que ça, alors je ferais mieux de ne pas trop boire.

— Mmm. Bref, ce que je t'ai dit là, ce n'est que pour le dîner ; il y a un tas d'autres règles pour lorsque tu commenceras à coucher avec lui. Mais, pour résumer : ne couche pas au premier rendez-vous. Jamais.

— Pas de souci de ce côté-là, j'en suis sûre. Alors, comme apparemment je n'y connais rien à la drague et aux hommes, dis-moi tout ce que je dois savoir d'autre.

Les instructions d'Erin avaient beau être utiles, bien intentionnées et bienvenues, j'avais un peu l'impression d'être à l'auto-école et, dès le troisième virage, elle m'avait perdue. Au lieu d'être vaguement inquiète à l'idée de mon rendez-vous avec Tyler, j'étais désormais morte de trouille. Tandis qu'elle m'expliquait plus en détail jusqu'où exactement je pouvais « aller » si je voulais revoir Tyler, j'étais trop occupée à essayer de rester discrète en regardant l'homme installé dans le coin du restaurant. Il se cachait derrière son exemplaire tout corné d'un roman de Murakami, n'en sortant que pour tripoter son iPod et commander plus de café. Quelque chose dans ses cheveux noirs en bataille et ses yeux vert vif m'était vaguement familier, mais je finis par conclure qu'il était juste extrêmement canon.

— Donc, tant que tu respectes les règles d'or, tu n'auras pas de problème, continua Erin, imperturbable, sans même se rendre qu'elle avait complètement perdu mon attention. Et ce n'est pas comme si tu voulais que ce mec te demande en mariage tout de suite ; tu veux juste t'amuser un peu, n'est-ce pas ?

— Euh… oui, rien de sérieux, dis-je en essayant de m'ôter de la tête l'image de Tyler et moi chez *Tiffany*, Tyler un genou à terre, moi les larmes aux yeux et tout le monde en train d'applaudir. Erin, je peux te poser une question ?

— Bien sûr. Quel genre de prof je ferais si je n'étais pas ouverte à la critique ?

— Oh, ce n'est pas du tout ça, répondis-je précipitamment. Je me demandais seulement pourquoi tu n'es pas mariée ? Je sais que ça n'a rien d'obligatoire, mais tu es une véritable encyclopédie en matière de drague, et tu es parfaite physiquement, et si gentille, et…

— Je l'ai été, répondit-elle simplement en tendant sa main droite. Je me suis mariée à l'âge de vingt et un ans, avec le mec le plus adorable qu'on ait jamais rencontré, déclara-t-elle en soumettant à mon inspection un de ses énormes solitaires. Deux ans plus tard, c'était devenu un connard fini, qui me trompait avec tout ce qui bougeait.

— Je suis désolée, dis-je, ne sachant plus où me mettre. Il vaut mieux être seule que mal accompagnée, je suppose.

— Mmm… oui, mais je n'ai pas fini, soupira-t-elle en regardant ses bagues. Ensuite, j'ai été fiancée à un propriétaire d'hôtel. C'est celle-là, précisa-t-elle en me montrant un magnifique anneau entièrement serti de diamants et de saphirs. Mais c'était clairement un mec de transition, tu sais, alors j'ai annulé un mois avant le grand jour. Et lorsque j'avais vingt-neuf ans, j'ai épousé Joel, mon coiffeur.

La bague à trois diamants.

— Oh ! fis-je d'une petite voix.

C'était à l'évidence la personne à qui parler pour savoir comment traîner un homme jusqu'à l'autel ; mais pas pour éviter d'être obligée de recommencer à zéro.

— Mais on savait tous les deux que ça ne marcherait pas, donc je suis partie, conclut Erin avec un faible sourire en penchant la tête de côté. Je ne le ferai plus.

— Waouh !

Je ne savais vraiment pas quoi dire d'autre. Tout à coup, j'avais un peu moins foi dans les règles d'or.

— Comprends-moi bien : j'adore les rencards et j'espère un jour rencontrer quelqu'un avec qui j'aurai peut-être des enfants, mais je ne pense pas que je me remarierai. Ce n'est pas un problème ; j'ai une bonne carrière et des amis formidables. J'ai mis un peu trop de temps à me rendre compte que je n'ai pas besoin d'un homme pour donner un sens à ma vie, c'est tout.

— Je trouve ça trop cool. Mais, maintenant, je me sens vraiment idiote.

— Arrête ! protesta Erin avec un rire. J'espère vraiment que mes amies trouveront un mec bien avec qui se caser. C'est juste que ça ne m'angoisse pas autant que d'autres gens. J'ai une entreprise prospère de relations publiques, deux règlements de divorces sains, et je sors avec des mecs super tout le temps. Mais j'ai trente-sept ans et l'envie de me caser m'est passée.

— Premièrement, trente-sept ans ? Je ne te crois pas ! m'exclamai-je. (Dans ma tête, elle était plus jeune que Jenny, et cette dernière était encore très loin d'avoir besoin de Botox.) Et, deuxièmement, est-ce que tu me trouves bête d'aller à ce rencard ? Est-ce que je devrais prendre un peu de temps pour être moi-même ?

— Est-ce que tu as envie d'y aller ?

J'y réfléchis au moins une fraction de seconde.

— Oui.

— Alors vas-y, amuse-toi, dit-elle en sortant un magnifique portefeuille Chanel de son sac. Ne laisse pas la drague bouffer tout le reste de ta vie, c'est tout. Jenny m'a dit que tu es écrivaine, c'est bien ça ?

— C'est ce que je veux être, répondis-je en haussant les épaules. Tout ce que j'écris pour l'instant, c'est une sorte de… journal intime.

— Mais ton journal intime doit être fascinant, en ce moment ! s'exclama-t-elle en épluchant ses cartes de visite. Je représente le magazine *The Look* et ils sont toujours à la recherche de blogueuses prêtes à laisser des messages sur leur site. Ce n'est pas grand-chose, mais le tien pourrait être cité dans le magazine, et on ne sait jamais qui pourrait le lire. Tu veux que je t'obtienne une entrevue ?

— Et comment ! répondis-je, m'imaginant déjà chez *Starbucks* en train de pianoter et d'agacer les gens avec mes soupirs théâtraux. J'adorerais écrire pour quelqu'un qui serait intéressé.

— Eh bien, laisse-moi parler à deux ou trois personnes quand je serai là-bas tout à l'heure, fit Erin en jetant quelques billets sur la table et en balayant mes protestations d'un geste de la main. Et je te dirai ce qu'il en est ce soir. Tu te joins à nous pour le dîner, n'est-ce pas ?

— Seulement si tu promets de ne pas me laisser boire une de ces horribles Margarita, répondis-je avec une grimace.

La seule évocation du cocktail me fit chercher les toilettes du regard.

Avec deux bises rapides et un « Appelle-moi », Erin s'en fut. Le fait que nous soyons restées assises bien plus d'une heure à nous faire resservir du thé et du café sans commander quoi que ce soit d'autre ne semblait avoir dérangé aucun des serveurs, mais je demandai quand même un chocolat chaud. Sortant mon carnet et le stylo pris dans ma chambre d'hôtel, je commençai à mettre mes pensées par écrit. Bon sang, imaginez, tenir un journal en ligne pour *The Look* ! Peut-être n'était-ce pas un magazine aussi mondialement connu que *Elle* ou aussi respecté que *Vogue*, mais ça faisait clairement partie du top dix. Ne pas oublier : acheter des magazines. Je trouvai mon iPod au fond de mon sac et fis défiler les titres à la recherche de quelque chose qui m'inspire. Hmm… rockeuses braillardes, indés à longue frange ou Britney. Après le discours féministe que venait de me tenir Erin, n'étais-je pas obligée de mettre les rockeuses braillardes ?

Mes griffonnages atteignaient une page de long lorsque je vis mon chocolat chaud placé devant moi. Je remerciai d'un signe de tête, trop absorbée par ma diatribe sur la complexité des règles de la drague, avant de me rendre compte que la personne qui m'avait apporté ma tasse s'était assise en face de moi. Je levai lentement les yeux et vis le mec mignon du coin du restaurant qui me souriait, le menton posé dans le creux de sa main, les coudes fermement plantés sur la table.

— Salut, dit-il.

Je mis mon iPod sur pause et le dévisageai.

— Tu n'as jamais eu envie de pouvoir t'approcher de quelqu'un et de lui dire : « Dites, je peux jeter un coup d'œil à votre iPod ? », me demanda-t-il en tendant la main pour prendre le mien sur la table. (Mes écouteurs me sautèrent des oreilles, tombant sur mon carnet.)

Comme ça, tu saurais aussitôt si c'est une bonne idée de l'inviter à sortir. Par exemple, si cette personne était en train d'écouter… des lesbiennes hurlant leur angoisse existentielle.

Il releva les yeux pour me regarder. Sa peau pâle et son regard sombre lui donnaient un certain charme d'oiseau de nuit.

— Cela ferait fuir la plupart des hommes, continua-t-il. Mais d'autres retourneraient à la liste des artistes pour y chercher des signes plus encourageants, comme… hmm… Justin Timberlake ?

— C'est pas si mal, tentai-je faiblement de me justifier, sans y croire moi-même.

— Ah ! les dames aiment Justin, fit-il en continuant de faire défiler les noms. Et, au moins, ça compense le truc lesbien.

— Je ne suis pas lesbienne !

Trop rapide à me défendre.

Il releva de nouveau les yeux et éclata de rire.

— Super, dit-il en rapprochant un peu plus sa chaise de la table. Oh, de mieux en mieux. Bon Jovi ?

— C'est *Livin' on a Prayer*, c'est un classique, protestai-je en laissant tomber ma tête entre mes mains. Pourquoi est-ce que tu ne regardes pas les trucs cool ? J'aime aussi des trucs cool…

— Par exemple ? demanda-t-il en reportant son attention sur mon iPod. Et ne dis pas « les musiques en tous genres ». Je déteste quand les gens disent ça. Ça veut seulement dire qu'ils n'en aiment passionnément aucun. Ah ! tu as le dernier album des Stills : j'ai entendu dire qu'ils sont bons.

— Je les ai vus en live ! dis-je précipitamment. À Londres. Ils étaient plutôt bons. Mais je préfère leur premier album.

— Ça fait toujours du bien d'entendre une opinion sincère. Alex Reid, dit-il en me tendant la main.

Je la pris et me mordis la lèvre.

— Tu fais partie des Stills, n'est-ce pas ?

— Oui.

— Et tu viens de voir Justin Timberlake sur mon iPod.

— Et Bon Jovi.

Ce n'était comme ça que je m'étais imaginée rencontrer le chanteur ridiculement sexy d'un groupe new-yorkais super cool. Dans mes fantasmes impliquant des rock stars (lesquels étaient aussi nombreux que variés), j'étais généralement échevelée et sexy, avec des collants résille, des bottes à talons et plein d'eye-liner, à quelque *after* huppé dans un bar branché de l'est de Londres. Là, je portais un tee-shirt rose, un jean baggy et des tongs orange vif, avais les cheveux attachés en une queue-de-cheval humide faite à la hâte et espérais de tout cœur que mon mascara n'avait pas encore complètement coulé.

— Mais j'ai ton album, répliquai-je, dans une tentative pour gagner des bons points. Et, genre… les Arctic Monkeys ?

— Très 2006, tout ça, déclara-t-il en me rendant mon iPod et en s'installant plus confortablement sur sa chaise. (Il souriait toujours, et c'était très déconcertant.) Mais tu as effectivement des trucs sympas, et tu es venue nous voir en concert.

— Exactement, confirmai-je.

Invite-moi à dîner. Je t'en prie, invite-moi à dîner. Je n'aurais pas pu être plus loin de ne pas avoir besoin d'un homme pour donner un sens à ma vie. J'avais besoin que ce beau gosse m'invite à dîner.

Tu peux aller te faire foutre, Mark Davis, la rock star canon m'a proposé un rencard. Niark niark niark.

— Et si tu as acheté nos deux albums et une place pour notre concert…, commença-t-il en passant la main dans ses longs cheveux noirs en bataille, les laissant retomber devant ses yeux.

Oh là là !

— … avec la faiblesse du dollar, tu as dû dépenser, quoi… vingt livres sur notre groupe ?

— Et j'ai acheté un tee-shirt, précisai-je avec sérieux. Il m'a coûté 20 livres à lui tout seul.

— Tant que tu l'as eu à l'intérieur, fit-il en secouant la tête. Ces connards à l'extérieur qui vendent mes tee-shirts 10 dollars ne savent donc pas que ce sont les tee-shirts qui rapportent tout le fric ?

J'éclatai de rire, et attendis avec nervosité qu'il se joigne à moi. Ce qu'il fit, à ma plus grande joie.

— Donc je sais que tu as des goûts musicaux… éclectiques, commença Alex. Et je te dois, quoi, entre soixante et quatre-vingts dollars ? Mais je ne connais toujours pas ton nom.

— Je suppose que puisque je connais le tien…

J'espérais donner l'impression d'une fille marrante en train de flirter, et non d'une idiote bégayante éblouie par son statut de star. Plus j'y songeais, et plus je me rappelais combien son groupe était bon, en fait.

— Angela Clark.

— Et tu es en vacances ici, Angela Clark ? me demanda-t-il en prenant une gorgée de mon chocolat.

Je m'apprêtais à protester, mais calculai que je pouvais me permettre de perdre un chocolat chaud si j'y gagnais une rock star. Enfin, le chanteur d'un groupe indé à peine connu que j'avais vu une fois à Islington. Mais bien plus proche d'une rock star que le banquier de HSBC avec qui j'étais sortie pendant dix ans.

— En quelque sorte, répondis-je, ne souhaitant pas rentrer dans les détails plus que nécessaire. Je séjourne chez une amie pour quelque temps.

— Eh bien, si tu n'as pas l'intention de rester à la maison et d'écouter du Justin, est-ce que tu aimerais m'accompagner à une fête ce soir ?

Il me proposait un rencard. Il m'avait proposé un rencard.

Et je ne pouvais pas y aller.

— J'aurais vraiment aimé, répondis-je en cherchant désespérément comment formuler mon excuse. Mais j'ai déjà quelque chose de prévu ce soir…

— J'aurais dû m'en douter, fit-il en prenant mon stylo et en ouvrant mon carnet à une page vierge. Alors voici mon numéro, j'ai des billets pour un super concert samedi soir, et j'adorerais que tu m'accompagnes. Qu'est-ce que tu en dis ?

— Avec plaisir, acceptai-je en regardant tous les conseils d'Erin s'envoler par la fenêtre pour aller lui cafter quelle mauvaise élève j'étais.

Accepter un rendez-vous pour le samedi soir un mercredi : scandaleux.

— Super ! j'avais un peu peur que tu me foutes un vent, fit-il en se levant.

Jean slim mais pas trop moulant, le tee-shirt délavé de rigueur, aux couleurs de son groupe et juste assez court pour révéler, lorsqu'il s'étira, son ventre plat et la fine ligne de poils noirs qui ornait celui-ci, allant de son nombril à la ceinture de son caleçon. Et, bien sûr, des lunettes de soleil. Il laissa tomber son livre dans une sacoche en cuir tellement abîmée que j'avais peur de laisser mon Marc Jacobs voir des signes aussi effroyables de maltraitance.

— Si ton amie n'était pas partie quand elle l'a fait, je n'aurais pas tardé à renoncer, continua Alex. Qui écoute ce genre de conneries ?

— Quelles conneries ? demandai-je, distraite par ses biceps étrangement musclés.

À force de jouer de la guitare, supposai-je. Encore une fois, oh là là !

— Ouais, sérieux, dit-il en s'éloignant. Ne l'écoute pas ; les règles de la drague, c'est des conneries. Fiancée trois fois et pas mariée ? Ce n'est pas la meilleure personne à qui demander conseil.

Je sentis ma mâchoire se décrocher. Il avait entendu tout ça ?

— Mais comment est-ce que tu as pu entendre ? Tu avais tes écouteurs sur les oreilles !

— Tu m'avais bien remarqué, donc.

Quelle arrogance !

— Bref, rendez-vous au *Max Brenner* de Union Square samedi, vers 19 heures ? C'est un peu touristique, mais ils servent le meilleur chocolat chaud qu'on trouve en ville. Sans vouloir vexer personne ici.

En sortant, il adressa un sourire adorable à la serveuse. Je regardai celle-ci littéralement se faner lorsqu'il passa devant la baie vitrée sans lui accorder un regard de plus.

Et, avec ça, je tombai amoureuse.

Une deuxième fois.

Chapitre 10

C'était Vanessa qui était à la réception lorsque j'entrai en coup de vent dans le hall de l'hôtel, où je commençais déjà à me sentir chez moi en humant l'odeur entêtante des bougies parfumées.

— Salut, Vanessa. Jenny est dans le coin ?

Elle hocha la tête.

— Oui oui, elle est dans le fond. On a ce groupe qui séjourne ici, et ils ont décidé qu'elle était leur concierge préférée au monde. Tu veux bien aller la sortir de sa cachette ?

Appuyant sur un bouton, elle ouvrit une porte pratiquement invisible dans le mur derrière elle pour me laisser entrer dans le salon des employés, où j'aperçus la haute queue-de-cheval de Jenny qui dépassait d'un canapé mou.

— Tu ne devineras jamais ! lançai-je à travers la pièce. Je me suis tout simplement trouvé une rock star… Jenny ?

En arrivant aux abords du canapé, je m'arrêtai net. Le joli visage de Jenny était rouge, gonflé, et son mascara avait coulé.

— Tu pleures, fis-je remarquer, dans une grande démonstration de perspicacité.

— C'est super, dit-elle en reniflant et en s'essuyant les joues sur la manche de son chemisier noir. Raconte-moi tout.

— Non, toi, dis-moi tout, répliquai-je en m'asseyant à côté d'elle. Qu'est-ce qui ne va pas ?

Elle tenta de sourire mais ne réussit qu'à laisser échapper quelques larmes de plus.

— Oh ! c'est idiot. J'ai vu Jeff. Mon ex.

— Oh ! fis-je, ne sachant pas vraiment quoi dire d'autre. Et alors, qu'est-ce qui s'est passé ? Il t'a dit quelque chose ?

— Rien d'agréable.

— Quel connard !

— Non, répondit Jenny en secouant la tête avec tristesse. C'est moi la connasse. Je l'ai trompé.

— Sérieux ?

Jenny n'était pas comme ça. Elle était si gentille, si prévenante, se souciait tellement des gens autour d'elle. Ce n'était pas possible.

— Tu as fait ça ?

— Oui. J'ai été complètement idiote, soupira-t-elle en se massant le front. Et il vient juste de passer pour me faire savoir, au détour d'une phrase, qu'il sortait avec quelqu'un d'autre.

— Mais, je veux dire, tu as rompu avec lui pour un autre mec ?

J'essayais de comprendre sans avoir l'air de porter de jugement sur elle, mais c'était difficile. Il s'avérait que j'étais assez prompte à mettre les gens dans des cases.

— Non. J'étais complètement soûle et j'ai couché avec Joe de l'hôtel, et après j'ai tout avoué à mon copain parce que je me sentais terriblement coupable, ajouta Jenny, hébétée. Il m'a traitée de pute, m'a jetée dehors, et j'ai emménagé avec Gina. Je n'ai jamais voulu rompre, j'ai simplement commis une erreur et il n'y avait rien que je puisse faire pour y remédier.

— Oh !

— Je sais ce que tu dois penser, dit-elle doucement.

— Honnêtement, je ne sais pas moi-même ce que je pense, répliquai-je en lui serrant la main. Mais je ne peux me référer qu'à ce que je sais de toi, et c'est que tu es adorable.

— Oh là là ! s'exclama Jenny, éclatant en sanglots. Il me manque tellement…

Elle laissa lentement tomber sa tête sur mes genoux. Ne sachant que faire d'autre, je passai doucement les doigts dans sa queue-de-cheval et gardai le silence jusqu'à ce qu'elle cesse de sangloter. Au bout de cinq bonnes minutes, un reniflement bruyant se fit entendre et elle se redressa. Elle me sourit et serra mes mains dans les siennes.

— Je sais que tu dois me prendre pour une vraie traînée, mais, honnêtement, ce n'est pas comme ça que ça s'est passé, insista-t-elle avec ferveur. Ce n'est pas le genre de chose que je fais d'habitude. Mais, parfois, les gens font des erreurs. J'aimerais pouvoir faire comprendre à Jeff que je ferais n'importe quoi pour qu'il me revienne. N'importe quoi.

— Si c'est écrit, il finira par s'en rendre compte, suggérai-je sans conviction.

— Ouais, acquiesça Jenny. Que penses-tu d'aller mettre nos plus beaux habits et de sortir fêter ta rock star ? J'ai bien besoin d'un coup à boire.

Je souris et lui pris la main.

— Bonne idée.

La virée à laquelle je m'attendais se réduisit rapidement à un dîner dans un restaurant non loin de chez Jenny, qui se déroula dans un silence tendu. Entre les disparitions répétées d'une Jenny larmoyante aux toilettes, ponctuées de plusieurs Dirty Martini et de flots de commentaires orduriers sur le groupe séjournant au *Union* qui avait décidé que Jenny n'était pas une concierge mais leur jouet personnel, ma propre gueule de bois et la description par Erin de son échec à vendre son idée à un nouveau client en cosmétiques, la soirée avait tourné au cauchemar. Après trois Cosmopolitan, les langues commencèrent quand même à se délier un peu, même si l'humeur générale resta globalement sombre.

— Si votre mec vous trompait, est-ce que vous lui pardonneriez ? demanda Jenny en faisant tourner son zeste d'orange grillé à la surface de son cocktail. Et je ne veux pas dire de façon régulière, mais juste une fois.

Je m'adossai à ma chaise en pinçant les lèvres. Je ne voulais vraiment pas rentrer dans la conversation « Qui a trompé trompera ».

— Je ne sais pas, répondit Erin en sirotant son verre. Si je l'aimais, non. Mais si j'étais prête à le tromper moi aussi, alors oui.

— J'ai pardonné à un copain qui m'avait trompé, une fois, dit Vanessa. Et il a recommencé, encore et encore. Je crois qu'une fois qu'ils savent qu'ils peuvent s'en tirer impunément ils te tromperont aussi longtemps que tu les laisseras faire. Je sais que c'est un cliché, mais c'est vrai.

— Hmm. (Jenny me jeta un regard en coin.) Qu'est-ce que tu en penses, Angela ? Si ton ex se pointait, là, tout de suite, avec un bouquet de roses et des excuses, qu'est-ce que tu ferais ?

— Je ne sais pas, dis-je en gardant les yeux fixés sur mon cocktail. Je l'enverrais balader, je suppose.

— Non, rétorqua Jenny en secouant la tête et en vidant son verre d'un trait. Tu le reprendrais *illico presto*. Tu le sais.

— Aïe, fis-je en me mordant la lèvre. D'où elle sort, cette anti-Oprah ?

— Purée ! fit Erin en posant la carte des cocktails et en se levant. Bienvenue du côté obscur de la force, Angela. Je te présente Jenny bourrée.

Je regardai ma nouvelle amie, la tête posée sur le comptoir, les épaules basses.

— Au fond du trou, oui, commença à énumérer Erin. Déterminée à entraîner tout le monde dans sa chute, oui. Ne s'estimera satisfaite que lorsqu'elle aura insulté toutes les personnes qu'elle a rencontrées dans sa vie, même s'il s'agit d'une nouvelle amie qui fête le rencard qu'elle vient de décrocher avec une rock star, oui, dit-elle en passant son manteau d'un haussement d'épaules. Je refuse de rester pour ça, ma puce. Elle ira mieux demain.

Sur ces mots, Erin nous fit la bise, à Vanessa et moi, et donna une tape sur les fesses de Jenny en lui disant, avant de sortir :

— Secoue-toi, mon chou, ou ce coup d'un soir va finir par te coûter plus qu'un petit ami.

— C'est vraiment pas ce que j'appelle m'amuser, soupira Vanessa en finissant son verre et en se préparant à partir à son tour. Désolée, Angela, je ne peux pas subir ça une fois de plus. J'ai des amis qui vont au *Bungalow*, tu veux venir ? Il n'y a rien à faire quand elle est comme ça.

— Non, je vais braver la tempête, répondis-je en secouant la tête, même si je ne savais pas exactement à quoi je m'exposais. Mais merci.

— Tu es sûre ? Plein de beaux gosses, et ma copine peut nous faire entrer sans problème.

Vanessa me donna une demi-seconde pour changer d'avis, puis s'en alla en agitant la main.

Je me retournai vers Jenny.

— Je fais vraiment pitié, marmonna-t-elle entre ses bras croisés. Tu devrais me laisser ici toute seule.

J'avais une certaine tolérance à l'égard des gens qui s'apitoient sur leur sort, mais elle avait quand même ses limites.

— Bien vrai mais, apparemment, j'ai décidé de rester. Dis donc, ça t'arrive souvent de te mettre dans cet état-là ?

— Seulement lorsque je pense à lui, répondit-elle, toujours sans relever la tête.

— Et tu penses souvent à lui ?

À mon tour de finir mon verre et de mettre mon manteau.

— Tout le temps.

Même geignement étouffé.

— Est-ce que tu as ne serait-ce qu'envisagé de suivre tes propres conseils ?

La tirer de son tabouret s'avéra plus dur que prévu, sachant qu'elle était légère comme une plume.

— J'y ai pensé, répondit-elle en me laissant lui glisser sa veste sur les épaules. Mais je n'ai jamais réussi. Je ne mérite pas de l'oublier.

— Écoute, dis-je en la regardant droit dans les yeux. Tu as commis une grave erreur et tu ne te remettras peut-être jamais avec ton ex, mais si j'ai appris une chose cette semaine, c'est bien que tu as trois options : t'enfuir, te complaire dans ton malheur ou, avec un peu de chance, un juste milieu qui s'appelle reprendre ta vie en main. Et tu vas être obligée de choisir cette troisième option, parce que, sinon, tu ne seras plus qualifiée pour être mon coach de vie, et alors qu'adviendra-t-il de moi ?

— Je suppose que c'est vrai, tu as besoin de moi, dit-elle en reniflant. C'est juste que je ne sais pas *comment* l'oublier.

— As-tu essayé de fuir à l'autre bout du monde ? Ça marche à merveille, dis-je en grimaçant tandis que nous sortions du bar en traînant les pieds. Et je dois dire qu'à cet instant la fuite me paraît bien plus élégante que tes pleurnicheries.

— Mais ça ne t'arrive pas de ne pas fermer l'œil de la nuit tellement sa présence dans le lit te manque ?

demanda-t-elle, laissant sa tête retomber en arrière et se laissant aller contre moi.

— Étonnamment, non. (La fraîcheur de l'air nocturne me fit un choc alors que nous descendions les marches à l'extérieur du bar.) On avait vraiment un rythme de sommeil différent, de toute façon, donc on allait rarement se coucher ensemble. Je te conseille vivement d'être claquée tous les soirs, c'est une méthode très efficace pour se remettre d'une rupture.

— Tu sais très bien ce que je veux dire, insista-t-elle d'une voix pâteuse en entreprenant de traverser la rue d'un pas titubant sans même regarder si c'était aux piétons de passer. Tu n'as pas envie d'être avec lui ? Pour de bon ? De sentir le poids de son corps sur le tien ?

— Oh ! (Je fis quelques pas en silence.) Eh bien, ça faisait un bout de temps que je n'avais pas connu cette sensation, de toute façon. Notre vie sexuelle laissait un peu à désirer. Je suppose que si on envisage les choses sous cet angle je suis seule depuis longtemps...

Alors que je songeais au temps que cela faisait que j'étais toute seule, je me rendis compte que je l'étais vraiment : Jenny ne marchait plus à côté de moi. Me retournant, je la repérai sur le seuil d'un café-restaurant, accrochée au chambranle, en train de houspiller quelqu'un.

— Mets-la plus fort ! l'entendis-je hurler alors que je rebroussais précipitamment chemin. Mets-la plus FORT, cette putain de chanson !

Le mec derrière le comptoir tourna le dos alors que j'attrapai Jenny par le bras.

— Foutez-moi la paix ! Faut maîtriser votre amie, madame, marmonna-t-il à mon intention.

— Du calme, Jenny, dis-je en l'entraînant doucement à l'écart de la porte. Viens, je te ramène chez toi.

— Cette chanson passait tout le temps à l'époque où on sortait ensemble, expliqua-t-elle quand nous arrivâmes devant sa porte d'entrée. Je la détestais.

— Jenny, écoute-moi, dis-je en fouillant dans son sac pour trouver ses clés tandis qu'elle s'affaissait contre le chambranle. Il faut que tu te reprennes. Est-ce qu'Oprah se conduirait comme ça après quelques cocktails de trop ?

— Oprah, elle peut aller se faire foutre ! répliqua-t-elle en passant le seuil et en montant l'escalier d'un pas chancelant pour gagner l'appartement du septième étage.

Merde, c'est du sérieux, me dis-je.

Il ne me fallut pas longtemps pour comprendre que, premièrement, c'est ce qui arrive lorsqu'on passe beaucoup de temps avec quelqu'un qu'on connaît à peine, et que, deuxièmement, mon séjour à New York ne se limiterait pas aux beaux gosses et aux fantastiques virées shopping.

Merde !

En regardant Jenny se jeter en sanglotant sur le canapé, je me demandai si c'était dans cet état que j'étais censée être à propos de Mark, alors qu'en réalité, lorsque je pensais à lui, je ne ressentais qu'un grand vide.

— Allez, au lit, dis-je. Avec un peu de chance, demain, tu auras cessé de t'infliger ça, quoi que « ça » soit. Essaie de dormir.

J'avais honte d'être aussi dure, mais je ne savais tout simplement pas quoi faire, et elle semblait se complaire dans son désespoir.

— Angie, je suis vraiment désolée, me dit-elle alors que nous traversions en titubant l'appartement plongé dans le noir pour gagner ce que je supposai être sa chambre. Pourquoi tu ne dormirais pas ici ce soir ? Je dois retourner à l'hôtel demain matin, de toute façon, et je ne veux pas que tu sois obligée de rentrer toute seule.

— Eh bien, c'est vrai qu'il est tard et que je suis flemmarde… (Je poussai Jenny en travers du gigantesque matelas tout mou et me laissai tomber à côté d'elle.) Mais seulement à condition que tu promettes de ne pas me faire de câlins.

— Je ne te ferai pas de câlins si tu ne chantes pas.

— Ta gueule, Lopez.

— Bonne nuit, l'Angliche.

Finalement, après m'être retournée sept fois dans le lit, je me trouvai forcée de me lever par le soleil estival entrant à flots par la fenêtre de Jenny.

— Quoi, j'ai même pas droit à un bisou ? marmonna Jenny de dessous les draps.

— Pas tant que tu ne te seras pas brossé les dents.

Je m'étirai et regardai autour de moi. La chambre de Jenny était un vrai foutoir. En dehors de piles de guides de développement personnel à peine discernables sous une demi-dizaine de tasses de café à moitié bues, chaque surface de la pièce était occupée par des chaussures. Entassées dans des boîtes, débordant de l'armoire, en exposition dans la bibliothèque – celle-ci contenant autant d'escarpins à brides que de bouquins. Les murs étaient tapissés de centaines de cadres photo. Sur la plupart des clichés, on voyait Jenny et un beau blond, probablement Jeff. Pas étonnant qu'elle n'ait pas de nouveau petit ami : les murs de sa chambre étaient un véritable temple dédié à son ex.

— Dis, je pensais…, commença Jenny en mettant son bras en travers de ses yeux pour les protéger du soleil.

— Vraiment ? Ce n'était pas l'impression que tu donnais hier soir.

Se redressant et baissant les yeux, elle vit qu'elle portait toujours sa tenue de la veille et secoua la tête.

— Tais-toi avant que je change d'avis. Comme je disais, je pensais. Gina est partie hier et ne reviendra pas avant au moins trois mois, si elle revient tout court, et je n'ai pas les moyens de payer pour ce qui, comme tu peux le constater, est un penchant ruineux pour les pompes, à moins de me trouver une nouvelle colocataire. J'imagine que, de ton côté, tu n'as pas les moyens de rester à l'hôtel *ad vitam æternam*, et je ne crois pas que tu aies déjà envie de rentrer. Tu veux être ma coloc ?

— Waouh, Jenny, vraiment ? Je ne sais pas…

Emménager dans un appartement serait une étape importante. Cela voudrait dire que je restais.

— Mais tu as déjà prouvé que tu peux me ramener sans encombre à la maison lorsque je suis bourrée. Tu veux donc me laisser errer toute seule et avoir ça sur la conscience ? Et je suis vraiment désolée pour mon pétage de plombs d'hier. Je te promets que ça n'arrivera plus. J'ai vraiment besoin d'oublier Jeff.

— As-tu pensé à décrocher certaines des photos que tu as de lui ? suggérai-je.

Ils formaient vraiment un couple magnifique. Les grands yeux sombres et la crinière bouclée de Jenny formaient un contraste saisissant avec les cheveux blonds et ras de Jeff et ses yeux bleus rieurs à la Robert Redford.

— J'ai entendu dire que ça aide, ajoutai-je.

— Ouais, c'est pas près d'arriver, encore, répliqua-t-elle en secouant la tête. Sauf si j'ai une nouvelle coloc à photographier ? Alors, t'es partante ?

— Si tu décroches les photos, répondis-je avec un hochement de tête en tendant la main.

— Bon, d'accord, soupira-t-elle. Mais seulement parce que j'ai déjà attribué ta chambre au *Union* à quelqu'un d'autre à partir de demain, alors, si tu n'emménages pas ici, tu es pour ainsi dire baisée.

Chapitre 11

La peine que je ressentais à quitter le *Union* se trouva légèrement adoucie par le fait que l'appartement de Jenny était pour ainsi dire une reproduction miniature de l'hôtel, à deux chambres. Tout ce qui n'était pas vissé avait été « emprunté » par Jenny et Gina.

— Bienvenue chez toi ! s'exclama Jenny en indiquant ses alentours avec de grands gestes.

L'appartement tout entier faisait à peu près la taille de ma chambre au *Union*, mais il était joli. Parquets en bois massif, murs crème, une kitchenette dans le salon et un couloir qui menait à trois portes.

— OK, donc voici la salle de bains : on n'y tient qu'à une seule personne à la fois, donc je te laisse regarder rapidement, dit Jenny en ouvrant la porte la plus proche du salon.

Je jetai un coup d'œil furtif à l'intérieur : toilettes, lavabo, cabine de douche, serviettes, peignoirs et produits de beauté Extase partout.

— Et voici ta chambre. Tu as de la chance, c'était Gina qui avait celle avec vue.

Elle ouvrit la porte sur ma nouvelle chambre. Elle était parfaite. Un énorme lit double occupait presque tout l'espace au sol, laissant tout juste assez de place dans un coin pour un minuscule bureau-coiffeuse à côté d'une tringle pour accrocher des vêtements. Gina avait plus ou moins entièrement vidé la pièce, mais le lit était fait (avec des draps estampés du blason du *Union*, notai-je) et une petite télé était perchée sur le bureau. Je posai soigneusement mes sacs sur le lit et contournai celui-ci pour atteindre la fenêtre. Nous nous trouvions au septième étage sur Lexington Avenue, juste au coin de la 39e Rue, et, en me tordant le cou, je pouvais voir le Chrysler Building qui s'élançait dans le ciel de la fin d'après-midi. C'était si beau… En contrebas, des gens allaient et venaient d'un pas tranquille, laissant derrière eux l'effervescence de leur journée de travail tandis qu'ils se promenaient au soleil.

À l'intérieur, j'étais en train de cuisiner Jenny sur les préférences sexuelles de mes célébrités préférées parmi celles qui avaient séjourné dans son hôtel.

— Vince Vaughn ?

— Hétéro.

— Owen Wilson ?

— Super hétéro.

— Ce mec super mignon dans la série que j'aime bien ?

— Flamboyant.

— Ça veut dire hétéro ?

— Pas vraiment.

— Oh !

— Alors, qu'est-ce que tu en penses ? me demanda-t-elle, appuyée dans l'encadrement de la porte.

Pas mal, hein ? C'est la cousine de Gina qui nous l'a sous-loué, on a eu trop de chance.

— Jenny, il est splendide. Mignon comme tout, je n'en reviens pas ! On n'entend jamais que des horreurs sur les appartements new-yorkais, à la télé.

— Ouais, bon, je ne te cacherai pas que tu risques d'apercevoir un cafard avant la fin de ton séjour, avoua-t-elle. Mais ils sont peu nombreux et font des apparitions espacées. L'immeuble est correct. Allez, maintenant, ajouta-t-elle en tendant la main pour m'aider à me relever du lit tandis qu'une sonnerie se faisait entendre, on fête ça !

« Fêter ça » consistant, pour Jenny, à passer l'après-midi assises par terre dans le salon devant *America's Next Top Model*, avec une pizza aux *pepperoni* et des bières, je sus que nous allions bien nous entendre. On mangea en critiquant les mannequins et elle me raconta son expérience des appartements new-yorkais : une colocation infestée de rats dans le Lower East Side avant qu'il devienne à la mode, un studio dans un immeuble de Harlem qui avait ensuite été converti en appartements de luxe, un F1 à Chelsea avec son ex, puis cet endroit avec Gina. Pas mal dans l'ensemble, m'assura-t-elle.

— Je n'ai jamais vécu qu'avec Mark ; navrant, non ? dis-je en mâchonnant pensivement une part de pizza. À part à la fac, mais même à l'époque on était toujours fourrés ensemble. Merde ! c'est vraiment pitoyable.

Je sentis la mélancolie me gagner.

— Tu sais que je te trouve formidable, n'est-ce pas ? fit Jenny en décapsulant deux autres bières et en m'en tendant une. Et que c'est super d'être venue ici découvrir ce que tu veux dans la vie. Vraiment super.

— J'ai l'impression qu'il y a du « mais » dans l'air, fis-je en prenant une grande gorgée préventive.

— Eh bien, pas exactement, mais je crois que la meilleure façon d'oublier ton Mark c'est d'en parler, répondit Jenny d'un ton prudent. Et pas de refouler le sujet. Sinon il ressort quand tu ne t'y attends pas et te fait déprimer.

— Je suppose que tu as raison, marmonnai-je, la bouche pleine de pizza.

C'était exactement ce que j'avais essayé d'éviter. Mes problèmes avec Mark étaient très bien là où ils étaient pour le moment : entre mon ordinateur et moi.

— Mais chaque fois que je pense à lui, continuai-je, même si je suis de super bonne humeur, je m'effondre aussi sec. J'avais justement l'intention de te demander ton avis là-dessus. Normalement, je suis très stable, comme fille.

— Stable, ou juste trop engourdie pour ressentir des émotions fortes, qu'elles soient positives ou négatives ? Parfois, on est tellement habitué à ne rien éprouver franchement, à se contenter de prendre les choses comme elles viennent, qu'on oublie ce que ça fait d'être vraiment heureux ou vraiment triste. Et si Mark est le seul mec avec qui tu es sortie de ta vie, je suppose qu'avoir le cœur brisé aussi est nouveau pour toi.

— Je ne crois pas avoir le cœur brisé. Il me trompait, je suis mieux sans lui. Et puis, de toute façon, je pense que tu as raison. Cela faisait une éternité que nous n'étions plus vraiment heureux ensemble, je m'étais juste voilé la face et persuadé que c'était normal. C'est probablement juste le décalage horaire qui continue.

Je tendis la main pour prendre une autre part et levai les yeux vers Jenny. Elle me regardait fixement, avec la même expression compatissante qu'elle avait affichée le matin où j'avais vomi.

— Angela, tu es super courageuse ! Tu as beau être une véritable idole pour moi, tu as parfaitement le droit d'être bouleversée. Tu t'es investie émotionnellement dans cette relation, tu y as consacré dix années de ta vie, même si elles n'ont pas toutes été bonnes, et il t'a trompée. Personne ne se remet d'un choc pareil en trois jours.

— Ça va, je t'assure, la rassurai-je en atteignant une fois de plus les bas-fonds de la dépression. C'est la première fois que je dois surmonter une rupture. Peut-être suis-je simplement très douée pour ça ?

Jenny se rapprocha d'une glissade sur le parquet.

— Je te dis juste qu'il n'y a pas de honte à déprimer. Tu te sentirais peut-être même mieux si t'épanchais un peu. Ça pourrait rétablir un peu l'équilibre entre toutes ces émotions exacerbées.

— C'est juste que, moi, je ne l'aurais jamais trompé, dis-je lentement. Même si j'avais rencontré quelqu'un d'autre, je ne lui aurais jamais été infidèle.

Les larmes commencèrent à couler, lentement d'abord.

— Je sais, ma puce, dit Jenny en m'ôtant ma bière de la main. Tu es une fille bien et tu as raison, tu vaux mieux sans lui.

— Mais pourquoi est-ce qu'il l'a fait, lui ? Pourquoi est-ce qu'il m'a trompée ? Et pourquoi est-ce qu'il ne m'aime plus ?

J'enfouis le visage dans son épaule, imbibant son tee-shirt de larmes.

C'était exactement ce que j'avais cherché à éviter. La nouvelle coiffure, le maquillage, les vêtements ne cachaient pas celle que j'étais vraiment : l'Angela avec qui Mark avait passé une décennie avant de décider de changer pour une vulgaire pétasse qui faisait du tennis.

— Les sentiments se fanent, Angie, fit Jenny d'une voix étranglée par des larmes qui étaient bien à elle. Ça nous est arrivé à tous ; le choc va être plus dur pour toi parce que, eh bien, la plupart des gens en font l'expérience avant l'âge de vingt-sept ans. Mais tu vas t'en sortir ; regarde tout ce que tu as déjà accompli.

— Vingt-six ans ! braillai-je en lui reprenant ma bière et en gesticulant furieusement avec. (Elle faisait un accessoire parfait.) Et qu'est-ce que j'ai accompli exactement ? Mark me connaissait depuis dix ans et ça ne l'a pas aidé à m'aimer. N'importe qui que je rencontre va parler dix minutes avec moi et parvenir à la même conclusion que lui, nouvelle coiffure ou non.

— C'est faux. Est-ce que ce mec l'autre soir t'a proposé un rencard uniquement à cause de ta coiffure ?

— Il m'a probablement prise pour une prostituée, comme celui du parc. Ou au moins pour une poivrote anglaise en vacances, facile à foutre dans son pieu.

— Et toi, qu'est-ce que tu as pensé de lui ?

Jenny me reprit vivement la bouteille, essayant d'éviter que je la renverse.

— Qu'il était charmant.

Elle me jeta un regard éloquent.

— Et canon. Et probablement assez riche, ajoutai-je.

— Et tu n'as pas songé à te le faire ? demanda-t-elle en haussant un sourcil.

— Si, reconnus-je. Je suppose. Mais c'est toi qui me l'as suggéré !

— Et voilà. Peut-être qu'il s'est seulement dit : « J'aimerais bien me faire cette fille », mais tu te disais la même chose ! Tu ne pensais pas à l'épouser, tu voulais juste te taper quelqu'un. C'est autorisé, tu sais.

J'avais un peu pensé à l'épouser, me dis-je intérieurement. Mais mieux valait ne pas partager cette information pour le moment.

— Mais je... je ne saurais pas comment faire pour juste « me taper » quelqu'un ! m'exclamai-je d'une voix paniquée en me rendant compte qu'elle avait raison. Avec Mark, on était complètement nuls au lit ; je me disais juste que ce n'était pas la chose la plus importante au monde. Qu'est-ce que je suis censée faire maintenant que je dois m'y mettre avec d'autres ?

— Rien ne prouve que tu étais nulle, fit Jenny, soudain sérieuse, en pointant le doigt vers moi. On fait ce qu'on peut avec ce qu'on a et, désolée, mais s'il allait voir ailleurs comment étais-tu censée entretenir la flamme ? Et pour ton information, si, c'est carrément important.

J'y réfléchis une seconde. Son raisonnement se tenait. Cela faisait des mois que Mark n'avait pas vraiment tenté quoi que ce soit avec moi et, même si je savais désormais pourquoi, cela ne rendait pas la perspective de devoir coucher avec quelqu'un d'autre moins affolante.

— Mais, imagine, s'il a cessé de m'aimer parce que j'étais complètement nulle au pieu ?

Je me repassai mentalement nos derniers ébats maladroits et pitoyables.

— Alors peut-être, *peut-être*, qu'un petit peu plus d'expérience t'aidera, *si* ça a vraiment été un facteur. Et après dix ans de vie commune, si c'est pour ça qu'il t'a trompée, alors c'est un salaud fini. La vérité, c'est que tu ne sauras peut-être jamais pourquoi il a fait ça, mais il faut absolument que tu te fasses à l'idée que tu es célibataire dès maintenant, et que tu en tires le meilleur parti possible.

— Comment ? soupirai-je. *(Et comment se peut-il que la pizza soit déjà finie ?)* Je n'ai encore jamais eu à vivre seule.

— Tu n'étais jamais venue à New York non plus, mais tu t'en sors très bien, répliqua Jenny.

Elle se releva pour aller fouiller dans le freezer. Lorsqu'elle se redressa, elle exhibait un pot de crème glacée Ben & Jerry's. Elle avait vraiment réponse à tout.

— Et ça aussi, tu y arriveras, continua-t-elle. Si tu dois rester pleurer à l'appartement pendant un mois, je rentrerai chaque jour avec un pot de glace. Si tu veux aller te taper tous les mecs de Wall Street, je rentrerai chaque soir avec des capotes. Et des boules Quies. Mais tu finiras par trouver un moyen de t'en remettre.

Je pris une cuillère avec gratitude et attaquai la crème glacée.

— Merci, chuchotai-je, avant de brusquement fondre en larmes.

— Pour ta gouverne, fit Jenny en appuyant ma tête sur son épaule, c'étaient des exemples plutôt extrêmes que je t'ai sortis là. Je deviendrai la coloc la plus insupportable au monde si tu commences vraiment à ramener tous les mecs de New York à la maison.

— Je ne pense pas que je ferais une très bonne salope. Regarde l'état dans lequel je suis ; je suis censée aller à mon premier rencard en dix ans dans quoi, trois heures ? Et je suis assise ici, gavée de pizza et de bière, à pleurer sur ton épaule parce que je suis nulle au pieu.

Jenny me prit une fois de plus ma bouteille des mains. Ça commençait à devenir agaçant.

— Merde, Angie ! tu vas aller au meilleur rencard que personne ait jamais eu, et ne t'inquiète pas. Gina n'est peut-être pas là, mais je suis moi-même une assez incroyable artiste capillaire. Donne-moi une heure, et tu seras à tomber.

— Propre et sans traces de pizza autour de la bouche, ça me suffirait déjà, dans l'immédiat, murmurai-je en m'apercevant dans le miroir.

Le flot de taxis passant devant l'immeuble s'était tari lorsque j'émergeai dans Lexington Street, peut-être pas « à tomber » mais certainement dix fois mieux qu'une heure plus tôt ; c'est pourquoi je commençai à marcher. Je n'en revenais pas d'être en route pour un rencard. Avec un type canon.

Vêtue d'une splendide robe dos nu en soie rose de chez Marc Jacobs. Avec sur les lèvres un petit sourire satisfait qui s'élargissait de seconde en seconde. Et je n'en revenais pas d'avoir accepté de voir Alex samedi soir. Cela faisait-il vraiment mauvais genre d'accepter de sortir avec quelqu'un lorsqu'on avait déjà un autre rendez-vous de prévu ? Et j'avais complètement oublié tous les conseils d'Erin. Je n'avais pas été à un rendez-vous depuis que Mark m'avait emmenée voir *Speed 2* (je ne suis pas sûre qu'on pouvait considérer ça comme un rencard : Mark avait gardé les yeux rivés sur l'écran du début à la fin), et voilà que j'étais en train de me pavaner dans la rue, à New York, en route pour dîner avec un banquier riche et beau comme un dieu. Mais, au lieu de m'imaginer en train de plaisanter et boire une bouteille de rouge avec Tyler, tout ce que je voyais, c'était Mark et cette pétasse éclatant d'un rire théâtral, se tenant par la main et lisant des magazines de déco d'intérieur. Je fouillai dans mon divin sac à main à la recherche du vieux portable pourri que Jenny m'avait prêté et composai le numéro d'Erin.

— Erin White.

— Salut, Erin ! C'est Angela Clark.

— Salut ! J'allais justement appeler Jenny, j'ai une nouvelle formidable à t'annoncer.

La voix joyeuse d'Erin était exactement ce dont j'avais besoin pour me distraire.

— Une bonne nouvelle ne serait pas de refus ; je suis en chemin pour retrouver Tyler, dis-je en gardant un œil aux aguets et un bras tendu au cas où un taxi passerait.

— Oh ! super. N'oublie pas : sois intéressée, pose beaucoup de questions, ne parle pas trop de ton passé ou de tes ex et ne te montre pas trop enthousiaste. Il faut que tu le laisses mariner un peu.

— C'est ça, ta bonne nouvelle ?

Je hélai un taxi dont le signal lumineux était allumé. Il fit une embardée théâtrale pour s'approcher de moi et s'arrêta à quelques centimètres de mes Louboutin. Le meurtre de chaussures, un sort plus terrible que la mort.

— *Mercer Kitchen* ? Euh… Mercer Street ?

— Non ! Quelle imbécile je fais ! s'exclama Erin avec un rire à l'autre bout de la ligne qui grésillait, sans prêter attention aux instructions que je donnais au chauffeur. J'étais chez *The Look* aujourd'hui. Ils veulent te rencontrer. Demain.

Je n'en revenais pas.

— C'est pas vrai ! Tu es sérieuse ? La rédactrice en chef de *The Look* veut me voir ?

— Celle du magazine en ligne, Mary Stein. Tu peux y être à 10 heures ?

— Oui ! m'écriai-je d'une voix perçante. C'est formidable ! Je ne sais pas comment te remercier, Erin.

— T'inquiète, contente-toi d'être sincère. Mary est une dure à cuire, mais elle est sympa. Et maintenant, revenons-en au plus important : ton rendez-vous.

— Je suis un peu inquiète, pour être franche.

Je regardai par la fenêtre alors que le taxi virait brusquement à droite. Je finis par repérer un panneau indiquant West Huston Street.

— Mais je suis bientôt arrivée. Souhaite-moi bonne chance.

— Tu n'en as pas besoin ; respecte les règles d'or, c'est tout. Salut, mon chou.

Il me fallut quelques secondes pour comprendre quel bâtiment était le *Mercer Kitchen* après que mon taxi m'eut jetée sans cérémonie au milieu de la rue, à cause de la « circulation » inexistante. Après avoir vu quelques dieux et déesses pousser une porte vitrée anonyme qui en s'ouvrant laissait échapper des odeurs délicieuses, de la musique d'ambiance et beaucoup de rires, je rassemblai mon courage et entrai à mon tour. L'endroit était petit mais bondé de gens à l'air heureux. J'espérai que l'ambiance détendue serait contagieuse ou au moins facile à se procurer au moyen d'un verre à un prix raisonnable. Assis au bar, portant un autre costume superbement bien coupé, une chemise blanche et pas de cravate, se trouvait Tyler. Il paraissait totalement à son aise, bien qu'il soit tout seul au milieu de cinq ou six groupes qui riaient, échangeaient des accolades, se donnaient des tapes affectueuses et s'embrassaient. Évitant de justesse de tomber dans l'énorme escalier au milieu de la pièce, je me faufilai jusqu'au comptoir et saluai Tyler de la main. Il sauta à bas de son tabouret pour m'accueillir d'un baiser sur la joue. Il sentait divinement bon : un parfum frais et pur, mais délicieusement masculin.

— Salut, me dit-il en cherchant le regard du barman, à qui il montra son verre avant de lever deux doigts. (Tout dans l'élégance.) J'ai eu un coup de stress à la dernière minute, je craignais que tu ne saches pas comment venir.

— Je me suis renseignée auprès d'une amie, répondis-je en m'installant sur le tabouret voisin. Je ne savais pas s'il est mieux vu d'arriver en retard ou en avance, alors je me suis dit : « Distingue-toi, sois à l'heure », précisai-je en regardant l'horloge accrochée au mur. Ou peut-être que je suis un peu en retard. Désolée.

— Pas de souci. Je l'étais moi-même un peu. J'ai été retenu au boulot, je n'ai même pas eu le temps de repasser chez moi, alors, vraiment, il n'y a aucun souci.

— Tu n'habites pas dans le quartier ? demandai-je, essayant de me cantonner aux sujets autorisés. Je veux dire, près de ton travail ?

Il secoua la tête, ce qui fit ondoyer ses cheveux. Parole d'honneur, on aurait dit une pub L'Oréal pour hommes. J'avais vraiment bien fait de venir.

— J'habite dans le nord de Manhattan, et je travaille dans le sud. Ça a parfois des côtés pénibles, mais je ne pourrais plus vivre dans le sud. Et toi, tu es toujours au *Union* ?

— Justement, non, j'ai déménagé aujourd'hui. (Ça allait bien se passer ! Je faisais la conversation !) J'habite maintenant dans l'appartement de mon amie à Murray Hill, au croisement de la 39e Rue et de Lexington Street.

— Super, moi j'habite dans Park Street, un peu plus au nord.

Le barman nous apporta nos verres, accompagnés d'une addition retournée, ce à quoi Tyler répondit en sortant une American Express noire. Waouh ! J'en avais entendu parler, mais c'était la première fois que j'en voyais une.

— J'espère que tu ne m'en veux pas d'avoir commandé pour toi ; ils font de super cocktails ici.

Je pris le mien de bonne grâce et en bus une gorgée. Mes aïeux, ça ressemblait à de la vodka pure avec une goutte de jus de cassis. Il allait peut-être falloir que j'y aille mollo.

— Notre table devrait être prête maintenant, je crois, dit Tyler en prenant nos verres et en se levant. (Je ne me rappelais pas qu'il était si grand...) On y va ?

Avec un sourire chaleureux, l'hôtesse nous guida vers une table au fond du restaurant, dans un coin, d'où nous pouvions voir absolument tout le monde. Et tout le monde semblait trouver la nourriture délicieuse.

— J'ai une faim de loup, m'exclamai-je en prenant un des menus que nous tendait la serveuse et en le consultant avidement. Est-ce que tu as déjà testé leur hamburger ?

— J'aime les filles qui mangent, affirma Tyler dans un éclat de rire en prenant son menu et en remerciant la serveuse d'un signe de tête. Je sais que tout le monde le dit, mais il n'y a vraiment rien de pire que d'inviter une fille à dîner si c'est pour la regarder jouer avec une feuille de salade dans son assiette.

Je souris nerveusement. Était-ce un compliment ou une critique ? Est-ce qu'il venait de me traiter de grosse ?

— Franchement, poursuivit-il sans lever les yeux de son menu, je suis sorti pendant un temps avec ce mannequin français, et je te jure que je ne l'ai jamais vue consommer autre chose que du Coca light.

Était-il coutumier pour un mec d'entamer un premier rendez-vous avec des allusions à ses ex ? Et est-ce qu'il m'avait traitée de grosse ?

— Eh bien, moi, je mange, fis-je, ne sachant trop comment rebondir. Qu'est-ce tu me conseilles ?

— Tout est bon, répondit-il en posant son menu pour fixer ses yeux clairs sur moi. Le poisson est toujours délicieux, et les hamburgers aussi. Et le poulet me plaît, mais je crois que… Oui, ce soir, je vais prendre l'agneau.

— Tu viens souvent ici ?

Je commençais à avoir le sentiment que je n'étais pour Tyler qu'une fille parmi tant d'autres.

— J'aime bien, oui. C'est calme, la nourriture est bonne, et on y rencontre toujours un tas de gens intéressants.

Oh ! c'était à moi qu'il faisait allusion. Mignon.

— Dans ce cas, je vais prendre le poulet.

Tandis qu'il lançait la conversation – ce que je faisais comme boulot, ce qu'il faisait comme boulot, depuis combien de temps j'étais à New York, ce que j'avais vu de la ville –, je le comparai rapidement à Alex. Ce dernier était sexy, effronté, et avait son aura de rock star qui jouait pour lui, tandis que Tyler était beau dans le genre propre sur soi : « Je prends soin de moi, laisse-moi prendre soin de toi. »

— Oh ! eh bien, je suis une sorte d'investisseur en capital-risque, m'expliqua-t-il après avoir commandé pour nous deux. Mais, à moins que tu aies écrit des albums jeunesse sur les opérations bancaires, je n'essaierai pas d'entrer dans les détails. Ce n'est pas pour être condescendant, mais c'est incroyablement barbant. Et je ne tiens pas à te dégoûter dès maintenant.

— Pas de souci, répliquai-je en repoussant mes cheveux derrière mes oreilles et en rompant mon petit pain tout chaud dès qu'on l'eut posé sur mon assiette. Je ne suis pas à l'aise avec les chiffres, de toute façon. Je ne travaille vraiment qu'avec les mots. Et les mots pour enfants, en plus.

— Ça nous épargne quinze minutes d'ennui profond, fit-il en poussant l'huile d'olive vers moi. Ce qui est plus intéressant, c'est ce que tu fais ici à New York ! D'où tu la connais, cette amie ?

— Oh ! c'est une histoire un peu longue, dis-je en avalant mon pain avant de poursuivre. Sans rentrer dans des détails qui risqueraient de te faire fuir, j'ai rompu avec… quelqu'un ; j'ai décidé de prendre des vacances, et je n'étais jamais venue à New York. J'ai rencontré mon amie, celle chez qui j'habite, dans mon hôtel. Elle cherchait une colocataire, je cherchais un endroit où habiter et, donc, me voilà.

— Waouh ! fit Tyler, l'air perplexe. Tu as tout laissé tomber pour venir à New York ? Ça a dû être une rupture douloureuse.

— Je ne suis pas censée t'en parler, dis-je. Mon amie m'a dit : « pas de détails sur les ex avant le quatrième rencard ».

Tyler éclata de rire en hochant la tête.

— Ah, les règles d'or ; qu'est-ce que je les aime ! Tu ne peux même pas me raconter si je te le demande ?

— Il vaut peut-être mieux que tu ne saches pas.

Je m'interrompis, hésitant entre les conseils sacrés d'Erin et le sourire chaleureux et les yeux rieurs de Tyler. Nos entrées apparurent au-dessus de son épaule. Peut-être que si je lui racontais pendant qu'il était distrait par son agneau… Il faudrait que je lui en parle un jour ou l'autre, de toute façon, n'est-ce pas ? Cela arriverait sûrement avant le mariage payé par Amex noire…

— Vas-y, raconte-moi tout, dit-il en faisant de la place pour son assiette. C'est moi qui te le demande.

— OK, mais n'envisage même pas de me laisser en plan avant d'avoir mangé.

Je ne voulais pas prendre ma fourchette avant d'avoir raconté toute l'histoire. Même la version courte.

— J'ai surpris mon petit ami en flagrant délit de se taper cette fille qu'il voyait depuis quelque temps, sur la banquette arrière de notre voiture, au mariage de nos meilleurs amis ; j'ai hurlé sur la mariée jusqu'à la faire pleurer, j'ai cassé la main du marié avec ma chaussure et j'ai plus ou moins foutu le mariage en l'air. Puis je me suis enfuie à New York. Qu'est-ce que tu dis de ça ?

— Et moi qui croyais qu'une auteure de livres pour enfants allait être timide et réservée, dit-il avec un sifflement d'admiration. Là, ça commence à devenir intéressant.

— Je suppose que, jusqu'à samedi, on aurait pu me décrire comme timide et réservée, dis-je en entamant mon poulet. Mais voir son copain le calebar autour des chevilles lorsqu'on porte soi-même une robe de demoiselle d'honneur qui a coûté une brique fait vraiment l'effet d'une gifle.

— Attends deux secondes, dit Tyler en reposant ses couverts. Tu parles de ce samedi ? Samedi d'il y a cinq jours ?

J'acquiesçai d'un air songeur.

— Personnellement, ça me paraît très loin maintenant ; mais je suppose que c'est pour ça que je n'étais pas censée te raconter. Je te fais peur ?

— Ça va peut-être venir. Pour le moment, j'essaie encore de comprendre pourquoi tu es venue à New York alors que tu n'y connaissais personne. (Il n'avait toujours pas repris ses couverts.) Putain ! tout ce que j'ai fait samedi, c'est un jogging et un détour chez le coiffeur.

Oh oh !

— J'admets que c'était peut-être une réaction outrancière. Je ne sais pas, j'ai toujours voulu visiter New York. Mon petit ami… mon ex n'avait jamais voulu aller en Amérique, il déteste prendre l'avion ; alors je me suis dit que c'était le moment idéal pour venir, expliquai-je en attaquant la purée.

Si ce devait être le seul repas que nous prenions ensemble, je comptais bien en déguster chaque bouchée. La purée était extraordinaire.

— Comment font-ils pour rendre les pommes de terre si crémeuses sans que la sauce les rende trop liquides ? Incroyable !

— Je n'arrive même pas à m'imaginer en train de faire une chose pareille ! s'exclama Tyler en tendant la main vers sa fourchette. *(Bon signe.)* Le plus loin que je sois allé pour me défouler après une rupture, c'est l'*Ice Cream Factory* de Chinatown.

— Il faut dire que les circonstances étaient exceptionnelles, fis-je remarquer en l'observant de près.

Avais-je tout fait foirer ? Il ramassa son couteau. Ouf !

— Donc, c'est ton premier rencard depuis que tu as rompu ?

Il n'avait toujours pas attaqué son assiette.

— Oui, avouai-je, les yeux rivés sur son couteau indécis. C'est juste que… eh bien, pour être franche, je n'avais pas vraiment décidé de me lancer tout de suite dans des rencards, mais tu avais l'air sympa et normal, alors je me suis dit : « Pourquoi pas » ?

— Et tu m'en vois ravi. (Son couteau était de retour dans son assiette.) Autant de perdu pour ton ex, autant de gagné pour Manhattan.

— Pas *tout* Manhattan, rectifiai-je en secouant la tête. Ma copine a des règles plutôt strictes sur le sujet. La vérité, c'est que je n'ai jamais vraiment eu de rencards, alors j'ai beaucoup à apprendre.

— Et je crois que j'ai bien plus à apprendre de toi, répliqua Tyler avec un petit sourire en coupant son agneau. Tu veux goûter ?

Et avant même d'avoir le temps de dire « ouf », je me retrouvai à manger ce qu'il me tendait sur sa fourchette, exactement comme dans les films.

Un gâteau au chocolat Valrhona, deux cappuccinos et une promenade au clair de lune plus tard, notre rencard était fini. Et ça me fichait un peu un coup.

— J'ai passé une super soirée, me dit Tyler en tendant le bras pour héler un taxi. C'est le meilleur rencard que j'aie jamais eu avec une auteure de livres pour enfants qui a cassé la main d'un mec avec un talon aiguille.

— Je peux te poser une question ? demandai-je, agrippée à son autre main.

Même le fait de lui tenir la main me faisait un effet étrange. Avec Mark, nous ne faisions pas ce genre de choses. Il hocha la tête alors qu'un taxi s'approchait du trottoir.

— Est-ce que tu sors avec beaucoup de filles ? Je ne te fais pas un coup à la *Liaison fatale*, c'est juste que je n'ai pas parlé à beaucoup d'hommes depuis que je suis ici et que je ne sais pas vraiment comment ça marche.

Il me tint la portière pendant que je montais dans la voiture puis se glissa à côté de moi avant de me répondre.

— Au croisement de la 39e et de Lexington Street, dit-il au chauffeur avant de se retourner vers moi.

— Pour ne rien te cacher, je fais pas mal de rencontres. Cela fait près de deux ans que je n'ai pas eu de relation sérieuse, mais ce n'est pas faute d'avoir cherché.

— OK…

Je gardais les yeux fixés droit devant moi. Il était franc avec moi, c'était une bonne chose. Non ?

— Mais je ne sors pas avec beaucoup de filles en même temps, continua-t-il. Généralement, tu sais au bout d'un rendez-vous ou deux si ça a de l'avenir.

— Ah bon ? dis-je en me retournant vers lui. (Il était encore plus beau à la lumière du taxi, de profil.) Généralement, moi, il me faut une éternité pour décider… eh bien, quoi que ce soit.

— Pourtant, à t'entendre, tu as pris des décisions plutôt hâtives ces derniers temps, répliqua-t-il en repoussant mes cheveux derrière mon oreille. Pour ma part, j'en suis très content.

— Peut-être est-ce une autre partie de la personne que je suis maintenant, répondis-je, ne sachant plus ou poser les yeux. Mais, remarque, je suis Balance, indécise par nature, je suppose que ça finira par apparaître…

Avant que je puisse bavasser davantage, il m'interrompit d'un baiser tendre et doux. Je fermai les yeux et le laissai m'embrasser à l'arrière du taxi, en me tenant fermement la joue de la main droite avant de la glisser derrière ma nuque et dans mes cheveux. Je sentis sa main gauche appuyer sur ma cuisse. Pour un premier baiser avec un autre homme en dix ans, c'était plutôt agréable.

— Alors, est-ce que je peux te revoir ? me demanda Tyler en détachant ses lèvres des miennes.

— Mmm…

Je hochai la tête, essayant de contrôler ma respiration. J'avais oublié à quel point un baiser pouvait être délicieux.

— Ça me plairait beaucoup.

— Que dis-tu de dimanche soir ? (Il n'avait toujours pas retiré sa main, et j'avais le dos parcouru de frissons.) Un truc sympa, un ciné peut-être ?

— Bonne idée, marmonnai-je.

Embrasse-moi encore, s'il te plaît.

— Super. Je t'appellerai.

Il passa les doigts dans les cheveux sur ma nuque, me faisant de nouveau frémir des pieds à la tête.

— Ou sinon, c'est moi qui t'appelle ? Je veux dire, tu peux m'appeler, ou je le ferai, bref, comme tu veux.

J'avais pour ainsi dire tout oublié de notre rencard, sans parler des règles d'or.

— Je t'appelle, c'est promis, m'assura-t-il.

Et, sur ces mots, il revint à la charge pour un deuxième baiser, cette fois avec la langue et un peu de pelotage. J'envisageai sérieusement l'idée qu'il ne m'ait effleuré la poitrine que par accident, mais j'espérais vraiment que le geste avait été délibéré. Le taxi stoppa devant mon nouvel appartement bien avant que je sois prête à arrêter mais je savais, en dépit des conseils de Jenny, que je ferais mieux de rentrer seule. Un dernier baiser (lèvres closes, mais pression ferme) et je sortis du taxi. Mon premier rencard s'était avéré un véritable succès, du moins de mon point de vue.

— Alors, comment ça s'est passé ?

Jenny était à la porte avant même que j'aie réussi à introduire ma clé dans la serrure. Elle se tenait devant moi en pyjama, une serviette en turban sur les cheveux, un masque sur le visage et des chaussettes adoucissantes de chez Bliss aux pieds.

— C'est pas vrai, regarde-toi, tu l'as embrassé !

Je me sentis rougir de la tête aux pieds.

— Mon petit doigt me dit que j'ai raison ! hurla-t-elle en bondissant sur place. Accorde-moi juste deux secondes.

J'entrai et m'écroulai sur le canapé. J'étais vraiment sous le choc ! Quelques instants plus tard, Jenny réapparut, débarrassée de son turban et le teint frais et velouté, mais ses chaussettes adoucissantes encore bien visibles.

— Alors, raconte-moi tout, dit-elle en apportant un paquet d'Oreo et deux cannettes de Coca light. Avec tous les détails, même les plus sordides. Il a payé ? Il a été incroyable ? Tu vas le revoir ?

— Euh... oui, oui, charmant, et oui, dimanche ! répondis-je, le regard perdu dans le vide, encore un peu hébétée. J'ai vraiment passé une bonne soirée ; on a parlé pendant des heures, on a mangé puis on s'est promenés un peu dans Soho avant de prendre un taxi. Et il m'a proposé d'aller au cinéma avec lui dimanche soir, il doit me rappeler.

— Oh là là ! fit Jenny en ramenant ses genoux contre sa poitrine et en séparant les deux biscuits de son Oreo par le milieu pour en lécher la garniture. C'était le premier rendez-vous idéal, apparemment. Je suis carrément jalouse !

— C'était vraiment très sympa, reconnus-je. Mais ça me fait encore tout bizarre. Je me sens, je ne sais pas, toute légère et floconneuse, et comme si je voulais me chiffonner en boule pour ensuite exploser, ou quelque chose comme ça.

— Eh bien, attends, laisse-moi voir. (Elle engloutit un autre Oreo, sans prendre la peine cette fois de l'ouvrir et de le lécher.) Tu reviens d'un rencard avec un banquier de Wall Street canon qui t'a proposé un deuxième rendez-vous sur-le-champ, *et* tu en as un autre de prévu avec un beau rockeur qui t'a draguée à l'heure du brunch. J'ai envie de dire que non seulement tu es de retour sur le marché, mais que tu te débrouilles très bien ! Tu es faite pour ça, ma puce !

Je sirotai mon Coca et secouai la tête.

— Je ne vais pas te mentir, c'est agréable. Et j'avais un peu peur à l'idée d'embrasser Tyler, mais en fait c'était super. Vraiment. (Je pris une autre gorgée puis une profonde inspiration.) Et lorsque je parlais avec Alex, je te jure, j'étais plus heureuse que je ne l'avais été avec Mark depuis… eh bien, depuis toujours. Je ne sais pas, c'est peut-être simplement une réaction à la rupture.

— Peut-être, répondit Jenny avec un haussement d'épaules. Mais il n'y a rien de mal à cela. Personne n'a parlé de mariage, et sortir avec quelqu'un n'a pas besoin d'être quelque chose de sérieux. Sauf si Tyler se révèle millionnaire.

— Il avait une Amex noire, dis-je en lui agrippant le bras.

— Chope la bague ! hurla-t-elle. Chope la bague !

Chapitre 12

Heureusement, le lendemain matin, la ville avait eu la décence de se rafraîchir d'un demi-degré, aussi décidai-je d'aller dans les bureaux de *The Look* à pied. Tenant les indications que m'avait données Erin d'une main moite, je traversai Park Street et me dirigeai vers Times Square, au nord-ouest. Les rues se remplirent peu à peu, jusqu'à ce que je me retrouve simplement portée par la foule. Même dans la grosse chaleur de l'été, ça grouillait de monde. Je promenais de grands yeux autour de moi, englobant du regard les panneaux d'affichage géants, les enseignes de restaurants aux couleurs criardes, les informations défilant sur des bandeaux lumineux, et essayai de repérer ma destination sans me faire tuer par un touriste japonais et son énorme sac à appareil photo. Je me sentais minuscule. Tout donnait l'impression que le monde réel avait été scanné, qu'on en avait augmenté le contraste puis qu'on l'avait agrandi cinq fois. À côté, Piccadilly Circus faisait carrément anémique. Après avoir traversé la même rue environ cinq fois, je finis par repérer un flot régulier de femmes très minces et tout de noir vêtues, qui se dirigeaient vers une étroite porte vitrée noire devant laquelle je me trouvais quelques secondes plus tôt. L'élégante petite plaque à côté de la porte ? Spencer Media. Ah ! Évidemment.

L'immeuble, caché au coin d'une rue donnant sur Broadway, était un splendide bâtiment Art déco qui se dressait très haut dans le ciel de Manhattan, bien au-delà des panneaux d'affichage animés et des publicités lumineuses. Dans l'ascenseur qui m'emmenait de plus en plus haut, je me balançai avec nervosité d'un pied sur l'autre. Erin m'avait dit que ma rédactrice en chef (*ma* rédactrice en chef !) s'appelait Mary Stein, mais je n'avais aucune idée de ce que celle-ci attendait. À défaut de portfolio, j'avais imprimé les dernières entrées de mon journal ainsi que les fiches Amazon de certains de mes livres. Avec un peu de chance, je n'aurai pas à m'enfuir de son bureau sous ses moqueries.

La secrétaire de Mary me fit entrer dans le bureau de celle-ci après un rapide et silencieux examen de ma personne. Apparemment, je satisfis ses critères car elle me proposa un café avant de me laisser seule. Le bureau, clair et lumineux, offrait des vues extraordinaires de la ville. Les admirant, debout à la fenêtre, je me promis d'aller à l'Empire State Building dès que je sortirais.

— Angela Clark ?

C'était Mary. Elle ne ressemblait guère à une rédactrice en chef de magazine, et encore moins de magazine en ligne super branché. Elle avait facilement la cinquantaine, faisait à peine plus d'un mètre cinquante, avait les cheveux gris en carré court et l'air extrêmement gentille.

— Oui. (Je lui tendis la main pour serrer la sienne avec fermeté et chaleur.) Vous devez être Mary.

Elle m'indiqua d'un geste un fauteuil devant son bureau puis s'assit à son tour.

— Erin me dit que vous écrivez ?

Droit au but.

— Oui, acquiesçai-je avec enthousiasme en sortant mes bilans de ventes. Je n'ai pas mon portfolio sur moi, mais voici des fiches de présentation des livres que j'ai écrits. Il s'agit essentiellement de livres pour enfants inspirés de films, mais je peux faire toutes sortes de choses, vraiment.

— Hmm.

Mary feuilleta rapidement le paquet de feuilles puis le repoussa vers moi. Peut-être n'allait-elle pas être si gentille que ça, finalement.

— Il me faut une blogueuse. Vous avez sûrement regardé ce que nous avons déjà sur le site, alors où pensez-vous que votre blog serait le mieux placé ?

Elle fixa sur moi un regard sérieux. Je n'avais pas regardé le site. Oups ! Mais grâce soit rendue à l'homme odieux du *Starbucks*, je savais ce qu'était une blogueuse.

— Eh bien, je suis dans une situation un peu unique en ce moment, commençai-je.

— Une situation unique ne présente aucun intérêt pour mes lecteurs, m'arrêta-t-elle en détournant déjà les yeux pour regarder son écran plat et en faisant tourner le bouton de sa souris.

— Enfin, unique dans un certain sens, mais en même temps c'est quelque chose dont toutes les filles ont fait l'expérience, baratinai-je. J'ai rompu avec mon petit ami après dix ans de vie commune et maintenant je me lance pour la première fois dans le monde des rencards.

— Continuez, dit-elle.

Elle ne me regardait toujours pas, mais avait cessé de manipuler sa souris.

— Eh bien, j'ai découvert qu'il me trompait au mariage de mes amis, j'ai fait une petite scène puis je me suis plus ou moins enfuie à New York, expliquai-je rapidement. Et maintenant je sors. Avec deux hommes. Un banquier et un mec qui joue dans un groupe.

Il fallait bien l'avouer, personnellement, je trouvais que ça avait l'air carrément intéressant. Probablement d'autant plus lorsqu'on n'avait pas à le vivre soi-même.

— Vous avez un échantillon avec vous ? demanda-t-elle en reportant toute son attention sur moi. Vous êtes quoi, Bridget Jones à la sauce new-yorkaise ?

Je lui tendis les extraits de mon journal que j'avais imprimés.

— Bridget Jones, non, pas vraiment. Je ne pense pas qu'aux rencards ; c'est plus une question de prendre mes marques et de me retrouver, je crois.

— Hmm, fit-elle en parcourant mon texte d'un regard attentif, les lèvres pincées et les sourcils froncés. Vous n'êtes certainement pas Bridget Jones, mais il y a quelque chose là-dedans. Et ça parle de rencards.

— OK, cédai-je avec un haussement d'épaules. (J'étais prête à raconter que j'étais une cavalière bohémienne manchotte si elle voulait bien me laisser écrire pour elle.) Ça peut parler de rencards.

— Dites-m'en un peu plus sur cette rupture. Est-ce que c'est drôle ? Ça m'en a tout l'air, fit-elle en donnant une tape aux pages de journal que je lui avais données.

OK, ne te vexe pas, me dis-je. *Elle va faire de toi une vraie écrivaine.* Aussi racontai-je la rupture dans les moindres détails, en essayant de la rendre drôle au lieu de fondre en larmes. Mary me regarda d'un air impassible et sans un mot jusqu'à ce que j'aie terminé.

— Super. C'est drôle, et j'imagine que vous savez écrire, conclut-elle. OK, vous écririez deux à trois cents mots par jour et me les enverriez par mail. La paie ne serait pas énorme : c'est seulement le site web. Si nous sommes d'accord, il me faudra une photo de vous donc trouvez-m'en une, mais vous pouvez conserver l'anonymat de tous les autres protagonistes.

— Oh !

Je ne savais pas quoi dire. Ce n'était pas comme ça que j'avais imaginé le merveilleux moment où la chance me sourirait et où ma carrière serait lancée. Pour commencer, il n'y avait pas de champagne.

— Oh ! je me disais juste… Je n'ai pas de visa de travail. Est-ce que ça va poser un problème ?

— Vous plaisantez ? lança Mary, l'air profondément agacée. Je ne peux pas vous payer si vous n'avez pas de visa. Vous feriez aussi bien de vous en aller.

Je me levai, essayant désespérément de rattraper le coup.

— Mais je suis arrivée seulement dimanche ! Et vous n'avez pas besoin de me payer ! Je travaillerai bénévolement !

— Bénévolement ? répéta-t-elle en haussant les sourcils. Vraiment ?

J'acquiesçai, en commençant à me rasseoir.

— Tout ce que vous voudrez, Mary ; je vous en prie, j'écrirai la chronique la plus amusante que vous ayez jamais lue sur le sujet des rencards. Promis juré.

— Je suppose que je ne peux pas vous laisser travailler bénévolement… Je pourrais vous payer comme collaboratrice en free-lance, fit-elle d'un ton songeur en jetant un autre coup d'œil à mon journal. Et vous dites que vous n'êtes ici que depuis dimanche ? Donc tout ça vous est arrivé cette semaine ?!

J'acquiesçai de nouveau.

— Apportez-moi lundi les entrées des trois premiers jours, ainsi qu'une photo et un article de mille mots pour vous présenter, et nous parlerons du reste à ce moment-là.

L'entretien était terminé. Je ne sais pas si Mary avait une sonnette silencieuse ou faisait d'invisibles signaux de fumée, mais sa secrétaire apparut à la porte et m'invita d'un geste à sortir. Je n'eus jamais le café promis.

Je n'en revenais pas de ce qui m'arrivait. J'allais vraiment écrire, pour un vrai magazine. OK, le site web d'un magazine, mais quand même. De toute évidence, monter dans cet avion dimanche dernier était la meilleure décision que j'aie jamais prise de toute ma vie. Jenny enchaînait deux services et Erin était partie pour le week-end mais il fallait que je trouve une façon de fêter mon nouveau boulot, ma minute new-yorkaise. Il n'y avait qu'un seul moyen, non ? J'entrepris de descendre Broadway, fière et sûre de moi, dans l'intention d'aller à l'Empire State Building célébrer mon succès avec New York.

Ce qui aurait été une très bonne idée s'il n'avait pas fait vingt-cinq degrés au-dessus de la normale pour le mois d'août, et que la ville n'avait pas été pleine de touristes accablés de chaleur, et de tout un tas de gamins en vacances qui avaient manifestement tous pour mission unique de me bousculer en me dépassant et, chaque fois que possible, de faire tomber mon (exquis) sac Marc Jacobs de mon épaule. Laquelle était déjà d'une charmante nuance de rose et me picotait. Lorsque j'arrivai enfin, titubante sous le soleil de plomb, sur la 34e Rue, je devais souffrir d'une légère insolation car alors que je tentais de passer devant *Macy's*, avant d'avoir compris ce qui m'arrivait, je me retrouvai happée à l'intérieur où je bus un thé glacé bien rafraîchissant, utilisai des toilettes confortables et propres, et dépensai pour 250 dollars de cosmétiques au stand Benefit. Une heure plus tard, je ressortis en flânant sur le trottoir et, en tournant au coin de la rue, découvris qu'il y avait une queue monstre pour entrer dans l'Empire State Building. Le soleil cognait dur sur ma tête et mes achats, menaçant de faire fondre mon maquillage neuf, et j'étais tout près de l'appartement. Ma fierté d'écrivaine toute fraîche avait laissé place au remords devant mes achats compulsifs et, avant de me rendre compte de ce que je faisais, je laissai mes jambes me ramener jusqu'à Lexington Street, mon appartement, mon ordinateur et mon lit.

En me réveillant le samedi matin, je n'arrivais pas à croire qu'une semaine plus tôt seulement je m'étais réveillée dans mon propre lit. Il s'était passé tellement de choses en si peu de temps ; et pourtant, dès que je me rappelai que mon rendez-vous avec Alex avait lieu le soir même, le temps sembla se mettre à reculer. C'était la première fois que Jenny avait vingt-quatre heures de repos à la suite depuis plus d'une semaine, ce qui signifiait qu'elle allait probablement dormir pendant quatorze heures. Elle m'avait proposé sans conviction de m'emmener quelque part en rentrant du boulot, mais la pauvre tenait à peine sur ses pieds élégamment chaussés tant elle était fatiguée, aussi l'en avais-je dispensée. Je sortis me chercher de quoi petit-déjeuner, me douchai, nettoyai la cuisine, récurai la salle de bains, et portai tous mes vêtements au pressing. Cela me semblait fou que pratiquement personne dans la ville ne fasse sa lessive lui-même, mais Jenny m'avait assuré que seuls les hyper-riches avaient une buanderie, et qu'aller faire laver son linge à l'extérieur était parfaitement normal. J'avais été prise d'une légère crise de panique en me demandant comment on faisait lorsqu'on voulait porter dès le lendemain quelque chose qui était sale, mais j'avais réussi à la maîtriser après que Jenny m'eut offert un flacon de lessive à la main pour les urgences. Et j'avais feint de ne rien voir lorsqu'elle avait poussé à coups de pied plusieurs bouteilles de Febreze à moitié vides sous l'évier. Ainsi, ils avaient ça ici aussi…

Ne sachant quoi faire pour m'occuper, j'étais propre, les cheveux secs et vêtue d'une mignonne minirobe Ella Moss à rayures dès 17 h 30, ce qui me laissa une grande heure et demie pour me maquiller, me remaquiller, en remettre une dernière couche puis angoisser complètement à l'idée d'aller à un rendez-vous avec un rockeur. Ragaillardie par une Margarita maison rapidement mélangée et une bise – les deux offerts par une Jenny qui tombait de sommeil –, je pris mon sac et mon courage à deux mains. Le cœur battant la chamade, je refermai la porte derrière moi et sortis dans la rue pour héler un taxi. En route, je vérifiai les messages sur mon téléphone huit fois en tout, juste au cas où. Rien de la part d'Alex pour annuler, rien pour confirmer non plus, mais il y avait un adorable message vocal de Tyler où il me disait qu'il avait passé une très bonne soirée et qu'il passerait me prendre devant mon immeuble à 18 h 30 le lendemain.

Le chocolatier *Max Brenner* se cachait sur Broadway, juste en face du *Virgin Megastore*. Au moins, je pouvais voir le *Union* de là où je me trouvai, au cas où ça se passerait mal, me rassurai-je en m'extrayant du taxi. Les portes du café s'ouvrirent sur un énorme laboratoire à la *Charlie et la chocolaterie*. Pas du tout ce à quoi je m'attendais. Pas du tout le genre de lieu pour la quantité d'eye-liner que je portais. Et c'était le premier endroit de tout New York à être aussi éclairé. Merde ! Assis au beau milieu des mères qui chuchotaient et des pères aux yeux ronds se trouvait Alex. Je n'aurais pas pu imaginer une scène plus incongrue. Ses cheveux noirs donnaient l'impression de ne pas avoir rencontré de peigne ou de brosse depuis… eh bien, toujours, son tee-shirt vert était froissé de partout et, comparé aux « papas du week-end » et aux mamans « Et si on allait prendre un milk-shake au chocolat pour le dessert ? », il semblait prêt à se shooter d'une seconde à l'autre. Pas à sa place, peut-être, complètement débraillé, certainement, et canon ? Absolument. Il esquissa lentement un sourire accompagné d'un geste de la main en me reconnaissant ; mon cœur était apparemment le seul muscle de mon corps qui n'était pas tétanisé. S'il battait vite lorsque j'avais quitté l'appartement, à présent il cherchait manifestement à s'échapper de ma poitrine.

— Salut, dit Alex alors que je me glissai dans son box, m'étant enfin forcée à mettre un pied devant l'autre. Tu as pu venir.

— Bien sûr, dis-je en jetant un coup d'œil à l'horloge. (En retard, de nouveau.) Désolée, je ne me rappelais plus exactement où c'était.

— T'inquiète, fit-il sans cesser de sourire.

Je commençais à craindre qu'il soit défoncé.

— Je n'aurais pas cru que c'était le genre d'endroit que tu aimais, dis-je en regardant, autour de moi, les cuves de chocolat en mouvement. Ce n'est pas très rock'n'roll, si ?

— Non, reconnut-il en contemplant à son tour les alentours. Mais les problèmes de dépendance, ça, c'est plutôt rock'n'roll, et je ne le crie peut-être pas sur tous les toits, mais j'ai un vrai problème avec le chocolat chaud. Sérieux, tu ne croiras pas à quel point ce truc est bon avant d'y avoir goûté.

Je pris le menu et parcourus la liste des délices : chocolat chaud, au lait, noir, blanc, parfumé au piment, à la noix de muscade, à la cannelle, glace au chocolat, pizza au chocolat… Tout ce chocolat et un rockeur super canon ? Cela ressemblait tant au paradis que je me demandai si je ne m'étais pas fait renverser sur le chemin.

— Waouh ! fis-je en relevant les yeux vers lui. Alors, comme ça, tu es accro au chocolat ?

S'il continuait à me dévisager ainsi avec ce petit sourire, j'allais bientôt être à court de choses à dire.

— Coupable, votre honneur, acquiesça-t-il en soulevant un mug de forme étrange, dépourvu de poignée. Moi je dis, c'est la faute du groupe. Dans ce milieu, tu as l'impression que c'est un passage obligé de finir tôt ou tard en centre de désintoxication pour une dépendance ou une autre ; sinon, c'est que tu n'es pas assez à fond dans la musique.

— J'imagine.

Je commençais à paniquer. De quoi allions-nous parler ? Je n'avais rien préparé du tout. Tout ça était une très mauvaise idée.

— Tout le monde a ses vilains petits secrets, dit-il en faisant tournoyer l'épaisse soupe chocolatée au fond de son mug. Tu veux me confesser les tiens ?

— Je manque un peu de piquant, avouai-je en sentant le feu me monter aux joues. Depuis que je suis arrivée à New York, c'est les gâteaux Ring Dings. Chez moi, je me damnerais pour les petits œufs au chocolat au lait de Cadbury. Parfois, j'en mange trois. De suite.

— Waouh ! effectivement, tu n'es pas loin de la dépendance, dit-il dans un éclat de rire en faisant signe à la serveuse d'approcher pour lui demander deux chocolats chauds. (On n'allait donc pas me laisser commander quoi que ce soit moi-même dans cette ville ?) Mais je ne suis pas sûr que tu devrais me raconter ça. Est-ce que ça ne va pas à l'encontre des règles de ton amie ?

— Tu fais référence aux fameuses règles d'or, n'est-ce pas ? Est-ce que ce serait classé sous : « Ne lui raconte rien qui risquerait de le faire fuir » ou : « Ne mange pas trop » ?

— Peut-être : « Ne révèle aucune personnalité d'aucune sorte de peur qu'il n'en ait pas lui-même. »

Je hochai la tête en me mordant la lèvre pour ne pas trop sourire. Peut-être était-il écrit que je ne pourrais jamais respecter les règles d'Erin.

— Alors, depuis quand es-tu à New York ? me demanda-t-il en s'accoudant sur la table.

— Une semaine seulement. (J'avais beau chercher désespérément quelque chose à lui raconter, je ne me sentais vraiment pas capable de revivre ma rupture une énième fois.) J'habite chez une amie dans le quartier de Murray Hill.

— Et tu es « en quelque sorte » en vacances ?

En voyant arriver nos boissons, il se cala contre son dossier. Oh non ! maintenant j'allais devoir éviter que mon chocolat chaud me laisse une moustache en plus d'entretenir une conversation gênée avec un mec qui était l'incarnation du sex-appeal et de la décontraction. C'était ce dernier aspect qui me mettait mal à l'aise, je le savais. Tyler était super sexy, mais avec lui je n'avais pas l'impression que si je disais une bêtise il rentrerait dans son loft situé en plein centre-ville pour se moquer de moi avec des membres des Strokes. Mais peut-être me prenais-je trop la tête.

— Eh bien, en prime de mes pseudo-vacances, j'écris ce truc en ligne pour le magazine *The Look*, dis-je, extrêmement fière de me trouver une raison d'être là qui n'impliquait pas d'avoir cassé la main de quelqu'un. Alors je vais rester un mois ou deux.

— Sympa, ça. J'adore New York, mais je ne sais pas comment tu as pu quitter Londres. C'est une ville tellement géniale.

— Tu plaisantes ? m'exclamai-je en faisant courageusement une tentative pour boire et parler en même temps. New York est une ville formidable. Je m'y sens… tellement plus vivante, tu vois ce que je veux dire ? Elle me donne envie de faire des choses différentes et d'en découvrir chaque centimètre carré. De voir tout ce qu'il y a à y voir.

— Et Londres ne te fait pas le même effet ? demanda-t-il en repoussant ses cheveux de son front.

Je sirotai mon chocolat chaud à petites gorgées. J'étais au paradis, c'était sûr.

— Lorsque j'étais jeune, nous vivions à environ une heure de Londres en train et tout ce que je voulais, c'était y habiter, expliquai-je en essayant de ne pas me laisser distraire par ses yeux d'un vert si vif. Et puis, quand je m'y suis installée, j'étais émerveillée, genre : « Waouh, Londres ! ». Mais, au bout d'un moment, ça commence à te peser. Tout demande tellement de travail, tout est si cher, le métro te ruine cinq fois plus qu'ici et, lorsque je rentre chez moi, j'ai l'impression d'avoir besoin d'une douche immédiatement. Je ne sais pas, il y a des choses que j'adore à Londres, et d'autres dont je pourrais me passer.

— Tu finiras par ressentir la même chose à l'égard de New York.

— Je trouve l'idée difficile à imaginer pour le moment, fis-je avec mon premier sourire sincère et naturel. Mon Dieu ! j'ai l'impression de faire des infidélités à Londres. C'est vrai que je l'adore, mais j'avais besoin de faire une pause ; je m'étais lassée.

— « Qui est lassé de Londres l'est de la vie », cita Alex.

Je le dévisageai en souriant.

— J'ai un diplôme de littérature anglaise, je maîtrise Samuel Johnson. Mais toi, comment ça se fait ?

— Eh bien, je suis peut-être américain mais... je lis, me glissa-t-il à l'oreille. Ne le dis à personne.

— Promis juré, croix de bois, croix de fer, fis-je en saluant à la façon des scouts. (La conversation devenait plus aisée, mais il restait encore bien plus cool que je ne le serais jamais.) Tu as toujours vécu à New York, alors ?

Il hocha la tête.

— Ma famille est du nord de l'État, mais j'ai toujours voulu venir habiter dans la ville, comme toi.

Au bout d'un moment, tu ne peux plus résister. Je suis allé à la fac à Brooklyn, et je n'en suis jamais reparti.

— Tu vis à Brooklyn ?

Je plongeai de nouveau le nez dans mon mug. Franchement, s'il se levait maintenant et me laissait en plan, je lui serais quand même reconnaissante de m'avoir fait connaître cet endroit. Willy Wonkaville ou non, le chocolat chaud était extraordinaire.

— J'ai toujours cru que c'était à des milliers de kilomètres d'ici, repris-je.

— Eh bien, pour certains, trois arrêts sur la ligne L, ça correspond à des milliers de kilomètres.

Alex tendit la main pour enlever de ma lèvre supérieure un bout de marshmallow fondu. Je remarquai immédiatement combien le bout de ses doigts était calleux, et mes lèvres fourmillèrent à leur contact.

— C'est à seulement dix minutes de Union Square, poursuivit-il, mais les gens ont cette idée dans la tête que New York c'est Manhattan. C'est faux : Brooklyn, c'est génial. J'adore y vivre et je ne pourrais jamais avoir un aussi bel appartement ici.

— Il faudra que je fasse le trajet jusqu'à là-bas pour y jeter un coup d'œil. (Je me mordis la lèvre inférieure pour mettre fin au fourmillement). Je n'avais pas pensé à visiter ce coin-là.

— Je rêve ou tu viens de t'inviter chez moi ? s'exclama-t-il, les sourcils légèrement froncés et cessant de sourire. Sérieux ? Tu ne vas pas un peu vite en besogne, là ?

— Non, je… je voulais dire Brooklyn ! bredouillai-je en crispant les doigts sur mon mug. Je voulais dire : faire le trajet jusqu'à Brooklyn pour jeter un coup d'œil à… aux trucs.

Aux trucs. Bravo, Angela. J'aurais aussi bien pu lui sortir la réplique de Bébé dans *Dirty Dancing* : « J'ai porté les pastèques, y a pas de mal à porter une pastèque ? »

— Parce que tu es la bienvenue, quand tu veux, reprit-il d'un ton taquin. J'espère seulement que ton amie approuverait.

Oh, quelle méchanceté !

Et j'adorais ça.

— Je peux me passer de sa permission pour aller visiter un autre quartier de la ville, répliquai-je en refusant de lui sourire même si j'en avais envie.

Il y avait beaucoup de choses que j'avais envie de faire à cet instant précis, mais le lieu était mal choisi pour passer à l'acte.

— Pourtant, elle avait des règles plutôt strictes concernant ce rencard auquel tu devais aller.

Se glissant hors du box, il me tendit la main pour m'aider à me lever. On laissait déjà le chocolat chaud ?

— Comment ça s'est passé, au fait ? continua-t-il. Pas si bien que ça, manifestement, vu que tu es ici.

— Ça allait, je te remercie.

Discuter avec Alex de mon rendez-vous avec Tyler serait trop bizarre. Et les choses étaient déjà assez bizarres comme ça.

— Tu as l'intention de le revoir ? me demanda-t-il en laissant un billet de vingt dollars sur la table à côté de l'addition.

Combien coûtait le chocolat chaud ? Peut-être ne reviendrais-je pas ici avec Jenny le lendemain, finalement.

— Je crois que ça, ça va clairement à l'encontre des règles d'or.

Je ne savais vraiment pas quoi dire. Était-il normal de poser des questions sur ses autres rencards à quelqu'un avec qui on était soi-même en train de sortir ? Et si ce n'était pas un rendez-vous amoureux ? Peut-être m'avait-il simplement invitée par sympathie.

Merde !

S'agissait-il d'un rendez-vous amical ?

Il souriait toujours, les yeux pétillants, alors que nous sortions sur le trottoir à l'asphalte ramolli.

— Hmm. Je ne pensais pas que ça irait plus loin qu'un premier rendez-vous.

— Et pourquoi cela ?

Je ne refusais pas de le regarder, cette fois-ci ; j'en étais tout bonnement incapable. J'étais trop gênée.

— Tu savais que tu allais sortir avec moi ce soir, répondit-il en s'arrêtant et en se rapprochant de moi. Et je ne pouvais pas m'empêcher d'y penser, alors je me suis dit que ça devait être pareil pour toi.

Sur ces mots, il se pencha et m'embrassa doucement sur les lèvres, d'un baiser chocolaté, léger, électrique. Je n'allais pas avoir besoin de courir me réfugier au *Union*, finalement, mais, à ce train-là, il allait me falloir une chambre. J'espérais que Jenny ou Van me ferait un bon prix. Est-ce qu'elles avaient des chambres disponibles à l'heure ?

— Le concert n'est pas très loin, ça te dit de marcher ? me demanda Alex en me prenant par la main.

Je savais désormais avec certitude que c'était un rendez-vous amoureux – toujours ça de gagné.

— Marcher, ça me va, réussis-je à répondre, tout en me repassant le film de notre baiser.

Je ne pus m'empêcher de le comparer à ceux de Tyler. Les baisers de celui-ci avaient été fermes et insistants, mais tendres. Celui d'Alex avait été d'une extrême douceur, mais absolument plein d'assurance. Et il me donnait envie d'en goûter bien d'autres encore.

Tout en descendant tranquillement Broadway, il évoqua sa famille, ses amis et ses projets d'avenir, et moi les miens. Je réussis à transformer mon blog sur *The Look* en un contrat de publication de six volumes et une adaptation cinématographique, tandis qu'Alex parlait de composer des bandes originales, de jouer dans un film et de sa passion pour l'architecture, sans parler de son groupe ou presque.

— Voilà un programme bien rempli, fis-je, savourant la sensation de sa main dans la mienne. Comment est-ce que tu vas réussir à faire tout ça tout en sortant un nouvel album ?

— Bonne question, répondit-il. Qui sait s'il y en aura un ? J'ai pour ainsi dire mis tout ça entre parenthèses pour le moment. C'est juste qu'on est un peu vidés et je ne sais pas si je peux continuer. On est ensemble depuis huit ans environ, si tu comptes toutes les années avant qu'on trouve une maison de disques.

Il arrive un moment où tu as simplement envie de faire quelque chose d'autre.

— Je te comprends, fis-je, essayant de ne pas avoir trop l'air d'une fan dépitée. Ça doit être difficile de prendre une décision de groupe à propos de quelque chose d'aussi important.

— Ça l'est, reconnut-il. Mais, en réalité, il suffit qu'un seul membre n'ait plus le cœur à ça, et c'est fini. On continue à faire des concerts en ville, mais je n'ai pas l'impression qu'on est aussi motivés qu'avant. Toutes les bonnes choses ont une fin. Mieux vaut ne pas s'accrocher désespérément lorsqu'il n'y a plus rien à attendre de quelque chose.

Je continuai d'avancer en hochant la tête et en réfléchissant. Son raisonnement avait du sens. Et pas simplement à propos de son groupe.

— J'ai dit quelque chose qu'il ne fallait pas ? me demanda-t-il après que nous eûmes traversé trois rues en silence.

Peu importaient les règles, je ne voulais vraiment pas aborder le sujet de Mark avec lui.

— Pas du tout. J'étais juste en train de penser à quel point tu as raison de dire ça. Et que, parfois, il faut simplement prendre sur soi et changer la donne.

— Exactement.

Il pressa ma main dans la sienne et s'arrêta devant une file de personnes arborant jeans slim, tee-shirts délavés et ayant l'air de s'ennuyer mortellement. Ça m'avait tout l'air de la queue pour un concert.

— On y va ? suggéra-t-il.

— Salut, vieux, dit le videur dégingandé à la porte en saluant Alex de la tête avant de nous faire signe de passer et de descendre les marches qui menaient à un bar bondé.

Je regardai rapidement autour de moi, essayant d'avoir l'air à mon aise, tandis qu'Alex parlait à la fille derrière la caisse. De l'autre côté de la pièce, un groupe de nanas se tordaient le cou pour mieux le voir, et ne faisaient pas vraiment un secret de leurs intentions envers lui. Je ressentis soudain un élan de possessivité : comment osaient-elles parler ainsi de mon rencard devant moi ? Mais quelque part, pas très loin de la surface, j'éprouvais également une pointe d'autosatisfaction. Devant moi se trouvait cette bombe sexuelle qui aurait pu se faire n'importe qui dans cette file d'attente, et il était là avec moi.

— Tu veux boire quelque chose ? proposa Alex en tenant la porte du rez-de-chaussée ouverte pour moi.

Je jetai un dernier regard au groupe de filles et leur tournai le dos.

— Je m'en occupe, dis-je en hochant la tête. Qu'est-ce que tu veux ?

— Une bière ?

J'adoptai la posture officielle dans un bar : avant-bras appuyés sur le comptoir, billet de dix dollars dans la main et expression légèrement impatiente sur le visage tandis que j'essayais de capter le regard d'un des barmen. Derrière le bar se trouvait un vieux miroir crasseux, caché par les rangs interminables de bouteilles. L'espace d'un instant, je ne reconnus pas la fille à côté d'Alex, avec ses cheveux ébouriffés et son regard charbonneux et sexy qui aurait fait un peu pétasse si cela ne lui était pas si bien allé ; puis je me rendis compte que, cette pétasse, c'était moi. Je ne savais pas si c'était la proximité d'un authentique rockeur ou l'excellent travail de préparation de Jenny, mais je n'étais effectivement pas moche. Ou peut-être était-ce seulement que je m'amusais. J'avais des rencards et je m'amusais, c'était officiel, bordel !

Un concert est un concert, qu'on soit à New York ou à Londres, me rendis-je compte tandis que nous traversions le bar pour gagner le fond et monter à l'étage principal, (fort heureusement) sombre et enfumé. Sol gluant, bar bondé vendant à prix d'or de la bière tiède dans des gobelets en plastique. On pouvait y voir de petits groupes de jeunes branchés en jean trop serré et tee-shirt du *CBGB* – ce club mythique du rock indé – et leurs petites amies en jean tout aussi moulant. Même si j'étais intimidée par l'attention tacite générale dont Alex faisait l'objet, je me sentais un peu chez moi. J'aurais aussi facilement pu me trouver dans n'importe quelle petite salle de concerts londonienne qu'à la *Bowery Ballroom* de New York.

— Tu vas souvent à des concerts, chez toi ? me hurla Alex dans l'oreille alors que le groupe qui attaquait en première partie commençait à griffer ses guitares et à matraquer sa batterie.

J'acquiesçai et me penchai à son oreille, le nez dans ces cheveux mi-longs qui me plaisaient tant.

— Oui, avant j'y allais beaucoup plus souvent, mais mes amis n'aiment pas le même genre de musique que moi.

Je ne lui dis pas qu'en réalité aucun de mes amis n'aimait le même genre de musique que moi, et que Mark avait été le seul à m'accompagner à des concerts ces dix dernières années. Peu de temps après notre arrivée à Londres, nous sortions au moins une fois par semaine mais, ces deux dernières années, il avait commencé à se plaindre que les concerts duraient trop longtemps, qu'il ne pouvait pas s'asseoir, que la bière était chère et éventée et, plus d'une fois lors des derniers mois, je m'étais retrouvée assise au fond, toute seule, après avoir reçu un court texto m'informant qu'il avait dû rester au boulot. Mais ce n'était pas quelque chose qu'Alex avait besoin de savoir dans l'immédiat. Ce soir, je voulais m'amuser.

— Ouais, dit-il en sirotant sa bière sans une plainte. Parfois je me dis que c'est plus facile de sortir tout seul. Le nombre de films que j'ai ratés parce que je n'avais personne pour m'accompagner !

Je n'arrivais pas une seule seconde à l'imaginer incapable de trouver quelqu'un pour l'accompagner. Presque toutes les filles de l'endroit l'avaient dévoré des yeux en entrant, et leur opinion de moi, qui l'accompagnait, loin d'être aussi silencieuse, commençait à me mettre mal à l'aise.

— Alors, à part écouter Justin, qu'est-ce que tu as fait aujourd'hui ? me demanda-t-il avec un grand sourire en me guidant vers le côté de la scène, dans un coin plus calme et offrant une meilleure vue. Ce boulot d'écriture a l'air carrément cool.

— À part écouter Justin ? Mon Dieu ! ça occupe une si grande partie de mon temps, répliquai-je en essayant de ne pas écouter les gens qui murmuraient autour de nous, peu discrètement. Mais, oui, ce boulot va être vraiment cool, j'espère. Ce n'est qu'un journal en ligne, un blog, mais… Oh ! je ne veux pas faire tourner ma chance. Je n'ai jamais publié quoi que ce soit sous mon nom jusqu'à présent, alors c'est un truc important pour moi, même si ça ne l'est probablement pas dans les faits.

— Ça a l'air d'une vraie percée, pourtant, dit-il en levant son verre. Tu vas parler de notre rencard ?

— Je suppose que je vais être obligée. (Je n'y avais pas vraiment pensé.) Par pure intégrité journalistique, bien sûr. Mais ce sera complètement anonyme. Je protégerai ton innocence.

Il se pencha de nouveau vers moi, me poussant contre le mur, et m'embrassa à pleine bouche. Alors que ses lèvres touchaient les miennes et que je me retrouvai coincée entre le mur froid et collant et le corps ferme d'Alex, tout souci de protéger son innocence se volatilisa instantanément. C'est tout juste si je ne laissai pas tomber ma bière.

— Si tu comptes parler de moi, il faut que tu saches que je prends les critiques négatives très à cœur, murmura-t-il alors que nos lèvres se séparaient.

— Le problème ne devrait pas se poser, pépiai-je, ne sachant pas vraiment où me mettre.

La sensation de son haleine chaude et chocolatée si près de mon oreille me faisait frissonner et je fermai les yeux pour mémoriser chaque détail de notre baiser. La façon dont j'avais reculé en trébuchant contre le mur, ses lèvres douces, la sensation de son corps pressé contre le mien à travers la mince étoffe de ma robe. Avant d'avoir pu le revivre entièrement, je sentis Alex derrière moi, tout près, le bras passé autour de ma taille et la main reposant sur ma hanche. Je me laissai aller contre lui, appuyant la tête contre son torse. C'était si agréable, si naturel.

Je restai ainsi entre ses bras, dans un silence confortable, jusqu'à ce qu'il doive s'excuser pour aller aux toilettes et retourner nous chercher à boire, juste avant l'arrivée de la tête d'affiche. Je le regardai descendre lentement l'escalier, un énorme sourire aux lèvres alors que je le reluquais sans vergogne. C'était bizarre : je m'éclatais, et pourtant Alex me rendait tellement nerveuse, j'en avais un nœud au ventre. Tyler ne m'intimidait absolument pas : tout ce qu'il disait et faisait était conçu pour me mettre à l'aise. Dans un sens, je le comprenais – travail à la banque, costumes élégants et tout – mais m'habiller classe et manger dans un restaurant chic m'avait mise un peu plus mal à l'aise. J'avais dû déployer des efforts surhumains pour éviter de renverser de la sauce sur ma robe. Et de la crème. Et du café.

— Tu es ici avec Alex ?

Devant moi se trouvait une fille menue et jolie, tout de noir moulant vêtue, avec un carré blond platine à la Debbie Harry.

— Euh… oui ? répondis-je.

Elle n'avait pas l'air d'être venue pour sympathiser.

— Il vaudrait mieux que tu saches, c'est un connard fini, reprit-elle d'un ton désinvolte. Il s'est déjà tapé presque toutes les filles ici. Peut-être même certains des mecs.

— Oh ! eh bien, on vient juste de se rencontrer, répondis-je, ne sachant trop que faire de l'information qu'elle me balançait ainsi, et ne souhaitant pas vraiment entamer la conversation avec elle. Je n'ai pas encore prévu à si long terme.

— Ouais, bref. (Elle me toisa des pieds à la tête en sirotant sa boisson.) Je ne fais que te dire ce que tout le monde ici sait déjà. (Je repérai Alex qui nous regardait depuis le bar, et il n'avait pas l'air content.) Alors, tu sais, à ta place, je ferais gaffe si j'avais l'intention de « prévoir à si long terme ». Bref.

Sur ces mots, elle tourna les talons et disparut dans la foule.

— Elle t'a dit quelque chose ? me demanda Alex en revenant avec mon verre, le visage assombri.

— Euh… oui.

Qu'est-ce que je devais lui raconter ? Pourquoi m'avait-elle dit une chose pareille ? Mais, à cet instant, je ne voulais pas en croire un mot.

Il chercha la blonde du regard dans la foule.

— Oh ! Tu la connais ?

— Non, mais… Eh bien, apparemment, elle te connaissait.

Elle avait complètement disparu.

— Je sortais avec une de ses amies, il y a une éternité, c'est tout, dit Alex en reprenant sa place derrière moi. On ne s'est pas séparés en très bons termes.

— Je crois que tu peux me montrer la pire des ruptures, j'aurai quand même mieux, répliquai-je, effleurant le sujet. Ne t'inquiète pas.

Amie aigrie de l'ex, c'était parfaitement crédible. J'aurais seulement aimé pouvoir m'imaginer que Louisa répandait des mensonges malveillants sur Mark, mais elle était probablement déjà en train d'échanger des recettes de *cupcakes* avec « Katie ». Alex me répondit d'un tendre baiser dans le cou et je m'autorisai à savourer sa présence et la musique en toute décontraction alors que le groupe en tête d'affiche montait sur scène.

— Qu'est-ce qu'ils étaient bons ! m'exclamai-je alors que nous sortions dans la rue avec tout le monde vers minuit. (J'adorais l'effet grisant des bons concerts.) Ils déchiraient !

Alex éclata de rire et me prit la main.

— Tu veux aller boire un coup ?

Je regardai ma montre et fis la grimace. Il était déjà plus de minuit et j'avais beau passer un très bon moment, une infime portion de mon cerveau ne cessait de me rappeler que je voyais Tyler le dimanche soir, et je ne voulais vraiment pas arriver au rendez-vous avec une mine de déterrée. Mais l'expression qu'affichait Alex et la façon dont il me serrait la main rendaient la décision très difficile. Enfin, son expression, sa main, et les quatre bières que j'avais déjà bues alors que je n'avais mangé pour tout dîner que des Ring Dings. Un verre de plus, et je ne savais pas si je serais en mesure de faire preuve de beaucoup de jugement.

— Je devrais vraiment envisager de rentrer, dis-je, sans vraiment être convaincue par les mots qui sortaient de ma propre bouche. J'ai dit à ma coloc que je rentrerais et…

Il me regarda avec les yeux de cocker dont je l'avais déjà vu se servir sur la serveuse au *Manatus*.

— Juste un verre, alors, cédai-je en le laissant m'entraîner dans la rue.

Vraiment, juste un.

Trois verres plus tard, nous étions confortablement installés dans un petit bar sans prétention doté d'un formidable juke-box et d'une bière fraîche et mousseuse. Nous parlions musique, évoquions les concerts où nous étions allés, ceux que nous avions ratés, défendions les mérites respectifs de nos albums préférés et imaginions la composition de notre festival idéal, avec lui en tête d'affiche, bien sûr. À ces trois bières s'ajouta bientôt une quatrième, et minuit passé de peu laissa place à 2 heures avant que je me rappelle que j'étais censée être déjà rentrée. J'étais assez ivre pour devoir regarder où je mettais les pieds, mais assez sobre pour me rendre compte que j'étais en bonne voie pour finir le nez dans le caniveau. Louée soit la faible teneur en alcool des blondes américaines. Examinant dans le miroir les dégâts que le concert avait infligé à mon maquillage, j'estimai avoir l'air encore à peu près correct et parvins à me refréner d'en remettre (je n'étais donc pas aussi soûle que je le pensais) ; par contre, j'appliquai plusieurs couches de baume. Les baisers d'Alex devenaient de plus en plus passionnés, et je commençais à avoir les lèvres en feu. Et les hormones en ébullition. Je traçai les contours de ma bouche du bout de l'index : c'était tellement bizarre. Les baisers de Tyler avaient été fermes et tendres ; Alex, lui, se laissait guider sans hésitation par ses désirs. Il y avait encore peu de temps, toute démonstration publique d'affection m'aurait arraché des cris d'orfraie, mais la nouvelle Angela ne semblait pas y voir d'inconvénient. Ni au fait de sortir avec deux hommes en même temps. Ni de traîner plus que nécessaire dans des toilettes répugnantes. Beurk ! Il fallait vraiment que je rentre ; mes pensées commençaient à osciller entre « rentrer avec lui » ou « rentrer vomir » et, dans ces cas-là, il n'y aurait jamais qu'un seul vainqueur.

En regagnant le bar, je vis Alex qui parlait avec deux filles, riant avec décontraction et leur adressant les mêmes sourires tendres et les mêmes regards pleins d'intensité qui m'avaient donné l'impression d'être la seule fille dans tout New York. Il était grand temps que je parte.

— Je devrais probablement y aller, dis-je d'une voix forte.

Les deux filles se regardèrent, sourirent d'un air jubilatoire et se laissèrent tomber sur ma chaise, l'une sur l'autre.

— D'accord, allons-y, fit Alex en se levant et en passant le bras autour de mes épaules.

Baissant la tête, je retins un petit sourire et le suivis hors du bar, laissant les filles bouder sur mon siège.

— Murray Hill ? me demanda Alex alors que nous sautions dans un taxi vide avant que l'un ou l'autre des dizaines de couples qui avaient le bras tendu puisse le prendre.

— Au coin de la 39e et de Lexington, dis-je au chauffeur en m'adossant à la banquette craquelée.

Sans me laisser le temps de me demander s'il allait tenter quelque chose, ni attendre un signe ou même que la voiture ait redémarré, Alex étira son corps long et mince en travers du siège arrière pour me prendre le visage entre ses mains. Tandis que le véhicule fonçait dans les rues désertes du New York nocturne, je me retrouvai projetée dans une position à moitié assise, à moitié couchée sur la banquette. Bien que la nuit ne soit pas froide, il régnait une certaine fraîcheur, qui était toutefois entièrement dissipée par la chaleur du corps d'Alex collé contre le mien. Je sentis sa main descendre le long de ma hanche jusqu'à la chair nue en haut de ma cuisse, là où ma robe était remontée, et, bien que je sache que les choses allaient beaucoup trop vite, je ne voulais pas l'arrêter. Avant que je sois obligée de prendre une décision très difficile, le taxi stoppa en trépidant, nous précipitant tous deux entre les banquettes avant et arrière. À califourchon sur Alex, je laissai échapper un gloussement nerveux, tentant de trouver un moyen de me relever et de sortir de la voiture dignement.

— Tu veux entrer ?

Les mots m'échappèrent avant même que je les formule dans ma tête. C'était donc ça dont les femmes parlaient lorsqu'elles se plaignaient que les hommes laissaient leur pénis prendre toutes leurs décisions pour eux.

— J'en ai *vraiment* envie, répondit-il en m'aidant à me redresser. Mais je ne le ferai pas.

Je le regardai avec surprise. Non que je me considère comme une prise de choix qui n'avait pas à craindre les vents, mais j'avais vraiment cru que c'était à ça que nous menaient les choses. Et, lorsque nous nous embrassions, j'avais senti quelque chose d'autre qui suggérait biologiquement que nous étions sur la même longueur d'onde.

— Si j'entre maintenant, chuchota-t-il en se penchant par-dessus moi pour m'ouvrir la porte, que reste-t-il à deviner ?

Je souris timidement. Je ne pouvais guère me faire passer pour une fille sage, mais je ne m'étais pas attendue à ce qu'il soit si romantique.

— Vous pouvez patienter une seconde, le temps que je raccompagne madame jusqu'à sa porte ? demanda-t-il au chauffeur, lequel grommela quelque chose qui ressemblait vaguement à un consentement.

Alex repoussa mes cheveux derrière mon oreille en me regardant dans les yeux un tout petit peu plus longtemps qu'il n'était nécessaire.

— J'ai passé un très bon moment, Angela, dit-il en déposant sur mes lèvres un de ses baisers les plus doux. Tu me rappelleras ?

Je hochai la tête, ayant perdu toute capacité à parler, et le regardai réintégrer le taxi. Malveillante blonde décolorée mise à part, la soirée s'était plutôt bien déroulée à mon goût.

Chapitre 13

Dimanche matin, j'en étais déjà à mon troisième *latte* sans mousse taille Venti de chez *Starbucks* lorsque je finis par admettre que rédiger un blog n'allait pas être aussi facile que je l'espérais. Je regardai fixement l'écran vide, attendant l'inspiration. Je savais que Mary voulait l'intro et trois entrées de journal, et je savais qu'il serait logique de choisir jeudi, vendredi et samedi. Mary avait beaucoup insisté sur le thème des rencards, et cela couvrirait mes premiers rendez-vous avec Tyler et Alex. Mais je ne savais pas comment en parler sans :

a) passer pour une traînée ;

b) avoir l'air de commérer sur deux mecs différents avec la ville tout entière.

N'était-ce pas impoli ? Avais-je le droit de parler de Tyler et d'Alex dans mon blog sans leur permission ? Étais-je réellement assise dans un *Starbucks* new-yorkais à me poser ces questions ridicules ? Vidant d'un trait le reste de mon café, je me mis à taper. Au lieu de m'inquiéter de ce que les autres personnes pourraient penser, j'essayai de penser à ce que j'aurais envie de lire, moi. Aussi commençai-je par quelque chose de facile. Quelque chose que j'adorai.

Mon merveilleux sac à main Marc Jacobs.

Les Aventures d'Angela : comment un sac à main guérit un cœur brisé.

Je le regardai avec amour et lui donnai une petite tape pleine de tendresse ; rien qui risque de l'abîmer, bien sûr. Je n'en revenais toujours pas d'avoir dépensé l'équivalent de la moitié d'une mensualité de remboursement pour un sac. Pour quelques morceaux de cuir et de métal cousus ensemble pour contenir mes affaires. Mais cousus par les anges… Pourquoi n'avais-je jamais acheté d'objet aussi fabuleux auparavant ? Probablement parce que je ne pensais pas en être digne. Tout comme, probablement, je ne pensais pas mériter de sortir avec deux bombes comme Tyler et Alex. Ou d'avoir dégotté ce boulot de blogueuse. Ou d'avoir besoin d'un autre café. Oh ! attendez, ça je n'en avais effectivement pas besoin, mais c'était ce que j'avais. De même que le sac. Merde ! Je commençai à taper et décidai de tout déballer. Dans les moindres détails. C'était presque amusant : l'Angela dans mon journal menait une vie tellement trépidante, et sans aucune des agaçantes préoccupations qui tourmentaient la vraie Angela. Lorsque j'eus terminé, je relus et supprimai tous les passages qui risquaient de contrarier ma mère. Puis les réintégrai. Plus de café pour moi.

Les entrées de journal en place, je revins à l'introduction. Il fallait que je présente ma rupture tant que j'étais lancée, Mary l'attendait mais, même avec toute la caféine que j'avais dans le sang, c'était beaucoup plus délicat que de raconter des rencards. Toute ma vie, je m'étais définie par rapport à quelqu'un : la fille d'Annette, l'amie de Louisa, la petite amie de Mark… Mais qui étais-je à présent ? Je m'étais enfuie pour éviter le rôle de l'ex de Mark, de la demoiselle d'honneur qui avait gâché le mariage, de la fille qui vivait chez sa mère. Cette dernière semaine, avec Jenny, Erin et Vanessa, j'avais été la fille un peu pétée à la rupture héroïque. Avec Tyler, j'avais été l'Anglaise excentrique qui broyait les mains à coups d'escarpins et, avec Alex, j'avais réussi à troquer cette identité contre celle d'une Anglaise légèrement excentrique. Avec un peu de chance, je réussirais à me faire décrire comme « juste une fille que j'ai rencontrée, je crois qu'elle est anglaise » avant la fin du mois.

Il n'y avait qu'une seule chose à faire, décidai-je. Me montrer complètement et brutalement honnête. J'ouvris le journal que j'avais écrit au *Union* et le relus. Tout y était, la découverte de Mark dans le parking, les hurlements sur Louisa, le coup de chaussure sur la main de Tim, jusqu'à l'épisode de la trousse de toilette dans laquelle j'avais pissé. Je coupai l'incident, mais restai assise là avec un petit sourire aux lèvres, en imaginant son expression la prochaine fois qu'il se servirait de son blaireau en poil véritable. *Oui, Mark, ça sent un peu bizarre, et pour cause.*

En dépit des protestations répétées de Jenny comme quoi il n'y avait absolument rien de mal à sortir avec deux hommes en même temps (et à en parler dans un blog), je trouvais quand même un peu étrange de sortir avec Tyler moins de vingt-quatre heures après avoir vu Alex. Je m'étais même demandé quel serait le protocole pour suggérer que Jenny sorte avec lui à ma place – il était tout à fait son genre – mais lorsque j'ouvris la porte de l'appartement et le vis devant moi, tout de noir Armani vêtu, je changeai d'avis.

— Salut ! dis-je en le laissant m'embrasser sur la joue, et me sentant nettement pas assez habillée avec ma petite robe tee-shirt Splendid et mes tongs. Euh… tu avais bien parlé de cinéma, non ?

— Oui oui, répondit-il en indiquant d'un signe de tête un taxi garé, moteur en marche, de l'autre côté de la rue. Mais après je me suis dit que tu n'étais ici que depuis une semaine et que ce serait vraiment faire du tort à New York que de simplement t'emmener dans un multiplexe voir un film avec Cameron Diaz, alors j'ai changé d'avis. J'espère que ça ne te dérange pas ?

— Pas du tout, fis-je en m'introduisant dans le véhicule jaune. C'est juste que… Je suis habillée comme il faut ?

Franchement. Costume noir Armani, chemise blanche à col ouvert, et pas un poil qui ne soit pas en place.

— Tu es très bien comme ça, me rassura-t-il en passant le bras autour de mes épaules. Tu vas adorer, promis.

Je haussai les épaules en souriant. Jusqu'à présent, ça allait. Une petite surprise comme un changement de destination ne pouvait pas faire de mal.

Quelques minutes de coups de Klaxon énervés plus tard, le taxi s'arrêta devant un théâtre.

— C'est un peu comme aller au cinéma, dit Tyler en m'ouvrant la porte pour que je puisse sortir.

Ce n'était pas du tout comme aller au cinéma. C'était exactement comme aller à un spectacle de Broadway. J'étais au comble de l'excitation.

— J'ai réussi à me procurer des billets pour *Wicked* auprès d'un collègue, poursuivait Tyler. On ne m'en a dit que du bien, tu l'as déjà vu ?

Je fis signe que non.

— C'est formidable ! Je voulais le voir lorsque j'étais à Londres, mais je n'ai jamais trouvé l'occasion. Les comédies musicales, c'est mon péché mignon.

— Eh bien, tu m'avais dit que tu aimais la musique, dit-il en me guidant à travers le foyer comme un pro.

C'était une interprétation intéressante de ma déclaration, mais je ne me plaignais pas. Quel homme prévenant et attentionné. Et avec son bras autour de ma taille alors qu'il me dirigeait vers ma place au troisième rang, je ne pouvais pas oublier que cet homme prévenant allait très régulièrement à la salle de sport.

— Alors, tu as cassé d'autres mains depuis que je t'ai vue l'autre jour ?

Je secouai la tête, commençant à regretter de lui avoir raconté les détails de ma rupture. Les règles d'or avaient bel et bien une raison d'être, je le comprenais désormais.

— Non ; je me suis trouvé un boulot, par contre.

Je lui racontai de quoi il s'agissait, mais sans trop entrer dans les détails cette fois. C'était juste que je n'avais pas l'impression qu'il serait nécessairement ravi d'être la star d'une recherche de l'amour en ligne.

— C'est super, ça ! s'exclama-t-il avant de déposer subitement sur mes lèvres un baiser rapide. On fête ça, alors. Tu aurais dû me le dire.

— Ce n'est rien d'extraordinaire, protestai-je en rougissant. *(Il pense que j'aurais dû lui dire. Ahhh!)* Juste un truc sur Internet, ça n'ira pas du tout dans le magazine.

— Ne dénigre pas ton succès, me réprimanda-t-il en prenant ma main dans les siennes alors que les lumières clignotaient deux fois. Tu as dit que tu voulais être une vraie écrivaine, et maintenant c'est le cas. (Il se tourna pour me regarder bien en face.) Tu es une vraie source d'inspiration, tu sais ça ? Une semaine dans la ville, et regarde ce que tu as déjà accompli. J'espère qu'un peu de cette chance va déteindre sur moi.

Il avait le don de trouver les mots justes pour que je me sente merveilleuse. Alors que l'orchestre commençait à jouer, il se pencha par-dessus l'accoudoir en velours pour m'embrasser à pleine bouche.

— Je suppose que ça aidera la chance à déteindre plus rapidement, dis-je en me forçant à refermer la bouche après ce baiser interminable.

— Je suis prêt à continuer jusqu'à ce que ça le fasse, chuchota Tyler alors que les acteurs entraient sur scène.

Je me calai dans mon siège et souris dans le noir. Au moins aurais-je quelque chose à raconter ce soir dans mon journal.

Le reste de la soirée passa comme dans un rêve. Je me trouvai littéralement transportée par le romantisme du spectacle, serrant la main de Tyler, posant la tête sur son épaule, me cachant le visage dans sa veste pendant les moments tristes. Après, il m'emmena d'un pas tranquille dans un petit restaurant éclairé aux chandelles au coin de la rue. En un rien de temps, je m'étais transformée en chaton ronronnant, gloussant avec coquetterie et lui caressant le biceps. Mon Dieu ! si Mark avait su que les comédies musicales me faisaient cet effet-là, il m'y aurait peut-être emmenée plus souvent.

— Tu es vraiment remarquable, dit Tyler en me tendant une cuillerée de crème glacée. (D'habitude, ce genre de comportement typique des couples me donnait envie de vomir mais, avec Tyler, ça me paraissait mignon et plein de tendresse.) Je n'en reviens pas que tu aies accompli tout ça en une semaine. Je suppose que je ne suis pas aussi téméraire que toi.

— Ça fait tellement bizarre de s'entendre décrire par quelqu'un d'autre, remarquai-je en lui offrant une cuillerée de cheese-cake en échange de sa glace. Le seul risque que j'ai pris de toute ma vie, c'est venir à New York, mais pour l'instant ça a plutôt bien tourné. Peut-être que je devrais envisager d'en prendre plus souvent.

— Je pense que c'est une idée merveilleuse, répondit Tyler. Ma vie a toujours été si méticuleusement planifiée… Université prestigieuse, bon boulot dans une grande banque, ensuite je suis censé me marier, avoir des enfants, emménager dans le Connecticut et prendre ma retraite en Floride.

— Sympa, dis-je en secouant la tête. Je crois que j'avais quelque chose de ce genre de prévu, mais ensuite je suis tombée nez à nez avec mon copain, le caleçon autour des chevilles. Je te le déconseille.

— Si je devais trouver mon copain le caleçon autour des chevilles, c'est que quelque chose aurait très mal tourné dans mon plan.

Il secoua la tête et éclata de rire, plissant légèrement les yeux. *Oh ! il est craquant quand il rit*, me dis-je en songeant à tous ses points positifs. Gentil, marrant, belles perspectives d'avenir, me traite comme une princesse, et franchement pas vilain à regarder, et sous ce costume se cachaient des abdos durs comme la pierre.

Il fallait que je trouve un défaut dans cette cuirasse de perfection.

— Mais si tu devais t'écarter de ton plan, qu'est-ce que tu ferais ?

— Je ne sais pas, dit-il en s'adossant à son siège. Si j'étais complètement égoïste ? Que je faisais ce que je voulais ?

— Exactement, confirmai-je.

— Je prendrais une année sabbatique pour suivre les Yankees. Absolument tous leurs matchs, précisa-t-il en souriant. Tu imagines ?

— Pas vraiment, répondis-je en fronçant les sourcils.

Ce n'était pas la réponse que j'attendais.

— Ou alors je louerais une île privée, comme celle du mec de *Virgin*.

— Necker Island ?

C'était déjà mieux.

— Ouais. Je louerais Necker Island et je m'y réfugierais pendant quelques mois. Rien que le soleil, le sable, et quelques grands vins et whiskys. Et la télé par satellite pour regarder les matchs des Yankees. Et une connexion wi-fi pour que tu puisses continuer d'écrire, bien sûr.

— J'y suis aussi ? demandai-je en triturant ma serviette.

— C'est mon fantasme, non ? répliqua-t-il en tendant la main par-dessus la table pour prendre la mienne. Alors j'ai le droit d'emmener qui je veux.

Rougissant de la tête aux pieds, j'essayai de me forcer à croiser son regard, mais j'étais subitement devenue une vraie gamine, et je n'arrivais même pas à lever les yeux.

— Ce qu'ils font à manger ici est super bon, mais le café est infect, chuchota Tyler, juste assez fort pour être entendu par le serveur qui passait. (Celui-ci fit entendre un reniflement dédaigneux et poursuivit son chemin.) Et j'ai dans l'idée que nous ne sommes plus bien vus ici, ajouta Tyler en riant. Moi, par contre, j'ai du très bon café. Ça te dit de passer chez moi ?

Je jetai un coup d'œil au serveur qui préparait déjà notre addition. Il donnait vraiment l'impression qu'il risquait de cracher dans nos cafés. Dans le meilleur des cas.

— J'habite à seulement dix minutes d'ici, continua Tyler en sortant son portefeuille et en plaçant sa légendaire Amex noire sur l'addition à la seconde où elle fut là, sans même la regarder. (J'avais vraiment voulu payer ce soir mais, d'une certaine façon, j'adorais le fait qu'il ne me laisse pas régler l'addition.) Et c'est vraiment du bon café. J'ai une Gaggia.

Quoi que puisse être une Gaggia, ce fut l'argument décisif. C'était juste un café, après tout, et il n'y avait pas moyen que Tyler se comporte moins en gentleman qu'Alex. Je sautai avec lui dans un taxi qui entreprit de contourner lentement le parc. Je n'avais toujours pas visité celui-ci, et il était magnifique au clair de lune.

— Tu veux faire le reste du trajet à pied ? me demanda Tyler, lisant dans mes pensées.

Je hochai la tête avec enthousiasme et sautai sur le trottoir pour aller m'accouder au muret et regarder le lac au loin. Je me serais crue dans une scène de film. Le film de ma vie.

— Parfois, on oublie à quel point on a de la chance d'avoir tout ça au seuil de sa porte, soupira Tyler en retirant sa veste pour me la mettre sur les épaules. (Elle était légèrement imprégnée de l'odeur de son après-rasage, et encore chaude.) C'est extraordinaire de le voir à travers les yeux de quelqu'un d'autre.

Je me retournai pour répondre, mais il m'interrompit d'un baiser. Il m'encercla la taille de ses bras et, sans détacher ses lèvres des miennes, me souleva pour me déposer sur le muret, comme si je ne pesais pas plus lourd qu'une plume, que l'air même. Me serrant contre lui, je laissai le baiser gagner en intensité et mes mains s'égarèrent dans son épaisse chevelure tandis que mes jambes étaient passées autour des siennes, sans souci du qu'en-dira-t-on. J'avais complètement oublié que j'étais au beau milieu d'une rue pleine de monde, tant j'étais transportée par ce baiser, cet instant. Soudain, je sentis toutes mes frustrations remonter à la surface : chaque nuit que j'avais passée seule dans le lit à attendre que Mark rentre à la maison, chaque sourire plein d'espoir que j'avais vu rejeté, chaque frôlement resté ignoré, jusqu'au refus d'Alex de terminer la soirée avec moi la veille, si honorables que soient ses raisons ; tout cela trouva un exutoire dans ce seul baiser.

— Mon appartement est juste au coin de la rue, m'indiqua Tyler en me repoussant doucement.

Il avait le regard brûlant et je sus que je ne pouvais pas dire non. J'avais tellement envie de lui. La certitude sans équivoque que j'étais sur le point de sérieusement passer à la casserole me brûlait la poitrine tandis que nous avancions en silence, hésitant entre la marche et la course. Son appartement sur Park Avenue se trouvait à seulement quelques minutes de là, mais j'eus l'impression que cela faisait un million de kilomètres. Manquant de tomber lorsque la porte s'ouvrit sous notre poids, je tirai violemment sur le beau costume de Tyler et ôtai mes tongs d'un coup de pied tandis que nous longions le couloir en nous poussant mutuellement contre le mur. Je savais que j'aurais dû prendre du recul sur ce que j'étais en train de faire. Mais je m'en fichais. Peu m'importait qu'il s'agisse d'une vengeance, d'un sexorcisme, ou juste de quelque chose dont j'avais besoin avec quelqu'un dont j'avais envie. Tout ce que je savais, c'était que la poignée de porte qui me rentrait dans le bas du dos devait être tournée si cela permettait d'accéder à la chambre. Et c'était le cas. Tyler m'attira à l'intérieur, allumant rapidement la lampe de chevet à la lumière tamisée tandis que nous nous écroulions sur son lit *king size*. Ce n'était pas le moment de passer en revue mes motivations, me dis-je, me sentant toute petite et délicate ainsi coincée sous Tyler, qui parcourait mes courbes d'une main ferme, sans détacher ses lèvres des miennes. C'était le moment de laisser mon corps décider pour moi. Et si toutes les décisions de mon corps me procuraient un tel plaisir, je le consulterais beaucoup plus régulièrement désormais.

Le matin s'annonça avec une sonnerie de réveil gazouillante. Je n'avais absolument aucune idée de l'heure qu'il était, mais j'avais l'impression qu'il était tôt. Très tôt. M'étirant, je m'émerveillai de la largeur du lit, de la douceur de mes draps, de l'éclat du soleil à travers la gigantesque fenêtre panoramique... *Attendez une seconde.*

— Bonjour !

Tyler apparut sur le seuil, en costard-cravate, et je tirai fébrilement les couvertures jusqu'à mon menton. Rapide inspection visuelle : oui, j'étais toute nue. Il s'assit au bord du lit et posa deux tasses de café fumant sur la table de chevet.

— Vu qu'on ne l'a jamais pris hier soir, dit-il en se penchant pour me donner un long et langoureux baiser.

Je n'étais toujours pas tout à fait sûre de savoir quoi dire.

— Désolé, il est si tôt, poursuivit-il quand même en prenant son café pour le siroter pensivement. Le lundi, c'est la merde, il faut que je sois au boulot avant que les réunions commencent, sinon je n'ai aucune chance. D'habitude, je suis collé à mon BlackBerry tout le dimanche soir mais, comme tu le sais, hier j'avais mieux à faire.

J'esquissai un faible sourire et attrapai maladroitement ma tasse.

— Mmm, fis-je en hochant la tête et en buvant lentement.

Plus cela me prenait de temps, moins je risquais de devoir faire la conversation. *Bon sang*, me dis-je en prenant une nouvelle gorgée, *son café est vraiment délicieux* !

Il me caressa les cheveux et se pencha pour m'embrasser de nouveau.

— Bref, il faut que j'y aille. Tu peux partir quand tu veux, d'accord ? La porte se ferme toute seule, donc ne te soucie pas de mettre l'alarme ou quoi que ce soit de ce genre. Tu m'appelles plus tard ?

J'acquiesçai et, après un dernier baiser, il se leva, prêt à partir. Je reposai mon café et enfouis le visage dans l'oreiller, sans voir que Tyler s'était arrêté sur le seuil.

— Je voulais juste te dire… bonne chance pour ton entretien.

Heureusement qu'il n'avait rien dit du style : « J'ai passé une super nuit. » Je ne me sentais pas capable de gérer ça.

— Merci, réussis-je à dire sans me redresser.

Ne pas tirer de conclusions hâtives.

— Et en fait je voulais surtout te dire… j'ai vraiment passé une super nuit.

Ooh ! j'avais été si près d'y échapper.

Chapitre 14

— Alors, avant de me raconter quoi que ce soit d'autre, sans même réfléchir à la question, m'ordonna Jenny en me débarrassant des sacs de *Starbucks* et des journaux que j'avais achetés pour camoufler le fait que j'avais passé la nuit dehors. Comment c'était, le sexe ?

— Extraordinaire, répondis-je. Franchement, je sais que ma vie sexuelle était plutôt merdique depuis un bout de temps, mais il a été incroyable. Il est fort, grand, va à la salle de sport et on l'a fait trois fois. Mais je… Mon Dieu ! je ne sais pas.

— OK, tu as répondu à mes trois questions suivantes, dit-elle en mordant dans un *donut*. Alors, tu le revois quand ?

Saisissant à mon tour un *donut*, je secouai la tête.

— Oh, tais-toi ! Il a dû partir tôt.

— C'est pas grave, tant qu'il te rappelle aujourd'hui ou demain, fit Jenny, me faisant baisser les yeux sous l'intensité de son regard. Mais je ne pense pas que ce soit ça qui t'inquiète. Tu sais qu'il va te rappeler, n'est-ce pas ? Alors quel est le problème ? Pourquoi est-ce que tu ne sautes pas au plafond ?

— OK, ne m'en veux pas, mais c'est juste que je me disais en revenant… De toute ma vie, je n'ai été qu'avec Mark, expliquai-je en me laissant tomber sur un tabouret et en attachant mes cheveux en une queue-de-cheval grossière. Je sais que tu vas me frapper pour oser dire ça mais, même si c'était extraordinaire sur le moment, ce matin j'avais l'impression de… eh bien… de l'avoir trompé. Je sais, je sais, continuai-je en l'arrêtant d'un geste de la main, je sais que c'est insensé, qu'il n'a même pas attendu de rompre avec moi pour commencer à coucher avec une autre, mais je ne peux rien changer à ce que je ressens.

— C'est vrai, tu ne peux pas, acquiesça Jenny. Mais tu ne vas pas laisser ça t'empêcher de revoir Tyler, si ? Au contraire, ma chérie, tu devrais rajouter un ou deux mecs de plus.

— Je ne sais pas. Et si je n'arrive pas à me débarrasser de cette impression ? Et Alex ? Il y a un peu plus de vingt-quatre heures, je l'avais invité à monter, et maintenant j'ai couché avec Tyler. Je viens à peine de me faire à l'idée de sortir avec deux mecs en même temps, alors coucher avec les deux, je n'en suis pas encore là.

— Ça, c'est facile comme question, répliqua Jenny en écartant mes mains d'une tape lorsque je tentai de refaire ma queue-de-cheval. Est-ce que tu veux revoir Alex ?

Je hochai la tête.

— Et est-ce que tu veux revoir Tyler, et éventuellement recoucher avec lui ?

J'opinai de nouveau.

— Alors c'est parfait. Tu n'as pas besoin de choisir tant que tu n'es pas prête à le faire, déclara-t-elle en prenant son café et deux autres *donuts*. Et au fait, trois fois en une nuit, un appartement sur Park Avenue *et* une Amex noire ? Tu as intérêt à le revoir, ou alors tu me donnes son numéro. (Elle se pencha par-dessus le comptoir pour me faire une bise.) Va te préparer pour ton entretien avec Mary. Je vais me coucher.

Le fait de savoir que j'avais un entretien qui m'attendait signifiait que je n'avais pas le temps de me repasser le film des événements de la veille, mais je réussis quand même à procéder à une rapide autoanalyse tout en appliquant mon mascara (Razor aurait été si fier de moi !). Me regardant dans les yeux, je tentai de sourire à cette fille différente qui me rendait mon regard. Les nouveaux vêtements, la nouvelle coupe et le léger hâle n'avaient rien à voir avec version différente de moi-même ; c'était juste que je n'arrivais pas à me rappeler la dernière fois que je m'étais regardée dans un miroir avant d'arriver à New York. Je m'y étais aperçue du coin de l'œil en passant devant, je m'en étais aidée pour rectifier ma raie douteuse mal tracée, mais je ne m'étais pas vraiment regardée dans les yeux. Au mieux, j'avais réussi à me lancer un rapide coup d'œil en coin en sortant de la douche pour tenter d'estimer les résultats de ma torture Weight Watchers, ce qui n'avait jamais été un moment heureux. Et, à présent, cette inconnue que je ne connaissais pas me rendait mon regard. Une fille qui sortait avec deux mecs en même temps, écrivait pour le site web d'un magazine de mode et vivait à New York. Aaahhh !

Alors que je me dirigeai vers la porte, je ramassai mon portable et consultai le répertoire : Jenny, Erin, *The Look*, Tyler et, en premier sur la liste, Alex. Je lui avais promis de le rappeler et j'en avais vraiment très envie, mais c'était tellement bizarre de téléphoner à un homme avec qui j'avais envie de coucher juste après avoir couché avec un autre ! Jenny avait beau dire et répéter que ce n'était pas grave, que les règles de la drague à New York (encore les fameuses règles d'or !) étaient différentes, ça me paraissait malsain. Et pour être franche, je faisais peut-être reculer le féminisme de plusieurs dizaines d'années, mais je voulais que tout homme qui avait envie de coucher avec moi n'ait envie de coucher avec personne d'autre. Voilà, c'était dit. J'étais pratiquement une puritaine.

Le moment le plus sûr pour tomber sur la messagerie d'Alex devait être tôt dans la journée, raisonnai-je ; cette pâleur cadavérique si sexy n'était pas le résultat de joggings matinaux le long du fleuve. Réussissant à me convaincre qu'il ne répondrait pas, je rassemblai mon courage et composai le numéro. Et il répondit à la première sonnerie.

—Aaallô ?

Il avait un adorable ton endormi.

—Allô, Alex ?

Je paniquai, n'ayant pas prévu de dire quoi que ce soit mais seulement de bredouiller quelque chose comme quoi je le rappellerais plus tard.

—Ouais ?

Pour l'instant, il ne reconnaissait pas ma voix.

— C'est Angela, dis-je, me maudissant d'avoir appelé. Angela Clark ?

— Oh, salut !

Il bâilla bruyamment. Mon plan avait complètement échoué.

— Je me demandais quand tu allais m'appeler, reprit-il.

— J'avais dit que je le ferai, me défendis-je.

Il ne s'était passé qu'une journée. Étais-je censée le rappeler plus tôt ? Erin avait dit trois jours. Maudite Erin !

— Donc, tu sais, je me suis bien amusée samedi, poursuivis-je. Merci.

— Pas de quoi. Désolé, je viens de me réveiller, je ne suis pas vraiment du matin.

— Oh ! moi non plus, fis-je en me dirigeant au pas de course vers Times Square. Mais j'ai un entretien, alors je me suis dit que j'allais te téléphoner et… Désolée, j'aurais dû le faire plus tard.

— Non, t'inquiète, dit-il avec un autre bâillement sonore.

Je me demandai à quoi il ressemblait au réveil. Je l'imaginais les cheveux rebiquant sur un côté, la joue marquée par les plis de l'oreiller.

— Écoute, ça te dit de faire quelque chose mercredi ? reprit-il. Tu veux aller au MoMA ?

— Bonne idée, répondis-je, soulagée d'avoir deux jours pour me mettre les idées au clair et me demandant ce qu'était un MoMA.

— Cool. On se retrouve devant l'entrée principale à 15 heures ?

— Parfait, à bientôt alors.

Au lieu de chercher le bâtiment Spencer Media, je me surpris à essayer de deviner ce qu'il portait pour dormir. Peut-être se promenait-il tout nu dans son appartement en ce moment même. Mais je m'égarais. *Vilaine Angela !*

— Bien, Angela, dit Mary en arpentant son bureau mon journal à la main. C'est vraiment bon. C'est enlevé, drôle – plus ou moins – et, si je me mets à la place d'un lecteur, je suis plutôt intéressée par ces hommes avec qui vous sortez. Vous continuez de les voir tous les deux ?

— Oui, répondis-je en la regardant anxieusement et en guettant le café qu'on m'avait promis à mon arrivée. Mais ça me met un peu mal à l'aise. Je ne sais pas, peut-être que je devrais n'en voir qu'un des deux. Ou juste ralentir un peu, mais avec l'un des deux. Ou les deux. Ou quelque chose comme ça.

— Je ne crois pas, répliqua Mary en s'installant enfin derrière son bureau. Si vous voulez ce blog, continuez de sortir avec les deux. Il faut qu'on leur donne des surnoms pour qu'ils ne nous intentent pas de procès – je les appelle Wall Street et Brooklyn – mais ce sont eux qui font votre histoire, jusqu'à ce que quelque chose ou quelqu'un d'autre se présente.

J'aurais vraiment dû relire mes textes une fois retombée l'euphorie que m'avait procurée la caféine, mais j'avais tellement envie de ce boulot !

— Je suppose, acquiesçai-je lentement. Je vois Alex mercredi mais je n'ai aucun projet avec Tyler pour l'instant.

— Faites-en. (Mary appuya sur l'interphone pour faire entrer sa secrétaire et me tendit une carte de visite.) Vous m'enverrez votre chronique par mail tous les jours avant 16 heures ; soyez généreuse en détails dans votre description des lieux, mais n'ayez pas la main trop lourde sur les détails sordides. Nous voulons que les lecteurs s'intéressent à ce que devient votre vie amoureuse, quel homme vous allez choisir… pas qu'ils prennent leur pied en lisant votre vie sexuelle.

— OK, acquiesçai-je avec enthousiasme, je peux faire ça.

— Donc vous m'enverrez votre chronique par mail tous les jours avant 16 heures. J'ai une réunion de prévue avec l'équipe de la rédaction et du marketing jeudi, et si vos contributions sont toujours d'un aussi bon niveau, je les leur présenterai à ce moment-là.

— Merci, fis-je, complètement abasourdie. Vous pouvez compter sur moi, Mary.

— J'espère bien, répliqua-t-elle en se retournant vers son ordinateur. Revenez à 16 heures vendredi pour une mise au point et nous parlerons de mettre *Les Aventures d'Angela* en ligne.

— *Les Aventures d'Angela ?* (Je sortis à reculons du bureau avec un sourire et un petit signe d'adieu gêné.) À vendredi. Merci, Mary.

Je retrouvai la lumière du jour en clignant des yeux, sans trop savoir ce qui venait de se passer, mais plutôt certaine que mon entretien s'était bien passé. M'arrêtant devant le monstre terrifiant qu'était l'enseigne lumineuse de *Toys' R' Us*, je mis une bonne minute à comprendre ce qui provoquait la vibration que je sentais contre ma hanche, avant de me rappeler que j'avais fourré mon téléphone dans ma poche après avoir appelé Alex. Cela faisait plus d'une semaine que je n'avais pas reçu de texto et j'avais presque oublié leur existence. Qui l'eût cru ?

« Salut, déjeuner d'affaires annulé, ai une réservation chez Tao. Ce serait dommage de ne pas en profiter. Tu abuses de mon compte pro avec moi à 13 heures ? »

C'était Tyler.

Je m'étais juré d'aller enfin à l'Empire State Building aujourd'hui, mais j'avais autre chose à penser qu'à mon programme touristique, désormais.

Ma chronique.

Mary m'avait dit de faire des projets avec Tyler, n'est-ce pas ? Elle me forçait pratiquement à accepter son invitation. Et j'avais entendu parler de chez *Tao*, on prétendait que c'était extraordinaire. Ma carrière et mon estomac en tête, j'acceptai, par texto, tout en essayant de ne pas penser à notre marathon de la veille au soir. Mais ce n'était pas facile. Tandis que je me promenais sans but dans les rues du sud de Manhattan, tuant le temps, mes pensées ne cessaient de revenir capricieusement sur les détails. Ses mains douces, son corps dur, la chaleur de ses baisers et comment, pendant ces quelques heures merveilleuses, je n'avais pas eu à être qui que ce soit ; je participais simplement à l'acte. Pas de vie désastreuse qui m'attendait en Angleterre, pas de doutes à l'idée de sortir avec deux mecs en même temps ici à New York, rien que Tyler et moi. Une libération et un soulagement bienvenus. Une toute petite partie de moi-même était également assez fière d'avoir su un minimum ce que je faisais. *C'est comme le vélo, ça ne s'oublie pas*, songeai-je avec un sourire. Oh, il faudrait que je mette ça dans ma rubrique. Ou peut-être pas : pas de détails sexuels.

Lorsque 13 heures sonnèrent, j'avais réussi à dépenser sans le vouloir, aiguillonnée par la bombe sexuelle qui venait de se réveiller en moi, 500 dollars en sous-vêtements chez *Saks*, sur la Ve Avenue. Rien d'excessivement suggestif, juste de très belles parures. J'arrivai chez *Tao* dix minutes en avance (ah !) et me trouvai orientée vers la table de Tyler, qui pianotait sur son BlackBerry. Arriverais-je un jour à devancer un homme à un rendez-vous ? Peut-être qu'être en retard était une de mes nouvelles manies, songeai-je, en sentant une nervosité post-coïtale me gagner alors que nous nous embrassions. Rien d'indécent ; un baiser ferme et plein de tendresse pour nous dire bonjour.

— Salut, fit-il en écartant ma chaise pour moi. Tu es allée faire du shopping ?

D'un geste de la tête, il désigna mes sacs géants, et je me rendis soudain compte de quoi ça devait avoir l'air. Je le dévorais pratiquement dans la rue, et le lendemain midi je me pointais avec des sacs de sous-vêtements par dizaines.

Ouh, la pétasse!

— Ce sont des cadeaux, improvisai-je.

Ouh, la menteuse!

— Oh ! d'accord. Des cadeaux, répéta-t-il en souriant. Comment s'est passé ton entretien ? Es-tu déjà rédactrice en chef?

Reconnaissante de le voir orienter la conversation sur un sujet dont je pouvais parler sans avoir à l'imaginer nu et en sueur, je cessai de me cacher derrière mon menu et secouai la tête.

— Ça s'est bien passé. Elle a aimé ce que j'avais écrit et m'a demandé de lui envoyer cinq cents mots par jour, puis de revenir la voir vendredi. Mais il n'y a rien d'acquis pour l'instant, loin de là. Et il n'y a pas de quoi sauter au plafond. Franchement.

Mais si, quand même.

— Tu plaisantes ? dit-il en reposant son menu. C'est fantastique ! On fête ça, c'est officiel.

Je souris.

J'aimais bien fêter les choses.

J'aimais bien Tyler.

Bientôt, j'en étais à deux verres d'une bouteille de Laurent-Perrier alors qu'il était à peine 13 heures, et je détaillais avec moult gesticulations mes projets de carrière à venir.

— Je veux dire, un jour ou l'autre, dis-je en agitant les bras, manquant de faire tomber la bouteille des mains du serveur, j'aimerais vraiment écrire. Juste écrire, que ce soit des articles de magazine ou des livres.

Pas nécessairement quelque chose de profond et d'important, juste quelque chose qu'on pourrait prendre plaisir à lire. Quelque chose qu'on puisse lire une heure ou deux, et oublier, je ne sais pas, moi, ce qu'on a besoin d'oublier.

Tyler hocha la tête en prenant une gorgée d'eau. Il ne buvait pas car il avait des réunions tout l'après-midi, et plus je devenais pompette, plus il semblait d'une sobriété saisissante. D'un verre de vin de temps à autre au dîner, j'étais passée étonnamment vite à bourrée presque tous les soirs de la semaine et même en milieu de journée un lundi. Pour l'instant, aujourd'hui, j'avais découvert que j'étais une écrivaine, une bombe sexuelle capricieuse et une poivrote en devenir.

— Quand on en aura fini ici, je pense qu'on devrait aller faire quelque chose pour vraiment commémorer cette occasion, dit-il. Au cas où tu ne te rappellerais pas ce déjeuner.

Je regardai mon assiette. Encore pleine. Puis mon verre. Complètement vide.

Tyler ramassa la note et, avant que je me rende compte de quoi que ce soit, nous quittions le magnifique et somptueux restaurant pour marcher dans la ville.

— Où est-ce qu'on va ? demandai-je, laissant Tyler me prendre par la main pour me guider à travers les rues bondées car c'était la folie dans le centre-ville.

— Quelque part, répondit-il avec un sourire, me faisant arrêter net devant un grand magasin de la Ve Avenue. (Oh, mon Dieu ! c'était *Tiffany.*) Afin d'acheter quelque chose d'unique pour commémorer une occasion unique.

Il me plaqua un baiser sur les lèvres, me rappelant mes velléités de suggérer qu'on ralentisse un peu les choses. Mais pas devant *Tiffany* : ç'aurait été impoli. Tyler me fit entrer et m'entraîna droit vers les ascenseurs au fond du magasin. Je tentai désespérément de dessoûler pour profiter de chaque seconde. Un bel homme sans plafond connu sur sa carte bancaire venait de m'amener chez *Tiffany*. C'était quelque chose à garder précieusement en mémoire. Tout scintillait de mille feux pour attirer mon regard alors que nous passions précipitamment ; diamants, rubis, saphirs et toutes les autres pierres précieuses humainement imaginables, étincelants sous l'éclairage soigneusement conçu. Les portes de l'ascenseur se refermèrent et les diamants me lancèrent un dernier scintillement alors que nous commencions à monter. L'ascenseur me tourmentait sans merci, s'ouvrant étage après étage sur des étalages de bijoux, colifichets et autres splendides trésors tandis que nous restions à l'intérieur. Je commençais à croire que Tyler ne m'avait amenée là que pour utiliser les toilettes, ce qui, étant donné que j'étais bourrée, n'aurait pas été la plus mauvaise idée qui soit. Mais, enfin, les portes s'ouvrirent sur le rayon cadeaux, et Tyler sortit d'un pas tranquille. Il semblait savoir exactement où il allait, et souriait silencieusement en me tirant à travers la pièce. J'aurais dit qu'il était d'une suffisance prodigieusement agaçante si je n'avais pas eu si désespérément envie :

a) d'aller aux toilettes ;

b) de recevoir une surprise dans un petit écrin bleu.

En plus, je ne pouvais m'empêcher de me demander comment cela se faisait qu'il connaisse si bien son chemin dans ce magasin labyrinthique.

— Voilà, dit-il en s'arrêtant devant une vitrine.

À l'intérieur étaient exposés des dizaines d'objets en argent fin : porte-cartes de visite, coupe-papiers, porte-clés par milliers et – je compris enfin ce qu'il me montrait – de magnifiques stylos.

— Lequel te plaît ?

J'étais tellement abasourdie et travaillée par l'envie d'aller aux toilettes que je ne sus que répondre. Je ne me rappelais pas la dernière fois, s'il y en avait eu une, où quelqu'un avait fait preuve d'une telle prévenance envers moi. Même la demande en mariage de Mark n'avait pas été aussi réfléchie, et il avait mis (prétendument) des mois à la planifier. « Veux-tu m'épouser ? » fait moins son effet lorsqu'on vient d'ergoter avec un conducteur de charrette à poney sévillan pour économiser cinq euros.

— Franchement, tu ne devrais pas, murmurai-je en lui agrippant le bras et en me sentant soudain très fille.

Peut-être mettaient-ils quelque chose dans l'air conditionné qui vous rendait plus sensible aux gestes romantiques, songeai-je.

— Mais j'ai envie, répliqua-t-il en indiquant à la vendeuse un délicat stylo-bille en argent. Et je vais le faire.

Hochant la tête, l'employée emporta le stylo.

Je détournai les yeux, avec un sourire béat. Et légèrement éméché. Je pourrais vraiment m'habituer à ce genre de traitement assez rapidement mais, d'abord, il fallait absolument que je lui parle de calmer un peu le jeu. Ce n'était pas correct d'accepter cadeaux de luxe et dîners onéreux alors que je culpabilisais encore d'avoir couché avec lui. Mais je ne voulais pas l'offenser.

— Il faut que je passe vite fait aux toilettes, chuchotai-je alors que la vendeuse réapparaissait avec un paquet magnifiquement emballé.

Oh, ce ruban blanc sur le coquille d'œuf du sac en papier cartonné ! J'en eus le cœur qui fit un bond dans ma poitrine.

Tyler hocha la tête en prenant le sac cadeau.

— Je t'attends dehors, j'ai un ou deux coups de fil à passer.

Les toilettes étaient en tout point aussi belles que je l'avais imaginé, mais j'avais une envie tellement pressante qu'un simple trou dans le sol m'aurait convenu. Oh, quel soulagement ! En me lavant les mains, je pris un moment pour réfléchir à ma situation vis-à-vis de Tyler. Je ne savais pas si c'étaient les phéromones que je persistais à soupçonner *Tiffany* de diffuser dans le magasin, ou peut-être le champagne qui continuait à faire rage en moi, mais l'idée me vint soudain à l'esprit que je prenais le dilemme Tyler-Alex beaucoup trop au sérieux. Jenny avait raison, on ne faisait que s'amuser. C'était un stylo que m'avait acheté Tyler, pas une bague de fiançailles, et, avec Alex, je n'avais eu qu'un seul rendez-vous ! Il n'y avait nul besoin de dire quoi que ce soit à Tyler dans l'immédiat hormis « Merci beaucoup ». Il aurait fallu que je sois folle pour envoyer balader un homme généreux et attentionné (et riche, et canon) comme lui sans raison. Par ailleurs, il avait semblé très à son aise chez *Tiffany* : peut-être y achetait-il beaucoup de cadeaux pour ses amis. Il serait impoli de ma part d'en faire tout un plat. Après tout, ce n'était qu'un stylo. Ayant pris la décision d'inviter Tyler à dîner le jeudi suivant, je redescendis. *Je ferais cela très simplement*, me dis-je. Je lui demanderais si ça lui disait de sortir, et si jamais il me demandait si je voyais quelqu'un d'autre, je répondrais que oui. Qu'on sortait ensemble, c'était tout. Qu'on était à peine plus que de simples amis. Des *sex-friends* ; j'avais longuement lu sur le sujet, et ça avait l'air acceptable.

À regret, je sortis de chez *Tiffany* et cherchai Tyler du regard. Pour une raison inconnue, le soleil ne semblait pas le rendre suant et rouge écrevisse comme le reste du monde, mais se reflétait dans ses cheveux et soulignait son bronzage. C'était un pur-sang du Kentucky Derby, et j'étais un âne du front de mer à Blackpool. Hi-han.

— Ah, te voilà ! dit-il en me tendant le sac et en m'embrassant sur la joue. Je suis vraiment désolé, mais je dois retourner au bureau. Un problème est survenu que je dois régler.

— Oh ! moi aussi je déteste quand ça m'arrive, plaisantai-je faiblement. *(Si je veux faire ma toute première proposition de rencard, c'est maintenant ou jamais.)* Ça te dit de dîner avec moi jeudi ? bredouillai-je.

— Pardon ? fit-il en sortant une paire de lunettes de soleil d'apparence coûteuse de sa poche de veste.

— Jeudi soir, répétai-je plus lentement. Est-ce que tu aimerais dîner avec moi ?

— Oh ! jeudi, je ne peux pas, répondit-il en regardant autour de lui, à la recherche d'un taxi. Mercredi, plutôt ?

— Je ne suis pas dispo. *(Pourvu qu'il ne me demande pas pourquoi.)* Demain ?

— Et pourquoi pas samedi ? suggéra-t-il. J'ai une semaine assez chargée. On pourrait pique-niquer dans le parc ? Il y aura peut-être un peu de monde, mais c'est toujours sympa.

Sans me laisser le temps de lui donner une réponse, il me fit une bise rapide sur la joue (et ce n'était vraiment qu'une bise) et sauta dans un taxi ralenti par la circulation, tout en m'adressant le signe universellement connu signifiant « Je t'appelle ». Je lui dis au revoir de la main et le regardai s'éloigner, son téléphone déjà sur l'oreille.

— Je ne pense pas que ce soit mauvais signe, trancha Jenny, la bouche pleine de lasagnes.

J'avais exigé que nous restions à l'appartement et que nous cuisinions ce soir-là, à son grand dam, mais elle semblait engloutir le repas que « nous » avions préparé à une vitesse vertigineuse

— Il a proposé mercredi, tu ne pouvais pas. Cinq jours entre deux rencards, ce n'est pas si long que ça, surtout au début. Maintenant, montre-moi ce stylo !

J'avais refusé de le lui montrer tant que nous n'avions pas discuté des millions d'interprétations possibles des actions de Tyler. L'invitation à déjeuner : bon signe. Il aurait pu proposer à n'importe qui, mais c'était moi qu'il avait choisie. L'excursion chez *Tiffany*: très bon signe, de quelque manière qu'on le considère. La suggestion d'un pique-nique: mignon, clairement un truc de rencard, pas d'amis. L'au revoir distrait: probablement juste préoccupé par le travail, je me faisais des montagnes de rien du tout.

— C'est juste que je me disais que peut-être, je ne sais pas… il voudrait me voir avant le week-end, expliquai-je avec un haussement d'épaules en étirant la mozzarella entre mon couteau et ma fourchette. Après la nuit dernière, tout ça…

— Quoi, tu es tellement bonne au lit que tu pensais qu'il aurait trop hâte de remettre ça une deuxième fois ? fit Jenny avec un sourire en engouffrant ses pâtes.

— Techniquement, ce serait la quatrième fois, répliquai-je en lui tirant la langue, avant de sortir le sac *Tiffany* de sa cachette. Et non, je ne pense pas ça, c'est juste, je ne sais pas. Peut-être que ça n'a pas été aussi génial que je le croyais. Je suppose que je suis vraiment rouillée.

— Putain, tu ne dois pas être si rouillée que ça ! s'exclama Jenny d'une voix perçante en arrachant le papier de soie du sac et en soulevant un ravissant collier chaîne en or blanc au bout duquel pendait une étoile constellée de diamants.

— Où est passé mon stylo ? m'exclamai-je, le souffle coupé, en regardant fixement la chaîne sans oser y toucher. Est-ce que j'ai volé le sac de quelqu'un d'autre ? Je n'étais pourtant pas si bourrée !

— Le stylo y est aussi, fit Jenny en vidant le sac sur le comptoir dans un grand fracas métallique.

Je grimaçai en voyant le stylo tomber de sa pochette pour s'écraser sur le plan de travail.

— Il y a un mot, lis-le, lis-le !

Je pris le bout de papier et commençai à lire.

— À VOIX HAUTE ! s'écria Jenny en faisait un roulement de tambour avec ses doigts.

— « Une étoile filante pour mon étoile filante. Tyler. »

C'était tellement romantique. Il devait…

— Arrête de penser, dis quelque chose ! hurla Jenny en m'arrachant le mot des mains.

— Il a dû l'acheter pendant que j'étais aux toilettes, soufflai-je. (Le stylo m'avait déjà complètement renversée, mais ça…) Je n'en reviens pas qu'il ait fait ça. Je devrais l'appeler.

— Texto, dit Jenny, qui tenait toujours le collier entre les mains. (J'avais l'impression que, si je le lui prenais, il se volatiliserait entre mes doigts.) Il ne faut pas que tu en fasses trop, tu ne le revois pas avant samedi. Mais tu ferais mieux de lui envoyer un texto. Fais court et enjôleur. « Merci, j'ai hâte que tu déballes ton cadeau samedi », ou quelque chose comme ça.

— Jenny, protestai-je, toujours subjuguée par le bijou scintillant. Je ne peux pas dire ça. C'est trop, je devrais simplement lui dire merci ou quelque chose comme ça.

Jenny me fit une grimace.

Je la lui rendis.

Elle m'en fit une autre, m'arracha mon téléphone des mains et se rua dans la salle de bains.

— Jenny, sale pétasse, rends-moi mon portable, hurlai-je à travers la porte.

Sortant d'un air triomphant, elle me rendit mon téléphone.

— Qu'est-ce que tu ferais sans moi, ma puce ?

— Ne me dis pas que tu as fait ça ?

— Ce n'est pas le moment de jouer les saintes-nitouches, ma chérie.

Jenny regagna le salon d'un pas nonchalant et se laissa tomber sur le canapé, plongeant la main dans un paquet de Doritos ouvert.

J'osais à peine consulter mes messages envoyés, mais puisque le mal était fait…

« Salut, j'ai adoré mon cadeau, peut-être que j'aurai moi aussi une surprise à te faire déballer bientôt, bisou, Angela. »

Je secouai la tête tandis que Jenny gloussait en m'épiant par-dessus le dossier du canapé.

— Franchement, c'est moins salace que je le craignais, soupirai-je en posant mon téléphone et en la poussant pour qu'elle me fasse une place près d'elle.

Repue de nourriture et de romantisme par procuration, elle finit par s'endormir devant la télé. Une fois certaine qu'elle dormait vraiment, j'emportai le stylo, le collier et le mot dans ma chambre et les étalai sur mon lit. C'était la chose la plus adorable qu'on ait jamais faite pour moi. J'essayai de repenser à certains des temps forts de Mark, et me rendis compte avec tristesse que sur dix ans, sa demande en mariage bâclée mise à part, quelques rares bons moments me restaient en mémoire. Des roses livrées en cours lors de la première Saint-Valentin que nous n'avions pas passée en tête à tête ; des fleurs dans chaque pièce de la maison lorsque nous avions emménagé ensemble ; la plantation d'un tournesol géant dans le jardin de notre appartement chaque année pour célébrer le jour où nous étions sortis ensemble pour la première fois. Il ne me fallut pas longtemps pour reconnaître un thème, et encore moins pour me rendre compte que nous n'avions même pas planté de tournesol ces trois dernières années. Mark était probablement trop occupé à semer sa graine ailleurs. Après quinze bonnes minutes à dévorer du regard les cadeaux de Tyler, je les remballais soigneusement dans leur papier de soie et les remis dans le sac. Puis je me glissai entre mes draps avec la même délicatesse et m'autorisai à me remémorer sans vergogne les autres talents de Tyler pendant quinze minutes.

Chapitre 15

Mon blog étant officiellement commencé depuis un jour, il était un peu tôt pour avoir le syndrome de la page blanche. J'avais tellement à raconter : le déjeuner de la veille avec Tyler, l'organisation de mon deuxième rencard avec Alex, la découverte du collier, tout ; mais je ne savais pas par où commencer. Au bout d'un moment, je renonçai à taper en boucle « Portez ce vieux whisky au juge blond qui fume » et m'habillai. Je me débrouillais mieux avec mon maquillage, je savais même me faire les yeux sans les antisèches de Razor. Cela faisait deux jours que je ne m'étais pas planté la brosse à mascara dans l'œil, et trois que je n'étais pas sortie avec des traces de fard sur les joues. Sans parler du fait que j'avais mis des leggings courtes et une robe tee-shirt Twenty8Twelve sans même me demander si on voyait mes fesses. Les quatre murs de l'appartement ne m'offraient aucune inspiration, aussi ramassai-je mon sublime sac, y glissai mon ordinateur portable et gagnai le grand air.

Murray Hill était l'endroit parfait pour flâner dans Manhattan. Au début, je pensais simplement sortir en vitesse me chercher un autre café, peut-être, mais je découvris que plus je descendais vers le sud, moins je me sentais capable de cesser d'avancer, tout droit, toujours tout droit, à gauche, à droite, tout droit. Les rayons du soleil passaient à l'oblique entre les rues étroites et inondaient les avenues. Où que je pose les yeux, je voyais quelque chose de banal, ordinaire et terriblement excitant. Le cabinet du docteur Jeffrey Walker, chirurgien-dentiste ; l'église épiscopalienne de la Ve Avenue ; l'épicerie coréenne débordant de pain de mie Wonder Bread, bonbons Milk Duds et Coca-Cola à la vanille. Je finis par déboucher sur Bleecker Street mais, au lieu d'aller jusqu'à Houston Street pour m'aventurer dans Soho (aux risques et périls de ma carte bancaire), je continuai jusqu'à Greenwich Village. Les boutiques devinrent de plus en plus petites et originales. Je m'arrêtai devant la vitrine d'animaleries et fondis de tendresse devant tous les chiots que je voyais. Je fouillai dans les bacs des magasins de disques jusqu'à ce que l'air sérieux et les sourcils froncés des mecs en tee-shirt Iggy and the Stooges derrière leur comptoir ridiculement haut me fassent fuir. Je flânai du côté de la pharmacie *Duane Reade* et me demandai comment quiconque pouvait avoir besoin de s'automédicamenter aussi lourdement. Et je finis par trouver ma source d'inspiration.

Une boutique Marc by Marc Jacobs indépendante.

Mon sac répondit à l'appel du vaisseau mère depuis l'autre côté de la rue. J'entrepris d'aller et venir parmi les vêtements en les caressant tendrement et en me demandant comment ils avaient réussi à convaincre tant de mannequins de travailler dans leur boutique. Je réussis à remettre une magnifique robe chemise en soie sur son portant avant que mon sac ne m'entraîne droit vers les accessoires, pour pratiquement ronronner devant les portefeuilles assortis. Avant d'avoir eu mon mot à dire, je vis mon vieux porte-monnaie Accessorize se vider sur le comptoir, se prosternant devant ce qu'il reconnaissait à l'évidence comme des modèles supérieurs.

Face au magasin se trouvait un petit terrain de jeu, plein d'enfants, de nounous outrageusement élégantes et de mères branchées tenant cafés et *cupcakes* de la *Magnolia Bakery* à la main. Je me laissai tomber sur un des bancs et posai mon ordinateur sur l'un des plateaux d'échecs en béton. J'avais moi aussi pris des *cupcakes*, mais j'étais déterminée à les garder pour notre soirée entre filles à l'appartement tout à l'heure, avec Vanessa et Jenny. Ou peut-être allai-je en prendre un, mais juste un. Bon sang ! c'était délicieux. Je n'avais jamais mangé de gâteau qui soit plus glaçage que génoise jusqu'alors, et je découvris qu'écrire un blog sous l'influence d'une overdose de sucre m'était aussi facile que lorsque j'étais lourdement caféinée. Je pianotai joyeusement, mon sac à l'abri sur mes genoux, du glaçage plein la figure et le regard complètement allumé. *Les Aventures d'Angela : cadeaux chez* Tiffany.

Voilà un titre qui ferait parfaitement l'affaire…

Le temps que je rentre enfin à l'appartement, en taxi, que j'envoie mon blog par mail à Mary et que je mange un autre *cupcake* (à ma grande honte, j'étais retournée en chercher après en avoir mangé deux pour finir mon blog), il était 15 h 50. Jenny et Vanessa rentraient ensemble pour qu'on regarde *America's Next Top Model* toutes les trois, mais pas avant encore quelques heures, aussi m'installai-je gaiement sur le canapé avec une énorme boîte de cookies et la télé pour toute compagnie ; je ne me relevai que pour répondre au téléphone à la mère de Jenny et prendre un message inutilement détaillé sur la visite de son père au médecin pour sa prostate, mais qu'elle ne s'inquiète pas, il allait bien. Cette conversation avec la mère légèrement survoltée de Jenny me fit penser à la mienne. Non que cette dernière ait quoi que ce soit de survolté, elle était plus qu'équilibrée, mais elle aussi aimait rentrer dans les détails de ses rendez-vous médicaux. Je lui avais laissé un message avec mon nouveau numéro, mais, même si elle ne ressentait pas le besoin de m'appeler, je sentais que cela ne me dérangerait pas de lui parler. Juste pour la rassurer sur ma santé. Juste pour me débarrasser de la corvée. Lui dire que j'allais bien, que je travaillais et que je la rappellerais d'ici à une semaine environ. Si j'avais besoin.

Ou qu'elle pouvait m'appeler, elle.

Le mois prochain ou quelque chose comme ça.

Un long silence.

Un « clic ».

Une sonnerie ?

— Allô ?

Je tendis brutalement le bras et regardai le téléphone devant moi avec effarement.

Ce n'était pas ma mère.

C'était Mark.

Je cherchai frénétiquement la touche « off » et raccrochai avant de jeter le téléphone sur le canapé. Qu'est-ce qu'il foutait chez ma mère ?

Je restai assise au bout du canapé, me balançant légèrement d'avant en arrière, incapable de détacher mon regard de mon téléphone au cas où il se mettrait à sonner. Je ne voulais pas penser à ça, me dis-je ; je ne pouvais pas penser à ça. Je commençais à peine à supporter de penser à lui – à nous – au passé, et je ne voulais certainement pas me le représenter chez ma mère.

Me jetant de nouveau sur le canapé, je mis la télé à plein volume et fis un sort à mon *cupcake*, les yeux rivés sur l'écran et refusant de penser à autre chose qu'à *My Super Sweet Sixteen, Ma maison de star* ou *Tila, célib et bi* jusqu'à ce que Vanessa et Jenny franchissent la porte en caquetant.

Même avec la musique de mon iPod pour étouffer toute pensée de Mark pendant la nuit, je ne dormis vraiment pas bien et, le lendemain, ça se voyait. Même la Touche Éclat ne fit pas disparaître les cernes qui soulignaient mon regard. Super, des valises bien visibles pour faire pendant à mon bagage émotionnel. En dépit de ma mauvaise mine, j'étais enthousiasmée par l'idée d'aller au MoMA (depuis que Jenny, avec un soupir, m'avait expliqué qu'il s'agissait d'un musée). L'un de mes petits plaisirs favoris du week-end, lorsque Mark devait « travailler », avait été d'aller me perdre dans la Tate Modern pendant des heures. Admirer les collections permanentes, jeter un coup d'œil aux nouvelles expositions, parfois simplement m'asseoir dehors ou dans la salle des turbines pour regarder les gens pendant des heures. Mon excitation grandit lorsque je vis Alex qui rôdait devant l'entrée. Il était aussi mignon que la dernière fois, avec un bon point supplémentaire pour avoir apparemment pensé à se peigner.

— Salut, me dit-il avec son lent sourire si caractéristique lorsque j'approchai.

Sans une once de considération pour l'opinion publique, il m'attira contre lui pour me donner un baiser long et langoureux. Un vrai délice.

— Alors, quoi de neuf? me demanda-t-il en balançant ma main au bout de la sienne tandis que nous empruntions l'Escalator pour atteindre les collections. Y a-t-il quoi que ce soit que je devrais savoir?

— J'ai eu mon entretien dans les bureaux de *The Look*, répondis-je en faisant l'impasse sur tout ce qui touchait à Tyler.

Je les classai soigneusement dans la catégorie des choses qu'il n'avait pas besoin de savoir *immédiatement*, ce qui signifiait que je ne lui mentais pas, mais évitais simplement de trop lui en dire.

— J'ai un autre rendez-vous vendredi, et ensuite, avec un peu de chance, ça sera mis en ligne. La rédactrice en chef m'a dit qu'elle aimait beaucoup ce que je faisais.

— Sérieux? C'est super! dit-il en serrant ma main dans la sienne. Je suis sûr que ça va être vraiment génial.

— Oui, avec un peu de chance, acquiesçai-je en lui rendant son étreinte. Et toi, es-tu parvenu à une décision susceptible de changer ta vie ?

Il secoua la tête tout en me tirant vers l'Escalator suivant.

— Non. Mais je répète avec le groupe demain et on a un concert vendredi. Il n'y en aura peut-être plus beaucoup d'autres, tu veux venir ?

— J'adorerais, répondis-je, terrifiée à l'idée de passer pour une groupie et exaltée à l'idée de… eh bien, d'être une groupie. Où ça se passe ?

— Au *Music Hall of Williamsburg*. (Un autre Escalator.) Tu devrais amener ta coloc, ça va être sympa.

— Bonne idée. Je ne pense pas qu'elle ait quoi que ce soit de prévu. (Je n'avais aucune idée de ses projets mais, en ce qui me concernait, elle venait désormais au concert d'Alex.) Est-ce qu'on va voir la fin de ces Escalator, ou bien il s'agit d'une nouvelle forme de performance artistique dont je devrais avoir entendu parler ? demandai-je alors que nous mettions enfin pied sur le palier.

— Il y a quelque chose que je veux vraiment te montrer.

Alex tourna à l'angle pour s'arrêter devant un cadre pendu dans le couloir, tout seul.

— Voici mon tableau préféré, dit-il en restant à une distance respectueuse de la peinture.

Celle-ci, de petite taille, représentait une jeune femme de dos, les yeux fixés sur une ferme en bois à une petite distance d'elle. Même de dos, j'avais l'impression de pouvoir voir qu'elle pleurait, incapable d'échapper à sa situation. Incapable de s'enfuir, même si elle le voulait. En avait besoin. Elle n'avait nulle part ailleurs où aller.

— *Christina's World*, d'Andrew Wyeth, lus-je d'une voix discrète.

Le cinquième étage était presque désert et le silence, angoissant. J'agrippai la main d'Alex, sans quitter le tableau des yeux. Je voulais détourner le regard mais j'en étais incapable. Avant que je comprenne ce qui m'arrivait, les larmes s'étaient mises à ruisseler sur mes joues.

Je lâchai la main d'Alex et me rapprochai d'un pas.

— C'est…, commençai-je, sans savoir où j'allais. C'est tout simplement…

— Je sais, dit-il en posant les mains sur mes épaules. Lorsque je me sens coincé ou dérouté ou que j'oublie simplement qui je suis, je viens ici pour me le rappeler. La femme dans cette image est paralysée et en train de rentrer chez elle en rampant, mais je ne sais pas. J'ai toujours eu le sentiment qu'elle voulait s'éloigner de la maison plutôt que d'y retourner.

— Peut-être qu'elle ne sait pas ce qu'elle veut, dis-je en détournant légèrement le regard de la fille pour examiner la ferme. Fuir vers un endroit ou en fuir un autre, c'est tout comme.

Je restai à contempler le tableau avec Alex pendant ce qui sembla être une éternité. Enfin, et seulement après que j'en eus mémorisé chaque centimètre carré, je le laissai en silence m'emmener visiter d'un pas flâneur le reste de l'étage.

Il me fallut un moment pour me détendre, mais Alex était le compagnon de musée idéal. Il savait tant de choses sur l'endroit que je n'aurais pas été étonnée d'apprendre qu'il vivait dans les caves du bâtiment ; et le musée engloutit joyeusement notre après-midi sans que nous voyions passer l'heure. Alex me montra tout ce qu'il y avait à voir : Monet, Pollock, Picasso, Gauguin, Van Gogh. C'était comme si l'expérience new-yorkaise dans sa totalité était condensée en un seul endroit. Lorsque je pris enfin conscience du temps que nous avions passé à déambuler sans but, je mourais de soif.

— Tu veux aller prendre un verre ? proposai-je à Alex, le tirant de sa rêverie devant une collection de classiques design.

— Merde, quelle heure il est ? demanda-t-il, moins à moi qu'à lui-même. Il faut qu'on y aille, sinon on va le rater !

— Où est-ce qu'on va ?

Je le laissai me traîner sans pitié le long de la VIe Avenue, en essayant de ne pas foncer dans les touristes en train de flâner ou les New-Yorkais en plein transit qui slalomaient entre eux.

— Sérieusement, j'ai vraiment besoin de boire quelque chose. Est-ce qu'on peut s'arrêter une seconde ?

— On va prendre un taxi, dit-il, sans même m'écouter. Ce sera probablement plus rapide.

Il héla un taxi et me poussa dedans alors qu'il s'arrêtait devant nous.

Mais la circulation était si dense que les voitures avançaient presque aussi lentement que les gens sur le trottoir, et Alex s'énervait de plus en plus.

50e Rue Ouest, 49e, 48e…

— Alex, fis-je d'un ton à peine poli. Tu veux bien me dire où est-ce qu'on va comme ça, sapristi ?

— « Sapristi » ? C'est trop mignon ! s'exclama-t-il en souriant pour la première fois depuis que nous étions sortis du musée. Désolé, je voulais te faire la surprise, mais il faut qu'on y soit avant le coucher du soleil.

— Il n'est que 19 h 30, répondis-je en regardant ma montre. (Et il faisait encore plein jour.) Pourquoi est-ce qu'on se presse comme ça ?

— Parce qu'il faut qu'on fasse la queue, répliqua-t-il en passant la tête par la fenêtre pour examiner l'état de la circulation.

45e, 44e, 43e…

— La queue pour quoi ? (J'essayais de ne pas être incroyablement agaçante, mais j'avais la bouche aussi sèche que les tongs de Gandhi.) S'il te plaît, est-ce qu'on ne peut pas juste s'arrêter pour acheter à boire ?

Il me serra la jambe sans détourner les yeux de la fenêtre, comme s'il pouvait forcer la circulation à accélérer par la simple force de sa volonté.

— C'est une surprise. Fais-moi confiance, je te trouverai de quoi boire jusqu'à plus soif une fois qu'on y sera.

37e, 36e, 35e, 34e…

— Merci, mon vieux, dit Alex en jetant quelques billets au chauffeur. Vous pouvez nous laisser là.

Il me tira hors de la voiture et regarda sa montre.

— Parfait. Maintenant, tu voulais quelque chose à boire ?

Je hochai la tête. Ce n'était pas vraiment le traitement princier auquel Tyler m'avait habituée. Alex me montra du doigt un kiosque à roulettes au coin de la rue qui vendait des pretzels et, Dieu soit loué, des canettes de Pepsi bien glacées. Je sortis à grand-peine un dollar de ma poche de jean, trop occupée à me procurer ma dose de caféine sucrée pour prendre conscience de mes environs.

— Tu veux entrer ? me demanda Alex, une expression perplexe sur le visage alors qu'il me regardait vider ma canette d'un trait en moins d'une minute.

Je devais bien l'avouer, c'était plus pour le faire culpabiliser de m'avoir laissée mourir de soif qu'autre chose : ingurgiter une boisson gazeuse aussi vite ne faisait que me rendre malade. Je n'en avais rien à faire qu'il soit aussi mignon, ainsi debout, les bras croisés, à me regarder siffler mon Pepsi avec un grand sourire.

— Entrer où ? demandai-je après avoir vidé ma canette et poussé un soupir de satisfaction théâtral.

Alex secoua la tête et pointa le doigt vers le ciel.

— Franchement, on essaie de faire quelque chose de romantique et…

Renversant la tête en arrière, je levai le nez. Nous nous trouvions au pied du plus grand édifice que j'aie jamais vu.

C'était l'Empire State Building.

Je me raccrochai au bras d'Alex pour ne pas tomber.

— On monte ? demandai-je, un grand sourire aux lèvres.

— Oui, confirma-t-il. Si tu en as toujours envie. Tu as dit que tu voulais le faire, mais je ne savais pas si tu en avais déjà eu le temps.

Je me campai solidement sur mes pieds pour lever de nouveau la tête vers le ciel sans nuages.

— Non. Je n'y suis toujours pas montée. Et je rêve de le faire depuis mon arrivée !

— C'est bien ce qu'il me semblait.

Avec un sourire, il me laissa regarder, même si nous étions manifestement au milieu du passage. Je m'en fichai ; c'était extraordinaire. Je n'étais à New York que depuis une semaine et demie, et je n'avais regardé que ce qui était directement devant moi. Cette ville était l'inverse d'un iceberg. Ce qu'on en voyait à la surface, ce qui se trouvait juste sous votre nez au quotidien, n'en représentait qu'un tiers ; le reste était dans le ciel.

— Et il faut qu'on soit là-haut pour le coucher du soleil, dit Alex en me faisant enfin quitter le coin de la rue pour m'entraîner vers l'entrée.

Nous fîmes lentement la queue, allant et venant entre les cordons avec des centaines de touristes. C'était étrange : je n'avais vraiment pas l'impression d'en être une. Pas avec Alex qui serrait ma main dans la sienne chaque fois que je me taisais pour regarder avec de grands yeux par les fenêtres. Et faire la queue n'était pas vraiment une corvée lorsque vous aviez un super beau gosse qui vous embrassait dans le cou et louait votre beauté pendant une demi-heure. Lorsque j'atteignis enfin le sommet, j'avais désespérément besoin d'air frais, et j'avais complètement oublié pourquoi j'étais là. Alex me fit rapidement passer entre les innombrables rayons de souvenirs merveilleusement merdiques de la boutique de cadeaux pour sortir du côté sud de la terrasse panoramique.

Je m'arrêtai une seconde sur le seuil, pour me préparer à la vue. C'était d'une beauté à couper le souffle.

Une fois que j'eus repris mes esprits et que j'eus été bousculée à grand renfort de coups de coude par cinq ou six lycéens, je repérai Alex. Il avait trouvé une place de premier choix pour regarder le coucher de soleil s'étaler à l'horizon et, sans un mot, il m'attira à lui et se mit derrière moi, posant le menton sur mon épaule. Je frissonnai et me blottis contre lui. Je n'étais pas habillée pour l'altitude mais, avant que j'aie seulement eu le temps de commencer à avoir la chair de poule, Alex avait enlevé sa veste en cuir tout abîmée pour me la poser sur les épaules, puis il m'entoura de ses bras. La ville soupirait en contrebas, se préparant au passage du jour à la nuit. Des lumières se mirent à monter par vagues clignotantes depuis la pointe sud de l'île alors que les gens quittaient leur travail pour rentrer chez eux. J'insérai les doigts entre les barreaux métalliques et sentis tout mon corps se détendre. Cette vue faisait de celles qu'offraient les fenêtres du bureau de Mary ou de ma chambre au *Union* l'équivalent d'images de stéréoscope pour enfants. Elle donnait sa réalité à mon aventure new-yorkaise.

— C'est super, non ? demandai-je à Alex. Comment peut-il y avoir des choses aussi merdiques alors qu'il existe des choses aussi magnifiques ?

— D'ici, presque tout est magnifique, murmura Alex en enfouissant son nez dans mes cheveux. Et c'est incroyable lorsqu'il y a de la neige ou de la tempête. On dirait un tableau. Mais il fait assez froid.

— J'allais dire : « J'imagine », dis-je, les yeux fixés sur la statue de la Liberté, qui semblait nous faire des clins d'œil au loin. Mais, en fait, je ne peux pas.

— Eh bien, il faudra qu'on revienne ici la prochaine fois qu'il neige, c'est tout, répliqua-t-il.

J'opinai joyeusement, sans cesser d'examiner l'horizon à la recherche d'une confirmation que tout irait bien. Puis je me rendis compte de ce qu'il venait de dire.

— Mais je ne serai plus là lorsqu'il neigera, dis-je en me crispant. Je vais devoir rentrer chez moi lorsque mon exemption de visa truc bidule expirera.

— Tu n'as aucune idée d'où tu seras, répliqua Alex en repoussant mes cheveux pour m'embrasser dans le cou afin de faire retomber la tension. II y a six mois, savais-tu que tu serais ici, maintenant ?

— Je ne le savais pas il y a six semaines, répondis-je en me laissant de nouveau aller contre lui. Je ne sais pas où je serai dans six semaines.

— Est-ce que ça a de l'importance dans l'immédiat ? dit-il en faisant courir ses lèvres chaudes jusqu'à ma clavicule. Ici avec moi, chez toi à Londres, à surfer à Honolulu ?

Cette fois, ce fut tout mon corps qui se crispa, et je secouai la tête pour remettre mes cheveux en travers de ses baisers.

— Je peux te poser une question ? demanda-t-il en me forçant doucement à me retourner vers lui. (Je gardai les yeux fixés derrière lui, évitant son regard, mais j'acquiesçai.) Pourquoi est-ce que tu as pleuré en voyant ce tableau ?

— Il est très émouvant, lui dis-je sans grande conviction.

— C'est vrai, mais je n'ai jamais vu personne avoir une telle réaction devant, et je traîne tout le temps là-bas. (J'observai furtivement son visage. Il avait l'air de se faire du souci.) Tu peux me parler, tu sais ? Je ne voudrais pas que tu imagines ne pas pouvoir le faire à cause de toutes les règles d'or à la con de ton amie.

— Ce n'est pas ça.

Je secouai la tête, déterminée à ne pas pleurer. C'était censé être un moment de plaisir ; c'était ce dont j'avais rêvé.

— C'est autre chose. Quelque chose qui s'est passé chez moi. Le fait que je n'ai plus de chez-moi.

— Tu veux bien préciser ? fit-il en posant ce qui était censé être une main réconfortante sur mon épaule. Je suis plutôt attentif pour un mec.

Je me dégageai d'une secousse et me retournai vers la ville. *Et voilà*, songeai-je. *Je vais devoir raconter ma rupture dans tous ses détails sordides.*

— OK, je vais juste tout te raconter et après, lorsque tu auras bien ri, tu pourras t'en aller, déclarai-je en appuyant la tête sur mes mains et en prenant une grande inspiration.

Alex s'appuya au grillage à côté de moi. Les yeux fixés droit devant moi, sans m'arrêter pour reprendre mon souffle, je lui racontai tout. Cette fois, ça ne me parut pas drôle, ni courageux, mais seulement triste. J'étais sûre, pourtant, que ç'aurait dû devenir plus facile avec le temps, pas le contraire. Lorsque j'eus fini de parler, je trouvai enfin la force de lui jeter un coup d'œil. Il ne riait pas, n'avait même pas le sourire ; il se contentait de me regarder.

— Tu t'imagines être la seule à avoir vécu une rupture douloureuse ? demanda-t-il en haussant les sourcils. C'est normal d'avoir un passé, tu sais ; même récent. Sérieux, il y a tellement de gens qui croient en ces règles stupides. Ça me tue que tu aies cru que tu ne pouvais pas me raconter ça.

Je le regardai de nouveau, en cherchant mes mots pour continuer.

— Non, ce n'est pas ça. Je… eh bien, je crois que j'aurais pu te le dire. Si j'en avais eu envie. Mais je ne veux plus être cette personne. Je ne pense pas qu'elle me plaisait beaucoup, et je ne voulais pas être elle avec toi. Mais quand je suis ici (je ne rajoutai pas « avec toi », mais j'en avais envie), j'aime la personne que je suis.

— Moi aussi, répliqua Alex en me caressant la joue pour essuyer quelques larmes que je n'avais même pas senties m'échapper. Et je sais ce que tu ressens. Tu n'es pas la seule à avoir eu une réaction extrême après quelque chose de traumatisant, tu sais.

— J'ai quitté le pays, putain ! rétorquai-je en essuyant moi-même mes larmes d'un geste furieux. (Pourquoi est-ce qu'elles ne voulaient pas cesser de couler ?) Plus j'y pense, et plus je trouve ça pitoyable. Je n'en reviens pas d'avoir pu faire une chose pareille.

— Peut-être que tu ne le ferais pas si ça arrivait aujourd'hui, suggéra-t-il. Peut-être que tu ne l'aurais pas fait si c'était arrivé un jour plus tôt. Qui sait ? Et, confidence pour confidence, j'ai fait bien pire que toi dans le genre réaction minable à une rupture.

— Je ne te crois pas, dis-je en m'efforçant d'ébaucher un sourire. Qu'est-ce qu'il y a de plus lamentable que la fuite ?

— Tu n'as pas vraiment envie de savoir, je t'assure, dit Alex en souriant.

— Allez, déballe, Reid !

— OK, mais sache que cela va à l'encontre de toutes les règles de ton amie.

— Tu n'es pas obligé de me raconter si tu n'en as pas envie, dis-je précipitamment.

J'avais dans l'idée que je n'avais vraiment pas intérêt à entendre son histoire, finalement.

— Tu as surpris ton copain en train de te tromper, c'est ça ? (Je hochai la tête.) Eh bien, j'ai surpris ma copine dans la même situation. Avec mon meilleur ami. Dans mon lit.

Il avait l'air très triste.

— C'est horrible. Personne ne peut t'en vouloir pour l'avoir mal pris, tout de même ?

— Apparemment, ça faisait des mois que ça durait, continua-t-il en gardant à son tour les yeux fixés sur les toits au loin. Par intermittence, c'est du moins ce qu'ils m'ont dit. Je ne l'ai pas bien pris, ça va sans dire.

Je me demandais ce qu'il pouvait bien avoir fait qu'il regrettait tellement.

— Et alors, qu'est-ce qui s'est passé ? Tu as frappé ton pote ?

— Oui, mais il l'avait bien mérité, répondit-il simplement. Le truc con, c'est que ce qu'ils m'ont fait n'est rien à côté de ce que je me suis infligé à moi-même, dit-il en poussant un profond soupir. Et je tiens à préciser en guise de préambule que c'est ce que j'ai fait à l'époque ; la situation est différente maintenant.

Je hochai la tête avec circonspection.

— Tu n'as pas à m'avouer quoi que ce soit si tu n'as pas envie, répétai-je, en souhaitant vraiment qu'il m'écoute, et en espérant ardemment qu'il ne soit pas sur le point de me raconter quelque chose qui me le peindrait sous un jour moins parfait que celui sous lequel je le voyais.

— Ils ne sont pas restés ensemble après que j'ai tout découvert ; elle n'arrêtait pas de me dire que c'était une erreur, qu'elle voulait se remettre avec moi, qu'on pouvait recoller les morceaux, mais j'étais incapable d'accepter. J'avais le cœur brisé, je suppose, mais il y avait aussi cette histoire d'orgueil masculin blessé, tu vois ce que je veux dire ? Alors, au lieu d'aller la retrouver pour parler comme je l'avais promis, je suis sorti avec les gars, j'ai ramassé une fille et, pendant quelques heures, je n'ai plus eu à penser à ce qu'ils m'avaient fait.

— Ce n'est pas si terrible, dis-je en essayant de ne pas être jalouse. (Ce n'était pas de moi qu'il s'agissait ; mais je me demandais comment elle était...) C'était juste pour te consoler, n'est-ce pas ?

— Il va falloir que tu me laisses terminer, ça devient un peu plus glauque après. (Il essaya de sourire, sans vraiment y arriver.) Après cette première nuit, c'est devenu de plus en plus facile de sortir, de ramasser une nana et de simplement tout oublier. J'ai presque réussi à me convaincre que je rattrapais le temps perdu, mais à un rythme plutôt rapide.

— Oh ?

Je n'avais pas trouvé les mots pour répondre de façon plus éloquente. Et dire qu'il n'avait pas voulu monter chez moi... *Ce n'est pas de toi qu'il s'agit !* me rappela une petite voix.

— Mais c'était pour la rendre jalouse ?

— Oui, sauf que, quelque part en chemin, j'ai arrêté d'être anéanti, et je suis simplement devenu un connard fini. Et je sais que c'est un cliché, mais ça ne me rendait pas heureux. (Il s'interrompit pour se mordiller un ongle déjà bien rongé.) Le lendemain matin, rien n'avait changé. J'étais toujours le mec qui s'était fait tromper, sauf qu'à présent j'étais tout autant un salaud.

— Mais pourquoi continuer... Eh bien, pourquoi le faire si ça ne te rendait pas heureux ?

J'atteignais les limites de mon imagination.

— Je ne savais pas quoi faire d'autre. Et puis après je me suis plus ou moins dit qu'un jour je finirais par me retrouver face à quelqu'un qui me donnerait envie d'arrêter. Et je t'ai rencontrée.

— Oh ! fis-je en lâchant sa main. (Tout cela était vraiment trop déroutant.) Mais lorsque je t'ai proposé de monter, tu as refusé...

C'était également de plus en plus difficile de ne pas prendre toute cette affaire à cœur.

— Je sais, dit-il en reprenant vivement ma main. C'est juste que, lorsqu'on a commencé à parler, ç'a été différent. D'habitude, lorsqu'une fille sait que tu fais partie d'un groupe, elle commence à se comporter différemment, et ça n'a plus rien de sincère, elles sont obsédées à l'idée de se taper la rock star ; je sais que ça peut paraître prétentieux, mais c'est vrai. Mais toi, tu savais et ça ne t'a pas du tout désarçonnée. Je n'étais que moi, je n'avais pas besoin d'être le mec qui fait partie d'un groupe.

— Je n'ai pas dit que je sortirais avec toi parce que tu faisais partie d'un groupe, dis-je, ce qui était légèrement mensonger.

Le moment semblait mal choisi pour aborder le sujet de mes fantasmes de groupie.

— Et c'est pour ça que je ne suis pas monté chez toi, expliqua Alex. Si je l'avais fait, ç'aurait été exactement pareil : une nuit de plus, une fille de plus. J'ai vraiment passé un super bon moment avec toi. Pour la première fois depuis un an, j'ai eu envie de revoir quelqu'un. Mais il faut en quelque sorte que je réapprenne à avoir une relation avec une fille pour autre chose que le cul.

Je ne savais pas quoi penser. Une voix en moi me disait qu'il avait été blessé de la même façon que moi, qu'il avait simplement réagi différemment. Mais une autre voix, très forte, me disait qu'il n'était pas fait pour moi ; est-ce que je croyais vraiment que c'était une bonne idée de continuer à fréquenter un mec qui avait couché avec tout Manhattan ? Je ne savais plus à quel saint me vouer.

— Alors, cette fille au concert, elle disait la vérité ? demandai-je, commençant à comprendre.

— Je ne sais pas au juste ce qu'elle t'a dit, mais oui, probablement. Et merde ! je n'aurais pas dû te raconter tout ça. C'est juste que je me suis dit, puisqu'on jouait cartes sur table, je voulais que tu saches que je ne suis pas parfait. Je t'aime vraiment beaucoup, j'aime vraiment ce que je ressens lorsque je suis avec toi et j'ai envie de te revoir, quel que soit le temps qu'il te reste à passer à New York.

— Moi aussi je t'aime beaucoup, dis-je lentement. Mais c'est un peu trop à avaler d'un coup, pour être franche.

Alex hocha la tête et baissa les yeux. Je détestais cette situation, ce que je ressentais. Et je détestais l'idée qu'il puisse éprouver la même chose. Ne sachant pas quoi faire d'autre, je passai les bras autour de son cou et me rapprochai de lui pour repousser sa frange qui lui tombait dans les yeux. Il me regarda avec surprise.

— Tu ne t'en vas pas ? me demanda-t-il en se penchant vers moi.

— Tout en moi me dit que je devrais le faire, répondis-je, sans être sûre que je prenais la bonne décision. Mais je tente de nouvelles choses, n'est-ce pas ?

Fermant les yeux, j'échangeai avec lui un long baiser, pas torride, mais doux et profond. Deux personnes cherchant quelque chose l'une en l'autre, quelque chose que nous avions perdu et ne savions pas vraiment comment retrouver.

— Est-ce qu'on peut recommencer à zéro ? me demanda Alex en me serrant contre lui. (Pour la première fois depuis que j'étais arrivée à New York, j'avais froid.) Est-ce qu'on peut juste faire comme si rien de tout cela n'était arrivé ?

— Bonne idée, acquiesçai-je.

Je me retournai pour reprendre ma contemplation de la ville avec lui. Le soleil avait disparu du ciel depuis longtemps, et un manteau d'obscurité rassurante avait recouvert New York, où l'Empire State Building et le Chrysler Building qui venaient de s'illuminer tenaient lieu de veilleuses géantes, protégeant la ville. C'était si radicalement différent, cette île magique au milieu de nulle part, étincelant avec défi. Alex entreprit de faire le tour de la terrasse en me montrant du doigt ses monuments préférés, je le suivis en faisant des comparaisons comiques avec Blackpool qui lui échappèrent un peu. Je me dis que, si une ville pouvait changer si complètement juste parce que le soleil s'était couché, peut-être pouvais-je apprendre à faire quelques petits changements moi-même.

Chapitre 16

— Arrête ! s'exclama Jenny. Et tu comptes sérieusement le revoir quand même ?

— Oui.

C'était le jeudi après-midi, et nous nous rendions d'un pas tranquille au cinéma. C'était la première fois que nous nous revoyions depuis la confession d'Alex en haut de l'Empire State Building, et j'avais besoin de me vider complètement la tête. En plus, il régnait une chaleur étouffante et notre appartement manquait cruellement de climatisation.

— Sincèrement, ça ne me gêne pas. Maintenant, il n'y a plus de secrets entre nous et on va recommencer à zéro, sans passé encombrant, sans règles. On va juste sortir ensemble, en toute simplicité.

— Ça ne marchera pas, déclara Jenny. Je suis vraiment désolée, ma chérie, mais vous en savez trop l'un sur l'autre, vous êtes tous les deux *totalement* codépendants, et l'enjeu est trop important. Garde Tyler. En fait, trouvons immédiatement un autre mec pour remplacer Alex.

— Je ne vais pas laisser tomber Tyler, protestai-je, mais je ne vais pas arrêter de voir Alex non plus.

Je l'aime vraiment beaucoup, Jenny, et je sais qu'il te plairait aussi.

— À mon avis, tu te compliques un peu la vie, répliqua-t-elle en me prenant par le bras tandis que nous traversions la rue. C'était censé être une mise en jambes facile et sans souci, pour te réintroduire en douceur sur le marché. Et, brusquement, te voilà à jongler entre un dieu du sexe plein aux as et un sexopathe fauché. Je ne vois pas vraiment ce qu'Alex a pour lui.

— Il est mignon, intelligent, marrant, on a *plein* de centres d'intérêt en commun, commençai-je à énumérer. Lorsque sa frange lui tombe dans les yeux, je dois me retenir pour ne pas la repousser, et lorsqu'il sourit je fonds. Littéralement.

— Et Tyler, alors ? demanda-t-elle avec un sourire. Il ne t'a pas fait fondre trois fois de suite dimanche soir ?

— OK, concédai-je en rougissant, Tyler est beau comme un dieu, adorable, intelligent et me traite comme une princesse, mais, je ne sais pas... on n'a pas autant d'atomes crochus.

— Moi je pense que si, insista Jenny en hochant vigoureusement la tête. Vous en avez assez pour qu'il t'emmène chez *Tiffany*. À ta place, je le préférerais sans hésiter à un accro au sexe qui a les cheveux dans les yeux, mon chou.

— Arrête ça, dis-je en riant. Tyler est super, c'est vrai, et, quand je suis avec lui, je l'aime vraiment beaucoup. C'est juste que quand il n'est plus là, lorsque je suis toute seule, mes pensées se tournent toujours vers Alex.

— N'empêche, tu te compliques la vie, dit-elle en serrant ma main dans la sienne. Mais c'est toi qui es juge, ma puce. Cet Alex m'a vraiment l'air d'un tas d'emmerdes ambulant, c'est tout.

— Eh bien, tu vas pouvoir en juger par toi-même. Tu bosses demain soir ?

Jenny secoua la tête.

— Non. J'ai un rendez-vous très important avec les épisodes de *America's Next Top Model* que j'ai enregistrés sur ma télé. On a eu les acteurs d'un film pour ados à l'hôtel toute la semaine, et ils m'ont fait bosser comme un chien. Pour des garçons de dix-sept ans, ils ont vraiment de drôles de demandes…

— Et je compte bien en connaître tous les détails, sur le dernier d'entre eux. (J'adorais les anecdotes perfides de Jenny sur les stars.) Mais tu viens à Brooklyn voir le concert d'Alex avec moi.

— *Primo*, ma chérie, il est hors de question que j'aille à Brooklyn pour ma première soirée de liberté depuis une éternité, commença-t-elle à énumérer sur ses doigts. *Secundo*, ma phase « rockeurs indé maigrichons » est passée depuis aussi longtemps que ma phase « jean slim ». Et *tertio*, je refuse de tenir la chandelle. C'est glauque.

Je souris gentiment et attendis un moment.

— Brooklyn ? Vraiment ? reprit-elle.

— Je suis même prête à prendre le métro et je te paierai tous tes verres, promis-je. Je veux vraiment te présenter Alex.

— Putain ! je n'ai plus qu'à remettre la main sur mes Converse, soupira-t-elle. Et tu as intérêt à payer les bonbecs ce soir aussi.

— Pas de problème, acquiesçai-je en dévorant du regard les Milk Duds, Raisinets, Sour Worms et autres, et en me demandant lequel de ces innombrables sachets de bonbons essayer. *God Bless America.*

Avant de pouvoir commencer à anticiper avec excitation l'idée de présenter Alex à Jenny, j'avais mon rendez-vous du vendredi matin avec Mary pour me mettre dans tous mes états. Je vis comme un bon signe le fait que son assistante m'accueille avec un sourire et – je manquai de m'évanouir – un café.

— Angela.

Mary souriait vaguement, ses lunettes à monture d'acier repoussées sur son carré gris incroyablement brillant. *Note pour plus tard : penser à lui demander quel shampoing elle utilise.*

— Dites-moi pourquoi vous voulez écrire pour moi, continua-t-elle.

— Parce que j'adore écrire, répondis-je, un peu désarçonnée par sa façon de dire bonjour.

— Et ? fit-elle en me tournant le dos pour regarder par la fenêtre.

— Parce que je… (Je n'étais pas sûre de ce qu'elle voulait entendre.) J'ai quelque chose à dire ?

— Et quoi donc, exactement ?

Mary se retourna vers moi. Elle se pencha littéralement sur mon fauteuil.

— Je ne suis pas encore sûre.

Réponse honnête, à défaut d'être bonne.

— Moi non plus. Le fait est que toute l'équipe à la réunion a adoré vos textes. Moi-même, je les aime, dit-elle en s'asseyant derrière son bureau. C'est drôle, ça m'inspire de la sympathie pour vous et ça me donne envie d'en lire davantage ; mais je ne sais pas où ça va.

— Oh ! dis-je, l'air décontenancée. Où est-ce que vous voulez que ça aille ?

— J'ai besoin que ça prenne une direction, répliqua Mary en attrapant un crayon pour en tapoter la table. Jetons un œil à ce qui nous plaît.

Elle sortit d'un tiroir tout ce que je lui avais envoyé. Mes petites entrées de journal intime sentimental spirituelles et modestes étaient couvertes de points d'interrogation et d'annotations illisibles au stylo rouge crachotant dont le sens général, j'en étais sûre, se résumait plus ou moins à « ramassis de foutaises ».

— J'aime voir New York de votre point de vue, commença-t-elle en tirant une feuille du dessous de la pile. J'aime la façon dont vous parlez de ce que vous faites, des lieux que vous visitez en ville, mais il me faut plus que ça. Les lectrices de *The Look* adorent lire des choses sur New York, et c'est super de pouvoir bénéficier d'un regard neuf, mais l'intégralité du blog ne peut pas reposer là-dessus. Beaucoup de lectrices vivent déjà ici, et il leur faut plus que de la littérature de voyage.

— OK, acquiesçai-je en sortant un bloc et un crayon pour noter ce qu'elle disait. Je peux travailler là-dessus, pas de problème.

Je ne parvins qu'à griffonner des indications indéchiffrables ; cela faisait longtemps que je n'avais pas écrit à la main.

Mary cessa de tapoter la table et me dévisagea attentivement.

— Et les deux hommes avec qui vous sortez, je suis un peu perplexe. Sur le papier, le choix semble vite fait, non ?

— Ah bon ?

J'avais espéré qu'il n'était pas trop évident dans mes entrées de blog que l'un d'eux m'intéressait plus que l'autre. J'avais même développé un petit peu pour essayer de susciter un peu de controverse parmi mes « lectrices » potentielles.

— Laissez-moi réfléchir… (Mary entreprit de lire un extrait.) « Wall Street m'a vraiment donné l'impression d'être une princesse hier soir. Il m'ouvre systématiquement la porte et tire ma chaise devant moi, il me tient la main et se comporte comme si j'étais unique au monde. Je ne m'en lasse pas. Je n'avais jamais connu ça jusqu'à présent. »

— Vraiment ?

J'étais franchement surprise.

— Savez-vous combien de mes lectrices cherchent un banquier de Wall Street qui les traite en princesse ? Ça vaut de l'or pour nous, ce passage. (Mary reposa sèchement la feuille sur son bureau.) Celui de Brooklyn, c'est un rebondissement pour l'instant, ma chérie, une diversion ; mais tout le monde sait que c'est le genre d'homme qui ne vous mènera nulle part.

— Possible, dis-je avec un sourire.

Au moins avais-je réussi à cacher à quel point Alex me plaisait vraiment.

— Si je peux vous donner un conseil – et c'est en tant que femme, pas rédactrice en chef, fit Mary en se laissant aller contre son dossier en secouant la tête, vous sortez tout juste d'une relation longue qui s'est mal finie. Vous avez besoin d'être gâtée, courtisée et baisée jusqu'à ne plus savoir où vous êtes. Si vous voulez que ce blog marche, il faut que vous continuiez à flirter. D'après ce que vous m'avez dit pour l'instant, cet Alex va vous baiser, mais pas dans le bon sens du terme. Prenez le temps de voir un peu ce qu'offre le marché, mais, Angela, ce n'est pas pour rien qu'on les appelle des banquiers *d'investissement*.

— Je suppose que c'est parfaitement logique, sur le papier, reconnus-je.

Tyler avait vraiment tout pour lui : doué au lit, généreux, sexy et surtout, il m'avait peut-être avoué sortir avec beaucoup de filles, mais il n'avait pas couché avec toutes celles qui croisaient son chemin depuis un an.

— La vie est rarement aussi simple qu'elle le paraît sur le papier, répondit Mary avec un sourire. (Deux en un seul entretien, *yes !*) Alors voilà le topo : c'est parti pour *Les Aventures d'Angela*. Je vais poster l'introduction en ligne ce soir lorsque nous actualiserons le site, et nous commencerons à mettre le blog en ligne tous les jours à partir de lundi. Continuez à m'envoyer vos entrées tous les jours avant 16 heures, ainsi j'aurai quelques jours d'avance en réserve.

Nous nous revoyons dans quinze jours pour vérifier que tout fonctionne bien.

— Vous êtes sérieuse ?

— Parfaitement.

J'avais envie de sauter sur place et de la prendre dans mes bras mais, en dépit de ses conseils sur ma vie sentimentale, Mary ne me semblait pas vraiment du genre à aimer les accolades, mais plutôt à me demander ce que je croyais être en train de faire ; aussi je me dis que j'allais garder ces effusions pour Jenny.

— Des projets pour ce week-end ? demanda Mary alors que je me levais après avoir discuté avec elle du merveilleux sujet de mes frais.

En gros, elle allait tout payer pour moi et me donner 75 dollars par entrée. J'étais officiellement payée pour écrire !

— À part cliquer mille fois sur votre propre lien ? ajouta-t-elle.

— Oh ! je ne ferais pas une chose pareille, répondis-je en rougissant. (J'étais prête à me taper une tendinite de l'index d'ici à lundi si cela me permettait de garder ce travail.) Mais, oui, je vais au concert d'Alex ce soir avec mon amie, et demain je vais à Central Park avec Tyler, pour pique-niquer.

Mary haussa un sourcil.

— Un pique-nique dans le parc ? Continuez comme ça, et nous devrons transformer ça en blog nuptial.

— Oh, non ! fis-je en riant à moitié. Ce n'est pas comme ça, vraiment.

— C'est dîner, théâtre et virée chez *Tiffany*, rétorqua Mary sans ambages. Est-il doué au lit ?

—Vous m'avez dit de ne pas mettre ce genre de détail dans le blog, fis-je en blêmissant.

—En effet. Mais maintenant je vous pose la question, répliqua-t-elle en soutenant mon regard jusqu'à ce que je baisse les yeux.

Brut de décoffrage, pas de doute là-dessus.

—Euh... oui?

Elle faillit ébaucher un troisième sourire, ce qui aurait été un record.

—Amusez-vous bien ce soir au concert, mais exploitez ce pique-nique comme si votre loyer en dépendait. Angela, c'est le bon.

—Angie, il est canon! s'exclama Jenny en serrant ma main dans la sienne alors que nous entrions dans le bar pour trouver Alex déjà sur scène.

Le temps que Jenny parvienne enfin à se décider pour une tenue qui fasse jeune branchée sans jurer avcc sa crise d'angoisse sur le thème: « Je n'arrive pas à croire que j'ai bientôt trente ans », approuve ma robe à smocks noire de chez Splendid et mes tennis en toile, m'explique très clairement que j'avais l'obligation de passer à l'acte avec Alex ce soir *et* siffle trois dizaines de bières dans un bar près du métro, il était 22 heures passées lorsque j'arrivai enfin à la traîner dans la salle.

Elle était peut-être lente, mais elle n'avait pas tort; il était magnifique.

—Pourquoi les mecs qui jouent dans un groupe me font toujours cet effet-là? me demanda-t-elle en prenant rapidement deux bières au comptoir et en m'en tendant une, les yeux fixés sur la scène. J'avais oublié à quel point ils gagnent en sex-appeal rien qu'en étant surélevés d'un mètre ; même quand ils ne sont pas canons à la base. Je me rappelle lorsqu'on avait les Red Hot au *Union*. Je peux te dire, semaine chargée...

— Je crois que c'est une question de passion, dis-je, fascinée par la présence d'Alex, tout en sueur, sur scène.

À le voir là-haut maintenant, en train de s'agiter sous les spots, j'étais contente que nous n'ayons pas pu lui parler avant le début du concert ; je voulais simplement le regarder pendant un moment sans qu'il le sache.

— C'est le fait qu'ils ressentent quelque chose avec assez de passion pour éprouver le besoin d'écrire une chanson dessus. C'est pareil pour les artistes, les écrivains... peut-être pas les joueurs de bongo.

— Et parce qu'on a l'air tellement cool lorsqu'on tient une guitare ! s'exclama Jenny dans un souffle en se balançant au rythme de la musique. S'il peut faire ça avec six cordes, imagine ce dont il est capable avec une seule fille...

— Ça joue aussi, reconnus-je.

J'y avais pensé moi-même.

— Je me demande si le bassiste est déjà pris, dit Jenny en me donnant un coup de coude dans les côtes et en m'entraînant dans la foule pour danser.

C'était l'un de ces concerts où la basse est si forte que vous pouvez presque sentir votre cœur battre à l'unisson. Il n'y avait rien d'autre à faire que de claquer des mains, de chanter en chœur et de se mouvoir au rythme de la musique. Avec Jenny à côté de moi, je n'avais pas besoin de me soucier des éventuelles conquêtes d'Alex qui pouvaient être présentes dans la boîte. Je ne pouvais pas dire en toute sincérité que je n'avais pas songé à ce qui arriverait si la blonde du samedi précédent réapparaissait, surtout à présent que je savais la vérité, mais, pendant que je dansais avec Jenny, tout cela me paraissait très loin. Le groupe déménageait, et enchaînait chanson sur chanson. Je n'arrivais pas à associer ce concert extraordinaire à tout ce qu'Alex m'avait raconté au sujet du groupe envisageant de se séparer parce que le cœur n'y était plus. Ils étaient si soudés, si électriques, et la foule dans la boîte transformée en étuve absorbait littéralement leur musique.

Je ne me rappelais pas la dernière fois que j'étais sortie danser, encore moins à un concert ; la simple impression d'être un rouage dans la machine que formait cette foule palpitante était un sentiment merveilleux. Et avec quelques bières dans le ventre et une fille canon avec qui danser, je passais un super moment. Pour quelqu'un qui disait qu'elle avait passé l'âge d'aller à des concerts, Jenny n'avait pas oublié comment bouger. En quelques minutes, elle se retrouva encerclée d'un troupeau de mecs qui lui rôdaient autour comme des lions, mais elle continua quand même à danser avec moi. Après quelques chansons courtes et percutantes de plus, Alex conclut par un déchaînement d'effets Larsen, de hurlements stridents et de remerciements braillés d'une voix un peu plus virile. Je voyais bien combien ç'avait dû être facile pour lui de choper des filles qui étaient, eh bien… faciles.

— Je veux le rencontrer, me dit Jenny d'une voix pâteuse en s'accrochant à mon bras, sans cesser de danser. Où est-ce qu'il est parti ? On y va ? J'exige de faire sa connaissance !

— OK.

J'étais à moitié ivre moi-même, mais je me dégrisai un peu en prenant conscience que l'une de nous deux allait devoir trouver un moyen de rentrer à l'appartement tout à l'heure, et que ce ne serait manifestement pas elle.

— Alex m'a dit qu'il nous retrouverait près du comptoir, c'est tout. Tu veux de l'eau ?

— Je m'occupe des boissons.

Elle se dirigea d'un pas sautillant vers le comptoir, me laissant au milieu d'un océan de corps chauds et moites dont la moitié était en train de se masser vers la sortie tandis que les autres se reluquaient mutuellement pour voir où la nuit allait les mener. J'espérais seulement que Jenny allait revenir du comptoir saine et sauve. Et sans bières supplémentaires.

Des bras se glissèrent autour de ma taille et je sentis un corps chaud et moite se coller contre moi.

— Salut, beauté ! tu nous as vus jouer ?

Il avait le visage rouge, les cheveux plaqués sur le front et le tee-shirt collé au corps par la sueur.

— Oui, répondis-je en me tortillant pour me retourner vers Alex. Vous avez été super !

Il déposa un baiser torride et collant sur mes lèvres, effaçant toute trace de maquillage susceptible d'avoir survécu au concert.

— Putain, c'était génial ! C'est notre meilleur concert depuis des mois.

— Je n'arrive pas à croire que tu envisages de laisser tomber tout ça, dis-je en repoussant ses cheveux de son front.

Il avait les yeux brillants, l'enthousiasme se lisait sur son visage.

— Pas envie d'en parler, dit-il avec un sourire avant de me soulever et de me faire tournoyer. Alors, où est cette amie dont tu m'as parlé ?

Je fouillai du regard la foule qui cernait les deux barmen à l'air assiégés.

— Au comptoir, j'espère. Et, je te préviens, elle a un faible pour ton bassiste.

— Eh bien, lui a un faible pour les mecs, alors ça me paraît mal parti pour elle, répondit-il en me tenant fermement par la taille, m'obligeant à gagner le comptoir d'une démarche de canard, sans me détacher de lui.

Heureusement, Jenny était près du comptoir. Malheureusement, elle avait vu quelque chose qu'elle n'aurait pas dû voir. Elle était pétrifiée sur un tabouret, avec deux bières devant elle et tout un tas de mecs qui grouillaient autour d'elle, mais elle ne parlait pas, ne flirtait pas, ne buvait même pas. Elle avait les yeux rivés sur quelqu'un de l'autre côté de la pièce. Elle avait le regard brûlant, et se mordait la lèvre si fort que j'étais sûre qu'elle allait finir par se l'ouvrir.

— Jenny ? dis-je en forçant Alex à lâcher ma taille et en le maintenant à une distance raisonnable. Jenny, est-ce que ça va ?

— C'est Jeff.

Elle me montra du doigt un homme grand et blond, debout près de la porte. À en juger par son sourire décontracté et la façon dont il riait et plaisantait avec ses amis, il n'avait manifestement pas vu Jenny. Ou alors ce devait vraiment être un salaud atrophié des sentiments.

— Tu connais Jeff ? (Alex passa devant moi, le bras tendu pour lui serrer la main.) Cool. Moi, c'est Alex.

Jenny le dévisagea.

— Tu connais Jeff ?

— Oui, répondit Alex, le bras toujours tendu. Il a emménagé dans mon immeuble, il y a environ trois mois.

— Il est célibataire ?

Debout entre eux, je les regardai sans trop savoir quelle réponse j'espérais qu'Alex allait donner. Jenny semblait s'être dégrisée dangereusement vite, ce qui ne pouvait pas être une bonne chose.

Il me regarda du coin de l'œil, mais je ne savais même pas quelle expression afficher pour l'aider.

— Il me semble que oui, fit Alex en baissant légèrement le bras. Je ne l'ai jamais vu avec une fille, en tout cas. Je pensais qu'il était à moitié gay, ajouta-t-il d'un ton songeur.

C'était la meilleure réponse qu'il pouvait donner. Le regard de Jenny s'éclaira, bien qu'elle continue de surveiller Jeff avec méfiance par-dessus mon épaule. Enfin, elle prit la main que lui tendait Alex alors que l'homme trapu installé dans la cabine de son au centre de la pièce mettait la stéréo en marche.

— Moi, c'est Jenny. Souriez ! lança-t-elle en prenant rapidement une photo de nous avec son téléphone. Et, si tu fais du mal à Angie, j'utiliserai cette photo pour te retrouver et te tuer.

Alex recula en hochant la tête.

— Je comprends ! hurla-t-il pour se faire entendre par-dessus la musique, qui devenait de plus en plus forte.

— Il faut que j'aille lui parler, dit Jenny en se détachant de son tabouret et en nous tendant les deux bières qu'elle venait de commander. Je ne peux pas rester assise là sans aller lui dire quelque chose.

Je lui barrai le passage et la pris délicatement par les épaules.

— Jenny, tu es sûre ? On pourrait juste aller ailleurs…

Je n'étais pas sûre de pouvoir supporter une répétition de la scène de la semaine précédente ; et, cette fois-là, elle ne l'avait vu que cinq minutes à l'hôtel.

— Ça va, m'assura-t-elle en me forçant doucement à la lâcher. Je me sens bien, j'ai accepté mon passé ; je vais juste aller lui dire : « Salut, comment ça va ? Oui, je suis canon, en effet… », et puis, quand je reviendrai, on pourra rentrer à la maison pour que j'aille pleurer jusqu'à m'endormir d'épuisement.

— Sympa comme programme, murmura Alex dans mes cheveux.

— Jenny, franchement, ne t'inflige pas ça, tentai-je, mais elle était déjà partie. Je ne peux pas regarder ! fis-je en me retournant pour me cacher les yeux dans le tee-shirt vert trempé de sueur d'Alex. Qu'est-ce qui se passe ?

— J'espérais vaguement qu'il se passerait quelque chose entre nous.

Il me souleva le menton pour m'embrasser, mais je le repoussai.

— Qu'est-ce qui se passe entre Jenny et Jeff ? chuchotai-je furieusement, mais aussi discrètement que possible.

— Euh… elle parle, il parle, il l'embrasse sur la joue…, commença à décrire Alex.

— Il l'embrasse ?! glapis-je en faisant volte-face pour voir ça.

Jeff était en effet en train d'embrasser Jenny sur la joue, et ce n'était pas une bise rapide. C'était une piètre tentative de camouflage pour quelque chose qui était plutôt de l'ordre de : « J'ai vraiment envie de t'embrasser mais je ne peux pas. » Je regardai ses lèvres s'attarder près du visage de Jenny, dans ses cheveux, tandis qu'ils se parlaient à voix basse, se dévoraient du regard, se pressaient mutuellement l'avant-bras et, d'une manière générale, échouaient à dissimuler à quel point leurs sentiments l'un pour l'autre étaient encore forts. Et il semblait que la « nouvelle copine » de Jeff n'était nulle part en vue.

— Alors, comme ça, ils se connaissent ? demanda Alex alors que nous regardions Jenny s'enrouler comme une liane autour de Jeff. Putain ! il est loin d'être gay, ce mec.

— Qu'est-ce qui t'a fait penser qu'il l'était ? demandai-je en me détournant avant qu'ils me fassent rougir.

— Je ne sais pas... Il a l'air cool, il a un super boulot dans le design, un super appart, tout ça, répondit Alex en haussant les épaules. Il n'a jamais de fille avec lui et il a ce petit quelque chose en lui, tu sais ? Et il est bien sapé en toutes circonstances.

— Bref, en cas de doute, optez pour le stéréotype, répliquai-je en me retournant rapidement pour leur jeter un coup d'œil furtif. (Il n'y avait rien d'homosexuel dans son comportement à cet instant précis.) C'est son ex, mais elle l'a toujours dans la peau.

Alex finit sa bière d'un trait et se servit de sa bouteille pour les désigner.

— Si ça continue comme ça, elle ne va pas se contenter de l'avoir dans la peau ; ils sont à deux doigts du coït. Tu avais ton entretien aujourd'hui, non ? demanda-t-il ensuite en reportant toute son attention sur moi. Comment ça s'est passé ?

— Merde, j'ai complètement oublié ! m'exclamai-je en plaquant la main sur ma bouche. Mon blog est mis en ligne à minuit !

— Comment est-ce qu'on peut oublier un truc pareil ? C'est fantastique ! Donc, à partir de minuit, tu es une chroniqueuse publiée ?

Me serrant fortement dans ses bras, il me souleva du sol. Pour un maigre, il avait une force impressionnante.

— À partir de minuit, confirmai-je avant de regarder ma montre. Dans dix minutes !

Alex se rapprocha, me chatouillant l'oreille de son souffle.

— Tu sais ce que je pense ? Je pense qu'on devrait aller jeter un coup d'œil à ton blog. Chez moi.

— Oh ! fis-je, parcourue tout entière d'un frisson d'excitation. Et Jenny ?

— J'avais plutôt dans l'idée toi et moi seulement, mais si c'est ton truc…, dit-il avec un grand sourire avant de me faire le clin d'œil furtif que je lui connaissais bien. Juste pour regarder ton blog, parole de scout.

— Toi, scout ? Mais bien sûr ! m'exclamai-je en lui donnant une bourrade enjouée. Et je ne peux pas laisser Jenny ici…

Mais je ne voyais même pas celle-ci. Elle n'était quand même pas partie sans moi, si ? Elle était censée tenir la chandelle !

— Eh, Angie !

Elle s'approcha furtivement de moi par-derrière, la main dans celle de Jeff, rouge comme une tomate. Jeff se tenait derrière elle avec une gueule d'amoureux transi.

— Salut, vieux ! lui lança Alex avec un hochement de tête.

— Salut ! répondit Jeff en sortant de sa transe une fraction de seconde. Super concert !

— Est-ce que je peux te dire deux mots en vitesse ? dis-je en prenant Jenny par le bras pour l'attirer à l'écart, vers les portes. Qu'est-ce que tu fiches ?

— Oh, Angie ! s'exclama Jenny d'un ton exalté en me serrant dans ses bras.

Comment faisait-elle pour sentir encore aussi bon ? Personnellement, j'étais pratiquement certaine d'empester.

— C'est merveilleux ! poursuivit-elle. Il veut qu'on rentre chez lui pour parler. Il dit qu'il veut discuter de « tout ça ». N'est-ce pas merveilleux ?

— C'est génial ! répondis-je en écartant ses bras de mon cou. Mais tu ne devrais pas faire ça demain, lorsque tu auras dessoûlé ? Que vous le serez tous les deux ?

— Non, non, non ! (Jenny secoua la tête, et son corps tout entier suivit le mouvement.) C'est un signe, c'est le destin. On est faits pour être ensemble, c'est absolument certain.

— OK, donc tu vas simplement aller chez lui ? Alors on ne rentre pas ensemble si je comprends bien !

Elle se retourna pour regarder dans le bar.

— Euh… ben… tu sais quoi ? Tu as raison. Jeff peut rentrer avec nous !

La perspective de faire tout le trajet du retour dans un taxi avec eux en train de se tripoter (voire pire) sur la banquette arrière était encore plus effarante que celle de ce qui m'attendait si j'allais chez Alex.

— Allez, viens, soupirai-je en la ramenant dans le bar. Mais tu viens boire un café chez Alex avant d'aller chez Jeff. Tu veux pouvoir te souvenir de ça demain matin, non ?

— Alors, on va chez moi ? demanda Alex en passant son bras autour de mes épaules tandis que Jenny retombait dans ceux de Jeff.

Il fallait bien l'admettre, ils avaient l'air très heureux tous les deux.

— Jenny et Jeff vont venir regarder le site avec nous, répondis-je en hochant la tête.

— Je crois que Jenny et Jeff pourraient se faire pas mal de fric en créant leur propre site, répliqua Alex en me tirant derrière lui tandis que je forçais Jenny à avancer. Pourquoi se sont-ils séparés ?

— C'est une longue histoire, répondis-je en sortant dans la rue à sa suite. Et je crois qu'on en a déjà assez entendu comme ça pour un bout de temps.

L'immeuble d'Alex et Jeff se situait à cinq minutes à pied seulement, mais ma nervosité et les trébuchements et tripotages avinés de Jenny triplèrent le temps de trajet. Alex ne mentait pas lorsqu'il avait dit que Jeff vivait dans un bel immeuble. Ce que je n'avais pas pensé à en déduire, c'était que lui aussi. Par « immeuble », entendez plutôt énorme entrepôt aménagé, et par « appartement », loft au cinquième étage avec immenses baies vitrées et vue sur le fleuve.

— Comment ça se fait que tu as ça ? demandai-je, irrésistiblement attirée vers les fenêtres. (J'avais une dangereuse attirance pour les hauteurs ces derniers temps ; j'avais été coincée trop longtemps dans un duplex en rez-de-chaussée.) Je croyais que tu étais un artiste sans le sou ?

— Je n'ai jamais dit que j'étais sans le sou, rétorqua-t-il en allumant un MacBook pour chercher le site de *The Look* sur Google.

De leur côté, Jenny et Jeff sortirent enfin de l'ascenseur et apparurent sur le pas de la porte, continuant de rattraper le temps perdu, et vite.

— Manifestement, répliquai-je.

L'endroit était à l'image d'Alex. Illustrations originales des albums du groupe encadrées et accrochées aux murs blancs, canapés en cuir craquelé, énorme collection de CD qui occupait presque un mur entier, et une minuscule kitchenette qui semblait faire office de cimetière pour les boîtes de plats à emporter.

— C'est magnifique, Alex !

— Merci, répondit-il en levant les yeux de son ordinateur. Mon frère travaille dans l'immobilier, alors en réalité c'est à lui qu'on doit cette trouvaille. On l'a acheté il y a quelques années lorsque les prix de ce côté-ci du fleuve étaient dérisoires. La page est en train de se charger, viens voir.

Je me laissai choir sur le canapé à côté de lui et regardai par-dessus son épaule les différents éléments de la page apparaître au fur et à mesure. Le bandeau titre de *The Look*, la barre de navigation. Et, enfin, la zone de texte.

— Jenny, viens voir ça ! lançai-je d'une voix perçante en agrippant le bras d'Alex tout en lisant. (C'était incroyable !) Je n'en reviens pas.

— « *Les Aventures d'Angela* : Angela, vingt-six ans, est la dernière recrue de notre équipe en expansion constante de blogueuses hyper glamour. Lisez tout de ses aventures new-yorkaises, en exclusivité sur TheLook.com… » lut Alex à voix haute.

— Arrête, arrête ! m'écriais je d'un ton geignard, tout à la fois fière, gênée et effrayée. Sérieux, tu n'as pas besoin de le lire. Jamais. C'est juste… Vraiment, tu n'as pas besoin de le lire. S'il te plaît ?

— Vingt-six ans, hein ? Je t'en aurais donné vingt-cinq maximum. (Il se tourna vers moi avec un sourire.) Bon, maintenant, je peux le lire, oui ou non ?

— Non ?

Je fis la grimace en le voyant commencer quand même.

Jenny se décolla de Jeff juste assez longtemps pour qu'ils puissent tous les deux venir jeter un coup d'œil à la page.

— Je suis extrêmement fière de toi, mon chou, dit-elle en m'étreignant de nouveau.

Je ne pus m'empêcher de remarquer que les dernières traces de son parfum avaient complètement disparu, remplacées par l'odeur d'après-concert de Jeff.

— Ne sois pas gênée ! C'est super, continua-t-elle.

— Je n'aurais pas pu le faire sans Erin et toi, répondis-je en lui rendant son étreinte. Je sais bien que je ne devrais pas être gênée ; c'est juste que c'est tellement public… Je ne peux pas m'empêcher d'essayer de me rappeler tout ce que j'ai écrit dans mon journal, puis de ne pas penser au fait que ça va être publié sur un site auquel tout le monde a accès.

Y compris Alex et Tyler, ajoutai-je silencieusement.

— Tout le monde sait qu'il ne faut pas prendre ces trucs trop au sérieux, me rassura Jenny en regagnant subrepticement le canapé où Jeff l'accueillit à bras ouverts et avec – tiens tiens, voyez-vous ça ! – une formidable érection. Tout le monde considère ça comme de la fiction.

— Tu crois ça ? demandai-je à Alex en me mordillant l'ongle du petit doigt.

Je ne m'étais pas rongé les ongles depuis que Louisa m'avait forcé à utiliser ce vernis au goût atroce, un mois avant le mariage.

— Oui, elle a raison, confirma-t-il en me caressant doucement le dos de sa main libre. Et puis, de toute façon, qu'est-ce que ça peut te faire ce que des inconnus lisent ?

— Des inconnus, ou d'anciens profs, ou ma mère, rétorquai-je tout haut, mais en me répétant intérieurement le commentaire de Jenny sur les guitaristes alors qu'il faisait jouer ses doigts le long de ma colonne vertébrale.

On prend notre temps, me rappelai-je. *On ne se presse pas.*

— Ce ne sera pas que des inconnus, n'est-ce pas ?

— Non, je suppose, mais quiconque te connaît saura ce qui est vrai et ce qui ne l'est pas, répondit-il en se retournant enfin vers moi. Tu veux que je te l'imprime ?

— Non, ce serait trop plouc, répondis-je en m'efforçant de décoller les yeux de l'écran. Euh… en fait, peut-être qu'on devrait le faire. Juste au cas où ils l'enlèveraient du site dès demain matin.

Avec un éclat de rire, Alex cliqua sur « imprimer » et posa son ordinateur sur la table basse devant nous.

— Tu crois qu'ils vont réussir à aller jusque chez Jeff ? me demanda-t-il en jetant un coup d'œil à Jenny et son « ex » qui s'embrassaient frénétiquement.

Il était devenu pour ainsi dire impossible de déterminer à qui appartenait tel ou tel membre vêtu de jean.

C'était comme un accident de la route : je ne pouvais pas m'empêcher de les regarder, même si je savais que je n'aurais pas dû.

— Je ne sais pas. C'est loin d'ici ?

— De l'autre côté du couloir.

Alex se leva pour baisser la lumière. Je n'aurais su dire si cela améliorait ou empirait les choses.

— J'espère vraiment qu'ils vont y arriver, continua-t-il. Ce canapé ne va plus tenir très longtemps, à ce rythme.

Il me tendit sa main, que je pris volontiers. J'avais le choix entre quitter la pièce tout de suite ou m'installer avec un bol de pop-corn pour profiter du porno live. Franchement, il y avait des gens qui payaient cher pour voir ce qui nous était proposé gratuitement. Que cela nous plaise ou non.

— Je vote pour qu'on les laisse à leur affaire, dit Alex en me tirant doucement vers une porte plongée dans l'ombre. Je pense que c'est mort pour jouer au Boggle jusqu'au bout de la nuit.

La porte en question menait à sa chambre. Un futon aux draps froissés, mais bordés occupait le devant de la scène, mis en valeur par une guitare acoustique, une autre chaîne stéréo et une penderie ouverte, remplie de tee-shirts délavés et de vestes en cuir. Bizarrement, caché tout au bout, se trouvait un costume. Tout le monde en avait un, supposai-je. Sur l'appui de fenêtre bas s'alignait une série de bougies et je remarquai que toutes, sans exception, étaient neuves, donc soit Alex en faisait une consommation importante, soit il les avait sorties pour moi. Je n'arrivais pas à déterminer si je trouvais ça trop mignon ou trop prémédité. Des restes de sa carrière de tombeur invétéré ? Je m'attardai sur le pas de la porte tandis qu'il allumait la stéréo.

— On ne les verra peut-être pas d'ici, mais je ne tiens pas à les entendre non plus, dit-il.

Prenant une pochette d'allumettes dans une commode haute et mince près du lit, il entreprit d'allumer les bougies. Je commençais sérieusement à pencher du côté de la préméditation.

— Ouais, répondis-je, le regard irrésistiblement attiré par le lit.

Du côté que je supposais être celui d'Alex se trouvait une grosse pile de livres cultivés, biographies, classiques, œuvres cultes plus récentes. Est-ce qu'il lisait vraiment ou bien n'étaient-ce encore là que des accessoires ?

— Angela, je ne t'ai pas amenée ici pour…

Sa voix s'éteignit et il resta près de la fenêtre avec une expression gênée. Je me rendis compte que j'étais agrippée au chambranle comme si ma vie en dépendait.

— Tu peux entrer, reprit-il, je ne vais pas te sauter dessus.

Je ris doucement, me moquant de moi-même, et m'approchai du lit pour m'asseoir tout au bord.

— Désolée, je sais. Je ferais mieux de rentrer chez moi.

Je regardai mes chaussures : elles avaient la semelle noire de saleté ramassée au concert. J'étais obnubilée à l'idée d'en avoir mis partout dans l'appartement d'Alex.

— Jenny est en sécurité, et tout ça, continuai-je.

— Je ne veux pas que tu rentres chez toi, dit Alex en me rejoignant au pied du lit. Mais, si tu veux que je t'appelle un taxi, je le ferai. Ou alors tu peux rester, et on peut parler un moment, et je te promets de garder mes mains là où tu peux les voir.

Il avait l'air si gentil, si sincère, les mains ainsi levées, la paume vers le ciel. Comment quelqu'un qui, à peine une heure plus tôt, sautait comme un fou d'un bout à l'autre de la scène, se contorsionnait sur sa guitare et tapait dans le pied de son micro tellement souvent que j'étais pratiquement sûre qu'il allait avoir des bleus, pouvait-il avoir laissé place à ce mec si tendre et si doux ? Cela faisait-il aussi partie du rôle qu'il jouait ? *Il n'y a qu'un seul moyen de le savoir*, songeai-je en prenant une de ses mains dans la mienne.

— C'est toi qui vas devoir faire la conversation, dis-je en me laissant tomber en arrière, appuyée sur mon coude. Je suis crevée.

— Pas de problème, répliqua-t-il avec un sourire en resserrant ses doigts sur les miens et en s'allongeant sur le côté. Je peux tenir jusqu'au bout de la nuit.

J'éclatai de rire.

— C'est pas vrai ! Dis-moi que j'ai mal entendu ? ! m'exclamai-je en lui donnant un coup de poing moqueur sur l'épaule.

Il rit à son tour, en se frottant l'épaule comme s'il avait vraiment mal.

— Tu sais ce que je veux dire. Tu cognes plutôt fort, pour une fille.

— Il faut savoir se défendre lorsqu'on est prête à entrer dans la chambre d'un pauvre type et à supporter ses phrases de drague à deux balles, dis-je en souriant, plus détendue. Elle était horrible, celle-là.

— Ouais, bref, fit Alex avec une grimace. Tu sais quoi ? Je pue. Ça te dérange si je vais prendre une douche en vitesse ?

— Au contraire, mais ne t'attends pas à ce que je sois encore éveillée lorsque tu auras fini.

Il roula sur le lit pour se rapprocher de moi et m'embrassa doucement.

— Je ne te réveillerai pas. Sauf si c'est ton vœu le plus cher…

Avant que j'aie pu décider ce que je voulais, il se releva et disparut par l'embrasure de la porte.

— Je ne regarde pas, l'entendis-je lancer dans l'obscurité. Continuez à profaner mon canapé, il n'y a pas de problème.

Je me laissai retomber sur le lit avec un sourire. Maintenant, tout ce que j'avais à décider, c'était ce que j'allais faire lorsque Alex sortirait de la douche, tout beau, tout propre, tout mouillé et… Je fermai les yeux l'espace d'une seconde, et la lueur des bougies se brouilla en périphérie de mon champ de vision.

— Il faudrait que quelqu'un les éteigne…, marmonnai-je à l'adresse de la chambre déserte.

Lorsque je rouvris les yeux, quelqu'un l'avait fait. Je sentais un corps au-dessus de moi, à la rcspiration légère, qui repoussait tendrement mes cheveux de mon visage pour me réveiller en douceur.

— Alex ? murmurai-je en sentant des lèvres douces et chaudes se poser sur mon cou nu et une main humide effleurer ma clavicule. J'ouvris les yeux en battant des paupières mais il faisait un noir d'encre dans la pièce ; la seule lumière provenait de la ville, à l'autre bout du monde derrière la fenêtre.

— Désolé, chuchota-t-il. Je sais que j'ai dit que je ne te réveillerais pas, mais…

— Pas grave, bredouillai-je d'une voix endormie en bougeant légèrement pour recevoir le poids de son corps.

Ses cheveux mouillés me tombèrent sur le visage alors que nous nous embrassions paresseusement, les mains enlacées au-dessus de ma tête. Lentement, je commençai à sortir de ma torpeur et, petit à petit, nos baisers gagnèrent en intensité. Je relevai les jambes, faisant accidentellement tomber sa serviette alors que nous nous enfoncions dans le lit, et je sentis sa peau douce tout autour de moi, encore chaude de la douche qu'il venait de prendre. Dans le noir, où mon sens du toucher remplaçait ma vue, le mouvement de ses muscles dorsaux lorsqu'il s'allongea doucement sur moi me révéla que son numéro d'échalas était complètement trompeur. Juste au moment où nos jambes commençaient à s'enlacer et que mes mains se perdaient dans son épaisse chevelure noire, la porte de la chambre s'ouvrit à la volée, inondant le lit de lumière.

— Merde ! désolé, dit Jeff en détournant les yeux. Alex, Jenny a dégueulé sur ton tapis. Tu as de quoi nettoyer quelque part ?

Je me cachai le visage entre les mains, partagée entre l'envie de rire et celle de pleurer. Sans même le savoir, Jenny venait de remplir son rôle de chaperon juste à temps.

Alex se leva rapidement, en réenroulant sa serviette autour de sa taille.

— Comment va-t-elle ? Elle est dans la salle de bains ?

J'adorai le fait qu'il ait demandé comment elle allait avant même d'avoir remis son boxer. Ce que, tragiquement, il fit ensuite.

— Ce ne sera pas pour ce soir, hein ? fit-il en me lançant un sourire en coin depuis le seuil.

Je secouai la tête et lui rendis son sourire. *Bon sang, Jenny,* songeai-je, *pourquoi a-t-il fallu que tu me fasses tenir parole ?* Contournant l'énorme tache puante dans le salon sur la pointe des pieds, je trouvai Jenny installée dans la salle de bains, la tête penchée sur les toilettes, à genoux sur le tee-shirt trempé de sueur d'Alex.

Avec un soupir, je m'agenouillai à côté d'elle pour lui écarter les cheveux du visage en un geste dépourvu de tout romantisme.

— Oh, Jenny ! est-ce que ça va aller ?

Elle n'était pas encore en état de parler, mais elle réussit à hocher la tête avant de se remettre à vomir. Lorsque ses vomissements eurent fini par laisser place à de simples haut-le-cœur toutes les trois minutes, je quittai son chevet pour aller lui chercher de l'eau et le bas de sa tenue. Apparemment, les choses étaient allées assez loin avec Jeff avant que toutes ses bières décident de prendre la fuite et, on avait beau être proches, j'aurais préféré qu'elle porte au moins une culotte.

Dans le salon, Alex et Jeff, tous les deux à moitié nus, étaient en train de frotter le sol pour faire partir une grosse tache détrempée à l'aide de produits d'entretien en aérosol et de chiffons de fortune. Je savais que le moment aurait été mal choisi pour éclater de rire, mais je ne pus retenir une ébauche de sourire.

— Ça va, vous deux ? demandai-je en remplissant un verre vide, trouvé sur le plan de travail, qui avait l'air à peu près propre.

— Ouais, ouais, grogna Alex, toujours à genoux.

Ce n'était pas l'impression qu'il donnait, pourtant. Quant à Jeff, son apparence laissait deviner que tout allait parfaitement bien jusqu'à ce que les choses tournent horriblement mal, une dizaine de minutes plus tôt. Son tee-shirt était taché et son pantalon, comme celui de Jenny, avait disparu dans la bataille. Mon verre à la main, je m'approchai discrètement et ramassai avec précaution le jean de Jenny. D'un coup d'œil rapide, je m'assurai qu'elle l'avait bien enlevé avant de vomir et l'emportai dans la salle de bains. Jenny était en train d'essayer de s'appuyer contre la cabine de douche pour se laver le visage, mais sans grand résultat.

— Salut, toi ! dis-je en lui tendant l'eau, qu'elle sirota d'un air délicat. Ça va un peu mieux ?

— J'ai tellement honte, putain ! gémit-elle en me rendant le verre et en passant les mains sous l'eau froide avant de les presser contre son visage. J'ai dégueulé sur Jeff…

— Et tu ne t'es pas contentée de lui faire ça, n'est-ce pas ? fis-je en prenant un mouchoir en papier pour essuyer un reste de vomi qu'elle avait sur l'épaule. Qu'est-ce qui se passe entre vous, alors ?

Elle ébaucha un pâle sourire.

— On va s'accorder une seconde chance. Il dit que je lui ai manqué. Il dit qu'il n'y a eu personne d'autre depuis moi.

Elle se frotta le dessous des yeux, accentuant un séduisant effet panda.

— Super ! fis-je en lui tendant de nouveau le verre pour la forcer à boire un peu plus. C'est génial. Je suis vraiment contente pour toi.

— Et imagine un peu, si on n'était pas venues à Brooklyn, je ne l'aurais peut-être jamais revu, soupira-t-elle, le dos fort heureusement tourné au miroir. Et comme ç'aurait été bizarre si tu l'avais vu ici sans savoir que c'était mon Jeff ? Trop bizarre… C'est le destin, tout ça.

— Peut-être, dis-je en m'asseyant sur le couvercle des toilettes, dont j'avais tiré la chasse pour faire bonne mesure. C'est sûr qu'il y a une force à l'œuvre pour nous empêcher, Alex et moi, de faire plus qu'atteindre un niveau d'excitation presque intenable.

— Oh, merde ! désolée ma puce, fit Jenny avec un autre pâle sourire.

— Mais ce n'est pas grave, dis-je, espérant me convaincre moi-même. C'est pour le mieux. On avait dit qu'on irait lentement, et je crois que les choses commençaient à aller un peu trop vite. Et puis, de toute façon, j'ai un rencard avec Tyler demain après-midi et je ne pense pas que je serais capable d'y aller si quoi que ce soit de plus sérieux s'était passé entre Alex et moi.

— Tu vois, ça n'a pas l'air amusant ce que tu racontes. Je croyais que tu étais juste censée t'amuser, grommela Jenny. Pourquoi est-ce qu'ils sont obligés de toujours compliquer les choses comme ça ?

— Vous tenez une réunion secrète là-dedans, vous deux, ou je peux pisser ? lança Alex à travers la porte.

Aidant Jenny à trouver son équilibre, je sortis en clignant des yeux dans le salon désormais éclairé.

— Désolée, vraiment, dis-je à voix basse à Alex, qui passait devant moi pour entrer dans la salle de bains.

— La lumière crue, c'est pas cool, fit Jenny en trébuchant et en se protégeant les yeux de la main.

Je détournai les yeux d'elle pour regarder Jeff puis Alex. Cela faisait bizarre d'être la seule des quatre à être habillée.

— On devrait y aller, dis-je en scrutant la pièce à la recherche de mon sac et en confiant la garde de Jenny à Jeff, qui l'accepta volontiers. (C'était une preuve d'amour d'être capable de lui sourire dans l'état où elle était.) Est-ce qu'on peut trouver un taxi par ici ?

— Pas facile à cette heure-ci, lança Alex depuis la salle de bains, où il était toujours à son affaire. Mais c'est bon, vous pouvez rester si vous voulez.

Je regardai Jenny, qui se retenait au canapé pour ne pas tomber tandis que Jeff lui tapotait timidement l'épaule, et acceptai d'un hochement de tête reconnaissant. Dieu savait que je n'envisageais pas avec gaieté de prendre un taxi avec une Jenny couverte de vomi, et il était plus de 2 heures du mat'. J'étais complètement crevée. Alex réapparut et me tendit deux tee-shirts.

— Vous n'avez qu'à prendre ma chambre, toutes les deux, je dormirai sur le canapé, dit-il en m'embrassant sur la joue et en faisant signe à Jeff qu'il était temps pour lui de partir.

— Oui, bien sûr, dit celui-ci en me repassant Jenny. Vraiment désolé pour le tapis, vieux. Je ferai venir un teinturier ou quelque chose comme ça. Salut, ajouta-t-il à l'adresse de Jenny qui rêvassait sur le pas de la porte. Je t'appelle demain ?

Avant que Jenny ait eu le temps de répondre, Alex avait déjà refermé la porte et tapait du pied, les bras croisés.

— Bon, au lit, dis-je.

Jenny avait traversé tout l'éventail des conséquences de l'abus d'alcool pour aller s'écraser quelque part du côté du coma éthylique. Je la guidai dans la chambre et lui retirai son débardeur noir à fines bretelles pour lui passer le tee-shirt Ramones d'Alex. Elle se traîna sur le lit jusqu'à ce que sa tête touche presque l'oreiller et s'écroula, inconsciente.

— Désolée, répétai-je à Alex. Ce n'est pas vraiment comme ça que j'imaginais la soirée.

— Une autre fois, dit-il en sortant un autre oreiller de sous le canapé. Tu sais ce qu'on dit : « Tout vient à point à qui sait attendre. »

Ouais, mais je ne vais pas pouvoir attendre très longtemps, me dis-je.

— Ça va aller dans le lit avec elle ?

— Je ne sais pas, mais je crierai si elle tente quoi que ce soit.

Chapitre 17

Le lendemain matin, Jenny se réveilla tôt, encore à moitié ivre et en proie à une irrépressible envie de sucré. J'essayai de la convaincre que le meilleur remède pour tout le monde en pareille circonstance est un sandwich au bacon, mais sans succès. Dans la mesure où ma suggestion lui arracha un haut-le-cœur. J'essayai de ne pas me regarder dans le miroir en sortant du lit, mais je m'aperçus malgré moi du coin de l'œil et ne pus détourner le regard. Ce n'était pas beau à voir. Résultat du concert, j'avais les cheveux gras, en pétard, et qui, depuis nos tripotages de la veille au soir, formaient une choucroute imprégnée de sueur. En coulant, mon maquillage s'était incrusté dans toutes mes rides en formation et les plis de l'oreiller sur mon visage me donnaient l'air d'avoir dix ans de plus ; pour couronner le tout, j'avais une haleine de phoque. Ce n'était pas un très bon look à avoir au lendemain d'une première nuit avec Alex, même s'il ne s'était rien passé.

— Au moins tu ne ressembles pas à ça, grommela Jenny en se regardant elle-même d'un œil mécontent, avant de se plier brusquement en deux sur le lit, prise d'un haut-le-cœur qui, heureusement, ne fut suivi de rien.

— Certes, dis-je en la portant à moitié jusqu'à la salle de bains. C'est déjà ça.

— Ah ben merci ! fit-elle en me fusillant du regard, penchée sur la cuvette des toilettes tout en essayant de s'attacher les cheveux d'une façon qui ressemble à quelque chose. Ce n'était vraiment pas la peine.

Malgré tous les efforts de Jenny pour me convaincre du contraire, je ne pouvais pas sortir sans avoir réveillé Alex, aussi je traversai d'abord le tapis encore humide pour m'approcher du canapé où il somnolait tranquillement. Il était exactement pareil que quand nous l'avions laissé, à l'exception d'une adjonction bien visible dans son boxer.

— Sympa ! articula silencieusement Jenny à côté de la porte, en levant les deux pouces en signe d'approbation et en étouffant des gloussements.

Je lui répondis par un doigt d'honneur. En plus, je ne pouvais pas m'empêcher de remarquer qu'il n'y avait rien de risible dans ce caleçon.

— Alex, dis-je doucement en conservant assez de distance entre nous pour que mon haleine chargée ne le réveille pas trop brutalement.

Je m'étais rapidement rincé la bouche dans la salle de bains et avais essayé le vieux truc du dentifrice sur le doigt, mais ça n'avait pas eu beaucoup d'effet.

Il ouvrit un œil, l'air désorienté.

— Hein ? Angela ?

— On s'en va, chuchotai-je, la main posée avec délicatesse sur son épaule, les yeux soigneusement détournés de la zone en dessous de sa ceinture. Jenny et moi, on s'en va.

— OK, marmonna-t-il en se retournant pour se mettre à plat ventre.

— Ça va faire mal, ça, lança Jenny avec légèreté à travers la pièce.

Tout en sortant de l'appartement, je lui adressai un autre doigt d'honneur.

Avec seulement quelques heures devant moi avant de retrouver Tyler au parc, j'avais intérêt à être rapide et efficace dans le traitement des dégâts. J'envoyai Jenny au lit avec deux Advil, une grande bouteille d'eau et la moitié du comptoir des pâtisseries de l'épicerie au coin de la rue, puis m'installai dans la salle de bains. Pour la première fois depuis une éternité, je me fis couler un bain et me préparai à faire trempette. J'avais besoin de m'ôter de la tête toute pensée d'Alex, et des cheveux toute la bave de Jenny. *Si j'avais eu plus de temps, j'aurais annulé*, songeai-je en entrant dans la petite baignoire et en me détendant. Je ne pensais pas être le genre de fille qui se complaisait dans le drame ; mais, en même temps, ma vie avait été d'un ennui mortel pendant si longtemps qu'un soupçon de tragédie ne me ferait peut-être pas de mal. Et au moins ça fournirait une entrée de blog bien plus intéressante que mon ancienne vie n'aurait pu le faire : me suis levée, ai écrit un livre de trente-deux pages sur une abeille qui parle, ai mangé des galettes de riz basses calories, me suis tourné les pouces en attendant que mon petit ami finisse de se taper sa partenaire de tennis et rentre à la maison, suis allée me coucher en pyjama de grand-père boutonné jusqu'au menton.

Au bout d'un moment, je me forçai à sortir du bain et, persuadée de pouvoir encore sentir des relents d'après-concert, me badigeonnai de lait pour le corps. Avec un peu de chance, une belle promenade dans le parc réglerait rapidement ce problème. J'assortis rapidement un short et un chemisier, les accessoirisai de mon magnifique collier de chez *Tiffany*, que je n'avais pas encore étrenné, et commençai à me réjouir à l'idée de prendre l'air frais, à défaut d'envisager avec le même enthousiasme de devoir faire la conversation avec Tyler sans évoquer la moindre de mes aventures avec Alex.

Comme Tyler l'avait prédit, Central Park était bondé, mais également incroyable.

— Comment un endroit pareil peut-il exister au milieu de la ville ? m'émerveillai-je.

Alors que nous nous aventurions de plus en plus loin au cœur de la verdure, la ville sembla disparaître, faisant place à une véritable oasis remplie de joggeurs, de familles, de couples, de groupes d'amis. Il y avait dans ce parc à peu près tous les types de personnes possibles et imaginables.

— Tu veux la leçon d'histoire ou bien c'était une question rhétorique ? fit Tyler.

Il portait un gros sac à dos que j'espérais rempli de nourriture. J'avais passé si longtemps à me préparer, à appliquer du gel sur mes paupières bouffies et à vérifier que Jenny respirait toujours, que je n'avais même pas mangé.

— Mais c'est vrai que c'est super, continua-t-il. On l'appelle « les poumons de la ville ».

— Je comprends pourquoi, acquiesçai-je alors que nous quittions le chemin pour nous diriger vers un endroit ensoleillé et relativement inoccupé près d'un grand et beau lac. Mais je trouve ça fou que tout ceci ait été façonné par l'homme.

— Vous n'avez pas de parcs de ce genre à Londres ? me demanda-t-il en étalant une couverture par terre avant de me laisser m'asseoir.

— On a des parcs. Plein. Mais celui-ci est impressionnant. C'est un tel embrouillamini de rues à Londres ; et j'adore, mais l'idée que quelqu'un ait décidé : « Il faut qu'on ait un énorme parc au milieu de cette ville si organisée et structurée », c'est super. Et je trouve ça encore plus génial que personne n'ait été autorisé à y construire lorsqu'ils ont commencé à manquer de place ; ce qui n'est pas le cas à Londres.

— Je suis vraiment désolé, fit Tyler avec un sourire en ouvrant son sac à dos pour en sortir une bouteille de vin rouge. Tu m'as perdu à « embrouillamini ».

— Ah ah !

Je pris le verre à vin qu'il me tendait et le laissait le remplir. S'il vous plaît, faites qu'il y ait aussi de quoi manger dans ce sac !

— Je me sens tellement anglaise, maintenant.

Il se servit à son tour et reboucha la bouteille.

— Est-ce une mauvaise chose ? J'adore lorsque tu dis des trucs comme ça.

— Non, bien sûr que ce n'est pas une mauvaise chose. (Pourquoi n'y avait-il toujours rien à manger ?)

C'est juste que ça me rappelle que je ne peux pas rester ici pour toujours. Et ça, ça craint.

— Ils ne te reprendront pas si tu commences à dire des choses comme « ça craint », me gronda-t-il d'un ton léger.

— Désolée, répondis-je avec un sourire en me protégeant les yeux du soleil avec ma main. Je trouve absolument inadmissible que ces affreux entrepreneurs se voient accorder l'autorisation de construire dans un écrin de verdure aussi enchanteur.

— Voilà, c'est déjà mieux, dit Tyler en me rendant mon sourire avant de me déposer un petit baiser sur le bout du nez.

Je m'allongeai sur la couverture et contemplai le ciel sans nuages. Ce devait être le seul endroit de tout Manhattan où je pouvais lever les yeux sans voir de gratte-ciel. Je me sentais si loin du monde réel.

Je sentis Tyler s'allonger à côté de moi ; sa présence était tellement solide et rassurante.

— Et puis, de toute façon, tu ne sais jamais ce qui peut se passer. Qui sait où tu seras dans six mois ?

— Bizarrement, tu n'es pas la première personne à me dire ça.

Je souris en me rappelant les paroles d'Alex, à quelques centaines de mètres au-dessus du sol. Tyler m'embrassa doucement, me ramenant brutalement sur terre.

— Je suppose que tu devras bien repartir un jour, dit-il en sortant un paquet de chips de son sac. *(Des chips ? Vraiment ?)* Cheetos ?

— Merci.

Pour être franche, en cet instant j'aurais pu avaler n'importe quoi, mais je m'étais vaguement attendu à quelque chose d'un peu plus classe de sa part. C'était un tel charmeur.

Je me retournai sur le ventre et le regardai mâchouiller gaiement.

— Tyler, est-ce que tu as déjà eu le cœur brisé ?

— Il n'y a rien que j'aime plus que me réfugier dans le parc avec un paquet de Cheetos, répondit-il. Est-ce vraiment mal de ma part ?

— Non, mais c'est une belle façon d'éluder ma question, répliquai-je en lui jetant quelques-unes de mes chips à la figure.

De façon impressionnante, il les attrapa dans sa bouche.

— Alors ?

— J'ai connu plusieurs séparations, bien sûr, répondit-il en sirotant son vin d'un air pensif, mais je ne suis pas sûr de pouvoir dire en toute sincérité que j'ai eu le cœur brisé.

— Vraiment ?

J'essayai de boire mon vin, mais celui-ci se mariait mal avec les chips au fromage. Cela ternissait un peu l'image de sophistication de Tyler mais, d'un autre côté, ça prouvait qu'il était humain.

— Certaines personnes ont sans doute plus de chance que d'autres.

— Peut-être. Ou peut-être que c'est de la malchance. C'est dur d'avoir le cœur brisé quand on ne l'a jamais vraiment mis en jeu.

Replongeant la main dans son sac, Tyler en sortit une boîte dorée et magnifiquement emballée, et me la tendit.

Prenant la boîte, je dénouai le ruban. Dieu merci, c'étaient des chocolats ! Des truffes bien brillantes, confectionnées à la main. Sophistication retrouvée, statut de superman rétabli.

— Tu n'as jamais été amoureux ? demandai-je en prenant un des chocolats pour le mettre dans sa bouche. Je ne te crois pas.

— Je ne sais pas, peut-être, répondit-il en m'attrapant la main pour m'embrasser le bout des doigts. Je ne peux pas dire que je me sois déjà effondré en voyant une relation se terminer. En tout cas, ça n'a jamais constitué une raison suffisante pour quitter le pays.

— Si tu ne sais pas si tu as déjà été amoureux, c'est que tu ne l'as probablement pas été, j'en mets ma main à couper. Mais je n'arrive pas à croire que les femmes ne se sont pas bousculées pour tomber amoureuses de toi.

J'acceptai volontiers le chocolat qu'il portait à mes lèvres et lui mordillai les doigts.

— Peut-être qu'elles l'ont fait, répondit-il avec un haussement d'épaules. Mais, pour ma part, je n'ai jamais rencontré personne qui m'inspire des sentiments aussi forts.

— Alors c'est toi le bourreau des cœurs, dis-je en riant. (Ça me paraissait improbable, lui qui était si adorable...) Toutes ces pauvres filles...

— Peut-être que je me réserve simplement pour la bonne personne ?

— Et qui serait cette personne ?

Je repris mon vin. Il commençait à descendre bien mieux avec le chocolat qu'avec les Cheetos, tellement mieux en fait que j'avais presque oublié à quel point j'avais eu faim. Je roulai sur moi-même pour venir me blottir contre Tyler, le dos contre son large torse.

— Je ne sais pas encore, répondit-il en me caressant les cheveux. Je suppose qu'elle devrait être intelligente et intéressante, pour qu'on ait beaucoup de choses à se dire. Je ne veux pas passer pour superficiel, mais il faudrait aussi qu'elle soit jolie. Et elle devrait me faire sourire tout le temps.

Je penchai la tête en arrière pour lui sourire.

— Elle a l'air sympa.

Je ne m'étais même pas rendu compte que j'avais déjà vidé mon verre. Tyler me resservit.

— Et il faudrait que j'aie envie de l'embrasser chaque fois que je la vois, continua-t-il en tendant la tête pour déposer un autre baiser sur mes lèvres. Comme ça.

— Voilà de bons critères, fis-je en regagnant d'un roulé-boulé la couverture pour éviter trop de baisers.

Après la folie du concert de la veille, des frasques de Jenny, du fait d'être allée si loin avec Alex et pourtant pas encore assez, ce moment était d'une sérénité rafraîchissante. Un temps magnifique, l'odeur de l'herbe fraîche, et un homme adorable et prévenant qui me nourrissait de chocolats et me dévorait de tendres baisers. J'adorais la façon dont Tyler me traitait, comme si j'étais quelque chose à manipuler délicatement et à protéger. J'y croyais presque moi-même, à force. Je restai allongée à côté de lui, à lui raconter ma semaine et à écouter la sienne tout en buvant du vin et en mangeant des chocolats tandis qu'il mâchouillait ses Cheetos répugnants jusqu'à ce qu'il ne nous reste plus rien.

— Je savais que j'aurais dû en acheter deux, dit Tyler en secouant la bouteille pour en faire tomber les dernières gouttes dans mon verre. Vu la vieille poivrote que tu es…

— Je ne bois presque jamais ! me défendis-je sans trop de crédibilité. Franchement, d'habitude je passe des mois entiers sans boire une goutte, encore moins m'envoyer la plus grosse partie de deux bouteilles avant 15 heures. Je crois que c'est pour ça que je tiens aussi mal l'alcool.

Et c'était vrai, j'avais les pensées agréablement confuses et la tête remplie de ce coton dont Tyler semblait déterminé à m'envelopper.

— Tu ne fais que rattraper le temps perdu, alors, dit-il avec un grand sourire en rangeant les verres ainsi que la bouteille et les paquets vides dans son sac.

Pas de détritus ici. Quel homme adorable.

— Je suis fatiguée, c'est tout, dis-je en bâillant pour marquer le coup. Je me suis couchée un peu tard hier.

— Soirée sympa ?

— Le concert d'Alex à Brooklyn, répondis-je sans réfléchir.

— Alex ?

Son ton n'était pas accusateur, mais clairement curieux.

— Oh ! un ami du copain de Jenny, répondis-je rapidement. (Ce n'était pas un mensonge au sens strict.) Ça nous a pris une éternité pour rentrer.

— Je ne comprends pas tout le foin qu'on fait autour de Brooklyn, dit Tyler en secouant la tête, sans insister sur le sujet d'Alex. *(Ouf.)* OK, c'est vrai, le quartier de Park Slope est sympa, la *Peter Luger Steak House* est super, mais pourquoi est-ce que tout le monde croit que c'est tellement *in* d'aller jusqu'à Williamsburg pour boire une bière ? Sans façon…

— C'était sympa, là-bas, protestai-je. Tout le monde était super cool.

J'avais l'impression que j'aurais au moins dû essayer de défendre Brooklyn, mais l'excès de vin rouge commençait à affaiblir ma capacité à raisonner.

Tyler fit la grimace.

— Exactement. Il faudrait que quelqu'un rappelle à ces jeunes bobos que la fac est terminée depuis longtemps. Il est temps pour eux de mettre leurs tee-shirts humoristiques au placard et d'arrêter de fumer la moquette. Et comment est-ce qu'ils font pour porter des jeans aussi serrés ? Ils se rendent compte qu'ils ne pourront jamais avoir d'enfants ?

Je songeai à Alex avec son jean slim et ses petits tee-shirts, et ne pus m'empêcher de sourire. Ou peut-être était-ce la demi-bouteille de vin rouge qui me faisait cet effet-là. En fait, j'étais complètement bourrée.

— Serais-tu une jeune branchouille sans me l'avoir dit ? Je ne me rappelle pas avoir vu de piercings.

— Je préfère les tatouages.

J'éclatai de rire lorsqu'il essaya de soulever mon tee-shirt.

— Arrête, tout le monde peut voir !

— Il faut que je les trouve, ces tatouages, dit-il en me maintenant les poignets au-dessus de la tête d'une main tout en me fouillant de l'autre. Je n'arrive pas à croire que je ne les ai pas vus l'autre nuit.

— Je n'en ai pas, en vrai, dis-je, le souffle coupé moitié par le rire et moitié par la façon dont il me tenait coincée sous lui.

Une sensation familière commença à se faire sentir dans mon ventre avant de se propager dans tout mon corps.

— Je pense que si, répliqua-t-il, me soumettant d'un regard intense. Peut-être que je ne les ai pas vus parce qu'il faisait trop sombre.

— Peut-être, chuchotai-je en le suppliant mentalement de me soulever et de m'emporter chez lui.

D'après mes calculs, il avait à peu près dix secondes pour le suggérer avant que je commence à me donner en spectacle. Et, potentiellement, que cela conduise à notre arrestation.

— On y va ? me demanda-t-il, l'œil luisant et la voix bourrue.

Acquiesçant, je le laissai m'aider à me relever. Sa main était comme un fer brûlant dans le creux de mon dos alors que nous traversions le parc. Je ne voulais pas le tirer en avant, mais c'était presque comme s'il faisait exprès de marcher lentement, voire de freiner, pour me faire attendre. Mais je ne pouvais pas attendre. J'exerçai une légère pression sur sa main, mais il ne fit que me rendre mon geste avec un sourire plein de promesses.

— Tu es pressée ? dit-il en me forçant à ralentir alors que je gagnais la sortie du parc d'un pas entre le petit et le grand galop.

Je n'avais pas de réponse à lui donner qui ne me fasse pas passer pour la dernière des traînées, aussi optai-je pour la vérité :

— Pas toi ?

— Bien vu, répliqua-t-il avant de me soulever le menton pour m'embrasser à pleine bouche.

Je sentis toute force abandonner mes jambes ; il n'y avait plus rien au monde en dehors de Tyler et moi et – je croisai les doigts – son appartement à moins de dix minutes de là.

Ma deuxième visite chez Tyler fut tout aussi instructive que la première. Plus que tout, alors que j'étais étendue dans son grand lit moelleux à le regarder somnoler, ce fut la brutale révélation que ma relation avec Mark était morte depuis très longtemps. Je ne me rappelais même pas la dernière fois que nous avions fait l'amour en plein jour ; mais c'était vraiment comme le vélo, ça ne s'oubliait pas. Non que je fasse du vélo. Et tout aussi remarquable était le degré de souplesse qu'on pouvait atteindre lorsqu'on le voulait vraiment. Je me faufilai discrètement hors de la chambre et récupérai ma culotte et mon tee-shirt pour aller à la salle de bains. Après avoir apporté quelques rapides retouches à mon mascara et pressé un gant de toilette imbibé d'eau froide sur mon menton irrité par la barbe naissante de Tyler, je procédai à l'inspection obligatoire de l'armoire de toilette.

La première chose que je remarquai fut que, pour un homme, il avait beaucoup de produits. Il avait fallu des mois d'allusions de ma part et plusieurs publi-reportages dans *GQ* pour que Mark commence à utiliser ne serait-ce que le baume après-rasage Nivea for Men, mais Tyler avait plus de produits que moi. Shampoing, après-shampoing, masque pour les cheveux, gel, mousse, cire, crème pour les yeux, gommage, nettoyant pour le visage, crème hydratante avec écran solaire incorporé, crème de nuit au rétinol… Je ne savais pas si je devais être effrayée ou impressionnée, puis je me rappelai combien il était beau en toutes circonstances, et fis preuve de compréhension. Peut-être devrais-je moi-même en essayer certains. Derrière les crèmes, gels, lotions et autres potions se trouvaient plusieurs flacons d'analgésiques, certains prescrits, et d'autres obtenus sans ordonnance. *Tout le monde peut avoir des analgésiques*, me rappelai-je ; j'avais moi-même encore des tonnes de codéine qui restaient de lorsqu'on m'avait enlevé les dents de sagesse. Tout au fond, sur l'étagère du haut, se trouvait une trousse de toilette noire. Avec un rapide coup d'œil à la porte, je l'attrapai. Je ne pus pas m'en empêcher. Si elle contenait de mignons flacons miniatures, j'emménageais. Mais la trousse n'était pas pleine d'articles de toilette pour homme. C'était une trousse du lendemain. Pour une femme.

Déodorant, brosse à dents neuve, démaquillant et même un Tampax.

Je remis la trousse à sa place et me rassis au bord de la baignoire. Donc, c'était vrai, il sortait avec beaucoup de filles. Retour à la réalité. Je n'avais absolument aucun droit de me plaindre : je sortais parallèlement avec quelqu'un d'autre et ne lui en avais pas vraiment parlé ; peut-être qu'il sortait lui aussi avec d'autres personnes en même temps. Mais quelque chose me dérangeait dans toute cette affaire. Sortir avec deux personnes, c'était une chose, mais coucher avec deux personnes en était une autre. Peut-être que, si j'avais couché avec Alex, j'aurais une opinion différente, dans un sens ou dans l'autre.

Je passai les mains sous l'eau froide pour me calmer. Il n'y avait qu'un seul problème avec cette théorie : je n'avais pas couché avec Alex, et je n'avais pratiquement pas eu de vie sexuelle pendant une éternité. Mais, avec Tyler, c'était comme… je ne trouvais même pas de comparaison. Même lorsque c'était bien avec Mark, avant, ça ne m'avait jamais laissée tremblante de la tête aux pieds, le souffle coupé, mais incapable d'arrêter. Dès que j'étais avec lui, le reste du monde s'effaçait. C'était extrêmement grisant mais, quelque part au fond de moi, j'avais le sentiment que ce n'était pas réel, pas permanent. J'essayai de penser à ce que Jenny m'aurait dit en un moment pareil : que je sabotais mon propre bonheur en essayant de me trouver une raison pour ne pas simplement apprécier une relation sans conséquences pour ce qu'elle était.

Tyler frappa doucement à la porte de la salle de bains.

—Angela ? Ça va ?

Je regardai autour de moi, cherchant l'inspiration sans la trouver.

—Ouais. Je crois que je me suis pris un petit coup de soleil, je me passais un peu d'eau fraîche sur le visage, c'est tout.

—J'ai de la lotion quelque part là-dedans, dit-il en passant la tête dans l'embrasure de la porte. Tu veux que je te la trouve ?

—Je veux bien, merci.

Il était tellement merveilleux. Qu'est-ce que ça pouvait faire s'il voyait d'autres filles ? Lorsqu'il était avec moi, il n'était qu'avec moi.

—Fais-moi voir. (Il prit un grand flacon d'après-soleil dans un placard et le pressa pour en verser un peu dans sa main.) Où il est, ce coup de soleil ? Tu n'es pas rouge.

—Oh ! c'est mon dos, répondis-je en tirant légèrement sur l'encolure de mon haut. (Ce n'était pas rouge parce que ce n'était pas brûlé, mais c'était le meilleur mensonge qui m'était venu sur le moment.) Ça me fait mal, c'est tout. Je ne pense pas que le rouge soit encore sorti.

—Je ne veux pas en mettre sur tes vêtements, dit-il en me montrant ses mains couvertes de crème et en indiquant mon haut de la tête. Tu ferais mieux d'enlever ça.

— Je suppose, oui, fis-je avec un sourire en essayant de ne pas penser à ce que j'avais trouvé dans son armoire de toilette.

Ce qui s'avéra nettement plus facile lorsqu'il se mit à faire glisser ses mains fraîches sur ma peau chaude, pour faire pénétrer l'après-soleil.

— C'est mieux comme ça ? me demanda-t-il en me frottant doucement le dos de haut en bas.

— Oui, répondis-je à voix basse, en sentant ses mains glisser jusqu'à l'élastique de ma culotte.

Il passa ses pouces dessous et la fit délicatement descendre.

— Je me disais, me chuchota-t-il à l'oreille, son torse nu collant à ma peau imbibée de lotion. Si tu as un coup de soleil dans le dos, tu ferais mieux d'être au-dessus.

Quel homme attentionné…

L'après-midi devint le soir, puis le soir la nuit, sans rien d'autre à faire que de nous sauter l'un sur l'autre. Après le sol de la salle de bains, ce fut le retour à la chambre pour d'autres pelotages paresseux et une petite sieste, avant de finir dans la cuisine après avoir étrenné son plan de travail en granit tout neuf. Quelques heures plus tard, je me trouvai pelotonnée sur son canapé, vêtue d'un vieux tee-shirt aux couleurs des Yankees, en train de manger des nouilles chinoises prises à emporter. Apparemment c'était adorable que je me sois extasiée devant les boîtes en carton « comme dans les séries ». L'idée me plaisait beaucoup. Un peu condescendant, mais très gentil. S'il trouvait adorable tout ce que je faisais naturellement, ça me faciliterait la tâche.

— Tu vis ici depuis combien de temps ? demandai-je en regardant son appartement – un dernier étage-terrasse – au design impeccable.

Tout y était en inox flambant neuf. Sauf là où j'étais passée, bien sûr.

— Euh… deux ans ? répondit-il après avoir réfléchi, en gagnant la cuisine d'un pas tranquille pour fouiller dans un tiroir invisible. Pourquoi, il ne te plaît pas ?

— Si, au contraire, fis-je, priant pour qu'il ne sorte pas un tire-bouchon. Tu l'as décoré toi-même ?

— Comme si j'avais le temps ! s'exclama-t-il en secouant la tête avant de sortir un tire-bouchon. Il était plus ou moins comme ça quand je l'ai eu.

— Oh !

Je fronçai les sourcils, posant le menton sur l'accoudoir du canapé droit. L'appartement était magnifique, très luxueux, mais il me paraissait un peu impersonnel. Je me demandai si tous les appartements de l'immeuble avaient la même déco aux murs.

— Tu veux rester dormir ? me proposa Tyler en revenant de la cuisine, une bouteille de vin à la main. Je ne suis attendu nulle part demain matin.

— C'est vrai qu'il se fait un peu tard, reconnus-je en refusant le vin d'un geste. (J'en avais eu assez pour la journée ; pour la semaine, en fait.) Oh ! mais je n'ai pas mes affaires de toilette.

Les mots étaient sortis de ma bouche avant que je puisse les retenir. J'attendis qu'il me propose sa trousse secrète pour les filles qui passaient la nuit.

— Ne te moque pas de moi, dit-il en se rasseyant sur le canapé et en me prenant la télécommande des mains. (Ça m'était égal, je n'arrivais pas à me servir de la maudite machine.) Mais j'ai quelques trucs pour filles. Je ne sais pas quoi exactement, cela dit : c'est ma mère qui les a laissés la dernière fois qu'elle est venue passer quelques jours chez moi.

Je souris en le voyant rougir.

— Ta mère ? Qui c'est qui est adorable, maintenant ?

— Elle habite en Floride, m'expliqua-t-il en me montrant du doigt une petite photo de famille cachée en hauteur sur une étagère. *(Waouh ! Toute la couvée.)* Mais, depuis la mort de mon père, elle vient souvent me rendre visite.

— C'est vraiment mignon, dis-je en me blottissant contre lui. Je trouve ça super lorsque les gens sont proches de leurs parents.

— Tu es proche des tiens ? demanda-t-il en se mettant à zapper.

— Pas énormément, pour être franche, mais, tu sais, ce sont mes parents. Je les aime. Même ma mère.

— Je suppose que c'est plus difficile pour les filles avec leur mère, dit-il en appuyant sa joue contre ma tête. Et je parie que tu faisais les quatre cents coups quand tu étais jeune.

— Oh là là, non, bien au contraire ! m'exclamai-je, amusée à cette idée. De retour à la maison avant 21 heures, pas de petit ami avant mes seize ans, les meilleures notes à l'école. Je crois que ma mère craignait que je finisse bibliothécaire vieille fille ou quelque chose comme ça.

— Tu veux que je l'appelle pour la rassurer à ce sujet ? fit-il en s'arrêtant sur une chaîne sportive.

Si ç'avait été Mark avec le foot, je me serais plainte mais, d'un autre côté, si Mark avait passé tout l'après-midi à me donner des orgasmes multiples, je me serais peut-être montrée un peu plus sensible aux malheurs de l'équipe de Nottingham Forest.

— Je ne pense pas qu'elle ait besoin de tous les détails, dis-je en l'embrassant rapidement avant de me lever d'un bond. Mais je devrais appeler Jenny pour la prévenir que je ne rentrerai pas ce soir.

Je gagnai la chambre à pas feutrés pour chercher mon sac et le trouvai en lieu sûr au bout du lit, sous mon short.

— Salut, Jenny, dis-je en tombant sur le répondeur. Ce n'est que moi, je vais rester dormir ici alors ne…

Jenny décrocha, hors d'haleine.

— Houhou ! C'est bon, je suis là.

— Salut. Tu vas être fière de moi : je reste dormir chez Tyler. Tu vois, je suis carrément capable de sortir avec plusieurs mecs en même temps.

— Oh ! D'accord.

— Tu aurais voulu que je rentre ?

J'espérais qu'elle ne se sentait pas abandonnée. Je ne maîtrisais pas encore toutes les règles de la colocation.

— Non, non, dit-elle en baissant légèrement la voix. Jeff est ici, et je me disais seulement qu'il risquait de dire à Alex que tu n'étais pas là, ou quelque chose comme ça. Et je ne savais pas s'il savait que Tyler et toi, vous…

Je n'avais absolument pas pensé à cette éventualité.

— Merde ! Je ne pense pas qu'il sache, pas avec certitude en tout cas. Et je ne veux pas qu'il l'apprenne. Ne dis rien, je t'en prie.

— Bien sûr que non, me rassura-t-elle d'un ton plus décontracté. Je vais simplement lui dire que tu es chez Erin ou quelque chose comme ça, que tu voulais nous accorder un peu d'intimité. Oh ! mais il nous a invités à dîner chez lui demain soir, pour s'excuser pour vendredi.

— Pour s'excuser du fait que *tu* as vomi partout chez Alex ? demandai-je, en songeant que le fait que Jeff connaisse Alex risquait effectivement de rendre les choses plus difficiles.

— Oui, maman ! répliqua Jenny. Il faut que j'y aille, la pizza est arrivée. Alex a déjà dit à Jeff qu'il pouvait venir, alors c'est demain à 19 heures, d'accord ? Essaie d'avoir remis ta culotte d'ici là. Bisous.

Éteignant mon téléphone, je réintégrai ma place dans le salon.

— Tout va bien ? demanda Tyler en m'attirant contre lui.

— Oui oui, dis-je en me tortillant pour reprendre ma position sous son bras. Fatiguée, c'est tout.

— Tu veux aller te coucher ? fit-il en me caressant distraitement les cheveux.

— Ça va, répondis-je, me reposant les yeux juste assez longtemps pour m'endormir sur le canapé, bercée par les sons du match de base-ball.

Chapitre 18

« Les Aventures d'Angela : attentat aux mœurs à Central Park… »

En tant que nouvelle venue à New York, je n'ai aucune idée du seuil de tolérance du plus joli parc de votre jolie ville – quel niveau d'indécence est jugé indécent ? Je reviens tout juste d'un autre merveilleux rencard avec Wall Street : un pique-nique très romantique avec vin, truffes Godiva et Cheetos (personne n'a dit qu'il était parfait) et je me demande si je dois m'attendre à voir un policier (attention, fantasme !) se présenter à ma porte. Évidemment, il n'y a pas eu de vêtements d'enlevés durant notre séance en extérieur, mais qu'est-ce qui est pire : les pelotages torrides ou l'insupportable degré d'autosatisfaction que nous avons imposé à ceux qui nous entouraient ? Il y avait de quoi vomir, franchement. Avant mes frasques sentimentales new-yorkaises, j'aurais volontiers planté le tire-bouchon de Wall Street dans sa tempe si j'avais vu un couple aussi content de lui-même que nous l'étions (Cheetos mis à part). Mais je n'ai vraiment pas envie de le tuer tout de suite. Et je ne veux pas arrêter d'être pelotée dans le parc non plus. Hmm. Ça va être difficile. »

Après avoir débattu intérieurement pendant vingt minutes pour tenter de décider si je laissais mon entrée de blog telle quelle, j'abandonnai. Et, dans une tentative radicale pour me changer les idées, je pris une mesure drastique.

— Allô ?

— Maman ? C'est Angela.

— Ma chérie, comment vas-tu ?

Il y avait une pointe de soulagement dans sa voix, comme si elle avait craint que ce ne soit l'ambassadrice Avon qui habitait au numéro quarante-quatre.

— Tu rentres à la maison, ça y est ?

— Non, pas encore, répondis-je en arpentant l'appartement. Mais je vais bien, j'habite toujours chez mon amie et je travaille pour un magazine. Tout va pour le mieux.

— Mais tu rentres bientôt, ma chérie ? insista-t-elle.

Je l'imaginais sans peine, en train de froncer les sourcils en se contemplant dans le miroir accroché au-dessus du téléphone, et probablement de se tripoter les cheveux, en admirant par la fenêtre son jardin impeccablement tenu et en regardant le chat du voisin chier dans ses plates-bandes.

— Je ne sais pas, maman, répondis-je en m'immobilisant enfin devant la fenêtre. Mon séjour se passe vraiment bien. Mon boulot est passionnant : j'écris un journal intime en ligne pour le site web du magazine.

— C'est merveilleux, je suis très fière de toi. (Le même ton indifférent qu'elle avait eu pour me féliciter des résultats de tous mes examens scolaires. Grrr.) Mais ma chérie, tu sais, j'aimerais vraiment que tu me dises quand tu as l'intention de rentrer. Tu dois bien avoir une date pour ton retour en avion ? Et l'hôtel doit te coûter une fortune…

— Maman, je viens de te dire que j'habite chez une amie. Je ne sais pas quand je… Tu sais quoi ? C'est sans importance. Pourquoi est-ce que Mark était chez toi lorsque j'ai appelé la semaine dernière ?

— Je ne comprends pas pourquoi tu ne peux pas me dire à quelle date tu as pris ton retour, continua-t-elle à se plaindre.

Je commençais à regretter d'avoir appelé.

— Je n'ai pas encore acheté de billet d'avion alors je ne peux pas te donner de date, répétai-je en songeant combien la vue que nous avions de nos fenêtres respectives était différente.

Moi, je voyais des taxis jaunes, le Chrysler Building et des milliers de New-Yorkais qui se bousculaient dans les rues de la ville. De sa fenêtre, elle avait déjà de la chance si elle voyait sa Clio dans l'allée, la poste et M. Tucker, le voisin, peut-être en train d'affrioler le voisinage en jardinant torse nu. Il avait cinquante-deux ans.

— Pourquoi est-ce que je suis tombée sur Mark lorsque je t'ai appelée ?

— Il était passé déposer certaines de tes affaires, Angela. Je sais qu'il t'a traitée de façon horrible, mais je le connais depuis des années. Je ne peux pas faire comme s'il n'existait pas.

Elle est sérieuse ?

À son ton, je devinai qu'elle commençait à être aussi agacée par moi que je l'étais par elle.

— Bien sûr que si. C'est très facile. En ce qui concerne notre famille, il n'existe pas.

— Ce n'est pas parce que tu as décidé de fuir tes problèmes au lieu de les affronter que je peux en faire autant, répliqua-t-elle d'un ton réprobateur. Je croise la mère de Mark toutes les semaines au supermarché.

Ce n'était pas là la conversation mère-fille réconfortante que j'avais imaginée.

— Je n'ai rien fui du tout, protestai-je. Je fais quelque chose de ma vie.

— Et peut-être que si tu étais restée et que tu avais parlé avec Mark, tu te serais rendu compte à quel point il s'en veut de toute cette affaire, continua-t-elle sans prêter la moindre attention à ce que je disais. Peut-être que tu aurais pu recoller les morceaux avec lui. Je ne dis pas pour autant que tu devrais le faire ; il t'a quand même trompée, je sais.

— Il veut recoller les morceaux ?

L'idée ne m'avait même pas traversé l'esprit.

— Eh bien, peut-être qu'il aurait voulu si tu ne t'étais pas enfuie, je ne sais pas..., dit-elle d'un ton distrait. Mais maintenant qu'il a fait emménager cette Katie, j'imagine que vous ne vous remettrez plus jamais ensemble. Je suppose que si tu l'appelais...

— Il a emménagé avec... Il l'a fait emménager ? la coupai-je en plein milieu de sa phrase. Chez nous ?

Elle semblait m'accorder de nouveau toute son attention.

— Eh bien, il faut dire que tu t'étais volatilisée, ma chérie. Que voulais-tu qu'il fasse ? Non que je lui cherche des excuses. Il n'aurait jamais dû faire une chose pareille, mais il a quand même expliqué...

J'avais besoin de raccrocher immédiatement.

— Maman, il faut que je te laisse, je sors. Je te rappelle quand j'en saurai un peu plus sur mon retour.

— Très bien, ma chérie, à bientôt alors.

Et elle raccrocha avant même que j'aie eu le temps de le faire.

Savoir avec certitude que Mark avait invité cette fille à vivre dans ma maison était un peu trop gros à digérer, mais ça relativisait certainement mon problème de blog. M'asseyant devant mon ordinateur, je refoulai les visions qui s'imposaient à moi de cette garce portant mon tablier Cath Kidston et cuisinant dans ma cocotte Le Creuset vert citron bien-aimée, et envoyai le blog à Mary. Mark qui ?

Après que Jenny fut revenue de son rendez-vous beauté dominical chez Extase et eut vérifié que tout avait été bien exfolié, épilé et hydraté à hauteur de ses exigences très élevées en l'honneur de Jeff, nous filâmes direction Brooklyn. J'étais nerveuse, à juste titre, n'ayant pas parlé avec Alex de notre « rencard à quatre » et m'étant coiffée – tant bien que mal – et maquillée à la va-vite, d'une touche de mascara et de gloss MAC miraculeux en moins de quinze minutes. Mais mon sac Marc Jacobs, toujours aussi merveilleux, rendait tout dix fois plus supportable.

Je me demandai si j'aurais réalistement pu sortir en pyjamas et me sentir quand même adulte rien que parce que je le portais. Jenny gambada pendant presque tout le trajet de l'appartement à la ligne L, sans pratiquement, dans son bavardage intarissable, dire une seule phrase qui ne soit pas directement en référence à Jeff.

—Alors, c'est pour ce soir avec Jeff? demanda-t-elle en me tenant par la main et en sautillant d'un pas léger alors que nous traversions la rue pour gagner la station de métro.

—Je ne sais pas, avouai-je. J'étais avec Tyler ce matin, tu ne trouves pas que c'est un peu de mauvais goût de coucher avec Alex ce soir?

Mais, rien que de dire ces mots, j'avais des frissons dans le dos.

—Je savais que ça allait arriver, dit Jenny en passant sa Metrocard dans la machine. Tu n'étais même pas à l'aise à l'idée de sortir avec deux mecs, il était impossible que tu sois capable de coucher avec deux mecs. Pas en même temps…

—Arrête, c'est pas un plan à trois, Jenny, dis-je en secouant la tête, lui emboîtant le pas dans l'escalier. Et tu n'as pas souhaité me faire part de cette information? Sincèrement, ça ne me gêne pas de les voir tous les deux; j'aime chacun d'eux, mais pas de la même façon. Je ne sais pas. Avec Tyler, je m'éclate et avec Alex… Eh bien, c'est différent.

—Mais tu le préfères à Tyler?

—C'est plus difficile à définir. J'aime la personne que je deviens quand je suis avec lui. Avec Tyler, c'est plus ce que je ressens *physiquement*, tentai-je d'expliquer sans rougir. Tu as fait cette expérience à l'école, où tu prends trois fleurs blanches et tu en mets une dans un vase vide, une autre dans de l'eau et la troisième dans un vase plein de colorant alimentaire ?

— Oui, acquiesça Jenny. Mais je ne vois pas vraiment le rapport avec le fait que tu prends ton pied avec un banquier canon.

Je souris d'un air narquois et sautai dans la rame dont les portes venaient de s'ouvrir.

— Tais-toi. OK, ne te moque pas, mais la fleur sans eau se fane et meurt, n'est-ce pas ? Et celle qui est dans l'eau s'épanouit, elle est belle mais très ordinaire. Mais lorsque tu ajoutes le colorant alimentaire…

— Ça donne de la couleur à la fleur, acheva-t-elle à ma place. Oh là là, ce que tu es profonde ! Mon chou, ta première analogie. Je suis fière de toi.

— Merci. Tu me donnes confiance en moi, répliquai-je en lui tapotant la cuisse. Je sais que c'est cliché, mais je n'ai pas pu trouver mieux. Avant, j'étouffais, point. Avec Tyler, c'est classique et romantique ; il a une vie dont je reconnais la structure. Mais, avec Alex, c'est grisant, passionnant, différent. Je ne sais pas où ça va, tout est si nouveau.

— Nouveau et passionnant, c'est bien, remarqua Jenny en hochant la tête d'un air songeur. Mais lorsque tu es fragile émotionnellement – et c'est ton cas, mon chou – ou quand tu as juste besoin de sortir et d'avoir plein de super plans cul parce que tu n'as couché qu'avec un seul mec dans ta vie – et c'est aussi ton cas–, peut-être que classique et romantique est plus approprié.

— Peut-être. Je ne sais pas. Et je ne sais pas combien de temps je peux continuer à les voir tous les deux. Ça me met mal à l'aise, même si ça ne devrait pas. Mais, grâce à Tyler, j'arrive presque à ne pas stresser par rapport à ce qui se passe avec Alex. Non qu'il se soit passé quoi que ce soit pour l'instant.

— Eh bien, je te propose de laisser Alex faire ses preuves ce soir, et de prendre ta décision demain ! dit-elle dans un grand sourire alors que le train ralentissait pour s'arrêter à la station où nous devions descendre. Je vais avoir besoin que vous vous barriez de chez Jeff, oh, je ne sais pas… dès qu'on y sera !

— Tout va pour le mieux entre vous, alors ? dis-je avec un sourire. Je suis vraiment contente. Je suis heureuse que les choses s'arrangent entre vous.

— C'est le destin ! s'exclama Jenny en sautant du wagon. Parfois, il faut que tu mettes tout le bla-bla de psy de côté et que tu suives ton cœur.

— Waouh ! je viens de perdre tout respect pour toi.

Je pris son bras sous le mien tandis que nous montions les marches en roulant des hanches.

— Je sais, répondit-elle avec un sourire heureux. N'est-ce pas merveilleux ?

J'aurais aimé savoir que Jeff était un piètre cuisinier avant d'accepter son invitation à dîner. J'aurais bien voulu qu'on me prévienne que, dans le monde où vivaient Jenny et Jeff, « dîner » était apparemment un euphémisme pour « s'entraîner à l'art de la fellation sur la fourchette et les doigts de son partenaire ». J'essayai de ne pas regarder tandis que, pour rester polie, je grignotai des spaghettis et de la bouillie qui avaient été posés devant nous à la seconde même où nous avions passé la porte. Nous n'étions pas dans l'appartement depuis quinze minutes qu'Alex et moi avions l'impression de déranger. Alex les observait ouvertement, en me donnant de temps en temps un petit coup de genou. Pour ma part, je n'osais même pas le regarder. Exception faite du « bonjour » embarrassé accompagné d'un baiser à peine ébauché que nous avions échangé avant d'être poussés vers nos chaises, nous n'avions pas vraiment parlé. Le spectacle pornographique que nous imposaient Jenny et Jeff créait une telle tension dans la pièce que je ne savais plus où me mettre. Je me sentais aussi mal à l'aise qu'une vieille fille dans une orgie.

— Alors, vous avez passé un bon week-end ? nous demanda Alex, à Jenny et à moi, brisant le silence tendu tout en enroulant des spaghettis trop cuits autour de sa fourchette.

Je remarquai qu'il n'y avait pas deux assiettes semblables. L'appartement était super chic, du même ordre que celui de Tyler, mais donnait l'impression que Jeff ne s'était pas trop soucié de le ranger ces derniers temps. Je me dis que d'autres choses lui avaient occupé l'esprit. Et peut-être d'autres parties de son anatomie.

La réponse de Jenny à Alex fut un gémissement étouffé alors que la main de Jeff disparaissait sous la table, aussi pris-je sur moi de répondre à Alex en essayant parallèlement de détourner son attention du comportement incroyablement déplacé que j'observais de l'autre côté de la table.

— Ça va, j'ai écrit. (Ce n'était pas un mensonge : j'avais effectivement écrit.) Et toi, qu'est-ce que tu as fait de beau ?

— J'ai écrit aussi, répondit-il, les yeux rivés droit devant lui. C'était bien, je crois que j'ai réussi à pondre de bonnes chansons.

Je hochai la tête poliment avec un sourire, en essayant de trouver quelque chose à dire, autre que : « Pour l'amour du ciel, remettez les mains sur la table, c'est insalubre ! » Mais nos hôtes me coupèrent l'herbe sous le pied en lâchant leurs couverts et en cessant plus ou moins de faire semblant de manger pour passer au plat principal : leur partenaire. J'aurais tué Jenny si j'avais pu.

— Alors, Jeff, commença Alex. (Quel homme courageux, d'essayer ainsi d'attirer l'attention de son ami.) C'est infâme, ce que tu nous as fait là. Qu'est-ce que c'est censé être, déjà ?

— Des pâtes, répondit Jeff, distrait par Jenny qui lui massait les épaules. (Je n'arrivais pas à imaginer à quelle activité ardue il pouvait s'être livré qui nécessite un massage ; ce n'était certainement pas sa cuisine.) C'est juste des pâtes.

— C'est délicieux, intervint Jenny.

Elle tenta une sorte de manœuvre érotique avec une fourchette pleine de spaghettis trop cuits, mais le résultat escompté était difficile à voir, à la différence de la tache que les pâtes allaient laisser en atterrissant sur ses genoux.

Alex me jeta un sourire en coin.

— Bon, OK. Charmant. Ça compense complètement le fait que ta copine ait vomi partout chez moi.

— Je veux savoir ce qu'il y a en dessert, exigea Jenny en se levant pour s'asseoir carrément sur les genoux de Jeff.

Elle n'avait vraiment aucune pudeur.

— J'ai de la glace, répondit Jeff, haletant. J'ai pris ton parfum préféré.

— Je n'ai pas vraiment envie de glace, dit Alex en repoussant sa chaise et en se levant pour s'en aller. Mais j'ai un excellent reste de pizza d'hier qui supplie qu'on la mange. Angela, est-ce que je peux t'allécher avec une part de pizza aux *pepperoni* ?

— Oui, tu peux, dis-je en le suivant à l'écart de la table. Merci, Jeff, Jenny.

— Vous vous en allez ? fit Jenny.

Elle commença à proposer sans conviction que nous restions jusqu'au café, mais quoi que Jeff lui ait chuchoté à l'oreille à ce moment-là leur arracha à tous deux des hurlements de joie et un « salut » extrêmement sec.

— Purée, c'était quoi, ça ?! s'exclama Alex avec un rire en claquant la porte de son appartement derrière lui. Ta copine aime avoir un public ou quoi ?

— J'ai envie de te répondre non… mais le mieux que je peux t'offrir, c'est que j'espère vraiment que non, fis-je en m'approchant avec hésitation du canapé.

Celui-ci semblait exempt de taches de vomi, aussi je m'assis dessus avec précaution.

— Bière ?

Alex ouvrit son grand frigo, plaçant une boîte à pizza et un pack de six en équilibre sur un seul bras.

— Oui, merci ?

Je pris la bouteille et restai assise en silence, ne sachant pas trop ce que j'étais censée faire à présent. Son appartement était tout le contraire de celui de Tyler : chaque centimètre carré portait sa marque. Il y avait des CD qui traînaient sur toutes les surfaces disponibles, des carnets étalés sur la table de salon, et, où que je me trouve, il y avait toujours un stylo ou un crayon mâchouillé à moins d'un mètre de moi.

— Je ne sais pas, je suppose que c'est une bonne chose qu'ils soient aussi mordus l'un de l'autre.

Il s'assit et ouvrit la boîte de la pizza. Non, franchement, elle datait au moins de la veille, si ce n'était de l'avant-veille.

— C'est juste que, poursuivit-il, lorsque Jeff m'avait invité à dîner, j'avais compris qu'on allait vraiment dîner.

— Pareil pour moi.

Malgré mes doutes, j'acceptai une part de pizza. Elle était en fait très bonne.

— Enfin, au moins, ça m'a rassurée sur mes talents d'hôtesse au cas où je devrais lui rendre la politesse. À côté de lui, je suis la reine des cuisinières.

— Ah oui ? Ouais, ça m'étonnerait pas.

Il s'adossa pour me regarder.

— Qu'est-ce que c'est censé signifier ?

Était-ce là une façon détournée de me dire – à la new-yorkaise – que j'étais un gros tas ?

— Rien du tout ! se défendit-il en agitant un morceau de pizza. Je pense juste qu'on peut en apprendre long sur une personne à la façon dont elle cuisine. Ce n'est pas comme si Jeff cachait son jeu, mais on pouvait voir à sa nourriture infecte qu'il ne se soucie pas trop de la préparation. Pour lui, tout ce qui compte c'est d'aller droit au but.

— Je suppose, répondis-je avec un sourire (Il fallait vraiment que je cesse de croire tout le temps qu'on me traitait de grosse.) Jenny ne sait pas cuisiner quoi que ce soit non plus. Elle ne jure que par les plats à emporter et *Starbucks*. Ils sont faits l'un pour l'autre.

— Qu'est-ce que tu préfères cuisiner ? demanda-t-il en appuyant la tête sur sa main, accoudé au bras du canapé.

— Hmm, dis-je d'un ton songeur.

Je ne disposais pas d'un répertoire particulièrement vaste, mais il me semblait que je n'avais pas droit à l'erreur.

— J'aime bien préparer le poulet à la balinaise. Tu écrases de la citronnelle et des piments séchés pour en faire une pâte dont tu badigeonnes le poulet et tu le fais cuire très lentement enveloppé dans une feuille de bananier. C'est délicieux.

— Tu vois ce que je veux dire ? lança-t-il en fermant les yeux tandis qu'un ravissant sourire se dessinait sur son visage. Piquant, aventureux, qui réclame temps et lenteur. Ça en dit long sur les gens…

— Et toi ?

Je savais que j'étais en train de rougir de la tête aux pieds. C'était mon plat le plus impressionnant, mais j'espérais vraiment que je n'allais pas devoir le concocter sans le livre. C'était une recette super compliquée.

— Pour être franc, je suis un piètre cuisinier, avoua-t-il en me prenant ma bière des mains et en se penchant vers moi. Mais je me rattrape dans d'autres domaines.

— Est-ce que ça ne fout pas ta métaphore en l'air ? chuchotai-je alors qu'il se déplaçait en glissant sur le canapé pour venir placer ses bras de chaque côté de ma tête.

— Je voulais juste te voir rougir.

Ses lèvres étaient douces et fermes, mais ses baisers ardents. Au bout de quelques secondes, Jenny et Jeff auraient pu aller se rhabiller à côté du spectacle que nous offrions. L'étoffe rêche de son jean m'irrita les cuisses alors que je remontais les jambes pour les passer autour de sa taille, l'attirant contre moi. Le chatouillement nerveux qui avait grandi dans mon ventre migra vers le sud ; j'avais les mains dans ses cheveux, les lèvres sur sa gorge et la tête... vide. M'aidant à me relever, Alex m'entraîna vers sa chambre en me portant à moitié. Pas le temps d'allumer des bougies, de mettre un fond musical ; il n'y avait que les lumières de la ville derrière nous pour éclairer sa silhouette lorsqu'il enleva son tee-shirt et le jeta par terre. On resta debout devant la fenêtre à s'embrasser à perdre haleine et se battre avec nos ceintures, fermetures Éclair et boutons jusqu'à ce qu'il n'y ait plus rien entre nous hormis nos sous-vêtements. Je remerciai mentalement Jenny de m'avoir exhortée à mettre un soutien-gorge et une culotte assortis en entendant Alex accueillir la vue de mes balconnets noirs et de ma culotte flottante d'un soupir d'approbation.

— Pourquoi est-ce que j'ai l'impression d'avoir attendu ce moment une éternité ? me demanda-t-il en faisant glisser de mon épaule une de mes bretelles pour déposer à la place une longue série de baisers.

— Pareil pour moi, murmurai-je.

Je passai un bras autour de son cou, toujours obsédée par l'envie d'enfouir mes doigts dans cette épaisse chevelure noire, tandis que mon autre main, ayant visiblement fait sécession, se promenait de sa poitrine à son estomac puis à l'élastique de son boxer en jersey moulant. J'avais les jambes qui commençaient à trembler, et je n'avais plus qu'un objectif: atteindre ce lit. C'était donc cet effet que ça faisait d'avoir les jambes en coton.

— Eh, dit-il doucement en remettant ma bretelle en place et en prenant mon visage entre ses mains. Je veux juste prendre mon temps, d'accord ?

Je ne comprenais pas.

— Tu ne veux pas… Je croyais… ?

Il avait attendu que je sois en sous-vêtements avec une main dans son caleçon pour me dire qu'il voulait prendre son temps ?

Il secoua la tête en souriant.

— Non. Je veux dire là, maintenant. Je veux pouvoir m'en rappeler chaque seconde.

— Oh, d'accord…

Je lui rendis son sourire en me mordant la lèvre. Étais-je tellement pressée que j'avais perdu tout romantisme ?

— Désolée, j'ai cru que tu voulais dire…

— Ne t'excuse pas.

Repoussant mes cheveux de mon visage, Alex m'embrassa tendrement. La lumière entrant par la fenêtre illumina sa peau et il me regarda droit dans les yeux.

— Et arrête de te poser tant de questions.

Il me prit par la main et me guida vers le lit, où il m'allongea et entreprit de me couvrir le visage, le cou et les épaules de baisers. J'avais tellement envie de lui que chaque seconde qui s'écoulait avant le bouquet final me faisait craindre d'exploser. Il commença à déplacer ses baisers plus bas, le long de ma clavicule, par-dessus mon soutien-gorge et jusqu'au creux de mon estomac.

— Je croyais que tu voulais prendre ton temps ? demandai-je d'une voix entrecoupée alors que ses lèvres atteignaient le haut de mes cuisses.

— J'aurais dû m'exprimer plus clairement, rétorqua-t-il en écartant la soie de ma culotte. Je voulais dire ralentir les choses de mon côté. Mais je pense que ça va bien se goupiller pour toi.

— Contente-toi de tirer les choses au clair, chuchotai-je en fermant les yeux et en m'abandonnant à ses caresses.

Si j'avais beaucoup appris avec Tyler, Alex fut carrément une révélation. Du moment où il m'avait renversée sur le lit jusqu'à l'aube, plusieurs heures plus tard, il mit mon corps tout entier à l'épreuve, me menant plusieurs fois jusqu'à la limite de l'extase pour me retenir au tout dernier moment. Lorsque je me réveillai, dans un enchevêtrement de draps et de membres, j'étais couchée la tête au pied du lit, et tellement épuisée que je ne savais plus où j'étais. Mais j'étais absolument certaine qu'au moins trois fois pendant ces quelques dernières heures j'avais connu un orgasme tel que je n'en avais encore jamais éprouvé. Je tendis une jambe pour explorer le sol du bout des orteils, tout en essayant de me dégager de l'étau des bras d'Alex sans le réveiller. Une tentative illusoire. Me sentant bouger, il entrouvrit un œil. Sans le moindre mot, sans la moindre communication verbale, il m'attira de nouveau contre lui pour reprendre exactement là où nous avions arrêté la veille.

Chapitre 19

C'était lundi matin mais, à mon grand bonheur, Alex n'avait à être nulle part sauf au lit avec moi. Il n'avait pas à ouvrir à sa femme de ménage, ni à faire les courses, et certainement pas à aller au bureau. On resta à somnoler toute la matinée, ne nous réveillant que pour tendre la main et vérifier que l'autre était toujours là, en train d'attendre. Au bout d'un moment, quand même, je fus forcée de fausser discrètement compagnie à Alex pour traverser l'appartement à pas de loups à la recherche de la salle de bains. Assise sur les toilettes, j'étais parfaitement consciente d'afficher un sourire béat parfaitement niais. Je ne savais tout simplement pas quoi faire. Comparé à mon seul partenaire sexuel avant lui, Tyler avait été incroyable. Techniquement, c'était un dieu vivant. Il savait sur quels boutons appuyer, dans quel ordre et, surtout, à quel moment précis. Mais Alex… Ç'avait été si intense. Je me sentais mise à nu, presque à vif, comme s'il m'avait entièrement démontée pour reconstruire une Angela toute neuve, revue et améliorée. C'était incroyable. Après m'être furtivement rincé la bouche, mouillé le visage et démaquillé les yeux tant bien que mal, je retraversai le salon sur la pointe des pieds, jetant un coup d'œil au passage à mon téléphone. Un message de Jenny me demandant si ça allait, un autre d'Erin pour me dire qu'elle avait vu le blog (le blog ! J'avais déjà oublié qu'il était en ligne) et un dernier de Tyler, me demandant si je voulais sortir dîner le lendemain soir. Je m'arrêtai un moment, me perchant sur l'accoudoir du canapé. Est-ce que je voulais sortir dîner le lendemain soir ? J'aimais bien Tyler, c'était un mec super, mais Alex jouait dans une catégorie à part. Je tapai un message concis pour accepter. Dans tous les cas, il fallait que je voie Tyler, que ce soit pour un rencard ou pour en finir avec lui. Et il fallait aussi que je pense au blog, c'était vrai. Mais tout allait bien se passer. Je répondis rapidement à Jenny et Erin, puis regagnai hâtivement la chambre pour retrouver les bras d'Alex.

Après quelques heures à flemmarder voluptueusement, j'allai à regret prendre une douche pour pouvoir rentrer chez moi écrire mon blog. Alors que je me savonnais, j'entendis Alex chanter dans la cuisine, et souris. C'était un monde tellement différent de celui auquel j'étais habitué, et ça me plaisait. Sans trousse de secours post-découchage, je fis de mon mieux : j'attachai mes cheveux mouillés et appliquai un peu de gloss et de mascara ; pas besoin de blush, je piquais déjà un fard. Renfiler ma robe fut comme le point à la fin d'une phrase. Il fallait vraiment que je m'en aille désormais, je n'avais plus le choix. Je n'avais pas de culotte de rechange, rentrer chez moi était ma seule option.

Lorsque je sortis de la salle de bains, Alex était en train de faire du café, du vrai, en tee-shirt et en short. C'était vraiment injuste que j'aie dû passer vingt minutes à reprendre apparence humaine alors que lui était aussi mignon et sexy que d'habitude malgré l'empreinte des plis de l'oreiller sur sa joue et ses cheveux en bataille.

— Donc tu sais te servir de ta cuisine, finalement, fis-je en acceptant un mug de café noir fumant et en me laissant retomber sur le canapé.

Je savais qu'il fallait que je parte, mais mes jambes étaient déterminées à me compliquer la tâche en refusant de marcher.

— Je me nourris presque exclusivement de mon café lorsqu'on enregistre, m'expliqua-t-il en s'asseyant à côté de moi. Désolé s'il est un peu fort. Le café, je sais faire, mais je n'ai jamais de lait.

— T'inquiète, il est bon, mentis-je. (On aurait dit du goudron.) Qu'est-ce que tu vas faire aujourd'hui ?

Il haussa les épaules.

— Je vais peut-être essayer d'écrire un peu plus. J'ai pondu des trucs pas mal hier.

— Tu écris ici, seulement ?

Je fis tournoyer mon « café » dans mon mug : c'est à peine s'il bougea.

— Ouais, enfin, la musique. (D'un signe de tête, il indiqua la guitare acoustique appuyée contre le mur.) Normalement, je la compose avec ça, puis je l'apporte au reste du groupe et on la retravaille ensemble. Les paroles, je les écris partout. Dès qu'elles me viennent en tête.

— Ça doit être génial de pouvoir faire ça, dis-je en secouant la tête avec admiration. Je n'arrive pas à m'imaginer m'asseoir avec une guitare et sortir quelque chose de nulle part comme ça.

— C'est exactement pareil que lorsque tu écris.

Avec un sourire paresseux, il repoussa une mèche folle et humide derrière mon oreille. Il était midi passé depuis longtemps et il faisait si chaud que mes cheveux étaient presque secs.

— C'est simplement coucher sur le papier ce que tu penses.

— Je suppose.

Je laissai reposer ma joue contre sa main. Il aurait été si facile de rester là avec lui.

— Tu es sûre que tu dois t'en aller ? chuchota-t-il, les yeux brillants et la voix plus bourrue.

Non non non non non.

— Oui, soupirai-je. (Je me penchai vers lui pour un doux baiser plein de promesses, puis me forçai à reculer.) Je ne peux vraiment pas prendre du retard, et il faut que j'envoie mon blog avant 16 heures.

— Je me demande bien de quoi tu vas parler, dit-il avec un grand sourire. Et si ma mère le lit ?

— Non ! m'exclamai-je en rougissant avant de me relever. Je n'écris pas du porno, c'est un journal dans lequel je raconte mes expériences. Et puis, de toute façon, il y a quatre jours de décalage.

— Ne me dis pas que ça n'a pas été une expérience, rétorqua-t-il en soulevant légèrement le bas de ma robe du pied. Et comment se fait-il qu'il y ait autant de décalage ? C'est pour qu'ils puissent censurer tous les détails croustillants ?

— Non, c'est juste comme ça qu'ils font, au cas où je tomberais malade, ce genre de chose…

Je ramassai mon sac. Plus que tout, je voulais me laisser retomber sur ce canapé à côté de lui.

— Alors tu devras attendre la semaine prochaine pour voir ce que je vais mettre en ligne.

— Je ne m'inquiète pas trop, déclara-t-il en se relevant lentement pour me raccompagner jusqu'à la porte. Je ne pense pas que quiconque ait matière à se plaindre.

Il m'attira contre lui pour m'embrasser à pleine bouche en guise d'au revoir, me faisant lâcher mon magnifique sac. Le vilain !

— Je t'appelle plus tard ? dit-il en m'ouvrant la porte tandis que je reculais lentement.

— OK, acquiesçai-je, passant le seuil et arrivant dans le couloir. *(Bon sang, que c'est dur !)* À plus, alors ?

— Ouais.

Il se pencha pour me voler un dernier baiser avant que je tourne le dos et me dirige vers l'ascenseur.

Rentre dans l'ascenseur. Rentre dans l'ascenseur.

Je jetai un coup d'œil furtif en arrière : Alex était appuyé à l'encadrement de sa porte. Secouant la tête, je me forçai à entrer dans l'ascenseur lorsqu'il s'ouvrit, et appuyai sur le bouton du rez-de-chaussée. Je méritais carrément une récompense pour avoir ainsi eu la force de partir, alors que c'était la première fois et tout.

J'étais tellement occupée à penser à Alex qu'il ne me vint même pas à l'idée d'être fière de moi alors que je me dirigeai vers la ligne L, montai aussitôt dans la rame et changeai à Union Square pour aller vers le nord et Grand Central. Mon premier trajet en métro sans aucune préparation, et je n'avais regardé la carte qu'une fois.

Jenny était déjà rentrée lorsque je passai la porte au pas de course, un café buvable dans une main et mes clés dans l'autre.

— Salut, dit-elle en se levant du canapé alors que je traversai la pièce comme l'éclair. Qu'est-ce qui se passe ?

— Il faut que j'envoie mon blog, lançai-je depuis ma chambre. Tu m'accordes une demi-heure ?

Même si la soirée s'était bien terminée, je lui en voulais encore un peu du spectacle qu'elle nous avait imposé.

— OK, mais après je veux tout savoir ! hurla-t-elle depuis le salon.

Je regardai l'écran de mon ordinateur. Il scintillait impatiemment, exigeant de moi jusqu'au moindre détail, telle une Jenny numérique. Mais je ne pouvais pas le faire. Ç'avait été si facile, presque cathartique, de raconter comment les choses s'étaient passées avec Tyler, mais, là, c'était différent. Je voulais préserver cette nuit que nous avions passée ensemble. Au lieu de discuter en détail chaque nouvelle position, chaque nouvelle sensation, je me retrouvai à écrire vite fait deux cents mots sur *Les Aventures d'Angela : quand a-t-on le droit de désobéir aux règles d'or ?* Je parlai de Jenny et Jeff qui s'étaient remis ensemble, du fait d'avoir accepté des rencards moins de deux jours en avance, et de la difficulté que cela représentait d'essayer de respecter ces règles à la con ! Qui les avait inventées, d'abord ? Elles ne semblaient avoir porté leurs fruits pour personne de ma connaissance. Erin enchaînait les maris comme les paires de Manolo, et Jenny avait trompé son ex, mais réussi à le récupérer. Ça ne figurait pas dans les règles d'or, ça.

Je cessai de pianoter pour réfléchir. Il y avait tant de choses que j'aurais pu dire sur Alex, mais elles ne semblaient pas vouloir prendre une forme verbale. Ce n'était pas comme si je niais l'existence d'Alex ; je ne voulais simplement pas entrer dans les détails dans l'immédiat. Ou mentionner le fait que j'avais passé la nuit chez lui. Ou que j'avais connu l'expérience sexuelle la plus intense de ma vie. Je voulais garder ça pour moi un petit peu plus longtemps.

Enfin, j'étais quand même disposée à partager ça avec Jenny. Et Erin. Et le gérant du *Scotty's Diner.*

— Qu'est-il arrivé au programme de vie que Jenny t'avait élaboré ? Je croyais qu'elle prenait toutes les décisions pour toi ? demanda Erin en prenant une gorgée d'eau glacée. Comme elle le fait pour tout le monde, qu'on le veuille ou non.

— Elle n'est plus aussi efficace depuis qu'elle s'est remise avec Jeff, répondis-je en secouant la tête devant le sourire niais de l'intéressée. En fait, elle n'est plus vraiment quoi que ce soit, à part en chaleur, pour autant que je puisse en juger.

— Et alors ? fit Jenny sans se départir de son sourire et en continuant de mâcher. J'ai la tête ailleurs, on va dire. Mais soyons réalistes : tu sais que j'aime bien Alex, mais je pense que tu vas trop vite trop tôt et que tu devrais t'amuser un peu avant de t'enfermer dans une nouvelle relation. Tu es célib depuis quoi… deux semaines ?

— Cela fait-il vraiment seulement deux semaines ? (Sans doute ; mais j'avais le sentiment d'être à New York depuis toujours.) J'ai l'impression que ça fait une éternité.

— Raison de plus pour continuer à voir ce Tyler, dit Erin en goûtant prudemment une chips. Si tu dois tomber follement amoureuse d'Alex, dont on sait déjà qu'il a couché avec la moitié de Manhattan, il faut qu'une partie de toi conserve son détachement. Voir Tyler pourra t'aider à résister à la tentation.

— Eh bien, manifestement, Jenny t'a déjà tout raconté, fis-je en jetant un regard noir à celle-ci. Mais il n'avait pas à me raconter son passé aussi vite. Il aurait pu se contenter de, tu sais…

— Se servir de toi ? Histoire de me faire l'avocat du diable – et c'est tout ce que je cherche à faire ! dit Jenny en levant les mains. Qu'est-ce qui te dit qu'il ne le fait pas déjà ? Alex et Tyler savent tous les deux que tu dois rentrer chez toi tôt ou tard ; qu'est-ce qui te dit que ce n'est pas juste une aventure sans lendemain pour l'un comme pour l'autre, et qu'ils ne voient pas trente-six autres femmes à côté ? Je pense juste que tu devrais ralentir un peu avant de commencer à t'attacher.

— Elle a raison, et tu sais que je déteste dire ça, fit Erin avec l'ombre d'un sourire, mais qu'est-ce qui se passera si tu te consacres corps et âme à cette relation avec Alex, puis que tu dois repartir en Angleterre et que tu n'entends plus jamais parler de lui ?

— Je sais bien tout ça. Je m'amuse, c'est tout, mentis-je, très mal. (Je ne voulais pas envisager l'idée qu'Alex se servait de moi, et certainement pas la perspective de rentrer chez moi.) Et, tu sais, ils pourraient dire la même chose de moi. Ils pourraient penser que je me sers d'eux.

— Euh, ma chérie… c'est un peu le cas.

Je secouai la tête.

— Non, je… Eh bien, non, ce n'est pas vrai.

Silence gêné.

— OK, peut-être Tyler.

— Donc, reprit Erin en s'essuyant les doigts sur une serviette. Il te reste deux mois et demi, sauf si tu commences les démarches pour obtenir un visa dès maintenant. Tu es venue ici pour t'éloigner de ton ex et te remettre de l'ordre dans les idées, découvrir ce que tu veux faire de ta vie. L'as-tu fait ?

— Je ne sais pas, avouai-je. Est-ce vraiment grave ?

— Non, répondit Erin avec un sourire. Mais tu ne devrais pas te prendre la tête sur la nature de tes sentiments envers l'un ou l'autre de ces mecs tant que tu n'as pas trouvé la réponse à ces questions.

— Je sais. C'est juste que c'est tellement plus difficile que je l'avais pensé. Lorsque je suis avec vous deux, c'est facile de me sentir bien, et je me dis : « Ouais, c'est peut-être moi, ça, même si je suis un peu trop pleurnicharde. » Tyler rend les choses faciles d'une autre façon : c'est comme si je n'avais même pas besoin de réfléchir parce qu'il a déjà pensé à tout. Je n'ai pas à me soucier de quoi que ce soit, alors je reste plus ou moins la personne que j'ai toujours été, mais avec une vie sexuelle plus épanouissante et des cadeaux en prime.

— Et avec Alex ? demanda Jenny en faisant signe à la serveuse d'approcher et en commandant plus ou moins l'intégralité de la carte des desserts.

— J'aime vraiment beaucoup ce que je ressens lorsque je suis avec lui mais, pour être réaliste, je ne sais pas si je pourrai tenir tout le temps. C'est beaucoup de travail, en permanence, expliquai-je, surprise par ma propre réponse. Mais peut-être que je suis seulement paresseuse. C'est du travail, mais c'est génial. Je me sens formidable avec lui. Putain, vous devez en avoir ras le bol de mes histoires, toutes les deux.

Elles furent promptes à protester mais, même moi, j'en avais marre de m'entendre geindre encore et encore.

— Vous savez quoi ? Oubliez tout ça, je veux tout savoir sur Jeff et Jenny.

Jenny reprit le flambeau sans protester. Malheureusement, ce fut pour nous donner une description très détaillée et imagée du flambeau de Jeff, ce qui nous coupa un peu l'appétit.

— Tu étais obligée de lui donner une excuse ? fit Erin avec un sourire en abandonnant son régime pour s'attaquer au cheese-cake qui avait rejoint la crème glacée sur notre table. Franchement, je n'en peux plus de vous entendre raconter votre fantastique vie sexuelle. Je fais une croix sur les règles d'or à compter d'aujourd'hui.

— Attends, je n'avais même pas encore commencé, fit Jenny en pointant sa cuillère dans ma direction. Et tu ferais bien de te rappeler que la chambre de Jeff et celle d'Alex ne sont séparées que par trente centimètres de mur intérieur avant de commencer à me faire des remarques sur ma performance.

Je rougis, horrifiée.

— Sérieux ? Mais c'est super gênant !

— Plutôt inspirant, en fait, répliqua Jenny dans un sourire.

Elle prenait manifestement un malin plaisir à me voir mal à l'aise.

— Je ne sais pas exactement ce qui va t'arriver, mon chou, mais je peux te dire que tu vas avoir besoin d'une bonne nuit de sommeil ce soir, ajouta-t-elle.

Elle n'avait pas tort. Le repas fini, Erin revint avec nous à l'appartement pour un marathon de *Friends* qui, nous l'espérions, nous permettrait d'obtenir de sages conseils des six jeunes New-Yorkais plus si jeunes que ça ; avant d'avoir eu le temps de comprendre ce qui m'arrivait, j'avais sombré dans le sommeil.

Après avoir succombé si tôt à une overdose de cheese-cake la veille, je me réveillai aux aurores le mardi, bien décidée à trouver des réponses à mes questions. Erin et Jenny avaient raison, j'étais venue à New York à la recherche de quelque chose, et ce n'était pas des hommes. Je sortis tôt, passant devant Erin endormie sur le canapé-lit et Jenny toujours en train de ronfler dans sa chambre, tellement contente d'avoir trouvé des alliées dans l'anticonformisme aux horaires classiques.

Je m'étais promis que j'avancerai jusqu'à ce que je rencontre un obstacle, aussi je pris le métro aussi loin que possible en restant dans Manhattan et retournai à pied à Battery Park. Ça me semblait un bon endroit pour commencer. M'accoudant de nouveau à la grille où Jenny m'avait amenée la première fois, plus de quinze jours auparavant, je songeai combien ma vie avait changé, même sans tenir compte des garçons. Oui, j'avais une nouvelle coiffure, de nouveaux vêtements (et un fabuleux sac à main), mais ce qui était (presque) plus important, j'avais confiance en moi. Je vivais ma vie, pour de vrai. Peu importait qu'il y ait un calendrier légalement imposé, que les services de l'immigration faisaient obligeamment respecter. J'avais vécu davantage durant ces deux dernières semaines que pendant les deux années précédentes. Adressant un sourire plein de gratitude à la statue de la Liberté, je repartis vers le nord en songeant à toutes les autres choses dont je pouvais être reconnaissante. Jenny, malgré sa légère schizophrénie à l'endroit de Jeff, était à l'évidence quelqu'un de bien. Erin était un ange. Et j'écrivais, pour de vrai. J'écrivais mes propres mots pour le site web d'un grand magazine international, au lieu d'écrire au nom d'autrui des romans inspirés de films sur des tortues-héros ou des conseils de mode pour adolescents milliardaires.

Levant les yeux, je me rendis compte que je me dirigeais vers Ground Zero. En passant devant, je n'en revins pas qu'il y ait autant de vie autour de ce site de destruction totale. Boutiques, hôtels, restaurants, bureaux, tout… Cela semblait faire si peu de temps que j'avais vu cet endroit littéralement s'effondrer à la télé, mais la ville s'était relevée et était allée de l'avant, cicatrisant rapidement autour de cette vilaine plaie. Si tout le monde ici était capable de se relever et de s'épousseter, qu'est-ce qui me donnait le droit d'être aussi pleurnicharde et égocentrique ? C'était exactement comme Jenny l'avait dit : New York n'était pas un endroit où on venait pour se retrouver, mais pour devenir quelque chose, quelqu'un d'autre.

Dans un *Starbucks* équipé du wi-fi, je me connectai. Mon blog fut court et précis. *Les Aventures d'Angela : dépasser la phase de deuil.* Oui, j'avais de quoi me complaire dans le misérabilisme, et je pouvais m'apitoyer sur mon propre sort pendant cinq ans si je voulais, mais il y avait également beaucoup de choses dont je pouvais être heureuse et, à partir de cet instant, c'était de ça que ce journal allait parler. J'envoyai mon texte à Mary et restai assise à regarder par la fenêtre, apercevant de temps en temps mon reflet lorsqu'une voiture se garait devant moi ou que quelqu'un s'arrêtait pour regarder à l'intérieur. Je ne voyais plus une inconnue dans mon reflet désormais, mais moi, juste différente. Une bataille de gagnée.

C'est alors que m'aborda une fille grande et mince, debout à côté de moi, un gobelet à emporter à la main.

— Dites, excusez-moi. C'est vous qui écrivez ce blog sur le site de *The Look* ?

— Oh ! fis-je, troublée. Oui, c'est moi.

Elle s'assit à ma table et me regarda avec un sourire rayonnant en repoussant les boucles rousses qui s'étaient collées à son gloss.

— J'en étais sûre. J'ai reconnu votre sac Marc Jacobs. J'étais justement en train de lire votre dernière entrée. J'ai une amie qui est… comment dire… complètement obsédée par les blogs, et elle m'a recommandé le vôtre. Je m'appelle Rebecca.

— Oh ! répétai-je. (Ça ne m'était pas venu à l'idée qu'on pourrait me reconnaître. Aah !) Pardon, moi, c'est Angela. Il vous a plu ? Le blog.

— Merde, oui, il est tordant ! s'exclama-t-elle avec un grand sourire. C'est comme si vous viviez ma vie. Moi aussi, mon copain m'a trompée, un vrai fumier. Mais votre vie est bien plus marrante. Et je n'ai pas rencontré deux beaux gosses, genre… trois jours plus tard.

— Oh !

Je ne savais vraiment pas quoi dire d'autre. Je n'avais pas regardé le site depuis qu'il avait été mis en ligne ; je ne me sentais tout simplement pas le courage de revoir cette photo de moi.

— Ce n'est pas tout à fait comme ça… Je veux dire, je ne suis pas… vous savez.

— Ce n'est pas vrai, alors ? demanda-t-elle en fronçant les sourcils. Vous inventez tout ?

— Non, fis-je rapidement. Tout est vrai, ça me fait juste un peu bizarre d'en parler. Vous êtes la première personne que je rencontre qui l'ait lu, dis-je en parvenant tant bien que mal à esquisser un sourire. Désolée.

— Pas de soucis, me rassura-t-elle en retrouvant sa bonne humeur. C'est juste que vous êtes une véritable idole pour moi. J'aurais aimé me bouger et faire quelque chose de génial comme vous lorsque j'ai tout découvert sur mon ex, au lieu de vomir pendant trois jours et de brûler toutes ses affaires.

— Je n'aurais rien eu contre le fait de cramer celles de mon ex. De vous à moi, il est possible que j'aie uriné dans sa trousse de toilette. Je sais, c'est répugnant.

— C'est pas vrai ! glapit-elle. C'est incroyable ! Je ne savais pas que les Britanniques étaient capables de ce genre de choses. Vous allez écrire dans le magazine ?

— Je ne pense pas. (C'était marrant, j'étais une petite célébrité !) C'est juste le truc en ligne. Je n'en reviens déjà pas que vous l'ayez vu.

— Vous vous fichez de moi ? dit-elle en secouant la tête avec incrédulité. Vous n'avez pas vu combien de visites votre page a déjà reçues ? Des milliers, au moins.

— Vraiment ? demandai-je en regardant mon ordinateur.

Pour de bon ?

— Ouais, carrément plus que les autres blogs de *The Look*. Le vôtre est ce qu'il y a de mieux sur le site. Il faut que je retourne au bureau en vitesse, mais je suis ravie d'avoir fait votre connaissance. J'espère qu'ils imprimeront votre journal ; je vais leur écrire un mail pour le leur suggérer.

Elle se releva, laissant son café encore à moitié plein sur la table.

— Au revoir, ravie aussi ! lui lançai-je alors qu'elle s'éloignait.

Je me reconnectai à Internet dès qu'elle eut le dos tourné. C'était bien là, sur TheLook.com : *Les Aventures d'Angela*. Et, d'après le compteur, il y avait effectivement eu des milliers de visiteurs sur le site. Des centaines de milliers. Des milliers de personnes qui avaient lu ma vie. C'était bizarre. Et, quand je pensais à ce que j'avais écrit, c'était même un peu effrayant. La mère d'Alex, la belle affaire ; et si c'était la mienne qui lisait mon blog ? Et Mark. Il n'avait aucun droit de savoir ce que je faisais. Avec qui je le faisais... L'entrée racontant ma nuit avec Tyler, oh là là ! Pas bon, ça.

Alors que je relisais rapidement mes entrées précédentes en me demandant si Mary me laisserait les retoucher, un message apparut dans ma boîte mail, en provenance de son adresse chez Look.

« Angela,

J'ai reçu votre entrée d'aujourd'hui, très intéressante. Avez-vous vu le succès qu'a votre blog ? Êtes-vous disponible pour une entrevue vendredi ? À 16 heures, dans mon bureau.

Merci,

Mary. »

Je sortis mon portable et tapai le numéro d'Alex. La connexion ne se fit pas immédiatement, me laissant juste assez de temps pour réfléchir et raccrocher.

Il ne m'avait pas appelée.

Pourquoi ne m'avait-il pas appelée ?

Cela faisait plus de vingt-quatre heures. Mais, à la place, j'appelai Jenny au boulot, en espérant qu'elle était arrivée à son poste à l'heure.

— *Union Hotel*, répondit-elle d'un ton monocorde et endormi.

À l'évidence, elle était encore en train de rattraper ses heures de sommeil.

— Jenny, c'est moi.

Je lui racontai rapidement toute l'affaire du blog, le nombre de visiteurs, la fan rousse et le mail de Mary, en faisant l'impasse sur mon appel manqué à Alex. Après tout, j'avais promis de ne pas aborder le sujet des mecs tant que je n'avais pas résolu le problème Angela.

— Waouh, c'est super ! dit-elle en bâillant. Tu veux venir me voir ? J'ai une pause dans une demi-heure.

— Je suis censée aller dîner avec Tyler, répondis-je prudemment. Je devrais probablement aller me changer.

— Tu devrais aller t'acheter quelque chose de fabuleux, fit-elle, me donnant la permission d'abuser de ma carte bancaire sans même le savoir. Sérieux, à ta place, je ferais trop la fête. Et tu as besoin de plus de fringues si tu dois devenir une célébrité.

— Je n'ai vraiment pas besoin de plus de fringues ! m'exclamai-je en fermant mon ordinateur avant de le ranger dans mon sac. Et je crois que ma carte bleue ne va pas tarder à s'autodétruire. Je te vois ce soir.

— Tu ne vas pas passer la nuit chez Tyler ? me demanda-t-elle.

Je ne savais pas trop si c'était un test de sa part.

— Je ne crois pas, répondis-je, d'un ton aussi dégagé que possible. J'ai des choses à faire demain et j'envisage vaguement d'arrêter de le voir.

— Cool, fit-elle en bâillant de nouveau, manifestement trop fatiguée pour me tester. Eh bien, je serai à la maison aux alentours de minuit. À condition que cette pouffiasse Disney qui occupe la suite-terrasse ne décide pas d'organiser une autre orgie. À tout à l'heure alors ?

— J'adore le fait que ce soit là ta vie de tous les jours. As-tu songé à lui apporter tes services d'assistance psychologique ?

— Je lui ai dit qu'elle valait mieux que ça lorsque je l'ai retrouvée à poil sur le balcon avec trois acteurs de *Gossip Girl* ce matin, soupira Jenny. (C'était une très belle image.) Et elle m'a rétorqué qu'elle valait très exactement 17,6 millions la dernière fois qu'on avait compté, et que je serais bien aimable de lui apporter d'autres serviettes. Elle a dix-huit ans. J'ai commencé à m'inquiéter pour mon avenir de future Oprah. Oprah n'aurait jamais eu envie de la faire passer par-dessus la rambarde du balcon.

— Essaie de t'abstenir de tout meurtre, et garde en tête que tout cela est purement matériel, fis-je avant de raccrocher.

Je vérifiai la liste des appels manqués.

Rien.

J'étais tellement agacée par mon propre comportement. J'avais vraiment cru avoir passé un cap et voilà que je me laissais obnubiler par le fait qu'Alex ne m'avait pas appelée.

Pourquoi est-ce que tu ne l'appelles pas ? me demanda la petite voix dans ma tête. Cela semblait une bonne idée, pourquoi pas ? Avant d'avoir le temps de revenir sur ma décision, je composai le numéro et laissai sonner. Encore et encore. Jusqu'à ce que finalement, je tombe sur le répondeur.

— Salut Alex, c'est Angela. Euh…

Un jour, j'aurai le parfait message à laisser. Pas aujourd'hui, apparemment, c'est tout.

— Je me demandais si tu avais envie de faire quelque chose demain, mais pas de souci si tu es occupé ou quoi. À plus !

Je raccrochai et fronçai les sourcils.

Peut-être que j'avais besoin d'un peu plus de vêtements, en définitive.

Chapitre 20

Lorsqu'à 19 heures Tyler sonna à ma porte, Alex ne m'avait toujours pas appelée. Je refusai de penser à ce que ça pouvait signifier et jetai plutôt un dernier coup d'œil dans le miroir pour vérifier mon maquillage. Celui-ci était plutôt réussi, bien mieux en tout cas que ce que j'aurais pu faire encore deux semaines auparavant. Et ma nouvelle robe Nanette Leporte était sublime. Mais, sérieusement, pourquoi est-ce qu'Alex ne m'avait pas appelée ? Je vérifiai une énième fois mon téléphone, puis le jetai dans mon merveilleux sac à main et sortis.

Dès l'instant où j'entrai dans le taxi, je sus que j'aurais dû annuler. Tyler était aussi adorable que d'habitude, me posant des questions sur ma semaine, que j'éludai en lui renvoyant la balle.

— La routine, me répondit-il avec un sourire décontracté avant d'indiquer au chauffeur d'aller vers le sud de Manhattan. J'ai pas mal couru et le travail me casse les pieds ces derniers temps. Je crois que j'ai bien besoin de vacances. Juste quelques jours loin d'ici.

— Ouais, fis-je en regardant, par la fenêtre, l'arche de Washington Square passer en coup de vent. Ça fait du bien de partir.

— Tu veux faire ça le week-end prochain ? me demanda-t-il en serrant mes doigts dans les siens.

Il était aussi parfait que d'habitude. Certes, c'était un mec qui travaillait dans les finances comme Mark, mais la ressemblance s'arrêtait là. Ses cheveux hirsutes étaient le résultat d'un produit de coiffage, non d'une manie légèrement rebutante de tirer sur ses cheveux lorsqu'il était nerveux ; son costume était impeccablement coupé, et j'étais pratiquement sûre que ce n'était pas un infroissable de chez *Marks & Spencer*. En tout cas, ce n'était certainement pas lavable en machine.

— J'ai un ami qui a une maison dans les Hamptons, et il s'apprête à partir en voyage d'affaires. Tu adorerais les Hamptons : plein de soirées où aller, il fait beaucoup moins chaud qu'à Manhattan, et il y a la plage. Tu as apporté un maillot de bain ?

— Oh… euh… un maillot ? répétai-je, prise de court.

J'avais gardé un peu trop longtemps les yeux rivés sur ses avant-bras. Était-ce honteux d'être fétichiste des avant-bras ? Ils étaient plus bronzés que ceux d'Alex, mais peut-être pas aussi beaux. Non que je sois en train de penser à Alex. Du tout.

— Où est-ce qu'on va, ce soir ?

— Oh ! au *Balthazar*, c'est super. Les moules-frites sont la perfection même, et c'est probablement assez cool pour toi, ajouta-t-il d'un ton taquin. Tu es allée à des concerts récemment ?

— Pas depuis la dernière fois que je t'ai vu.

C'était un sujet auquel je n'avais pas envie de penser.

— Est-ce que ça va ? me demanda-t-il alors que le taxi s'arrêtait. Tu as l'air un peu distraite.

— Non, ça va.

Ça ne paraissait vraiment pas juste de soupirer après les avant-bras d'Alex qui ne m'avait même pas appelée, alors que Tyler était là, m'emmenait dîner et me proposait de partir en week-end.

— Je suis désolée, je pensais seulement au site et tout ça. Ma rédactrice en chef m'a demandé de revenir la voir, mais je ne sais pas vraiment pourquoi. Je suis un peu inquiète.

— Mais ça se passe bien, non ? me demanda-t-il en m'indiquant la porte du restaurant. (Celui-ci, un petit bistrot français bondé de gens jeunes et beaux, était superbe : encore un bon point pour m'avoir fait découvrir un autre lieu extraordinaire.) Le truc en ligne ?

— Tu n'as pas regardé ? demandai-je, à moitié surprise et bel et bien soulagée. Apparemment, oui, ça marche bien.

— Je voulais y jeter un coup d'œil, avoua-t-il en adressant un sourire décontracté au maître d'hôtel et en passant souplement entre les couples qui attendaient.

On nous plaça à une tranquille table d'angle pour deux et on nous présenta rapidement eau fraîche, pain et champagne que Tyler avait commandé à l'avance. Je m'étais tellement mise dans tous mes états à propos d'un certain coup de téléphone non existant, que j'avais oublié à quel point je m'amusais en compagnie de Tyler.

— C'est juste que j'ai eu énormément de travail au bureau, et je ne vais presque jamais sur Internet quand je suis chez moi, poursuivit-il. Désolé. Mais je suis ravi que ça se passe aussi bien.

— Ne sois pas désolé ; je préférerais que tu ne regardes pas, en fait, répliquai-je avec un sourire, tentant de m'investir dans notre rencard. C'est carrément embarrassant. Ce matin, au *Starbucks*, il y a une fille qui est venue me voir parce qu'elle m'avait reconnue. Je ne savais plus où me mettre.

— Si j'avais su que je sortais avec une célébrité, je me serais habillé plus classe, dit-il avant de commander des amuse-gueules pour nous deux.

Je sentis mon cerveau tourner à la purée et un sourire niais se dessiner sur mon visage. L'autre non-utilisateur de téléphone pouvait aller se faire voir.

— Je ne suis pas une célébrité !

Je me demandai ce qu'il considérait comme une tenue classe. Sous sa veste, sa chemise élégante était d'un blanc immaculé et, comme d'habitude, il sentait délicieusement bon.

— Tu sais que tu es très beau, ajoutai-je.

— Tu n'es pas mal non plus. Ta robe est ravissante, fit-il remarquer en me faisant très légèrement du pied sous la table. Mais je ne peux pas m'empêcher de penser que tu serais mieux sans.

— Vraiment ! m'exclamai-je avec un rire en rougissant légèrement alors que le serveur attendait à côté de Tyler avec le champagne.

Je commençais à être contente de ne pas avoir annulé, et aussi à me demander avec inquiétude si j'allais réussir à garder ma magnifique nouvelle robe sur moi jusqu'à la fin de la soirée. Quelle traînée je faisais !

Le dîner fut divin. Tyler s'y connaissait vraiment en gastronomie, et je réussis à ne pas penser à Alex. Pendant l'apéritif, je planifiai mes vacances de rêve – un *road trip* à travers l'Amérique au volant d'une Cadillac turquoise – et Tyler fit de même – un tour d'Europe en jet privé – et, lorsque les serveurs nous débarrassèrent de nos assiettes après l'entrée, nous avions parlé de nos films, nos séries et nos livres préférés. Au moins, je commençais vraiment à me dire que je connaissais un peu Tyler.

— Et je sais déjà que tu aimes le rock branchouille, n'est-ce pas ? fit Tyler en acceptant la carte des desserts. Je parie que tu adores tous ces mecs maigrichons aux cheveux longs et gras qui ont un groupe dont le nom commence par « The ».

Je souris et secouai la tête, essayant de refouler le souvenir de cheveux doux sentant la fumée qui m'effleuraient les lèvres.

— Et toi ?

— J'aime tout, je suppose, dit-il avec un haussement d'épaules. J'aime tous les genres de musique.

Me mordant la lèvre, je repensai à ce qu'Alex m'avait dit au café. Dire qu'on aimait tous les genres de musique revenait à dire qu'on n'en aimait aucun passionnément. Dieu, qu'il était arrogant… Et pourquoi est-ce qu'il ne m'avait pas rappelée ?

— Il faut que j'aille aux toilettes, m'excusai-je en commençant à fouiller dans mon magnifique sac avant même d'avoir atteint le bas des marches. Merde, trois appels manqués. Tous de la part d'Alex. Dans les toilettes, je me passai les poignets sous l'eau froide puis me les essuyai avant d'appeler ma messagerie, en me promettant que je n'écouterais son message qu'une seule fois.

« Salut, c'est Alex. Tu es toujours motivée pour qu'on se voie demain ? Appelle-moi. »

C'était tout. Je regardai ma montre : il n'était que 21 h 30. J'avais encore le temps d'appeler pour le lendemain, mais pas tant que j'étais avec Tyler, ç'aurait été trop bizarre.

— Je me demandais si tu allais revenir, me dit Tyler alors que je me rasseyais. Il t'est arrivé quelque chose d'intéressant là-bas ?

— Oh ! c'était plein de monde, répondis-je, espérant qu'il ne savait pas combien il y avait de toilettes. Trop de femmes, pas assez de cuvettes.

Il était vraiment d'une beauté incroyable, songeai-je, essayant de me concentrer. Ses cheveux ondulés, décoiffés par toute une journée au bureau, ses yeux pétillants et rieurs, son léger bronzage… Mais, lorsqu'il prenait mes mains dans les siennes, je ne pouvais m'empêcher de comparer ses ongles manucurés et les doigts calleux d'Alex, et ça n'avait rien à voir.

— Tu veux un dessert ? me demanda-t-il en se penchant au-dessus de la table et en baissant la voix. Ou bien tu veux qu'on rentre chez moi se prendre quelque chose de vraiment bon ?

— Je… euh… je dois voir ma rédactrice en chef à 9 heures demain matin, marmonnai-je en essayant de faire abstraction du feu qui me montait aux joues et du picotement dans mon ventre. Je crois que je ferais vraiment mieux de me coucher dans mon lit ce soir.

— Je dois me lever tôt aussi, répondit-il avec un haussement d'épaules en faisant signe au serveur d'apporter la note. À moins que tu aies à tout prix envie de me montrer ta chambre.

— Oh, en fait, je voulais dire… euh… peut-être pas ce soir, dis-je, tellement rouge que je flamboyais presque. Pour être franche, j'ai mal à la tête depuis le début de la journée. Je suis désolée.

— Il n'y a pas de quoi. Si tu ne te sens pas bien…

Sans finir sa phrase, il se mit à regarder autour de lui tout en pianotant sur la table.

— Tu veux faire quelque chose plus tard dans la semaine ? lâchai-je avant d'avoir pu me retenir.

Oh non ! mais c'est quoi mon problème ? Si je ne fais pas attention, je vais finir par l'épouser par politesse.

— Je pourrais nous faire à dîner vendredi soir ? continuai-je quand même.

— Ouais, pourquoi pas, répondit-il en hochant la tête, toujours sans me regarder. Bonne idée.

Un silence gêné nous accompagna jusque dans la rue, ou heureusement un taxi répondit aussitôt à notre appel. J'essayai de trouver quelque chose à dire, mais rien ne me venait.

— Super restaurant, tentai-je.

Pitoyable.

— Ouais, c'est toujours bon.

— Super bon.

— Ouais.

À l'évidence, il n'allait pas me faciliter la tâche. J'essayai de poser la main sur son genou avec un gentil sourire, mais il se contenta de la recouvrir de la sienne sans me regarder. Je tournai les yeux vers ma fenêtre, me creusant la cervelle pour trouver quelque chose à dire qui ne me fasse pas finir par lui proposer de monter prendre un café. Avant que j'aie eu le temps de trouver l'inspiration pour un nouvel effort pitoyable de conversation, le taxi arriva au coin de Lexington Avenue et s'arrêta devant mon immeuble.

— Vendredi, alors ? demandai-je alors qu'il m'ouvrait la porte.

Il était peut-être en rogne, mais restait un parfait gentleman.

— OK, dit-il en se radoucissant un peu alors que je l'embrassai pour lui souhaiter bonne nuit. Prends soin de toi. Les maux de tête sont interdits le week-end.

Je souris et agitai la main en le regardant s'éloigner, avant d'ouvrir mon sac pour en sortir mon téléphone et appeler Alex. Je n'étais pas très fière d'appeler ainsi un homme immédiatement après avoir pris congé d'un autre, mais c'était plus fort que moi.

— Alex ? dis-je d'un ton que j'espérais décontracté lorsqu'il décrocha à la troisième sonnerie. C'est Angela.

— Salut, dit-il en bâillant. (Il bâillait alors qu'il était à peine 22 heures ? Pas très rock'n'roll.) Désolé d'avoir raté tes appels, j'ai passé tout mon temps au studio depuis que tu es partie. Je suis complètement naze.

— Au studio ?

Une autre fabuleuse question de la personne la plus douée au monde pour faire la conversation.

— Ouais, je voulais faire une démo de certaines de mes nouvelles chansons. J'ai complètement perdu la notion du temps et… eh bien, du jour qu'il était. Où est-ce que tu es ?

— Je reviens de dîner avec un ami, répondis-je en m'adossant contre le mur. (L'air nocturne était encore agréablement chaud, mais la voix endormie d'Alex me donnait des frissons.) Alors, demain ?

J'entendais de la musique derrière lui à faible volume ; ça ressemblait à la voix d'Alex en train de chanter.

— OK, je n'ai rien de prévu. Je pourrais te faire les honneurs de Williamsburg, si tu es dispo ?

— Bonne idée. (Je souris à un inconnu qui passait et me regardait d'un drôle d'air.) Où est-ce que je te retrouve ?

— Euh… à la station Bedford Avenue ? Autour de 11 heures ?

Il bâilla de nouveau. Il était vraiment trop mignon.

— C'est noté. (Je bâillai légèrement moi-même ; même au téléphone, c'était contagieux.) Dors bien.

— J'y compte bien ; je veux conserver mon énergie pour demain, répondit-il. Toi aussi, dors bien.

Je raccrochai en souriant, toute pensée de mon rencard avec Tyler envolée, l'esprit entièrement occupé par celui qui m'attendait avec Alex.

Il était encore tellement tôt que Jenny n'était même pas rentrée du travail. J'attrapai mon ordinateur et m'allongeai sur le canapé, en réfléchissant à ce que j'allais écrire. Si j'engrangeai une entrée de blog dès ce soir, je pourrais simplement l'envoyer de chez Alex sans interrompre notre journée. J'expédiai la corvée en vitesse, racontant les détails de mon rencard avec Tyler et faisant de vagues références à ma journée dans Brooklyn avec Alex : *Balthazar ou Brooklyn* ? Puis je me déconnectai et restai à somnoler sur le canapé. Mary m'avait dit que ses lectrices allaient adorer un mec de Wall Street donc, après tout, je ne faisais que donner au peuple ce qu'il voulait.

Chapitre 21

Le trajet de trente minutes pour aller à Brooklyn me parut une éternité. Et si la raison pour laquelle Alex ne s'était pas précipité pour m'appeler était que notre nuit n'avait pas été aussi formidable pour lui que pour moi ? Après tout, ce n'était pas lui qui venait de tripler son nombre de partenaires sexuels en moins de quinze jours. Juste avant que le train s'arrête, je sortis mon poudrier de mon sac, poudrai rapidement mon nez qui brillait et passai la main dans mes cheveux. Heureusement qu'ils étaient censés être en bataille.

Je montai les marches du métro en sautillant et ôtai les lunettes de soleil de Jenny de sur ma tête pour les mettre sur mon nez afin de chercher Alex. Malgré le nombre étonnamment élevé de jeunes gens branchés éparpillés dans les rues à une heure où ils auraient vraiment dû se trouver au travail, je le repérai presque immédiatement. Il était appuyé contre un lampadaire, les bras croisés, en train de hocher doucement la tête au rythme de ce qu'il écoutait sur son iPod. Ses cheveux noirs avaient des reflets presque bleutés au soleil, et le jean et le tee-shirt qui formaient son uniforme quotidien le moulaient comme une seconde peau. Je relevai mes lunettes et le dévorai un moment du regard, ainsi inondé de soleil. La scène était presque trop parfaite pour que je la trouble.

— Salut, dit Alex en se protégeant les yeux de la main lorsque je me décidai enfin à crever la bulle et m'approchai de lui. Je ne t'ai même pas vue arriver, tellement tu as été furtive.

— Eh bien, c'est le but d'une approche furtive, répliquai-je avec un sourire avant de l'embrasser. (J'espérais bien que je n'avais pas fini de le faire aujourd'hui.) Ça va ?

— Ouais, un peu fatigué, mais sinon super.

Me prenant par la main, il commença à descendre la rue avec moi, passant devant de mignonnes petites boutiques, des bazars de vêtements vintage plongés dans l'obscurité et je ne sais combien de magasins de disques sombres et exigus.

— Tu veux manger quelque chose ? proposa-t-il.

— Bonne idée.

Pour la première fois depuis quelques jours, rien ne me semblait compliqué. J'étais au soleil, je tenais la main d'un beau garçon et j'étais heureuse. Youpi !

Alex m'entraîna pour un café et des bagels dans un tout petit restaurant où il me raconta brièvement l'histoire de son quartier. À Williamsburg avaient vécu des centaines d'artistes et de musiciens et, de manière plus générale, toutes sortes d'individus créatifs qui avaient été chassés de Manhattan par la flambée des loyers. Il y habitait lui-même depuis près de dix ans, et il adorait l'endroit. Il raffolait de fréquenter des bars où il connaissait tout le monde, avoir le sentiment d'appartenir à une communauté, et le fait de pouvoir se perdre dans la ville en moins de quinze minutes. Malheureusement, à son grand dam, les prix de l'immobilier commençaient à devenir délirants, les musiciens et les artistes étaient remplacés par de riches bobos qui n'avaient rien de mieux à faire que de rafler tout ce qui se vendait sur le marché immobilier, rendant plus difficile pour les gens d'y vivre. Et, plus que tout, il détestait le fait que beaucoup de ses amis aient commencé à repartir, pour s'installer encore plus loin dans Brooklyn, ou retourner à Manhattan.

Lorsque le soleil commença à se cacher derrière les gratte-ciel de Manhattan, Alex me ramena vers Bedford Avenue pour me faire entrer dans un petit bar sombre. Il y avait des chopes et des bocks partout sur les murs, seul un écran de télé diffusant une chaîne sportive rehaussait l'éclairage minimal et quelqu'un, quelque part, était en train de faire cuire des frites. La ressemblance avec un vrai pub anglais était effrayante.

— Une bière ? me proposa Alex alors que je me glissai sur une chaise.

Se promener sans but, dans un état de félicité absolue, était épuisant. S'asseoir et dévorer du regard le postérieur d'Alex, penché au-dessus du comptoir dans son jean qui lui tombait sur les hanches, était bien plus facile. Il revint avec deux pintes, deux vraies pintes, et je tentai de feindre que je ne venais pas de le reluquer sans vergogne.

— Alors, ça te plaît ici ? me demanda-t-il.

— Oui, beaucoup, dis-je en prenant avec gratitude une gorgée de lager froide. Je n'aurais jamais pensé à venir ici. C'est tellement différent de Manhattan.

— Tu peux encore trouver ce genre de chose là-bas, répondit Alex en sirotant d'un air pensif. C'est juste un petit peu plus dur à dénicher, et un peu plus cher.

— Eh bien, je suis contente d'avoir pu voir le quartier, dis-je en prenant sa main. Contente que tu me l'aies proposé.

Me rendant mon étreinte, il me regarda dans les yeux un tout petit peu trop longtemps.

— Moi aussi. Combien de temps tu vas rester dans les parages, Angela ?

— Tu sais, j'avais réussi à tenir vraiment longtemps aujourd'hui sans penser à ça.

Reposant mon verre, je tentai d'afficher un sourire ironique, sans grand succès.

— Désolé, dit-il, l'air contrit. Que veux-tu, j'aime savoir où je vais.

— Pas très rock'n'roll, si ? fis-je en repoussant mes cheveux derrière mes oreilles, même si ce que je voulais vraiment faire c'était passer les doigts dans les siens. Qu'est-il advenu de « vivre l'instant présent » ?

— Vivre l'instant présent ne marche pas vraiment si ce qui rend l'instant en question si génial risque de disparaître du continent dans quelques semaines, répondit-il avec un sourire et un haussement d'épaules en reprenant ma main. J'aime vraiment être avec toi.

— Ouais, fis-je en le regardant, ne sachant quoi dire d'autre.

— C'est trop ? me demanda-t-il avec un sourire inquiet. Désolé. Parfois, j'oublie que le monde réel n'est pas prêt pour mes émotions exacerbées. Merde ! c'est d'une prétention, ce que je viens de dire. Désolé.

— Je n'ai rien contre les émotions exacerbées, dis-je en me mordant la lèvre. C'est juste que c'est tellement étrange… Je n'arrête pas d'avoir ces moments fugitifs où je commence à me croire dans la vie réelle, à me dire que je pourrais avoir tout ça en vrai, et puis, bam, je redescends sur terre et je me souviens que ce ne sont là guère plus que des vacances prolongées.

— Ce n'est pas une fatalité. Rien ne t'empêche d'obtenir un visa, un travail. Il y a toujours des options si tu es prête à travailler et si tu veux vraiment vivre ici.

— Apparemment, mon problème, c'est justement que je ne sais pas ce que je veux, soupirai-je. Rien que l'idée de devoir retourner là-bas…

Lorsque je pensais à chez moi, je pensais aussi automatiquement à Mark, et j'avais la gorge nouée.

— Alors ne le fais pas, suggéra Alex en haussant les épaules. Sérieusement, tu pourrais au moins envisager la chose. Si tu pouvais faire absolument ce que tu voulais, si rien ne t'arrêtait, qu'est-ce que ce serait ?

— J'ai posé cette question à une autre personne une fois, dis-je en secouant la tête. Elle m'a répondu qu'elle suivrait les matchs des Yankees pendant un an.

— C'est que cette personne manquait d'imagination, répliqua Alex en serrant mes doigts dans les siens. Et c'est pour ça que tu es ici avec moi. Qu'est-ce que tu ferais ?

— Là, tout de suite ? Si je pouvais faire ce que je veux ?

Il acquicsça.

— Je me procurerais un permis de travail comme par magie, je commencerais à me faire payer un vrai salaire pour écrire pour *The Look*, et je resterais ici aussi longtemps qu'il me plairait. Je ne serais pas en cavale, pas en vacances, je ne ferais que vivre. Aller au supermarché, payer mes factures, faire la lessive : avoir une vie.

— Alors fais-le. Tu es jeune, tu as du travail ici, fais une demande de visa, point. Reste.

— Tout le monde aime laisser à penser que tout est simple, dis-je en me laissant aller contre mon dossier et en levant les yeux vers le plafond. J'aimerais que ce soit le cas.

— Tu sais ce qui serait facile ? dit Alex en tendant la main pour me toucher la joue et me forcer à le regarder de nouveau. Rentrer chez moi. Ne plus penser à tout ça pour l'instant.

Je reposai mon verre, qui n'était même pas à moitié vide, et me levai.

— J'en ai ras le bol de penser, acquiesçai-je en lui tendant la main.

La soirée, la nuit, les petites heures du matin, tout fut exactement aussi intense que la première fois. Lorsque le soleil se leva le jeudi, j'étais épuisée tant au plan émotionnel que physique, mais tellement enferrée que je ne savais même plus comment retrouver la sortie. Ce fut déjà assez dur de réussir à sortir de la chambre. Après plusieurs tentatives, je réussis enfin à m'installer sur le canapé avec Alex, en tee-shirt et sous-vêtements, pour écouter ses nouvelles maquettes. Elles étaient complètement épurées : il n'y avait qu'Alex et sa guitare, rien à voir avec les chansons que j'étais habituée à l'entendre jouer avec son groupe.

— C'est toujours comme ça que commencent tes chansons ? demandai-je, la tête sur ses genoux.

— Ouais, acquiesça-t-il en tapotant doucement le rythme sur ma clavicule. Elles commencent toutes comme ça. Parfois on les étoffe, parfois on les jette. Mais celles-ci sont encore très fraîches.

— Je les trouve très belles, fis-je en hochant la tête au rythme de la musique. Elles sont si douces.

— Ravi qu'elles te plaisent. Elles parlent plus ou moins de toi.

— Sérieux ? dis-je en me tournant vers lui. De moi ?

— Eh oui, répondit-il en me poussant doucement pour s'allonger tout contre moi. (Je sentis son cœur battre plus vite contre mon omoplate.) De toi, de moi. Te rencontrer m'a vraiment aidé à m'éclaircir les idées. Je crois que je sais de nouveau ce que je veux.

— C'est marrant. (Je sentis nos cœurs battre à l'unisson.) Tu as réussi à avoir l'effet complètement inverse sur ma vie. Je n'ai pas la moindre idée de ce que je veux.

— Je crois que si. C'est juste que tu n'es pas prête à l'accepter. Mais ce n'est pas grave. Moi, je suis prêt, c'est tout.

— Tu ne vas pas te séparer du groupe, alors, finalement ? demandai-je en appuyant ma tête contre sa poitrine, juste sous son menton.

— Non, je vais lui donner une seconde chance. C'était moi qui déconnais, après tout, pas eux. J'étais injuste.

— Eh bien, c'est une bonne nouvelle. C'est vrai alors, tu te sens mieux ?

— Oui, vraiment, acquiesça-t-il en me caressant les cheveux. Et toi, tu en es où dans ton introspection ?

Je me retournai pour le regarder ; ses pommettes saillantes, ses yeux sombres.

— Je ne sais pas. Je commence à me faire une idée assez précise de ce que je ressens pour certaines choses, dis-je en tendant le cou pour l'embrasser tendrement. Et je n'arrête pas de penser à ce que tu m'as dit, comme quoi je pouvais rester ici. Peut-être que c'est possible.

Je me retournai un peu plus, et mes cheveux me retombèrent sur le visage ; il les repoussa de ses longs doigts avant même que j'aie eu le temps de tendre la main pour faire pareil avec sa longue frange en bataille qui lui était tombée dans les yeux.

— Eh bien, pourquoi est-ce qu'on ne travaille pas un peu plus sur ce dont tu es déjà presque sûre ?

Il m'embrassa tendrement le front et me caressa les cheveux, avant de laisser redescendre sa main sur ma pommette, le long de ma mâchoire jusqu'à mon menton, ma gorge, ma clavicule. Je me pressai contre lui, me glissai sous lui.

— Et lorsque tu en seras absolument certaine, ajouta-t-il en chuchotant, nous pourrons commencer à réfléchir au reste.

Plus tard, lorsque Alex se fut endormi, je me laissai glisser du canapé, tirai ma culotte de sa cachette sous la table basse, et me connectai à mon compte Gmail. Je restai assise à le regarder dormir, sans la moindre idée de ce que je pouvais écrire. Je ne voulais plus feindre qu'il ne se passait rien entre nous, même sur le blog. Il fallait absolument que j'en finisse avec Tyler pour savoir où les choses pouvaient aller avec lui. Je tournai les yeux vers l'écran vide et décidai d'être honnête. Avec Tyler, avec Alex, avec Mary et avec moi-même.

« Les Aventures d'Angela : dernière sortie pour Brooklyn »

Alors, cela fait environ deux semaines maintenant que je vous écris. Est-ce que ça vous paraît beaucoup plus long ? Moi, j'ai l'impression d'être ici depuis toujours.
Depuis que j'ai quitté Londres, j'ai vécu les deux semaines les plus dingues de mon existence. J'avais oublié combien de gens sympas et intéressants il y a dans le monde qui peuvent rendre votre vie incroyablement passionnante si vous les laissez faire. J'ai eu de fantastiques occasions et, entre vous et moi, eh bien, j'ai rencontré deux ou trois personnes

qui pourraient peut-être bien me changer la vie pour toujours. Même pour une amoureuse de Londres comme moi, je dois reconnaître que New York s'est révélé être une ville incroyable. Lorsque j'ai découvert la vérité sur mon ex et ses prétendus cours de tennis, je n'arrêtais pas de penser à la façon horrible dont il m'avait traitée. Et je n'essaie pas de lui trouver des excuses (ça reste un salaud fini) mais – et cela ne m'était même pas venu à l'esprit avant aujourd'hui – s'il n'avait pas agi comme il a fait, si je ne les avais pas pris sur le fait dans ma voiture, si je n'avais pas complètement foutu en l'air le mariage de ma meilleure amie (chaque fois que je mentionne ça, j'ai un peu plus honte), je ne serais pas ici aujourd'hui. Je ne serais pas en train de vous écrire du tout. Je ne serais pas à Brooklyn en ce moment, en train de bloguer dans le salon d'un homme merveilleux qui est endormi sur son canapé le sourire aux lèvres. Un homme que je n'aurais jamais ne serait-ce que rencontré si ce connard infidèle n'avait pas été là.

Donc – et je dis cela avec la plus grande sincérité – merci, M. Ex, odieux petit salaud. J'espère que tu t'amuses bien là-bas en Angleterre.

Moi, je réapprends à m'amuser et c'est très agréable. »

J'envoyai mon texte à Mary. Ça faisait du bien de m'exprimer, même si c'était douloureux de l'admettre.

Au moins certaines choses commençaient enfin à avoir du sens ; il fallait que je lâche prise sur le passé pour mieux me consacrer à l'avenir.

Chapitre 22

En rentrant à l'appartement le vendredi matin, je trouvai un mot de Jenny m'informant qu'elle serait chez Jeff tout le week-end. Elle qui, une semaine seulement plus tôt, avait catégoriquement refusé d'aller à Brooklyn pour un soir. Pour autant que je sache, elle n'était pas revenue à l'appartement depuis que nous avions dîné chez *Scotty* le lundi, mais c'était étrange combien je me sentais déjà chez moi ici, qu'elle soit là ou non. Elle avait été prompte à ajouter des clichés de nous, pris à la fête de départ de Gina, à son montage de cadres photo et, comme nous avions les mêmes goûts – c'en était terrifiant – en matière de films et de séries (comprenez « acteurs beaux gosses »), des piles de mes DVD préférés jonchaient tout l'appartement. J'avais même trouvé des exemplaires d'œuvres de mes auteurs favoris chez *The Strand*, la librairie d'occasion. Je ne pensais pas à une seule chose de mon appartement londonien qui puisse me manquer. Pas une seule.

Avalant d'un trait ce qui restait de mon café glacé, je me connectai pour vérifier mes mails. J'avais très exactement deux heures avant ma réunion avec Mary, au cours desquelles je devais prendre une douche, choisir une tenue qui disait : « Je vous en prie, ne me virez pas » et trouver mon premier speech « Ce n'est pas toi, c'est moi » pour mon dîner avec Tyler ce soir. Je parcourus rapidement du regard les kilomètres de spams présents dans ma boîte Gmail en me repassant le scénario en boucle dans la tête. J'étais sûre qu'il s'en remettrait, nous pourrions rester amis, ce serait super. Tout irait très bien. Et, s'il le prenait mal, je n'allais pas faire mon Anglaise et me retrouver à coucher avec lui sans le vouloir. Non. Pas question. J'étais en train de me rassurer sur le fait qu'un baiser d'adieu poli serait probablement acceptable lorsque je repérai un mail de *The Look*. Il n'était pas de Mary ou Cissy, cependant, mais d'une certaine Sara Stevens.

« Chère Angela,

J'espère que vous ne m'en voudrez pas de vous contacter par e-mail : il n'y avait pas d'autres coordonnées disponibles sur le serveur de *The Look*.
Tout d'abord, je tiens à vous dire que j'adore votre blog ; il est si amusant ! J'ai l'impression d'être à New York avec vous.
J'ai une proposition excitante à vous faire. Nous sommes actuellement en train de mettre en place la version britannique de *The Look*, dont le lancement est prévu pour janvier, et j'aurais un immense plaisir à parler avec vous de l'éventualité que vous travailliez avec nous en tant que rédactrice titulaire. Votre style

conviendrait parfaitement pour notre magazine, et nous avons surveillé la popularité de votre blog, non seulement aux États-Unis mais ici au Royaume-Uni : vous avez un succès fou ! Évidemment, je ne sais pas exactement combien de temps vous comptez rester à New York, mais nous aurions besoin que vous soyez de retour au Royaume-Uni d'ici à la fin du mois d'août pour préparer le numéro de lancement. Appelez-moi – mes coordonnées sont au bas de cet e-mail – et nous pourrons discuter de toute question que vous pourriez avoir concernant salaire, avantages, etc. »

Il était presque 13 h 30 ici, donc 18 h 30 à Londres. Il n'y avait qu'une seule façon de savoir si elle faisait partie de ceux qui travaillent tard.

— Sara Stevens.

Oui, elle en faisait partie.

— Allô, Sara ? C'est Angela Clark. (C'était officiellement la dernière fois que je composais un numéro sans avoir la moindre idée de ce que j'allais dire si on me répondait.) Je viens de recevoir votre mail.

— Angela, je suis tellement ravie que vous m'ayez appelée ! Nous vous *adorons* ici dans le bureau londonien. Est-ce que vous êtes enthousiaste aussi ? C'est excitant, n'est-ce pas ?

Jusque-là, elle n'aurait pas pu être plus différente de Mary.

— Euh… oui ?

Je m'assis lourdement sur le dossier du canapé.

— Oh là là, oui, n'est-ce pas ?!

Je n'étais pas sûre d'apprécier la propension de Sara à s'exprimer d'une voix stridente.

— Alors, reprit-elle, quand avez-vous l'intention de revenir, ma puce ? Je trouve cela fantastique que vous soyez partie à New York faire la fête au lieu de rester bêtement à jouer les victimes. Très réjouissant. Mais on a besoin de vous ici ! Quand est prévu votre vol retour ? hurla-t-elle.

— En fait, je n'ai pas encore fait de réservation. (Sara n'avait peut-être besoin de s'arrêter pour respirer que toutes les sept minutes, mais moi j'avais du mal.) Je ne suis même pas sûre de rentrer.

— Quoi ? Vous n'avez quand même pas déjà épousé votre banquier de Wall Street ? Je ne vous en blâmerais pas, cela dit ! Non, sérieusement, c'est mieux comme ça. Nous paierons pour votre voyage retour, sans problème. Première classe de luxe sur tout le trajet, baby ! Donc, ce poste de rédactrice titulaire est vraiment sensationnel. Vous écririez sur à peu près tout ce qui selon vous pourrait intéresser les lectrices de *The Look*, alors vous auriez un choix de sujets assez conséquent. Je lisais votre blog et ça m'a frappé tout à coup, pan ! Cette fille sait parler mode, rencards, voyages, gastronomie, sexe…

— Qu'est-ce qu'en a dit Mary ? l'interrompis-je.

Oui, je sais que c'est malpoli, mais elle n'allait pas me laisser en placer une, sinon.

— Mary ?

— Mary Stein, ma rédactrice en chef ici.

— Oh. (Chose incroyable, Sara cessa de discuter un instant.) Je ne lui ai pas vraiment parlé. Ce n'est pas comme si je vous débauchais, si ? Vous êtes britannique, vous rentrez à Londres, nous avons besoin d'une rédactrice. Franchement, on ne fait que garder ça dans la famille. Je suis sûre qu'elle sera ravie pour vous. Et je ne veux pas être vulgaire mais, Angela, à côté du fric que vous allez vous faire avec ce poste, les quelques pièces que l'équipe web vous paie actuellement, c'est du foutage de gueule.

— Mais vous allez lui parler ?

— Bien sûr, tout de suite. Je l'appelle de ce pas. J'ai juste besoin de vous entendre dire que vous venez travailler pour moi, petite merveille de talent !

Je voulais juste raccrocher aussi vite que la courtoisie le permettait.

— OK… euh… c'est une offre très intéressante, mais il faut que je file à une réunion, et…

— Il faut que je sache d'ici à lundi soir, heure de New York, m'interrompit Sara d'un ton brusque. (Les gloussements et l'enthousiasme avaient complètement disparu de sa voix.) Malheureusement, je ne peux vous laisser réfléchir plus longtemps – je ne pensais pas que vous en auriez besoin, à vrai dire – car je dispose d'un délai très court pour recruter une rédactrice. Je vous envoie le descriptif du poste et le montant du salaire par mail, et vous pourrez me répondre. D'accord ?

Je me rendis soudain compte qu'elle ne pouvait pas me voir hocher la tête à l'autre bout du fil.

— Bien. À lundi, alors. Au revoir, ma puce, bon week-end à New York !

— Au revoir. À vous aussi. À Londres, je veux dire.

Mais elle avait déjà raccroché. Je regardai autour de moi, le téléphone toujours collé à l'oreille, et me mordis doucement la lèvre.

— Et merde !

Comme si ma conversation avec Sara ne suffisait pas à mettre la pagaille dans ma petite tête, les touristes en route vers Times Square n'avaient vraiment pas envie de me laisser arriver à l'heure à mon entretien avec Mary. J'avais passé bien trop de temps à me laver vigoureusement les cheveux et à me goinfrer de crackers Goldfish en regardant des débats télévisés au lieu de faire une seule des choses que j'étais censée faire, et à présent j'étais en retard. Je pouvais comprendre pourquoi Alex adorait Williamsburg – c'était un quartier si calme – mais j'étais encore sous le charme de Manhattan, en dépit de la foule exaspérante. Le bruit, les gens, le sentiment que tout pouvait arriver à n'importe quel moment. C'était ce qui faisait monter ma tension, déferler l'adrénaline dans tout mon corps tandis que les rues devenaient plus étroites, plus engorgées. J'adorais les panneaux lumineux, les gigantesques pubs *Target*, la boutique *Hershey's* au décor tapageur, le *Bubba Gump Shrimp Co*, le *Virgin*, le *Sephora*, le *Toys'R'Us*. Ce n'étaient que des publicités, des magasins et des restaurants, mais c'étaient le déclic des appareils photo et les gens qui se bousculaient avec sur le visage l'expression la plus heureuse qu'on ait jamais vue qui faisaient de l'endroit ce qu'il était. Et je trouvais ça extraordinaire.

Tout aussi extraordinaire fut le choc de l'air conditionné lorsque j'entrai dans le building de Spencer Media. Bonheur. J'étais en retard, mais je fus envoyée droit dans le bureau de Mary sans une réprimande et, qui plus est, à mon immense surprise, je me vis offrir un café, de l'eau fraîche et – incroyable ! – un sourire de Cissy dès que je passai le seuil.

— Angela Clark, entrez donc ! lança Mary de derrière son bureau.

— Je suis là, dis-je avec nervosité, les mains encombrées de mes boissons, essayant de ne rien renverser sur mon sac. Bonjour, Mary.

— Alors, l'entrée d'hier ? Oh, mon Dieu !

Elle arborait un sourire. Pas un rictus ironique, pas une grimace de désappointement, un vrai grand sourire.

— Super texte, Angela ; j'ai hâte de le mettre en ligne.

— Alors le blog marche toujours ? fis-je avec un soupir de soulagement.

— Bien sûr que oui, il marche toujours ! (Elle se leva et me serra dans ses bras avec une force que sa petite stature ne laissait pas présager.) Vous êtes ma petite *success story*. Savez-vous combien de mails nous avons reçus à propos de votre chronique ? Plus que pour tout autre élément du site. Merde ! plus que la plupart des articles du magazine papier. Tout le monde chez *The Look* adore votre chronique.

— Tout le monde, répétai-je prudemment. (Je n'arrivais pas à déterminer si Sara avait déjà appelé.) Je veux dire, c'est bien, non ?

— Et comment ! Les gens vous adorent, Angela, et ils adorent vivre par procuration à travers vous. Ils n'ont pas envie de s'enfuir sur un autre continent et de laisser derrière eux tout ce qu'ils ont toujours connu, mais ils adorent que vous le fassiez pour eux.

Mary ponctua ses mots d'un hochement de tête en s'asseyant au bord de son énorme bureau et en me poussant dans un fauteuil. Je réussis à garder mon café dans sa tasse, mais l'eau se renversa partout. Sauf sur mon sac. Ouf !

— C'est bien pour moi et c'est super pour vous. Alors j'ai besoin de vous mettre sous contrat.

— Quoi ?

— Sous contrat, répéta Mary en articulant lentement. Nous voulons maintenir le blog à long terme, Angela. Je ne vais pas exiger que ce soit fait en lettres de sang mais, par tous les dieux, je vais vous le faire signer.

Merde merde merde merde merde !

— Vous n'avez pas reçu d'appel d'une certaine Sara Stevens de la branche londonienne, n'est-ce pas ? demandai-je en ingurgitant rapidement mon café au cas où Mary aurait envie de me le reprendre des mains dans quelques minutes.

— *The Look UK* ? Comment est-ce que vous êtes au courant ? s'étonna Mary en réintégrant sa place derrière son bureau à la vitesse de l'éclair. Ça n'a même pas encore été annoncé officiellement en interne.

Putain putain putain putain putain !

— Eh bien, ils m'ont appelée aujourd'hui pour me demander si je voulais aller travailler pour eux. En tant que rédactrice titulaire.

Le visage de Mary passa du rouge au livide puis au pourpre en ce qui me parut une fraction de seconde.

— Vous vous fichez de moi ? Ils ont essayé de débaucher ma putain de rédactrice ?

— Elle a dit que ce ne serait pas me débaucher…

— Qu'est-ce que c'est d'autre, exactement ? Quand est-ce que vous avez reçu cet appel ? Pourquoi ne m'avez-vous rien dit ?

Lorsque Mary était en colère, elle faisait très, très peur.

— C'était à l'instant, littéralement ; genre, il y a une heure, expliquai-je hâtivement. Juste avant cet entretien. Je n'ai pas jugé nécessaire de vous appeler pour vous en parler puisque nous devions nous voir tout de suite.

— Bien, je suppose que je devrais vous être reconnaissante d'être venue me le dire en face, même si ces garces de Londres n'ont pas eu le respect de me l'avouer elles-mêmes. Félicitations, Angela, c'est une excellente occasion pour vous, et je pense que vous serez très douée pour ce travail. C'est juste que je suis furieuse de vous perdre si vite après vous avoir trouvée.

— Mais je n'ai pas encore accepté, j'ai jusqu'à lundi, bêlai-je en bondissant de mon siège, laissant la moitié de mes cuisses collée sur le cuir de mon siège. *(Aïe.)* Je ne suis pas sûre d'avoir vraiment envie de rentrer à Londres, ou de travailler pour Sara.

Surtout de travailler pour Sara, songeai-je. *Elle est à l'évidence complètement folle.*

Mary me dévisagea par-dessus son bureau, sans répondre. Je ne savais pas si c'était bon ou mauvais signe.

— Vous êtes sérieuse ? finit-elle par dire.

— À propos de quoi ?

— À propos de ne pas rentrer chez vous pour saisir cette superbe occasion, et de tout risquer pour écrire un blog dans une ville où vous ne vivez que depuis trois semaines ?

— Eh bien, lorsque vous formulez les choses comme ça, je sais que ça paraît un peu idiot.

Je me rassis en essayant de tirer ma robe tee-shirt Velvet sous mes cuisses.

— Vous n'avez pas envie de rentrer à Londres ?

— Est-ce que ça a de l'importance, ce dont j'ai envie ? répondis-je en me mordant la lèvre. Je suis bien obligée, non ? C'est ce que tout le monde n'arrête pas de me dire.

Tout le monde sauf Alex, rectifiai-je en silence, sans que ça m'aide.

— Eh bien, vous n'êtes pas ressortissante américaine, alors ce ne serait pas forcément facile.

Mary se releva et contourna de nouveau son bureau. Elle se pencha au-dessus de moi, me forçant à la regarder. Je ne savais plus où me mettre.

— Mais si vous vouliez rester, reprit-elle, vous auriez toujours du travail chez moi.

— Sérieusement ?

Je clignai des yeux pour refouler une petite larme avant qu'elle tente de s'échapper.

Mary s'agenouilla par terre, une main sur mon genou.

— Angela, je lis votre journal depuis trois semaines maintenant, et il est assez clair que vous ne savez pas vraiment ce que vous voulez. C'est pour cela que les gens s'intéressent à votre blog ; ils veulent être là lorsque vous trouverez la réponse à vos questions. Je ne sais pas si ce sera ici à New York ou chez vous à Londres, mais je sais une chose : vous n'avez plus tant de temps que ça pour y parvenir.

— Je sais, répondis-je en prenant une grande inspiration et en m'essuyant les yeux.

Il fallait vraiment que je me ressaisisse.

— Vous savez que je suis furieuse contre l'équipe britannique, reprit Mary. Mais, si vous comptez rentrer chez vous, vous devriez le faire maintenant. C'est vraiment une offre extraordinaire. Si vous restez ici, qui sait ? Le blog ne sera pas aussi bien payé qu'un poste de rédactrice, mais il vous rapportera. Et nous pouvons vous aider à faire une demande de visa, mais je ne peux pas vous dire ce qui se passera après ça.

Je gardai les yeux rivés sur le trottoir pendant tout le trajet de retour à l'appartement, tout juste consciente de la présence des gens, des voitures et des obstacles potentiels. Je glissai maladroitement ma clé dans la serrure, me laissai rouler par-dessus le dossier du canapé et regardai fixement le plafond. Je venais juste de déterminer que j'étais heureuse, que c'était Alex et pas Tyler, sans conteste, et maintenant ça. Jenny me dirait que c'était la vie qui mettait mes décisions à l'épreuve. Ma mère me dirait que c'était le destin qui me ramenait à la maison. Moi, je dirais : « Ça suffit, est-ce qu'il nous reste des Ring Dings. » Et comme j'étais la seule dans la pièce, je choisis d'écouter cette dernière voix.

Tyler arriva à 19 heures pile, et me trouva sur le pas de ma porte en train de jongler avec mes sacs de courses en papier marron, mon sac à main et mes clés. Avec mes apitoiements sur moi-même, j'avais complètement oublié qu'il venait dîner, et lorsque ça me revint à l'esprit, en plein milieu de l'épisode de Thanksgiving de *Friends*, il me restait juste le temps de courir au marché couvert de Grand Central Station acheter des pâtes, de la sauce et un énorme cheese-cake au chocolat. J'avais eu l'intention de lui raconter que c'était du fait-maison, mais j'avais passé si longtemps à débattre intérieurement des mérites respectifs du cheese-cake et de la tarte Tatin que le temps m'avait manqué.

— Alors c'est ça, mon dîner romantique ? demanda-t-il avec un sourire en me prenant les sacs des mains.

— Je suis vraiment désolée, répondis-je avec une grimace en me battant avec la porte. J'avais rendez-vous avec ma rédactrice en chef pour parler du blog, et c'était un peu beaucoup à digérer. J'avais vraiment l'intention de cuisiner, parole d'honneur.

Tyler passa le seuil à ma suite et m'emboîta le pas dans l'escalier.

— Encore un rendez-vous professionnel ? Tu dois en avoir presque aussi souvent que moi.

— Oui, c'est une longue histoire, dis-je en m'engageant dans la volée de marches suivante. Tu vas sans doute avoir le plaisir de l'entendre pendant le dîner.

Le fait que nous rentrions dans l'appartement me fit prendre conscience de l'état dans lequel était l'endroit comparé à la luxueuse garçonnière de Tyler. J'essayai désespérément de pousser d'un coup de pied les piles de bordel sous le canapé et de distraire Tyler avec le vin qu'il avait apporté, mais je ne trouvai pas de tire-bouchon dans la cuisine. Naturellement, dans l'appartement de deux filles plus ou moins célibataires, il traînait dans le salon. J'étais soulagée de voir que Tyler était de bien meilleure humeur que lorsque je l'avais laissé en plan plus tôt dans la semaine, mais je ne pouvais m'empêcher de craindre que cela ne durerait pas longtemps une fois que j'aurais abordé la partie « Faut que je te largue » de la soirée.

Tyler m'aida à faire la cuisine (je fis cuire les pâtes, il réchauffa la sauce au micro-ondes) puis prit place en face de moi à la table basse, assis en tailleur. La conversation porta d'abord sur tout et sur rien pendant que Tyler engloutissait le contenu de son assiette et que je chipotais avec le mien. Je n'étais pas vraiment d'humeur à manger des pâtes et à faire la conversation, mais j'espérais qu'il partirait avant que nous en arrivions au cheese-cake. Nous étions faits pour finir ensemble, lui et moi, avec Jenny et une bouteille de vin en prime.

— Alors, qu'est-ce qui s'est passé de si horrible à ton entrevue aujourd'hui ? me demanda Tyler en me resservant à boire.

— Je ne peux pas en toute sincérité dire que c'était horrible, répondis-je en rajoutant un peu de poivre moulu sur mes pâtes auxquelles je n'avais toujours pas touché. On m'a offert un travail à temps plein.

— Sérieux ? fit-il en terminant son assiette avant de s'attaquer à la mienne.

— Sérieux. Rédactrice titulaire pour le magazine. Pour *The Look*. Le problème, c'est que c'est à Londres.

— Mais c'est super, ça ! dit-il en se penchant par-dessus la table pour m'étreindre rapidement d'un seul bras. C'est un vrai poste de rédaction comme tu en avais envie. Je t'avais dit que ce blog serait la chance de ta vie.

— Mais c'est à Londres, répétai-je en le regardant reprendre ses couverts et se remettre à manger. Il faudrait que je reparte presque tout de suite.

— Tu savais bien que tu devrais repartir un jour, non ? demanda-t-il tout en se servant dans mon assiette. N'est-ce pas formidable que tu aies ce job en arrivant ?

— Eh bien, la rédactrice en chef du site m'a dit que, si je restais, elle aurait toujours du travail pour moi.

Je ne pouvais pas m'empêcher de le dévisager. Il n'avait même pas eu une petite grimace à l'idée que je parte.

— Alors je *pourrais* rester.

— Mais tu ne vas pas faire ça, si ? demanda-t-il en levant les yeux, la bouche pleine. Je veux dire, ce truc sur Internet, c'est bien joli mais, rédactrice d'un magazine, c'est un vrai boulot, non ? Au lieu de jouer à la journaliste, tu pourrais en être une vraie.

— Donc pour toi, quand j'écris mon blog, je joue ?

Chaque fois qu'il ouvrait la bouche, il dissipait un peu plus mes scrupules à rompre avec lui.

Ayant terminé son assiette et la mienne, il contourna la table en rampant pour venir me prendre le visage entre ses mains.

— Angela, ma chérie, pourquoi est-ce que tu t'énerves comme ça ? Je pense que tu es très talentueuse et que ce travail est une occasion extraordinaire pour toi. Et maintenant, si on allait fêter ça ?

Faute d'avoir une réponse, je le laissai m'embrasser, mais c'était bizarre. Ça ne me fit rien du tout.

— Tyler, est-ce que tu aurais toujours envie de me voir si je restais à New York ? demandai-je en mettant fin au baiser.

— Bien sûr, murmura-t-il dans mes cheveux en enfouissant son nez contre mon oreille.

— Et si je retournais à Londres ? insistai-je en me dégageant. Si je retournais à Londres mais que je voulais continuer à te voir. Avoir une de ces relations à distance. Est-ce que tu serais prêt à faire ça ?

— Je ne comprends pas ce qui te prend, tout d'un coup, dit Tyler en se crispant légèrement. On s'amuse bien, non ?

— Apparemment, toi, oui, répliquai-je.

Me relevant, j'attrapai les assiettes sur la table, que je posai sur le comptoir de cuisine. Peut-être un peu plus violemment que nécessaire.

— Alors, si je rentrais en Angleterre, ce serait fini entre nous ?

— Angela, dit Tyler en se relevant. Je ne comprends pas ce qui se passe. Je croyais qu'on allait juste dîner tranquillement ensemble !

— C'est ce que je croyais aussi. Je suppose que je n'avais pas compris que tout cela n'avait aucune importance pour toi.

— Quoi ! s'exclama-t-il en levant les bras au ciel. Parce que tu me prends au sérieux, peut-être ? Putain, tu te tapes un mec à Brooklyn depuis aussi longtemps que tu es avec moi, alors ne viens pas me faire le coup de : « Est-ce qu'on a un avenir tous les deux » !

— Hein ? Je…

Je me tus. Il avait lu mon blog.

— Pourquoi est-ce que tu ne m'as rien dit si ça te posait un problème ? repris-je.

— Parce que ça ne m'en posait pas. Tu vois d'autres personnes, et alors ? Moi aussi. Je vois plein d'autres filles. Ce n'est pas ce que tu cherchais lorsque tu t'es enfuie ?

Il n'avait pas tort, en fait.

— Je ne sais pas. Mais ce n'est plus ce que je cherche maintenant.

— Tu ne sais pas très bien ce que tu cherches, à mon avis, dit-il avec un éclat de rire en se dirigeant vers la porte. C'est pour ça que je ne fais pas dans les relations sérieuses, surtout avec des psychopathes qui viennent de se faire larguer.

— « Des psychopathes… »

Mon Dieu ! il n'allait pas me manquer, finalement. Quel charmeur…

— Tu as eu exactement ce que tu cherchais dans notre relation, Angela. Tu voulais juste te taper un beau gosse pour te rassurer après t'être fait tromper. Ce n'est pas ma faute si tu as trop peur de rentrer en Grande-Bretagne. Je n'ai pas de temps à perdre à t'écouter t'apitoyer sur ton sort parce que tu n'arrives pas à te décider.

— « M'apitoyer sur mon sort » ? Tu penses que je m'apitoie sur mon sort ?! m'exclamai-je. (Avant qu'il puisse s'échapper, je lui barrai le passage.) OK, très bien, au point où on en est, autant tout te dire. Tu sais quoi ? Oui, je sors avec quelqu'un d'autre, mais tu sais pourquoi j'ai continué à te voir ?

Il détourna les yeux. Apparemment, le plafond était soudain devenu très intéressant.

— J'ai continué à te voir parce que je te trouvais sympa. Non, franchement ! Quelle imbécile j'ai été ! Pour ta gouverne, ce n'est certainement pas parce que tu es si doué au pieu que je ne pouvais pas me retenir ; parce qu'il s'avère que tu as encore deux-trois choses à apprendre dans ce domaine.

Ces derniers mots me valurent toute son attention.

— Ouais, bien sûr, tu as simulé tout ça, dit-il avec une moue de dédain.

— C'est l'un des avantages d'être une « psychopathe qui vient de se faire larguer », répliquai-je avec un petit sourire tout aussi méprisant. (Il n'avait pas besoin de savoir que je mentais comme un arracheur de dents.) Lorsqu'on a simulé pendant dix ans, on devient très douée pour ça.

Il secoua la tête, les lèvres pincées. La dernière fois que toutes mes frustrations s'étaient accumulées en moi comme ça, je l'avais pratiquement déshabillé en pleine rue. Mais ce soir, je me contenterais amplement de lui voler dans les plumes.

— Je te trouvais charmant, un peu ringard, mais fondamentalement gentil. Bon sang ! je m'en suis même voulu de sortir avec Alex et avec toi en même temps. Évidemment, je n'avais pas compris que tu voyais tellement « d'autres personnes ». Et même si j'avais l'intention de te larguer ce soir – oui, c'était mon intention –, j'espérais qu'on pourrait rester amis. Mais si me voir m'apitoyer sur mon sort t'est tellement insupportable, tu ferais mieux de t'en aller.

Il me regarda en secouant la tête.

— Je n'ai pas à subir ça juste pour une partie de jambes en l'air, dit-il en me bousculant pour atteindre la porte.

— Et moi non plus ! hurlai-je en claquant celle-ci juste après lui.

Pendant longtemps après le départ de Tyler, je restai complètement immobile, dans un état de rage absolu. Mais je ne savais pas après qui j'étais le plus en colère, lui ou moi. Il avait raison, je m'étais servie de lui, alors pourquoi étais-je aussi furieuse qu'il ait fait la même chose ? Si je retournais à Londres, ce n'est pas à lui que je penserais durant mes nuits d'insomnie. Bougeant enfin les pieds, je ramassai mon portable et composai le numéro d'Alex. J'avais juste besoin d'entendre sa voix.

Mais il n'était pas là. Je ne pouvais pas téléphoner à Jenny, elle avait sa grande soirée romantique avec Jeff. J'envisageai d'appeler Erin ou Vanessa, mais je ne me sentais pas vraiment assez proche d'elles. À la place, je fis donc ce que fait n'importe quelle fille furieuse et désemparée lorsque les magasins sont fermés. J'ouvris une autre bouteille de vin, je sortis le cheese-cake entier du frigo et je m'assis devant la télé. *Au diable le régime, prions plutôt pour que les vêtements flous soient à la mode cette saison*, songeai-je en commençant à me goinfrer. Lorsque je me trouvai enfin incapable d'avaler une bouchée de plus, j'avais mangé plus de la moitié du gâteau et but toute la bouteille de vin. Le réveil allait être difficile mais, dans l'immédiat, le coma éthylo-glycémique dans lequel j'étais en train de sombrer était très agréable.

Chapitre 23

Je m'attendais à ce que ce soit une irrépressible envie de vomir, mais ce fut la porte claquant violemment qui me réveilla le samedi matin. Je me redressai péniblement pour jeter un coup d'œil furtif par-dessus le dossier du canapé en priant pour que ce ne soient pas des cambrioleurs. Ou des assassins. Peut-être que des cambrioleurs ne seraient pas si terribles que ça, finalement, songeai-je. Mais ce n'était rien de tout ça. Au lieu de grandes brutes menaçantes tout de noir vêtues, je vis une petite Jenny à l'air épuisée, en culotte et tee-shirt d'homme. C'était un style intéressant pour elle, et l'histoire qui y était associée – ce n'était là qu'une impression – n'avait pas une fin heureuse.

— Jenny ? tentai-je prudemment. Ça va ?

Elle avait les yeux rivés sur quelque chose dans le lointain qu'elle était seule à voir.

— On a rompu, dit-elle en secouant la tête avec incrédulité. Il m'a larguée. Une fois de plus.

— Quoi ?

Je m'étirai tant bien que mal et lui fis de la place sur le canapé alors qu'elle traversait la pièce d'un pas chancelant pour venir s'effondrer à côté de moi.

Comme si sa tenue avant-gardiste n'était pas déjà assez intrigante, elle empestait littéralement l'alcool.

— Vous avez rompu, Jeff et toi ?

Son visage se chiffonna, mais elle garda les yeux fixés droit devant elle.

— Il dit qu'il m'aime mais qu'il ne peut pas être avec moi. Il dit que chaque fois que je m'en vais il a peur que je le trompe de nouveau, et qu'il ne pense pas pouvoir vivre comme ça.

— Mais il t'aime, dis-je en l'attirant dans mes bras. Et tu l'aimes…

— Il dit que ce n'est pas assez. Qu'il ne me fait pas confiance.

Sa voix se brisa.

— Mon Dieu, Jenny, je suis désolée !

Elle était comme une poupée de chiffon entre mes mains.

— Je croyais qu'il allait me demander de réemménager avec lui, ajouta-t-elle avec un sourire triste. Je m'inquiétais tellement de la façon dont j'allais t'annoncer que je quittais l'appartement. Mais il ne veut même pas me voir, alors encore moins vivre avec moi.

Son regard vitreux commençait à me faire peur.

— Mais il t'aime, c'est évident pour tout le monde, dis-je en essayant de la tirer de sa transe. Peut-être qu'il a juste besoin de temps pour s'en rendre compte.

Jenny secoua la tête.

— Il l'a eu, le temps. Il a eu tout le temps qu'il lui fallait, putain. C'est moi qui suis restée à végéter ici depuis un an, ma vie entière sur pause, à attendre qu'il se rende compte à quel point il a besoin de moi, s'exclama-t-elle en laissant échapper un sanglot bruyant. Je ne peux plus, c'est trop dur. Je l'aime tellement…

— Et tu lui as dit ? demandai-je en relâchant mon étreinte alors qu'elle se mettait à trembler.

— Qu'est-ce que tu crois ? s'exclama-t-elle en se cachant le visage dans les mains. Il s'en fout complètement. C'est des conneries, tout ce qu'il dit ! Soi-disant qu'il m'aime trop. Putain ! il ne sait même pas ce qu'est l'amour. Sinon il ne ferait pas ça. Il ne pourrait pas le faire.

— Je commence à me dire que ça passe par-dessus la tête de la plupart des mecs, acquiesçai-je en soupirant.

Jenny me dévisagea. Apparemment, ce n'était pas la chose à dire.

— Tu es sérieuse ? (Elle secoua la tête.) Je ne peux pas rester là à t'écouter pleurnicher que tu ne sais pas qui te plaît, qui tu aimes, pourquoi ton ex ne t'aimait pas, pour la énième fois. Parfois, il n'y en a pas que pour toi.

— Ce n'est pas ce que j'allais dire, tentai-je de me défendre en essayant de garder à l'esprit qu'elle ne pensait pas ce qu'elle disait lorsqu'elle était dans cet état-là. J'allais seulement dire : même lorsque tu penses que ce sont des mecs bien, parfois tu te trompes. C'est peut-être aussi le cas de Jeff. Tu vaux mieux que ça, Jenny.

— Putain ! hurla-t-elle. Et voilà, j'en étais sûre ! Mais c'est faux, Angela. On passe notre temps à se plaindre que les hommes sont tous des salauds et nous de pauvres victimes qu'ils utilisent et traitent comme de la merde, mais ce n'est pas vrai. Jeff ne m'aime pas parce que je l'ai trompé. Ton ex ne t'aime pas parce que, putain ! je ne sais même pas ; comment est-ce qu'il pourrait t'aimer ? Comment peut-il aimer quelqu'un qui ne s'aime pas elle-même ?

— Mark n'a rien à voir là-dedans, répliquai-je en me levant pour partir.

Il fallait que je sorte avant de dire quelque chose que j'allais regretter. Ou avant que je ne puisse plus lui pardonner.

— Je parlais de Tyler, en fait. Il s'est avéré que ce n'est pas un mec si gentil que ça, finalement.

— Et alors ? On s'en contrefout. Tu te le tapais seulement parce qu'il te rappelait ton ex. Oh ! et oui, parce qu'il était pété de thunes, poursuivit-elle sur sa lancée. Au moins maintenant tu peux te concentrer entièrement sur ton petit fantasme de groupie.

En me retournant, je la vis verser le fond de ma bouteille de vin dans un mug et vider celle-ci d'un trait.

— Je ne vais pas rester pour t'écouter me parler sur ce ton, fis-je en attrapant mon sac à côté de la porte. Rien ne m'y oblige. Je ne sais pas comment tu oses te présenter comme cette personne formidable et pleine de compassion et qui veut vraiment aider les gens, alors que tu n'es même pas capable de t'aider toi-même.

— Ouais, c'est ça, rentre chez toi, espèce de lâche ! riposta Jenny en me faisant signe de m'en aller. Et laisse-moi, et Alex, et tout le monde, reprendre notre vie normale. On s'est bien marrées, mais peut-être, lorsque tu seras rentrée, tu arrêteras enfin d'essayer d'être quelqu'un que tu n'es pas. Tu avais pensé à ça, Angela ? Peut-être que si tu n'arrivais pas à savoir qui tu voulais être, c'est parce que tu es déjà cette personne. Cette pauvre conne paumée qui ne sait pas ce qu'elle veut, c'est ce que tu es. C'est ce que nous sommes tous, et plus vite tu comprendras ça, mieux ça vaudra. J'en ai ras le bol de te tenir la main en attendant que tu le découvres par toi-même.

Je sortis et claquai la porte pour la seconde fois. Ne sachant pas quoi faire d'autre, j'attrapai mon téléphone.

—Allô ?

—Louisa ?

—Angela ?

Je ne comprenais pas. J'avais tapé le numéro de fixe de ma mère, pas celui de Louisa.

—Où est ma mère ?

Je n'étais pas sûre de pouvoir affronter cette situation.

—Elle est en train de faire du thé. Je venais juste lui montrer les photos du mariage en allant au tennis. Je les ai eues hier.

Au simple son de sa voix, tout me revenait en mémoire. Pas le mariage ni les infidélités de Mark, mais ma vie. Mes vingt-sept ans de vie. Elle prenait le thé chez ma mère un samedi matin, en regardant les photos de son mariage, de moi à son mariage, comme s'il ne s'était rien passé ces trois dernières semaines.

Et je suppose que, de leur point de vue, il ne s'était effectivement pas passé grand-chose.

— Où es-tu, Angela ? me demanda Louisa. Ta mère m'a dit que tu étais toujours en Amérique.

Elle ne criait pas et ne semblait pas en colère.

— Je suis à New York. (Je m'assis sur la dernière marche de l'escalier.) J'y suis depuis…

— Oh là là, j'ai l'impression que ça fait une éternité, pas toi ? soupira-t-elle. J'aurais aimé que la lune de miel dure plus longtemps…

— Louisa, fis-je lentement, tu n'es pas fâchée contre moi ?

— Fâchée contre toi ? s'exclama-t-elle d'un ton stupéfait. Et toi, tu n'es pas fâchée contre moi ?

Je me mordis la lèvre et fixai les yeux sur la porte d'entrée, les yeux brusquement embués.

— Mais j'ai fichu ton mariage en l'air, dis-je d'une voix étranglée en essayant d'éviter de fondre en larmes. Je suis tellement désolée…

— Oh ! Angela, répondit Louisa avec des sanglots dans la voix. Est-ce vraiment là ce que tu penses depuis trois semaines ? Je supposais que tu étais en colère contre moi. C'est moi qui ai eu tort, j'aurai dû te dire pour Mark et cette pétasse de Katie dès que je l'ai appris.

— Maman m'a dit qu'il avait emménagé avec elle, chuchotai-je en ramenant mes genoux contre moi. Est-ce que tu l'as revu ?

— Je les ai vus tous les deux au club de tennis, répondit Louisa à contrecœur. Mais il sait ce qu'on pense de lui, Tim et moi ; ce n'est pas vraiment comme si on buvait un coup ensemble après le match. Oh, Angela, s'il te plaît, ne me dis pas que tu étais là-bas toute seule à penser que je n'en avais rien à faire pendant tout ce temps ?

— Je n'étais pas toute seule, réussis-je à dire. J'habite chez une amie, cette fille que j'ai rencontrée, mais je crois que je vais bientôt devoir rentrer.

— Bien sûr qu'il faut que tu rentres. (La voix de Louisa m'était à la fois très familière et vaguement étrangère : j'étais entourée d'accents américains depuis trop longtemps.) Tu peux habiter chez nous. On prendra soin de toi.

— On m'a proposé un boulot dans un nouveau magazine, dis-je, essayant de détourner la conversation vers un sujet où mes émotions ne me trahiraient pas. J'ai écrit des trucs pour leur site web ici, et ils m'ont proposé un poste de rédactrice titulaire.

— Eh ben voilà ! Tout n'est pas si noir, alors, finalement ! Pourquoi est-ce que tu ne vas pas faire tout de suite tes bagages pour rentrer. Prends l'avion aujourd'hui, je pourrais venir te chercher à l'aéroport demain ! Je ne supporte pas l'idée de te savoir là-bas, déprimée, toute seule. Je t'en prie, Angela, je veux juste être sûre que tu vas bien. Je veux juste te voir.

— Je ne suis pas toute seule, répétai-je en regardant par la porte New York qui palpitait. Et j'adore ma vie ici. Sincèrement, ça va plutôt bien, en fait.

— Ce n'est pas l'impression que tu donnes au téléphone, Angela, soupira Louisa. Pourquoi est-ce que tu ne me rappelles pas lorsque tu auras réservé ton billet retour ? Tu sais ce qu'il nous faut ? Ben & Jerry's et *Dirty Dancing*.

— J'ai déjà fait tout ça, Louisa.

Je secouai la tête, me rappelant pourquoi j'étais partie à la base.

— Tout n'est pas parfait ici, mais ce n'est pas simplement rentrer à la maison qui arrangera tout non plus, ajoutai-je.

— Angela, tu as besoin de tes amis, écoute-toi un peu ! Mark a été un vrai salaud avec toi, et on ne le lui pardonnera jamais, mais il va bien falloir que tu rentres tôt ou tard. Tu ne peux pas fuir toute ta vie.

— Je ne crois pas que tu comprennes, répondis-je en me levant pour sortir à l'air presque frais. Je ne suis pas en fuite. Je l'étais lorsque je suis partie, mais maintenant j'ai de vraies perspectives d'avenir ici. Il m'est arrivé des choses vraiment passionnantes.

— C'est toujours l'impression qu'on a quand on est en vacances.

Louisa commençait à me parler comme si j'étais bourrée. Ou que j'avais cinq ans. C'était agaçant au plus haut point.

— Mais reviens sur terre, Angela, il faut que tu reprennes le contrôle de ta vie.

— Oui, tu as raison, acquiesçai-je en tournant au coin de la rue pour regarder le Chrysler Building. (Je trouvais toujours sa beauté aussi saisissante.) Sauf que rentrer à la maison ne voudrait pas dire reprendre le contrôle de ma vie, mais revenir à quelque chose qui me rendait malheureuse à la base.

— Angela, reprit Louisa, qui commençait à s'impatienter. Je comprends, tu penses t'être remise de toute l'affaire « Mark et sa maîtresse ».

— Ne me dis pas ce que je pense, ripostai-je d'une voix plus assurée. Et, oui, Mark est un connard. Si jamais je suis amenée à le revoir, il y a des chances que je le castre, mais ce qu'il m'a fait n'est rien à côté de ce que je me suis infligé à moi-même… (J'avais presque l'impression d'entendre la voix d'Alex sortir de ma bouche. Tiens donc !) Cela faisait des années que je n'étais pas heureuse avec lui. Il n'en aurait pas regardé une autre si tout était bien allé entre nous. J'aurais dû le quitter, Louisa, mais j'avais trop peur. J'ai gâché des années de ma vie et de la sienne. Je les ai tout simplement foutues en l'air.

— Mais…, tenta de m'interrompre Louisa.

Mais je n'étais pas prête à me taire.

— Et, ces trois dernières semaines, j'ai l'impression d'avoir vraiment vécu. D'avoir pris de bonnes décisions, de faire de bonnes choses. Si je revenais maintenant, que se passerait-il ?

— Tu serais avec des gens qui t'aiment et se soucient de toi.

Elle n'avait pourtant vraiment pas le ton de quelqu'un qui m'aimait et se souciait de moi. Je pris une grande inspiration, m'apprêtant à rajouter quelque chose. Mais, avant de pouvoir le faire, j'entendis le signal d'appel sonner discrètement dans mon oreille.

— Il faut que j'y aille, Louisa, dis-je en mettant ma main en visière pour regarder en direction de l'appartement. (Je vis Jenny le nez collé à la fenêtre, me cherchant du regard, son téléphone à la main.) Je ne sais pas exactement ce que je vais faire, mais est-ce que tu peux dire à maman que je vais bien, et que je la rappellerai lundi ?

— Angela, pour l'amour du ciel ! s'exclama Louisa, visiblement énervée au plus haut point. Tu es complètement détachée de la réalité. Redescends de ton petit nuage et reviens à la maison.

— On verra, répondis-je en haussant les épaules. Mais je le saurai lundi. Je t'aime, Louisa, je suis contente de savoir que tu vas bien.

Avant qu'elle puisse tenter une énième fois de me convaincre de rentrer, je raccrochai. Jenny avait déjà renoncé à son appel et, lorsque je levai les yeux vers la fenêtre, elle avait disparu. Je ne me sentais pas encore capable de revenir à l'appartement, mais je n'étais pas non plus prête à déclarer forfait et à rentrer à Londres. J'avais besoin de trouver un endroit pour réfléchir.

Pendant une heure, j'errai dans les rues. Sud, ouest, ouest, nord, re-sud. Je ne me rendis même pas compte que j'étais arrivée devant l'Empire State Building avant d'avoir foncé dans un groupe de gens qui faisaient la queue.

— Eh, regardez où vous mettez les pieds ! me houspilla un Anglais excessivement gras avant de soupirer lorsque je reculai en bredouillant des excuses décousues. Satanés Ricains ! ajouta-t-il avec un hochement de tête à l'adresse de son compagnon. Ils sont d'une impolitesse !

Trouvant un léger renfoncement devant une pharmacie au coin de la rue, je levai les yeux pour contempler l'édifice, mais il n'avait aucune réponse toute faite à m'offrir. Juste des souvenirs créés de toutes pièces à partir d'innombrables heures de visionnage de films et de séries télé, auxquelles s'intercalaient des scènes issues de ma visite des lieux en compagnie d'Alex. Suffoquant au milieu de la foule, je m'ébrouai pour sortir de ma rêverie et tournai sur la pointe de mes ballerines. Direction le nord de Manhattan. Loin du centre. Pendant les quinze premiers pâtés d'immeubles, je pensais me diriger vers le parc mais, alors que je traversais la Ve Avenue pour gagner la VIe, l'idée d'un différent refuge me vint. Avec un peu de chance, je pourrais m'y remplir la tête d'autre chose que du tourbillon de questions qui y trottaient sans relâche.

Bien qu'il y règne encore un certain calme – c'était un musée, après tout –, il y avait plus de monde au MoMA que lorsque j'y étais venue la dernière fois. Je payai mes 20 dollars et sautai aussitôt sur l'Escalator pour gagner le cinquième étage. Je fus surprise du nombre d'enfants qui se trouvaient là. Ils avaient des parents très cool, songeai-je, tout en souhaitant secrètement que ces derniers ramassent leurs gosses et les emmènent de l'autre côté de la rue chez *FAO Schwarz*, le marchand de jouets. Même s'il y avait des dizaines de personnes qui traînaient dans les environs, personne ne me dit quoi que ce soit lorsque je m'affaissai contre le mur faisant face à *Christina's World*. Je ne pleurai même pas. Je me contentai de contempler le tableau, de me perdre dans le moindre brin d'herbe. Je ne prêtai pas attention aux chuchotements curieux autour de moi, même si je fis un peu la grimace quand même en entendant un abruti en anorak suggérer à sa copine que je faisais une performance. Je ne portais pas de costume d'ours, si ? Mais je fis abstraction de ce qu'ils disaient, de ce que tout le monde disait. Je me vidai la tête des paroles des gens présents comme de ceux qui n'étaient pas là. De tous les conseils qu'on m'avait donnés, que je les aie demandés ou non. Aucun d'eux ne m'avait dit ce que je voulais entendre, mais ils avaient tous raison. Jenny avait raison, j'étais paumée. Louisa avait raison, j'avais pris la fuite. Et Tyler avait raison, je ne savais vraiment pas ce que je voulais. Mais il était temps que je le découvre.

Après ce qui pouvait être aussi bien une heure qu'une journée entière – ça n'avait strictement aucune importance –, je me relevai enfin. Alors que j'essuyais quelques larmes discrètes qui s'étaient échappées de mes yeux à mon insu et reformais ma queue-de-cheval qui s'était défaite, je remarquai quelqu'un d'autre qui était lui aussi plongé dans sa contemplation. Là, appuyé contre l'Escalator, se trouvait Alex. Il me sourit tristement en levant la main. Je restai pétrifiée une seconde, puis lui rendis son salut, ne sachant pas quoi faire d'autre. Il m'adressa un bref signe de tête et s'approcha.

— Salut, dit-il doucement.

— Salut, répondis-je. Qu'est-ce que tu fais ici ?

Je trouvais le son de ma voix étrange après être restée silencieuse si longtemps.

— Jenny a appelé Jeff, Jeff m'a appelé, je t'ai appelée, et tu n'as pas répondu. Une longue chaîne de coups de téléphone, avant que je me dise que tu étais peut-être ici.

— Oh ! dis-je avec un hochement de tête. Attends… Jenny a appelé Jeff ?

— Elle n'avait pas mon numéro, et je suppose qu'elle a pensé que tu étais peut-être venue chez moi, expliqua-t-il. (Je n'osais même pas penser à la mine affreuse que je devais avoir.) Elle s'inquiétait pour toi.

— Ils ont rompu, dis-je doucement en songeant combien Jenny avait été furieuse. (J'aurais aimé pouvoir revenir en arrière et essayer de mieux gérer cette conversation.) Jenny et Jeff. Elle est effondrée.

— Lui aussi, dit Alex en me regardant. J'espère qu'ils vont réussir à recoller les morceaux, mais c'est difficile quand on ne peut pas faire confiance à l'autre.

— J'ai l'impression que c'est ce que les gens passent leur temps à faire, essayer de recoller les morceaux. Ça devient fatigant au bout d'un moment.

— Certes, mais qu'est-ce que tu es censé faire d'autre ? dit-il en me posant doucement une main sur l'épaule. Tu veux en parler ?

— Oui, mais pas ici, répondis-je en le laissant me guider vers l'Escalator et l'extérieur.

— Alors, qu'est-ce qui se passe ? me demanda-t-il après m'avoir regardé gratter une petite tache sur mon jean pendant trois bonnes minutes.

— On m'a offert un boulot à Londres, répondis-je en levant les yeux vers lui. (Il fallait bien commencer quelque part.) Je me suis engueulée avec Jenny, ensuite j'ai appelé en Angleterre et je me suis engueulée avec mon amie là-bas, et maintenant, juste au moment où je pensais avoir une vague idée de ce que je voulais, me voilà revenue à la case départ.

— Waouh ! c'est bien hier qu'on s'est vus ? s'exclama Alex. Alors, qu'est-ce que tu veux faire ?

— Qu'est-ce que tu ferais à ma place ? lui demandai-je en penchant la tête pour l'observer, essayant de deviner ce qu'il pensait. (Il était bizarrement réservé.) Si tu avais le choix entre retourner auprès de ta famille et tes amis, sans problème de visa, et avec un super boulot à la clé, ou rester ici, sans aucune certitude.

— Je ne peux pas prendre cette décision pour toi, répondit-il en me prenant délicatement les mains. Ce serait injuste.

— Pas si je te le demandais.

J'ébauchai un sourire, mais il ne me le rendit pas.

— Ce serait injuste parce que je ne sais pas ce que tu devrais faire, expliqua-t-il en serrant ma main dans la sienne. Tu connais mes sentiments, mais je ne te demanderai pas de rester pour moi. Et puis, de toute façon, il n'y a pas que moi, n'est-ce pas ? Et cet autre mec ?

Dites-moi que ce n'est qu'un cauchemar, me dis-je en regardant Alex se détourner.

— Il n'y a pas d'autre mec, répondis-je précipitamment. Il n'y a que toi.

— J'ai lu ton blog, Angie, et je suis au courant. Inutile de me mentir, dit-il en secouant la tête après avoir lâché mes mains. Et Jenny m'a dit que tu t'étais engueulée avec lui ? Je ne sais pas, Angela ; je t'aime vraiment beaucoup, mais je viens tout juste de remettre de l'ordre dans ma tête, je ne peux pas me relancer dans une relation où je ne peux pas faire confiance à l'autre. Où je ne sais pas ce qui va se passer.

— Comment pourrait-on jamais savoir ce qui va se passer ? demandai-je en reprenant ses mains. Mais je peux te dire en toute sincérité qu'il n'y a pas d'autre mec. Quoi que Jenny ait pu te dire ; elle était tellement en colère contre moi. Franchement, même lorsqu'il y avait un autre mec, ça valait à peine le coup d'en parler. Et on ne s'est pas engueulés, je lui disais juste que je ne voulais plus le voir. Je veux te voir toi. Rien que toi. Qu'est-ce qu'elle t'a raconté ?

— C'est sans importance. Est-ce que tu m'aurais dit que tu étais sortie avec quelqu'un d'autre en parallèle si je ne t'en avais pas parlé moi-même ? (Il souriait désormais, mais d'un sourire si triste que j'en avais le cœur brisé.) Si je n'avais pas eu à le lire sur ton blog ?

— Bon sang ! je regrette tellement d'avoir commencé ce truc, gémis-je. Je t'en prie, Alex. Franchement, il n'y a que toi. J'ai fait sa connaissance avant toi et c'est juste que… Je n'ai continué à sortir avec lui que parce que… Eh bien, je ne sais même pas pourquoi. Le maudit blog, Jenny, Erin… Mais c'est sans importance maintenant. Il n'y a que toi. Franchement, sincèrement et totalement.

— OK. (Il avait la voix tellement chargée d'émotion que je n'osai même pas le regarder.) Alors, qu'est-ce que tu ferais s'il n'y avait ni moi, ni Jenny, ni d'« autre mec », et que tu avais le même choix à faire, entièrement toute seule ? Parce que c'est à ça que ça va devoir se réduire, au final.

— Je ne suis pas sûre, mais je ne veux pas être toute seule, Alex.

— Tu ne l'es pas, dit-il en me prenant la joue dans une main, alors que les larmes commençaient à me couler sur le visage. Je t'assure. Tu crois vraiment que Jenny aurait pris la peine d'appeler Jeff si elle ne se souciait pas de toi ?

— Non, chuchotai-je. Mais je ne parlais pas de Jenny.

— Pour ça, il va falloir attendre un peu, dit-il après un petit silence. J'ai besoin d'un tout petit peu plus de temps, et je pense que toi aussi. Quoi qu'il y ait entre nous, je suis à peu près certain qu'on ne devrait pas être là à pleurer dessus au bout de trois semaines.

— Ne fais pas ça, balbutiai-je en remarquant Jenny qui attendait non loin. (Elle portait toujours le tee-shirt de Jeff, mais elle avait réussi à trouver un jean à mettre avant de sortir, Dieu soit loué !) Ne présente pas ça comme une mauvaise chose.

— Ce n'était pas une mauvaise chose, dit-il avec un sourire. C'était bien. Très bien, tu sais ? Mais peut-être que ce n'est pas le bon moment…

— Tu crois que je devrais rentrer en Angleterre ? demandai-je, en le suppliant intérieurement de ne pas répondre.

— Peut-être, acquiesça-t-il en essuyant mes larmes du pouce et en se penchant pour m'embrasser. (Ses propres larmes laissèrent d'autres sillons humides sur mes joues.) Je crois que tu devrais faire ce que tu as envie de faire, vraiment, au fond de toi. Écoute, je vais te laisser, mais je t'appelle plus tard. Ou tu m'appelles une fois que tu auras parlé à Jenny ?

Je hochai la tête, ne voulant pas lâcher sa main. Il n'allait pas m'appeler. Je le regardai traverser la cour et le suivis des yeux dans la rue jusqu'à ce qu'il ait disparu.

— Angela ?

Jenny était plus calme que je ne l'avais jamais connue. Son mascara s'était complètement étalé autour de ses yeux et ses cheveux ressemblaient à une botte de foin. Elle illustrait parfaitement l'état dans lequel je me trouvais mentalement. Je ne devais pas être mieux, cela dit.

— Angie ?

— Je suis vraiment désolée, chuchotai-je alors qu'elle s'asseyait sur la marche à côté de moi. Je n'aurais même pas dû évoquer Tyler. Je sais à quel point tu es amoureuse de Jeff.

— Tais-toi ! s'exclama Jenny en souriant à travers des larmes toutes fraîches. Si tu n'arrêtes pas d'être aussi polie, on n'arrivera jamais à être des colocataires dignes de ce nom. J'avais carrément besoin d'entendre ce que tu avais à me dire. Jeff ne peut pas me pardonner parce que je ne peux pas le faire moi-même, tu n'y es pour rien. Je n'aurais jamais dû te dire toutes ces choses. Et je n'avais pas l'intention de parler de Tyler à Alex, c'est sorti tout seul. Je lui ai dit que c'était lui que tu avais choisi. Je comprendrais complètement que tu ne puisses pas me pardonner.

— Arrête, ne commence même pas, la rassurai-je en posant la tête sur son épaule. Mais je crois que c'est toi qui as été trop polie. Si tu m'avais juste donné une bonne dérouillée verbale la première fois qu'on s'est vues, je ne me serais peut-être jamais retrouvée dans ce pétrin.

— Alors, tu reviens à la maison ? me demanda Jenny en me prenant la main et en se relevant.

Ses mains étaient plus petites et plus douces que celles d'Alex, mais tout aussi fortes.

— On m'a proposé un boulot à Londres, Jenny, lui annonçai-je sobrement. Je devrais juste l'accepter.

— Sérieux ? (Elle se rassit.) Tu repartirais, comme ça ?

— C'est la chose raisonnable à faire, acquiesçai-je. Et c'est ce qui paraît le plus logique. C'est un job de rêve.

— Tu sais que, quoi que tu décides de faire, tu es coincée avec moi, hein ? On ne survit pas à deux passages de l'ouragan Jenny pour ensuite se débarrasser de moi.

— Je ne saurais plus quoi faire sans toi, maintenant, répondis-je avec un sourire.

Et c'était vrai, je n'arrivais pas à l'imaginer hors de ma vie. En trois semaines seulement, elle faisait partie de ma vie au même titre que Louisa.

— Tu as parlé à Alex de la possibilité d'un retour en Angleterre ? me demanda-t-elle.

J'essayai de sourire, de répondre, mais je ne parvins qu'à secouer la tête en laissant échapper d'autres larmes.

Jenny m'attira contre elle pour me serrer longuement dans ses bras. Cela me fit un bien fou.

— Je ne crois pas avoir mangé tout à fait jusqu'à la dernière miette du cheese-cake que tu as laissé dans le salon, chuchota-t-elle au bout d'un moment. Ça te dit d'aller voir ce qu'il en reste ?

J'acquiesçai avec hébétude et la laissai m'aider à me relever. Je réussis à me redresser, mais mon estomac resta collé sur la marche, et j'avais le cœur si lourd que je m'attendais à tout instant à le voir tomber de ma poitrine. C'était marrant que je n'ai pas ressenti ça à propos de Mark, songeai-je. C'était donc ça l'effet que ça faisait de perdre quelqu'un.

— Quoi que tu choisisses de faire, dit Jenny en repoussant mes cheveux derrière mes oreilles et en articulant, comme si j'avais peut-être du mal à comprendre, ce sera la bonne décision, tu sais ça ? Je ne me suis pas très bien exprimée ce matin, mais si cette paumée confuse et désemparée est ce que tu es, mon chou, ça ne m'empêche pas de te trouver absolument formidable.

La prenant par la main, je sortis dans la rue. Personne ne nous dévisagea, personne ne nous accorda même ne serait-ce qu'un second regard. Deux filles larmoyantes qui portaient encore leurs vêtements de la veille au soir, s'agrippant l'une à l'autre comme si leur vie en dépendait. Si seulement ç'avait été la chose la plus étrange qu'ils avaient vue dans la rue ce jour-là.

Il faisait si chaud dans la ville que je commençai à penser que New York avait arrêté le temps jusqu'à ce que j'aie pris ma décision. Il était presque 21 heures, et il faisait encore si clair et si insupportablement moite que ç'aurait pu être le milieu de l'après-midi. Mais ce n'était pas le cas. Au milieu de l'après-midi, j'étais en train de sangloter sur les marches du MoMA à regarder Alex s'éloigner de moi et, là, j'étais assise sur mon appui de fenêtre à regarder Jenny me dire au revoir de la main avant de partir au travail. Il avait fallu toute ma force de persuasion – ce qui n'était pas ma qualité la plus remarquable – pour la convaincre que je n'allais pas me sauver avant qu'elle revienne, ni simplement me jeter par la fenêtre. Au moins pas sans l'avoir appelée avant pour lui donner un quart d'heure de préavis. Elle avait déjà séché le boulot une fois pour venir me trouver, je ne voulais pas qu'elle s'attire davantage d'ennuis. Mais un marathon *Ghostbusters* assaisonné d'environ deux litres de Ben & Jerry's n'auraient vraiment pas été de refus.

Les gens dans la rue en contrebas se vidaient littéralement des bouteilles d'eau sur la tête, et voyaient les gouttes grésiller en tombant sur le trottoir. Même la flèche du Chrysler Building, tout là-haut, perdait sa netteté dans la brume torride. Je n'étais pas faite pour cette chaleur. Ou pour me faire larguer. Ou pour prendre plusieurs décisions capitales pour mon avenir en si peu de temps. Le mois prochain, j'espérais me limiter à une. Peut-être deux maximum. Je ne savais vraiment pas quoi faire. Ces dernières semaines avaient été fabuleuses, mais à quoi bon rester à New York si c'était encore plus dur que d'être à Londres ?

Et ne serait-ce pas fantastique de rentrer, toute transformée façon *Sex and the City*, avec ma superbe garde-robe neuve, mon sac magnifique et mon boulot de rêve ? Je savais au plus profond de moi-même que Mark était pour moi de l'histoire ancienne, je n'avais pas peur de le revoir. Papa et Maman seraient… eh bien, ils seraient contents de savoir où me trouver au cas où ils auraient besoin d'une *cat-sitter* lorsqu'ils partaient en vacances. Et avec Louisa on réussirait à se réconcilier. Les choses seraient différentes cependant. Parce que j'étais différente.

— Je serais complètement folle, chuchotai-je à part moi. Je serais complètement folle de ne pas faire ça.

Je décollai les cuisses de l'appui de la fenêtre, laissant plusieurs couches de peau brûlée par le soleil derrière moi, et entrepris de chercher mon passeport. Il n'était pas dans mon fabuleux sac à main, ni au fond du tiroir de ma table de chevet. Il n'y avait qu'un seul autre endroit auquel je pouvais penser. M'agenouillant, je tirai mon sac de voyage de sous le lit. Tout ce qu'il y avait dedans, c'était mon passeport, mon vieux sac à main et un tas froissé de taffetas couleur café.

Ma robe de demoiselle d'honneur.

Je la traînai à la lumière et la soulevai devant moi. N'ayant fait que manger ces trois dernières semaines, je la trouvai minuscule. Pour la première fois depuis des mois, je ne savais pas combien je pesais. Jenny ne se fiait pas aux balances – elles avaient un « impact négatif sur sa confiance en elle » – et toutes mes nouvelles fringues étaient merveilleusement amples. Ça ne pouvait pas faire de mal de l'essayer ? Même si rentrer à Londres convaincue d'être un gros tas ternirait un peu mon retour triomphant.

L'étoffe était froide contre ma peau moite, et le corsage était inconfortable, comme s'il avait été rincé avec de la colle à papier peint, mais je n'y étais pas aussi serrée que je m'y étais attendue. En fait, je n'y étais pas serrée du tout. Apparemment, on pouvait manger autant qu'on voulait du moment qu'on arpentait New York à pied et qu'on se tapait des beaux gosses. Après avoir trébuché deux fois sur le bas de ma robe en traversant la pièce d'un bout à l'autre, j'enfilai mes Louboutin et m'approchai du miroir d'un pas chancelant pour ôter mes cheveux de mon visage et les nouer en un chignon serré. J'avais encore les yeux rouges et gonflés, et la robe était toute chiffonnée. Ce n'était pas un très beau look, mais j'y étais habituée. Tout ce qui me manquait, c'était ma bague de fiançailles, et je n'aurais vraiment pas eu envie de la remettre à mon doigt, vu l'endroit où je l'avais laissée.

Jenny avait collé des photos des deux dernières semaines tout autour de mon miroir pour « m'aider à vivre dans l'instant ». Mes photos « après » de chez Extase, lorsque Gina avait révolutionné ma coiffure. Jenny, Erin et moi au karaoké. Le cliché que Jenny avait volé d'Alex et moi au concert de celui-ci. Mais la fille sur ces photos n'était pas la même que celle qui me regardait à cet instant dans le miroir. Cette dernière était l'Angela Clark d'un mois plus tôt. L'Angela Clark qui s'était endormie dans sa robe pour se réveiller en sanglotant toutes les vingt minutes. L'Angela Clark qui s'était enfuie le plus loin possible lorsque les choses étaient devenues trop difficiles. Mais c'était tout ce que je me rappelais d'elle. Est-ce que j'avais vraiment, franchement, envie de retourner là-bas ?

L'Angela des photos avait l'air heureuse. Oui, elle était un peu éméchée, mais elle était heureuse, en bonne santé, et avait les yeux plutôt bien maquillés. Et sur la photo après-coupe, elle avait l'air carrément enchantée. J'arrachai la photo d'Alex et moi et la jetai par terre. Inutile de me rendre encore plus malheureuse en la laissant visible. Mais, même sans le beau gosse, cette fille-là avait l'air bien plus heureuse.

J'ôtai ma robe en me tortillant et la traînai à travers la pièce jusqu'à la poubelle avec mes pieds superbement chaussés. Ça faisait du bien d'enlever cette robe. Ça faisait bizarre d'être juste en sous-vêtements et Louboutin. Enfilant un tee-shirt pour ne pas effrayer les passants, je regagnai la fenêtre. La vitre était froide contre mes doigts malgré la chaleur torride. Tout aurait dû être encore si excitant et si nouveau, le trottoir fumant, le médium qui traînait devant *Scotty's Diner*, l'épicerie ouverte vingt-quatre heures sur vingt-quatre au pied de notre immeuble, mais, la seule pensée que j'avais dans la tête, c'était que nous n'avions plus de lait. Une pensée complètement incongrue, mais extrêmement réconfortante. Je me rendis bientôt compte que l'humidité sur mes joues n'était pas due à l'absence de climatisation dans l'appartement, mais au fait que j'avais commencé à pleurer. À l'idée que je n'irais plus jamais acheter de lait chez l'épicier d'en bas. *Eh bien, Angela,* me dis-je, *félicitations, tu as atteint le fond du pitoyable. Tu pleures sur du lait, et il n'est même pas renversé. Il n'est même pas encore acheté.*

Je me penchai pour enlever mes chaussures, et aperçus la photo d'Alex et moi qui pointait son nez de dessous le lit. En la regardant à cet instant, je fus moi-même surprise par l'expression dans mon regard. Cela ressemblait étrangement à de l'amour. Quant à Alex, il était magnifique, même sur cet instantané pris précisément deux minutes après qu'il eut quitté la scène. Je ne pouvais pas m'empêcher de remarquer qu'il avait lui aussi l'air très heureux.

Je trouvais déjà difficile de me remémorer Mark clairement. J'avais peut-être vécu avec lui jusqu'à il y avait trois semaines de ça, mais je ne l'avais pas regardé depuis des mois. À l'inverse, si je fermais les yeux à cet instant, je pouvais voir chacun des cheveux de Mark. Goûter ce café incroyablement fort dans son haleine. L'entendre chantonner dans une autre pièce. Sentir ses doigts calleux sur ma peau. Mais il n'était plus là. Et peut-être était-ce aussi le cas de l'Angela sur les autres photos.

Donc, je ne serais pas l'Angela de Mark si je rentrais à Londres, et je ne pouvais pas être celle d'Alex si je restais à New York. Mais je pouvais être quelqu'un de nouveau. Quelqu'un que je ne connaissais pas encore. Et je pouvais aller chercher du lait. C'était un début.

— Je suis folle, chuchotai-je par la fenêtre. Complètement folle !

Épilogue

Il neigeait sans interruption depuis désormais trois jours, et New York était blottie sous un magnifique et épais tapis blanc. Chaque jour, la ville se réveillait et transformait la neige en gadoue et, chaque soir, une nouvelle couche tombait. Balayant les rues et les avenues, s'amoncelant dans le parc, verglaçant les gratte-ciel. Pour une New-yorkaise d'adoption récente, c'était d'une beauté à couper le souffle. La neige était peut-être jolie, mais elle était venue comme un choc. Après un Noël doux plein de robes à petites bretelles et de soirées, janvier était terrifiant. Et on disait qu'il faisait froid plus au nord.

Je pianotais assise à mon bureau en jean, pull à capuche, mitaines et bottes Ugg.

À l'intérieur.

Avec le chauffage à fond.

Ça ne me facilitait pas la tâche pour écrire un article sur les folâtreries printanières. Heureusement, le livreur DHL était de mèche avec ma procrastination, et sonna à la porte au moment où je sélectionnai-annulai tout ce que j'avais fait.

— Ça ne rentrait pas dans la boîte, dit-il en me tendant un carton large et plat dans un sac en plastique jaune, mais ça disait « urgent » dessus.

— Merci, répondis-je avec un sourire en m'emparant du paquet et en l'ouvrant à la hâte.

Elle était là : la toute première édition britannique de *The Look*. J'admirai un moment la couverture, puis, les mains tremblantes (et pas seulement à cause du froid), je l'ouvris à la page de l'équipe éditoriale.

Et j'étais là.

Mon nom, ma photo et mon titre.

Angela Clark, rédactrice itinérante, New York.

— Il est arrivé ? lança Jenny d'une voix perçante depuis la salle de bains. C'est le magazine ?

Elle sortit en courant, sa brosse à dents à la main, vêtue en tout et pour tout d'une serviette.

— Oui. (Je le lui montrai, mais en maintenant une distance de précaution.) Et tu n'as pas le droit d'y toucher avant d'être complètement sèche.

— Quoi ? Tu en as au moins vingt exemplaires ! s'exclama-t-elle en indiquant d'un geste les trois copies restées dans le sac en plastique. Merde ! regarde-toi. Tu es carrément mon idole, mon chou !

— Allez, dépêche, répliquai-je en prenant les exemplaires supplémentaires pour les ranger sur une étagère à côté de l'édition américaine de *The Look* où mes chroniques avaient déjà été publiées. Tu vas être en retard au travail.

— Et tu ne vas jamais envoyer cet article sur les amourettes de printemps à cette tarée de Grande-Bretagne si tu ne l'écris pas aujourd'hui, me rappela-t-elle (non que j'en aie besoin.) Est-ce que ta mère l'a vu, déjà ?

— Ils font encore leur croisière de Noël. (Je fermai mon ordinateur et le glissai dans mon sac Marc Jacobs, un peu cabossé mais toujours aussi extraordinaire.) Ils ne seront pas de retour avant une ou deux semaines.

— Elle va halluciner lorsqu'elle va te voir dans un magazine ! (Jenny, toujours en serviette, traversa le salon en dansant.) La dernière fois qu'on s'est parlé, elle était tellement excitée pour toi.

— Je ne sais pas comment te dire à quel point ça me met mal à l'aise de savoir que vous papotez ensemble toutes les semaines, fis-je avec un sourire en enlevant mon pull pour enfiler plusieurs épaisseurs de tee-shirts avant de terminer par mon manteau. Comment va ta carrière de coach de vie ?

— C'est ma meilleure cliente depuis toi. Sérieusement, si tu voulais bien parler à tes parents sans que ce soit moi qui sois obligée d'amorcer l'appel toutes les semaines, je n'aurais pas à entendre parler des offres spéciales d'Avon et de la soirée curry d'Anne la voisine, hein ?

— On se parle, soupirai-je en lançant des sous-vêtements à Jenny. (Notre appel hebdomadaire du dimanche soir à mes parents était devenu un rituel pour Jenny et moi, que ça me plaise ou non.) C'est juste que je ne pense pas avoir besoin de parler à ma mère chaque fois que tu appelles la tienne. Ce n'est pas une condition requise pour garder mon visa. Maintenant, enfile-moi cette culotte, Lopez. On s'en va.

J'accompagnai Jenny, bras dessus bras dessous pour éviter de glisser dans la neige, jusqu'au *Union*, où je la serrai dans mes bras avant de la laisser devant la porte. Union Square Park ressemblait à une carte postale sous la neige, mais il faisait trop froid pour aller m'y asseoir. Chaque fois que je sortais, en ce moment, je me rappelais la promesse d'Alex de me ramener au sommet de l'Empire State Building pour me faire voir la ville sous la neige.

Non, vilaine Angela. Je n'étais pas censée penser à lui. Tournant à gauche, je gagnai sur la pointe des pieds le magasin de musique au coin de la rue, espérant que de nouveaux CD me motiveraient peut-être à rentrer à l'appartement me recoller devant mon ordinateur. Ce n'était pas comme si j'avais mieux à faire, genre aller à un rencard, ces derniers mois. Alors que je passai le portail de sécurité, il sonna bruyamment, attirant l'attention du garde, mais je souris en lui montrant mon téléphone portable.

—Juste un texto, dis-je.

Il me rendit mon sourire, mais me suivit quand même à l'intérieur.

« Viens de récupérer mon exemplaire de *The Look*. Suis tellement fière de toi !

Biz, Louisa. »

Je relus et relus le message jusqu'à ce qu'il soit imprimé sur ma rétine, puis je rangeai mon téléphone dans ma poche d'un geste ostentatoire, à l'intention du garde.

Je regardai les rayons avec contentement pendant quelques instants. J'étais légèrement hors du coup en matière de musique depuis cet été : cela faisait partie du programme de sevrage d'Alex Reid que m'avait prescrit le docteur Jenny Lopez. Je n'avais pas appelé Alex et il ne l'avait pas fait non plus. J'avais beau savoir qu'il avait raison, que c'était trop, trop tôt, je ne me sentais vraiment pas assez forte pour affronter le risque de tomber sur lui dans un concert, une fille mince et branchée au bras ; et je savais que je n'étais pas capable de me plier à ces foutaises de « Restons amis ». Mais, ce que je n'avais pas prévu, c'était de tomber sur lui dans ce magasin, à cet instant. Je me figeai sur place, le cœur battant. Il était là, à me rendre mon regard, un léger sourire aux lèvres, les cheveux ébouriffés à la perfection, ses yeux si verts plantés dans les miens. C'était une très bonne photo. Sans réfléchir à ce que je faisais, je pris le magazine et allai immédiatement à la page de l'interview. Je gagnai rapidement la caisse pour payer et, abandonnant ma recherche de CD, me dirigeai vers le *Starbucks*. Je m'apprêtais à traverser la rue, songeant que j'allais pouvoir en profiter pour dire bonjour à Johnny, lorsque je me rendis compte que le *Max Brenner* était en face de moi. Je baissai les yeux sur la photo d'Alex en couverture de mon magazine, puis les tournai vers la Mecque du chocolat chaud.

Je traversai en courant, entrai précipitamment dans le restaurant où régnait une merveilleuse chaleur, et tournai les pages à la hâte. L'espace d'une seconde, je me demandai s'il était là et regardai autour de moi. Bien sûr que non, pourquoi y serait-il ? Il était 11 h 30 du matin un lundi en janvier. Il devait encore être au lit, ou au studio, ou… Je secouai la tête et souris à l'hôtesse : oui, une table pour une personne. Penser à Alex ne me mènerait nulle part. Ne pas penser à lui s'était avéré plutôt positif pour moi ; or il m'avait fallu un bon mois de sevrage (Jenny m'avait confisqué mon iPod et mes CD, et supprimé les albums de The Stills de ma liste iTunes) avant de pouvoir tenir ne serait-ce qu'une journée sans me demander ce qu'il pouvait bien être en train de faire. Lorsque mon chocolat chaud arriva, j'attrapai mon mug avec gratitude et pris une gorgée de l'épaisse boisson tout en ouvrant le magazine à la première page de l'interview. Je survolai rapidement les paragraphes consacrés à leurs débuts en école d'art et à leurs deux premiers albums salués par la critique. « Comme tous les autres groupes new-yorkais sous-estimés chez eux, ils avaient d'innombrables fans au Royaume-Uni. » *Légère exagération*, me dis-je, mais je laissai passer. « Mais maintenant, ils sortent leur troisième album. » Je posai mon mug et continuai de lire. « C'est un son plus déstructuré, le son d'un groupe qui s'est démantelé avant de se reconstruire. »

« Si ça sonne comme ça, c'est parce que c'est de ça que ça parle, dit le chanteur, Alex Reid. » Je lus son nom, en chuchotant mais à voix haute. « Cet album a été écrit très vite et enregistré en quelques semaines. C'est juste quelque chose que nous traversions en tant que groupe, une période difficile pour moi personnellement. Ça parle de ce qui se passe lorsque tout ce qui faisait votre vie vous est brusquement arraché, comme le tapis de sous vos pieds, et de comment vous vous y prenez pour déterminer de nouveau votre place dans le monde. Je pense que la plupart des gens peuvent comprendre ça. »

Je poussai le magazine de l'autre côté de la table, le refermant et le retournant. Il ne m'avait pas appelée et je ne l'avais pas appelé. J'avais pensé à le faire un million de fois. J'avais même cru le voir à la fête de retour que nous avions organisée pour Gina dans une boîte de nuit branchée du Lower East Side avant qu'elle parte définitivement pour Paris. Je rangeai le magazine dans mon sac, sachant que j'aurais dû le jeter. Mais j'étais si fière de lui. Son visage dépassait de mon sac, à côté de mon exemplaire de *The Look UK*. Il aurait été si fier de moi.

Prenant une grande inspiration, je sortis hâtivement mon téléphone de ma poche. Sans me laisser le temps de m'autodissuader d'une décision qui allait me valoir cinq mois de cure de déconditionnement, je composai son numéro.

— Allô ? répondit-il après une seule sonnerie.

— Salut, dis-je doucement, troublée par sa voix. Alex ?

— Angela ?

Il avait la voix de quelqu'un qui venait de se réveiller.

— Ouais. (Je souris en me demandant quand j'allais enfin apprendre à préparer ce que j'avais à dire avant d'appeler les gens.) J'étais en train de penser à ce que tu m'as dit. À propos de voir la ville sous la neige ? Et j'ai lu ton interview. Au sujet du nouvel album.

— Interview ? Neige ? dit-il en bâillant. Angela, tu es à New York ?

— Oui, répondis-je, pleine d'espoir. Pour être exacte, je suis chez *Max Brenner*. Je pensais à… eh bien, à toi.

— C'est vrai ?

Était-ce un sourire que j'entendais dans sa voix ? Je l'espérais.

— Je me demandais si tu avais envie d'un chocolat chaud ? demandai-je en croisant autant de doigts que je pouvais sans faire tomber mon téléphone.

— Euh… (Il se tut un bref instant.) Angela ?

— Oui ?

Ne raccroche pas, je t'en prie, priai-je en silence.

— Tu as mis vraiment longtemps à me rappeler. Mais je suis vraiment content que tu l'aies fait.

— Moi aussi, répliquai-je gaiement. Maintenant, lève-toi et ramène ton cul ici.

Je raccrochai et rangeai mon téléphone dans mon sac, pour prendre *The Look* à la place. Je l'ouvris à ma page et regardai l'intro.

> « *Les Aventures d'Angela*. Angela Clark, ex-Londonienne de vingt-six ans, nous guide à travers la vie et l'amour, en trouvant des amis et son chemin dans New York. »

Ce n'est pas une description très complète, songeai-je, *mais c'est un bon point de départ.*

BRAGELONNE – MILADY,
C'EST AUSSI LE CLUB :

Pour recevoir le magazine *Neverland* annonçant les parutions de Bragelonne & Milady et participer à des concours et des rencontres exclusives avec les auteurs et les illustrateurs, rien de plus facile !

Faites-nous parvenir votre nom et vos coordonnées complètes (adresse postale indispensable), ainsi que votre date de naissance, à l'adresse suivante :

Bragelonne
60-62, rue d'Hauteville
75010 Paris

club@bragelonne.fr

Venez aussi visiter nos sites Internet :
www.bragelonne.fr
www.milady.fr
graphics.milady.fr

Vous y trouverez toutes les nouveautés, les couvertures, les biographies des auteurs et des illustrateurs, et même des textes inédits, des interviews, un forum, des blogs et bien d'autres surprises !

The Fell Types are digitally reproduced by Igino Marini.
www.iginomarini.com

Achevé d'imprimer en février 2014
Par CPI Brodard & Taupin - La Flèche (France)
N° d'impression : 3003837
Dépôt légal : mars 2014
Imprimé en France
81121181-1